rororo

«Herbststürme, eine abgelegene Ferienanlage und jede Menge mysteriöser Typen – feinster Grusel ist garantiert.» (Für Sie)

«Wer eine gut geschriebene Liebesgeschichte mag, die gleichzeitig eine Liebeserklärung an Italien ist, dazu mit einem recht spannenden Krimi-Plot garniert – der wird diesen ferientrunkenen Roman mit großem Vergnügen lesen.» (NDR)

Bevor Felicitas Mayall sich ganz der Schriftstellerei widmete, arbeitete sie als Journalistin bei der «Süddeutschen Zeitung». Die Wahl-Münchnerin veröffentlichte unter ihrem Klarnamen Barbara Veit Kinder- und Sachbücher, bevor sie sich mit ihrer erfolgreichen Krimiserie um die Münchner Kommissarin Laura Gottberg in die Herzen vieler Leser schrieb. Bis zu ihrem Tod lebte die Mutter zweier Söhne mit ihrem australischen Ehemann am Chiemsee und reiste von dort oft nach Italien und Australien.

Felicitas Mayall

DIE STUNDE DER ZIKADEN

Laura Gottbergs sechster Fall

Roman

Rowohlt Taschenbuch Verlag

7. Auflage Januar 2022

Veröffentlicht im Rowohlt Taschenbuch Verlag,
Reinbek bei Hamburg, März 2011

Umschlaggestaltung any.way,
Barbara Hanke / Cordula Schmidt
(Umschlagabbildung: Paul Mayall)
Satz Berthold Caslon PostScript (InDesign)
bei hanseatenSatz-bremen, Bremen
Druck und Bindung CPI books GmbH, Leck, Germany
ISBN 978-3-499-24808-5

Die Rowohlt Verlage haben sich zu einer nachhaltigen Buchproduktion verpflichtet. Gemeinsam mit unseren Partnern und Lieferanten setzen wir uns für eine klimaneutrale Buchproduktion ein, die den Erwerb von Klimazertifikaten zur Kompensation des CO_2-Ausstoßes einschließt.
www.klimaneutralerverlag.de

Dieser Text ist rein fiktiv. Eventuelle Ähnlichkeiten mit tatsächlichen Personen, Orten oder Ereignissen beruhen auf Zufällen und sind nicht beabsichtigt.

Nur der Schatz, den die Götter
dem Menschen geben, der bleibt ihm
ewig und häuft sich empor
über die Scheitel des Haupts.
Aber die Schätze, die mit Gewalt
die Menschen sich sammeln,
schwinden hinweg,
und es gibt nimmer Gedeihen der Raub.

Oft sind die Bösen mit Reichtum beglückt,
und die Redlichen darben,
doch wir segnen das Los, welches uns Darbenden fiel.
Hoch und auf Felsen ist sie gegründet, die Tugend,
und dauert ewig, der Sterblichen Glück
gaukelt umher und entfleucht.

Solon (600 v. Chr.)

DER STURM bog die alten Pinien landwärts, bis ihre Äste barsten. Abgerissene Zweige und Büschel von langen Nadeln wirbelten durch die Nacht. Im Westen, nur ein paar Meter hinter dem Pinienwald, wütete das Meer, fraß sich immer tiefer in den schmalen Sandstreifen, den es bisher verschont hatte, grub die Wurzeln der Macchia aus. Oktobersturm.

Zu früh und zu wild, dachte Ernesto Orecchio und zuckte zusammen, als ein Ast auf das Dach des kleinen Wärterhäuschens krachte. Er stand auf und setzte den Schnellkocher in Gang, brauchte dringend einen Kaffee. Beinahe drei, und diese Nacht wollte kein Ende nehmen. Seine Müdigkeit war lähmender als sonst, und er fürchtete sich davor, einzuschlafen. Deshalb hatte er den Fernseher ausgeschaltet und ging seit zehn Minuten auf und ab. Immer auf und ab. Zweimal hatte er das Kleinkalibergewehr in die Hand genommen, es entsichert, gesichert und wieder in die Ecke gestellt. Zu lesen wagte er nicht, dabei fielen ihm sofort die Augen zu. Ihm blieb nur dieses ruhelose Wandern in dem kleinen Raum. Sechs Schritte nach links, sechs Schritte nach rechts. Zehnmal und dann eine kurze Pause auf einem Stuhl, aber nicht zu lang. Wie in so vielen vergangenen und vermutlich auch vielen künftigen Nächten. Zum Glück hatte er nur jede dritte Woche Nachtdienst. Er fragte sich, warum sie noch immer nicht da waren.

Er füllte Espressopulver in eine Tasse, gab einen Löffel Zucker dazu und goss die Mischung mit heißem Wasser auf. Es roch gut, obwohl er Instantkaffee eigentlich verabscheute. Aber die Espressomaschine hatte vor ein paar Wochen den Geist aufgegeben, und bisher war niemand bereit gewesen, sie zu ersetzen.

Wieder fiel etwas, kreischend und gewaltig diesmal, als würde ein großes Gebäude einstürzen. Das Wärterhäuschen erzitterte. Das musste die große Pinie am Rand der Einfahrt gewesen sein. Sie hätte auch direkt auf das Häuschen fallen können. Orecchios Herz drängte gegen seinen Brustkorb, als wollte es entkommen. Ihm war, als erinnerte es sich in diesem Moment an das Erdbeben im Friaul, das er als Kind erlebt hatte. Sein ganzes Dorf war damals in sich zusammengefallen, hatte sich in wenigen Sekunden in einen Haufen Steine verwandelt. Er wollte sich nicht daran erinnern, denn wenn er das tat, sah er unweigerlich die Beine seiner Tante Amalia zwischen den Steinen hervorragen. Orecchio hatte seine Tante nie wiedergesehen. Aber diese starren Beine waren ihm unauslöschlich im Gedächtnis geblieben. Manchmal träumte er von ihnen, obwohl das alles nun weit über dreißig Jahre her war.

Er schüttelte den Kopf, als könnte er damit die alten Bilder loswerden, und legte eine Hand auf sein Herz, das noch immer zu groß schien für seine Brust. Endlich trat er ans Fenster und starrte hinaus. Der fallende Baum hatte offensichtlich die Beleuchtung vor dem Wärterhäuschen heruntergerissen. Draußen war es stockdunkel. Regen schlug gegen die Scheiben, kam in

Wellen wie das Meer. Der Sturm trieb die Wasserschwaden vor sich her. Orecchio konnte nichts erkennen. Beinahe war er froh, wollte gar nicht sehen, was da draußen passiert war. Er konnte sowieso nichts machen.

Warum kamen sie nicht? Spätestens zwei Uhr, hatten sie gesagt. Spätestens. Orecchio schlürfte vorsichtig seinen Kaffee, verbrannte sich aber trotzdem die Lippen. Fluchend stellte er die Tasse ab, wischte sich mit dem Handrücken über den Mund – und verharrte lauschend. War das ein Motor da draußen? Er griff nach dem Gewehr, ging langsam zur Tür, zögerte, legte sein rechtes Ohr an das Holz. Mit dem rechten Ohr hörte er besser. Falls er richtig gezählt hatte, waren alle zurück, die so spät im Jahr noch im Resort wohnten. Die letzten zwei Wagen gegen halb elf, Schweizer, die eines der Häuser direkt am Strand besaßen. Es wurden nicht mehr viele Häuser vermietet in *Il Bosco.* Die Besitzer der Villen hatten es nicht nötig, und sie mochten keine Fremden im Resort. Ernesto Orecchio und seinen Kollegen vom Wachdienst war das sehr recht. Es erleichterte die Arbeit. Im Oktober standen die meisten Häuser leer. Ende der Saison.

Wenn also wirklich ein Wagen da draußen war, mussten sie es sein. Vermutlich hatte das schlechte Wetter sie aufgehalten.

Jetzt hörte er nur noch das Heulen des Sturms. Orecchio lehnte das Gewehr neben die Tür, griff nach der großen Taschenlampe und öffnete die beiden Sicherheitsriegel. Die Tür lag nach Osten; der Sturm kam von Westen, deshalb hatte er keine Mühe, sie zu öffnen. Als er den breiten Strahl seiner Lampe auf die Einfahrt des Resorts richtete, sah er nichts als einen Haufen zersplitterter Äste. Ernesto Orecchio kniff die Augen zusammen. Wenn sie jetzt kamen, dann konnten sie nicht durchfahren. Dann musste ein anderer Plan her. Niemand hatte je daran gedacht, dass die Einfahrt blockiert sein könnte. Niemand außer ihm, Orecchio, aber er hatte keine Ahnung gehabt, wem er das hätte sagen sollen.

In diesem Moment vollführte der Sturm eine boshafte Drehung und warf sich mit aller Macht gegen ihn. Orecchio schwankte und hielt sich am Pfosten des Vordachs fest. War da nicht doch ein Motorengeräusch? Zögernd wandte er sich zu seinem Gewehr um, das noch immer neben der Tür lehnte. Nein, er brauchte kein Gewehr. Nicht bei diesem Sturm. Da wollte bestimmt keiner ins Resort, um eine Villa auszuräumen.

Als er wieder zu dem umgestürzten Baum hinübersah, meinte er ein Licht zwischen den Ästen zu erkennen. Er griff nach seiner Öljacke, die an einem Haken neben dem Eingang hing, und schlüpfte hinein. Orecchio kam es vor, als müsse er durch einen Wasserfall hindurch. Das Atmen machte ihm Mühe, und plötzlich hatte er die absurde Vorstellung, dass er im Regen ertrinken könnte. Er stolperte über Äste und umrundete die zerschmetterte Baumkrone. Es war die schönste und älteste Pinie der ganzen Gegend. Jetzt lag sie da. Orecchio blieb erschrocken stehen. Unter dem Gewirr aus Zweigen ragte das Heck eines Wagens hervor, der Motor lief noch, und die Lichter waren eingeschaltet.

Wieder sah Orecchio die Beine seiner Tante Amalia vor sich. Er dachte: Wer zu spät kommt, den bestraft das Leben. Ernesto Orecchio sammelte Sätze kluger Leute. Jedenfalls nahm er an, dass sie klug waren, wenn ihre Aussprüche in Büchern und Kalendern gedruckt wurden. Dieser war einer seiner Lieblingssätze, denn er stimmte. Tante Amalia war zu spät aus dem Haus gelaufen, und das hier war ein weiterer Beweis! Wenn sie um zwei gekommen wären, dann hätte es keine Schwierigkeiten gegeben.

Besorgt wartete er darauf, dass sich in dem begrabenen Wagen etwas rührte.

Als sich nach zwei Minuten noch immer nichts getan hatte, bog er die Zweige auseinander und schaute durch das Heckfenster. Er konnte nichts erkennen, der Kombi hatte dunkelgetönte Scheiben. Das wusste er ja. Es war fast immer dieser Wagen, der alle drei oder manchmal auch sechs Wochen in den frühen Morgenstunden nach *Il Bosco* kam. Nur die Farbe wechselte. Manchmal war er weiß, dann wieder blau oder schwarz. Ernesto Orecchio bekam fünfhundert Euro dafür, dass er in diesen Nächten nicht einschlief, sondern die Schranke aufmachte, wenn der Wagen kam, und sie ein zweites Mal öffnete, wenn er wieder wegfuhr. Und dafür, dass er keinem etwas davon erzählte und sich bereithielt. Wofür, wusste er nicht genau.

Als dieser Fremde ihn vor ungefähr einem Jahr angesprochen hatte – nicht während seines Dienstes, sondern als er in einer Bar am Marktplatz von Portotrusco einen Caffè Corretto trank –, da hatte er sich plötzlich wie in einem der Fernsehfilme gefühlt, die er bei seinen Nachtdiensten sah. Es war kein billiger Gauner gewesen, obwohl er eine große Sonnenbrille getragen hatte. Vielleicht war er sogar Ausländer, jedenfalls hatte er einen Akzent gehabt. Ein harmloses Gespräch über *Il Bosco* hatte er angefangen. Er habe Orecchio schon ein paarmal an der Schranke beim Eingang gesehen.

Und dann hatte er von wichtigen diplomatischen Geheimsachen gesprochen. Er suche jemanden, auf den er sich hundertprozentig verlassen könne. Hundertprozentig! Zweimal hatte er das gesagt. Und dass Orecchio ihm empfohlen worden sei. Von wem, das wollte der Fremde nicht sagen.

Orecchio hatte die Hände gehoben und heftig den Kopf geschüttelt.

«Mit Drogen läuft bei mir nichts!», hatte er geantwortet, daran erinnerte er sich genau. Der Fremde hatte gelächelt und gesagt, dass es mit Drogen überhaupt nichts zu tun hätte. Es handle sich ausschließlich um Geheimdiplomatie, manchmal sei sogar der Vatikan beteiligt. *Il Bosco* wäre ein hervorragender Ort, um solche Treffen abzuhalten.

Dann brachte er die fünfhundert Euro ins Spiel. Pro Monat! Ernesto Orecchio verdiente als Wärter siebenhundert im Monat und nebenher als Gärtner noch zweihundert. Auch damals war ihm der Satz von Gorbatschow eingefallen, und er hatte ja gesagt. Ohne weiter zu überlegen. Was war schon dabei, die Schranke aufzumachen und sich alle paar Wochen eine Nacht um die Ohren zu schlagen? Mindestens jeder Zweite, den er kannte, hatte einen Nebenjob, der manchmal mehr, meistens weniger ehrenvoll war. Ums Überleben ging es in diesem Land, ums nackte Überleben!

Ernesto Orecchio war kein besonders anspruchsvoller Mensch, aber wenn er die Villen in *Il Bosco* betrachtete, die er mit dem Gewehr bewachte, dann kam ihm schon manchmal die Galle hoch, und er fragte sich, woher die alle so viel Geld hatten. Paläste für ein paar Wochen im Jahr. Schweizer waren dabei, ein paar Deutsche, aber die meisten waren Italiener. Konnte ihm ja egal sein. Aber seine Gedanken machte er sich trotzdem. Früher war er Kommunist gewesen. Jetzt nicht mehr. Half ja alles nichts. Die fünfhundert Euro pro Monat machten jedenfalls sein Leben erheblich leichter. Manchmal gab es zwei Lieferungen im Monat, dann gab es noch was extra.

All das ging ihm durch den Kopf, als er sich durch die verkeilten Zweige zur Vordertür des Wagens durcharbeitete. Noch immer rührte sich nichts. Orecchio richtete seine Taschenlampe auf die Fahrertür und prallte zurück, als sich ihm ein blutüberströmter Kopf entgegenreckte. Jetzt erst sah er, dass ein dicker Ast die Frontscheibe des Fahrzeugs zerschmettert hatte. Er steckte die Taschenlampe weg und versuchte mit beiden Händen die Fahrertür zu öffnen. Sie klemmte.

«Lass es!»

Orecchio erstarrte und taumelte einen Schritt zurück.

«Was?»

«Lass es! Du kriegst die Tür nicht auf. Kümmer dich um die Ladung. Schaff sie weg und versteck sie. Wenn das erledigt ist, kannst du die Feuerwehr rufen. Nicht die Polizei, die Feuerwehr! Kapiert?»

Wieso hörte er den blutigen Schädel so deutlich? Orecchio wischte sich das Regenwasser aus den Augen und knipste wieder seine Taschenlampe an. Das Seitenfenster war offen.

«Bring mir 'n Handtuch oder so was. Beeil dich! Das Zeug muss aus dem Wagen, ehe die es finden! Und mach die verdammte Lampe aus!»

Orecchio machte sie aus. Der Blutige stöhnte. Halb blind kroch Orecchio aus den Zweigen, ratschte sich dabei die Wange auf. Er rannte zum Wärterhaus zurück, riss zwei frische Handtücher aus dem Schrank und war schon wieder beim Wagen. Auch die Hand, die sich ihm aus dem Seitenfenster entgegenstreckte, war blutig. Orecchio schaute weg.

«Mach schon! Der Kofferraum ist offen! Es muss schnell gehen, verstehst du!»

Kannte er die Stimme? Orecchio tastete sich am Wagen entlang nach hinten, etwas wischte scharf über seine Stirn. Zum Glück klemmte die Heckklappe nicht. Als Orecchio sie nach oben drückte, schlug sein Herz wieder dumpf gegen seine Rippen. Er schluckte hart, inmitten dieser Sintflut fühlte sich seine Kehle schmerzhaft trocken an.

Die Ladefläche des Kombi war nur halb voll. Orecchio schob die dunkle Plane zurück und starrte auf den Haufen großer und kleiner Pakete. Er hatte nicht die geringste Vorstellung, wo er die Sachen verstecken sollte.

«Los, mach schon!» Der Fahrer stöhnte.

Orecchio griff nach dem ersten Paket und trug es zum Haus hinüber. Es war nicht besonders groß, aber so schwer, als hätte es jemand mit Steinen aufgefüllt. Vor der Tür blieb er ratlos stehen. Im Haus konnte er die Sachen nicht verstecken. Um sechs würde Fabrizio zur Ablösung auftauchen und wahrscheinlich nicht nur er. Unter einem Busch? Auch das erschien Orecchio zu riskant. Außerdem würden die Kartons nass und weich werden. Es blieb ihm nichts anderes übrig, als die Pakete eins nach dem andern in seinem kleinen Fiat zu verstauen. Bis unters Dach. Sie machten ihm Angst, diese Pakete, denn er war ganz sicher, dass es sich bei ihrem Inhalt nicht um Geheimdokumente handelte.

«Alles draußen!», keuchte er endlich. «Ich ruf jetzt die Feuerwehr!» Er wartete kurz auf eine Antwort, aber es kam keine. Orecchio schaute nicht nach, kehrte in das Häuschen zurück und tippte die Notrufnummer in sein Handy. Als die Zentrale ihm erklärte, dass es mindestens eine Stunde dauern würde, bis ein Einsatzwagen in *Il Bosco* einträfe, da verlor er zum ersten Mal die Nerven und schrie, dass ein Schwerverletzter unter einem Baum begraben sei. Sie versprachen, bald zu kommen.

Danach fuhr Orecchio seinen Fiat in die Auffahrt einer Villa, deren Besitzer längst abgereist waren. Äste knackten unter den Reifen des Autos, ein Baum neigte sich so gefährlich, dass er gerade noch unter ihm hindurchfahren konnte. Das Versteck war gut, sehr gut sogar. Vom Hauptweg aus konnte man nichts sehen. Eine hohe Hecke versperrte die Sicht. Fabrizio würde vielleicht fragen, wo er den Fiat geparkt hätte, vielleicht aber auch nicht. Immerhin lag in der Einfahrt zum Resort ein Baum. Da hatten er und Fabrizio und die andern genug zu tun.

Noch immer regnete es in Strömen, aber der Sturm hatte nachgelassen. Während Orecchio sich erneut zu dem begrabenen Kombi durchkämpfte, dachte er ununterbrochen darüber nach, wie er die Pakete loswerden könnte. Vielleicht würde er Anweisungen bekommen. Manchmal lag ein Umschlag in seinem Fach im Wärterhaus. Mit ganz verrückten Texten, als würde er sich heimlich spätnachts mit einer verheirateten Frau treffen. Und immer die Anweisung: Bitte verbrenn diesen Zettel, damit mein Mann nichts erfährt!

Ganz selten bekam er einen Anruf. Auch da redete

eine Frau komische Dinge. Aber er verstand schon, dass er die Schranke aufmachen sollte. Und jetzt? Er wollte gar nicht wissen, was in den Paketen steckte, wollte auch nicht wissen, warum der Fahrer nicht geantwortet hatte. Die ganze Geschichte wuchs ihm über den Kopf.

Deshalb hielt er inne und kehrte ins Wärterhaus zurück. Er ließ sich auf einen der drei Stühle fallen und trank seinen Kaffee, der inzwischen kalt geworden war, aber das bemerkte er nicht, auch nicht, dass von seinen nassen Haaren kalte Rinnsale in seinen offenen Kragen flossen. Er blieb einfach sitzen, spürte jede vergehende Minute geradezu körperlich, wie träge Tropfen, die nicht fallen wollen. Es kostete ihn große Anstrengung, sich aus dieser Erstarrung zu lösen, als er endlich die Sirenen der Feuerwehr hörte.

ETWAS IST ANDERS, dachte Laura Gottberg, als sie erwachte. Graues Licht fiel in Streifen durch die Lamellen der Fensterläden, erstes Morgenlicht. Laura betrachtete das feine Muster auf ihrer Bettdecke, schloss dann wieder die Augen und lauschte, um herauszufinden, was sich verändert hatte. Noch war sie nicht vertraut mit den Geräuschen der Natur und des Hauses. Nicht einmal Angelo Guerrinis ruhiger Atem war ihr wirklich vertraut. Wenn sie ehrlich war. Aber es war gut, ihn zu hören. Und erstaunlich. Sein Atem war ganz wirklich und nah. Er schnarchte nicht, obwohl sie letzte Nacht ein bisschen zu viel getrunken hatten. Hatte sie geschnarcht? Vermutlich, denn ihr Mund fühlte sich trocken an.

Der Sturm fiel ihr wieder ein. Das Heulen hatte sie lange nicht einschlafen lassen. Gestern war der Sturm so heftig gewesen, dass sie das Haus den ganzen Tag nicht verlassen konnten, deshalb hatten sie auch zu viel getrunken und gegessen. Köstliche Seezungen, winzige gebratene Tintenfische vom Markt in Portotrusco, frische Gnocchi in Butter und Salbei, und zuletzt hatte der Commissario eine Zabaione aufgetischt, die zwar nicht perfekt, aber doch unwiderstehlich gewesen war.

Sie hatten sich geliebt. Anders als sonst. Heftiger, unvorbereitet. Inmitten eines Artikels aus der *L'Unità*, den Laura ihm vorlesen wollte. Angelo hatte ihr die Zeitung aus den Händen gerissen und hoch in die Luft geworfen. Wie taumelnde Riesenfalter waren die Seiten zu Boden gesunken. Seine Art, sie zu lieben, hatte etwas Besitzergreifendes gehabt, etwas von einer drängenden Frage, die nach einer Antwort verlangt.

Nie zuvor hatte sie diese Intensität von körperlicher Nähe erlebt. Vielleicht auch nicht zulassen können.

Sacht legte Laura eine Hand auf seine Brust und spürte die leise Bewegung seines Atems, erinnerte sich an seinen forschenden Blick nach der Umarmung, als fragte er immer weiter.

Zum ersten Mal würde sie zwei volle Wochen mit Angelo Guerrini verbringen. Ohne Arbeit. Zwei Wochen am Meer. Dies war der Beginn des dritten Tages. Oder des zweiten? Vielleicht musste sie den Tag der Ankunft nicht mitzählen. Zweiter Tag klang besser als dritter Tag.

Kindisch, dachte sie. So hatte sie früher zu Beginn der Schulferien um jeden Tag gefeilscht.

Plötzlich wusste sie, was sich verändert hatte: Der Sturm raste nicht mehr ums Haus. Nur das Meer war noch unruhig, schlug mit scharfem Knall gegen den Strand, wieder und wieder. Sie sah die Welle genau vor sich, die diese Art von Knall hervorrief. Eine hohe Welle, die ungebremst auf einen steilen Strand aufschlug und keine Gelegenheit zum Auslaufen hatte.

Laura setzte sich auf. Ihr Kopf schmerzte ein bisschen, ein Nachklang des Weins, und sie war durstig. Sie warf einen Blick auf Angelo, der noch im Tiefschlaf gefangen war, und stand dann leise auf, um etwas zu trinken. Als sie die Schlafzimmertür öffnete, seufzte er leise und drehte sich auf die andere Seite.

Zwei Wochen, dachte sie, als sie barfuß über die kühlen Kacheln lief, um den runden Esstisch herum und in die kleine Küche des Ferienhauses. Sie nahm eine Flasche Mineralwasser aus dem Kühlschrank und trank schnell aus der Flasche. Wasser lief über ihr Kinn, tropfte auf ihre Brust. Zwei Wochen, dachte sie wieder. Lange her, dass sie zwei Wochen mit nur einem Menschen verbracht hatte.

Sie hatte um diese zwei Wochen gekämpft: mit ihrem Vorgesetzten, mit ihrem Ex-Mann Ronald, der sich um ihre Kinder Sofia und Luca kümmern musste. Sie hatte sich gefreut und im letzten Augenblick doch beinahe gefürchtet. Wovor, das konnte sie allerdings nicht genau benennen. Vor einem Ende der Unverbindlichkeit? Möglich. Aber nicht sicher.

Das seidene, dunkelblaue Unterkleid klebte an ihren Brüsten, so viel Wasser hatte sie verschüttet. Sie schaute an sich herab und musste lächeln. Nie zuvor hatte sie ein seidenes Unterkleid besessen. Eine sündhaft teure Premiere in ihrem siebenundvierzigsten Lebensjahr. Über die tieferen Ursachen dieser Premiere wollte sie an diesem Morgen nicht nachdenken. Die Münchner Kriminalhauptkommissarin im blauen Seidenhemd.

Sie sah aus dem schmalen Fenster in den Hinterhof des Hauses und entdeckte eine große dürre Katze, die zu ihr herüberstarrte. Ihr fiel wieder ein, was Guerrini von den wilden Katzen erzählt hatte, die stets um die Ferienhäuser von *Il Bosco* strichen, sobald Menschen einzogen. Wie er sie als kleiner Junge gefüttert hatte, wenn er mit seinen Eltern den Sommer am Meer verbrachte. Manchmal zwei Monate im Jahr. In genau diesem Haus, das einem Geschäftsfreund seines Vaters gehörte.

Laura stellte die Flasche auf den Tisch und schaute von der Galerie auf den Wohnraum hinunter. Es war ein durchaus edles Haus. Zwei, drei antike Möbelstücke, große Polstermöbel mit gelben Leinenbezügen, alte Stiche an den Wänden. Sie lauschte, als erneut eine Welle auf den Strand knallte und die Fensterscheiben klirren ließ, ging dann langsam die sanft geschwungene Wendeltreppe hinab, durch das Wohnzimmer zur Terrassentür und trat in den Garten hinaus.

Der Himmel hatte ein stumpfes Orange angenommen, jene Färbung des Sonnenaufgangs, die häufig auf Stürme folgt. Die Luft war so klar und voller Meeresduft, dass Laura meinte, winzige Salzkristalle auf ihrer Haut zu spüren. Sie duckte sich unter den tropfenden Zweigen der Tamarisken, genoss das feuchte Gras unter ihren Füßen und folgte dem schmalen Pfad zwischen den Macchiabüschen über eine flache Düne zum Strand. Doch es gab kaum noch Strand. In dieser Nacht hatte sich das Meer erhoben, die kleinen, strohgedeckten Sonnenschutzhütten weggefegt, war die Dünen hinaufgestürmt, hatte die Wurzeln der vordersten Büsche bloßgelegt. Jener Büsche, die sich ohnehin wie verzweifelt vom Meer wegstreckten, auf der Flucht vor Salz und Sturm.

Ungläubig betrachtete Laura den schmalen Streifen dunklen Sandes, der vom Strand zurückgeblieben war, und das noch immer tobende Wasser. Wie durchgegangene Pferde rannten die Wogen gegen das Land an, schäumend, sich überschlagend, getrieben von einer unbändigen Kraft. Weit hinter den rollenden Wellen stiegen die Berge der Insel Montecristo aus einer Wolke auf, als hätten sie keine Verbindung zur Erde, schwebten über dem Wasser, wie auf einem Gemälde von Magritte.

Laura wusste selbst nicht, warum sie einfach weiterging. Das Wasser war erstaunlich warm, doch es war nicht freundlich. Es zog ihr die Beine weg, warf sie um, zwang ihr sein Gesetz auf. Sie musste unter den Wellen durchtauchen, raus aus der Brandung ins Tiefe, oben bleiben, Luft schnappen und wieder runter. Nach einer Weile glaubte sie, das Gesetz zu kennen, doch immer wieder wurde sie von einer Woge verschüttet, herumgewirbelt wie eine Puppe. Sie schluckte Wasser, meinte zu ertrinken und empfand trotzdem ein wildes Glücksgefühl. Es ist wie lieben, dachte sie. Dachte nichts mehr, als sie erneut untergetaucht wurde.

Panik erfasste sie erst, als sie unter Wasser mit etwas Großem zusammenstieß. Es fühlte sich an wie ein schlaffer Riesenkrake. Sie meinte Fangarme zu spüren, stieß das Ding von sich, kam nicht weg davon. Gemeinsam mit ihm, in einer verrückten Umarmung, wurde sie von der nächsten Woge überrollt. Als sie wieder auftauchte, war das Ding plötzlich verschwunden.

Das Ufer schien ganz nah. Sie schwamm ein paar wilde Züge, wurde in die wirbelnde Brandung gezogen und wusste, dass dieses tosende Wasser sie hochheben und auf den Strand schleudern würde. Verzweifelt kämpfte sie gegen die Strömung, gab dann aber plötzlich auf, weil sie merkte, dass ihre Kraft nicht ausreichte. Es ging nur noch darum, rechtzeitig Luft zu holen, um unter der nächsten Woge durchzutauchen. Zweimal noch stieß sie dabei mit irgendwas zusammen, dann prallte sie auf den steil aufsteigenden Strand. Ihre rechte Seite schmerzte, doch sie kam auf die Knie, dann auf die Beine, merkte kaum, dass sie gleichzeitig hochgezogen und halb getragen wurde. Oben auf der Düne sackten ihre Beine weg, und sie fiel in den Sand, würgte Salzwasser aus.

«Perché? Kannst du mir erklären, warum?»

Sie hörte Guerrinis Worte nur undeutlich. Die Ohren voll Wasser, hob sie abwehrend eine Hand, hustete. Er klopfte ihr den Rücken, strich ihr das nasse Haar aus dem Gesicht.

«Laura! Hörst du mich überhaupt?»

«Ich bin im Wasser mit irgendwas zusammengestoßen.» Ihre Augen brannten vom Salz, und sie konnte nur verschwommen sehen, trotzdem entdeckte sie etwas Dunkles in der Brandung. Ein paar Meter weiter links. Es wurde herumgewirbelt, wie eben noch sie selbst, und dann auf den Strand geworfen, als wollte das Meer es loswerden.

Laura stützte sich auf Guerrinis Schulter und zog sich an ihm hoch.

«Siehst du das?» Sie wies auf das Ding, das jetzt wieder von einer Welle verschluckt wurde, aber kurz darauf erneut auftauchte – und erkannte gleichzeitig mit Guerrini, dass es ein Mensch war. Ohne nachzudenken, rannte sie los und packte einen Arm und ein Bein. Ein gewaltiger Brecher kam ihr zu Hilfe, und so schaffte sie es, diesen schlaffen Körper festzuhalten und etwas höher auf den Strand zu ziehen.

Er war tot. Hatte vermutlich nicht sehr lange im Wasser gelegen. Zu unversehrt war sein Körper, sein Gesicht. Nicht aufgedunsen, nur sehr gelblich blass. Sein Haar schwarz wie sein Schnurrbart. Araber, dachte Laura. Nordafrikaner. Vielleicht einer von den Flüchtlingen, die übers Mittelmeer nach Italien strömen. Einer von den *disgraziati*, den Unglücklichen. Höchstens vierzig. Aber so weit im Norden? Sie sah sich nach Guerrini um. Gerade war er noch neben ihr gewesen, oder hatte sie sich das nur eingebildet?

Er war noch da. Stand zwischen den entwurzelten Macchiabüschen, die sich im Sand festzukrallen schienen. Auf ihren dünnen, knotigen Stelzen glichen sie grotesken Mangroven. Guerrini schaute auf Laura und den Ertrunkenen herab, machte keinerlei Anstalten, zu ihnen zu kommen.

Laura schloss kurz die Augen, musterte dann erneut den Toten. Halb auf der Seite lag er vor ihr im Sand. Die nächste Riesenwelle würde ihn wieder zudecken oder mit sich nehmen und woanders ausspucken.

Seine rechte Hand fehlte.

Mit einem sauberen Schnitt war sie genau am Gelenk abgetrennt worden.

Ein langsamer Schauder lief über Lauras gesamten Körper. Von der Schädeldecke bis in ihre Kniekehlen. Vielleicht kotze ich, dachte sie. Aber ihr Magen fühlte sich normal an. Nur ihrer Haut grauste es.

Nicht einfach ertrunken, dachte sie. Im Wasser verblutet. Vielleicht sogar auf einem Boot.

Professionelle Gedanken. Als wäre sie im Dienst. Aber diese Gedanken halfen gegen das Grausen. Selbst das Entsetzen über die Berührungen unter Wasser, über die fehlende Hand, verblasste angesichts dieser professionellen Überlegungen. Sie funktionierten wie ein Schutzschild.

«Wirf ihn wieder rein!»

Laura hob den Kopf.

«Was?»

«Wirf ihn rein!»

Sie antwortete nicht, kniete neben dem Toten nieder, um nach anderen Verletzungen zu suchen.

«Wirf ihn rein oder lass ihn liegen und komm her!» Commissario Guerrinis Stimme war Befehl. Laura stand auf, wischte den Sand von ihren Händen und über ihr nasses, blauseidenes Unterkleid. Langsam hob sie den Kopf und sah zu ihm auf.

«Wie stellst du dir das vor? Ihn wieder reinwerfen oder liegen lassen! Kannst du mir mal erklären, wieso?»

Mit geballten Fäusten stand er zwischen den entwurzelten Büschen und starrte sie düster an.

«Das kann ich dir genau sagen, Laura! Weil nicht jede Leiche ein Recht auf mich und mein Leben hat, nur weil ich Polizist bin! Weil ich es als Zumutung empfinde, dass diese Leiche ausgerechnet an unserem Strand angeschwemmt wird! Als hätte sich jemand einen schlechten Scherz erlaubt, um unseren Urlaub zu ruinieren! Verdammt noch mal! Ich habe ihn nicht gesehen! Ich will ihn nicht sehen! Und ich möchte, dass du ihn einfach vergisst!» Seine Stimme war immer lauter geworden. Zuletzt hatte er gebrüllt.

Laura stand jetzt vor ihm. Er senkte seine Stimme ein bisschen, sprach aber heftig weiter: «Du verstehst das nicht, oder? Ich höre schon wieder das Ticken in deinem Kopf! Das berühmte deutsche Pflichtgefühl! Weißt du, was passieren wird, wenn wir uns dieser Leiche annehmen? Der Strand wird gesperrt, es wird von Polizisten wimmeln. Dann kommt das Fernsehen: alle Privatsender, die RAI. Sie werden uns auflauern, uns interviewen. Die Carabinieri werden uns vernehmen, und dann werden die Neugierigen aus dem Dorf kommen. Der Maresciallo von Portotrusco wird uns zum Essen einladen, und dann ist unser gemeinsamer Urlaub vorbei! Deshalb habe ich ihn nie gesehen! Basta!» Er presste beide Hände gegen seine Schläfen und fluchte laut.

«Wow!»

«Was, wow?» Angriffslustig starrte er sie an.

«Ich habe dich noch nie so wütend gesehen. Das war der perfekte italienische Wutanfall.»

«Und er ist noch nicht vorbei! Du hast mir noch nicht erklärt, warum du in dieses Höllenwasser gegangen bist! Wolltest du ihn retten? Wolltest du Selbstmord begehen? Weißt du eigentlich, dass es an dieser Küste gefährliche Strömungen gibt?» Er bückte sich nach einem Ast und schleuderte ihn in Richtung Meer.

«Es tut mir leid.»

«Tatsächlich?»

«Ja, es tut mir leid, und es war dumm von mir. Ich bin aus dem Haus gegangen, und das Meer war so ... Ich schwimme gern in hohen Wellen ...»

«Santa Caterina! Ich bin beinahe umgekommen vor Schreck, als ich dich im Haus nicht finden konnte. Ich wusste sofort, dass du schwimmen gegangen bist. Und dann stößt du auch noch mit einer Leiche zusammen! Du bist unglaublich, Laura!»

Sie sah das Zucken um seine Mundwinkel und prustete eine Zehntelsekunde vor ihm los.

Sie wussten beide, dass ihre Reaktion überdreht war. Aber sie konnten nicht aufhören zu lachen. Wie Pubertierende, die einen Kicheranfall haben. Geradezu hysterisch. Aber es war irgendwie angemessen: zwei Kommissare im Urlaub, konfrontiert mit einer Leiche an ihrem Privatstrand. Trotzdem war ein Rest von Grauen noch da. Laura versuchte es zu ignorieren, wegzulachen.

«Und jetzt?», fragte sie, nachdem sie sich wieder beruhigt hatten. Sie hatte Seitenstechen und fühlte sich erschöpft.

Angelo Guerrini antwortete nicht. Nebeneinanderstehend schauten sie auf den Toten, der nur wenige Meter vor ihnen am Rand der Brandung lag, halb begraben im Sand und immer wieder von Wellen überspült.

«Vielleicht verschwindet er, wenn wir ihn nur lange genug anstarren», murmelte Guerrini schließlich. «Er ist schon kleiner geworden, siehst du? Er versinkt allmählich im Sand.»

«Er ist Araber, und er ist umgebracht worden, Angelo.»

Guerrini nickte grimmig.

«Das ändert nichts daran, dass ich mit Begeisterung zusehe, wie er verschwindet!»

Laura suchte mit ihren Augen die Küste ab. Außer Treibholz und Strandgut war nichts zu sehen. Kein Wanderer, kein Surfer. Nur die sandbraunen Wellen stürmten noch immer gegen das Ufer und färbten sich in der höher steigenden Sonne allmählich golden. Sie konnte Angelos Wut verstehen, wünschte selbst, dass dieser bleiche Unbekannte nie aufgetaucht wäre. Trotzdem machte er sie neugierig. Hatte er gestohlen, war ihm deshalb zur Strafe brutal die Hand abgehackt worden? Was hatte er gestohlen? Ein Päckchen Kokain vielleicht? Oder Geld von Drogenhändlern, die übers Meer kamen?

«Wir werden an ihn denken, auch wenn das Meer ihn wieder mitnimmt.»

«Ich werde nicht an ihn denken, Laura! Ich habe ihn nicht einmal aus der Nähe gesehen. Er existiert quasi nicht ... du wirst dich erkälten, wenn du noch länger in deinem nassen Hemd hier rumstehst!»

Erst in diesem Augenblick spürte Laura den kühlen Wind und das nasse Hemd auf ihrer Haut, das vom Salzwasser vermutlich ruiniert worden war.

«Schaffst du es wirklich, ihn einfach im Sand liegen zu lassen? Weil er Araber ist? Was wäre, wenn es ein blonder Deutscher wäre oder ein Italiener? Jemand, der ein Sohn deiner Verwandten oder Freunde sein könnte?»

«Ich weiß doch gar nicht, was er ist! Ich habe ihn nicht angesehen! Ich werde dir jetzt ein heißes Bad einlaufen lassen! Danach werden wir frühstücken, und wenn er dann noch da ist ... verflucht! Es interessiert mich wirklich nicht!»

«Er wird noch da sein.»

Guerrini streckte beide Arme gen Himmel, als flehte er die Götter um Gnade an, drehte sich um und schlug den Weg zum Haus ein.

Laura betrachtete die Abdrücke, die sie im Sand hinterlassen hatten, und hoffte, dass kein Strandwanderer die Leiche und die Spuren entdecken würde.

Das Bad war herrlich und hatte genau die richtige Temperatur. Wohlige Wärme durchströmte Lauras Körper. Weil die Badewanne ein bisschen zu kurz war, legte sie die Füße auf den Rand. Das Wasser färbte sich allmählich grün und duftete. Guerrini hatte fast einen halben Rosmarinbusch hineingeworfen – in Ermangelung von Rosenblättern, wie er sagte. Sie hörte ihn nebenan in der Küche werkeln. Als sie die absurde Situation dieses Morgens an sich vorüberziehen ließ, erlitt sie wieder einen Anfall unvermuteter Heiterkeit. Sie war neugierig darauf, wie sich die Dinge entwickeln würden. Einfach nur neugierig. Ohne irgendwelche Absichten, ohne Pflichtgefühl. Sie hatte keine Ahnung, was Rosmarinnadeln in heißem Wasser bewirkten. Möglicherweise löschte ihr Duft professionelle und moralische Verhaltensweisen aus. Jedenfalls hatte sie nicht die Absicht, die Carabinieri zu rufen. Dies war Angelos Land, nicht ihres. Langsam ließ sie den Kopf zurücksinken, bis nur noch ihr Gesicht aus dem Wasser lugte, und schloss die Augen.

«Caffè oder Tee, Ophelia?», fragte Guerrini, der inzwischen ins Badezimmer gekommen war.

«Tee, mein Hamlet!» Laura hielt die Augen geschlossen und rührte sich nicht. «Sag jetzt nichts von Sein oder Nichtsein! Das wäre zu platt!»

«Würde aber passen.»

«Findest du?»

«Ja, finde ich.»

«Warum?»

«Sein ist das, was du gerade machst und was wir gestern gemacht haben. Nichtsein bricht über uns herein, wenn wir den Polizeiapparat der südlichen Toskana mobilisieren. Ich habe ein Gedicht von Petronius für dich herausgesucht. Das könnte ich dir dann nicht mehr vortragen, amore. Du könntest stattdessen deinen Kollegen Baumann einladen und ich Tommasini oder D'Annunzio im Gästezimmer einquartieren. Das wäre dann Nichtsein!»

Laura öffnete ein Auge.

«Würdest du mir das Gedicht jetzt vorlesen? Ich meine, für den Fall, dass später das Nichtsein ausbricht.»

«Nein. Es passt jetzt nicht.»

«Und wann passt es?»

«Das werde ich dir dann sagen.» Damit verließ er das Badezimmer.

Mit geschlossenen Augen sog Laura den Duft der Rosmarinnadeln ein. Irgendwie, dachte sie, irgendwie benimmt er sich wie ein italienischer Macho. Seltsamerweise hatte sie in diesem Augenblick nichts dagegen.

Später frühstückten sie auf der Dachterrasse des Hauses; mit ihren Füßen schoben sie Äste und dicke Pinienzapfen zur Seite, die der Sturm zurückgelassen hatte. Sie aßen dunkelblaue Trauben, Oliven und frischen Schafskäse, bestrichen dicke Scheiben Weißbrot mit Butter und Honig. Von der Terrasse aus konnte man das Meer sehen, den Strand verbarg die Macchia. Noch immer schwebte die Insel Montecristo über dem Wasser. Aber die Wolkendecke begann aufzureißen, und Sonnenflecken jagten über die Schaumkronen. Irgendwo da draußen war ein Motorboot unterwegs. Einmal schien es sehr nahe am Strand zu fahren, dann entfernte es sich wieder.

Guerrini aß schweigend, schaute aufs Meer hinaus. Zwischen seinen Augenbrauen stand eine steile Falte. Die feuchte Luft hatte sein dunkles Haar gekräuselt, und Laura fand, dass er mit Locken verdammt gut aussah. Sie betonten das Römische in seinen Zügen, das sie schon immer entzückt hatte.

«Wir könnten für ein paar Tage nach Rom fahren!», sagte er unvermutet. «Dann wären wir aus dem Schlamassel raus. Wir sind einfach nicht da, wenn er gefunden wird. Wir haben keine Ahnung, und wenn wir zurückkommen, ist hoffentlich schon alles vorbei.»

Laura schob ihren Teller zurück. «Ich finde es bedenklich, dass wir hier genüsslich frühstücken, während der arme Kerl da unten im nassen Sand liegt. Findest du nicht, dass unser Beruf einen schlechten Einfluss auf unseren Charakter hat? Ich glaube, das habe ich dich schon mal gefragt.»

«Das, Commissaria, ist mein geringstes Problem. Ist dir bewusst, was gerade passiert? Er hat es natürlich geschafft! Er beschäftigt uns ununterbrochen! Wahrscheinlich ist er gar kein *armer Kerl*, wie du ihn nennst, sondern ein verdammter Drogenhändler, der sich mit seinen Kollegen gestritten hat. Wahrscheinlich arbeitet er für die Camorra oder irgendeine andere Mafia! Wahrscheinlich haben die letzte Nacht versucht, den Stoff für die reichen Säcke dieser Gegend zu liefern. Irgend so was wird es sein, und es interessiert mich nicht!»

«Dafür, dass es dich nicht interessiert, hast du aber schon ziemlich viel darüber nachgedacht.»

«Ich habe nicht darüber nachgedacht!» Er brüllte schon wieder. «Das liegt auf der Hand! Dafür muss ich nicht nachdenken!»

«Bene. Ich habe keine Lust, nach Rom zu fahren. Ich möchte genau hier bleiben, Angelo. In diesem Haus. Ich wünsche mir, dass du mir die Umgebung zeigst und mir die Geschichten erzählst, die du hier erlebt hast. Ich meine, wenn wir diese Angelegenheit ganz ruhig betrachten, dann ist sie vielleicht weniger dramatisch. Nach starken Stürmen werden öfters Tote an den Strand gespült ...»

Guerrini lachte trocken auf.

«In diesem Land ist eine Leiche am Strand ein Medienereignis! Vor allem eine Leiche, der eine Hand fehlt! Die Leiche eines Arabers! Das könnte sogar eine politische Geschichte sein ... Vielleicht stecken Terroristen dahinter, radikale Muslime! Oder die Mafia hat schon wieder Konkurrenz aus dem Weg geräumt! Ein gefundenes Fressen. Das lenkt von den wahren Problemen ab!»

Während Laura noch über eine Antwort nachdachte, näherte sich das Knattern einer Vespa, wurde lauter und verstummte auf dem kleinen Parkplatz gleich unterhalb der Terrasse. Guerrini und Laura standen auf und schauten über die Brüstung.

«Buon giorno, Fabrizio, was gibt's?» Guerrini hob grüßend den Arm.

Der grauhaarige, stämmige Wachmann hielt das Gefährt breitbeinig im Gleichgewicht, den Lenker umfasste er, als könnte die Maschine ausbrechen wie ein wilder Stier.

«Buon giorno, Dottore! Ich wollte nur nachsehen, ob bei Ihnen alles in Ordnung ist nach dem Sturm. Und ich wollte sagen, dass Sie frühestens in zwei Stunden rausfahren können. Die Riesenpinie, Sie wissen schon, die an der Hauptstraße, die ist umgefallen. Genau auf die Einfahrt. Ist verdammt viel Holz, Dottore. Und die Feuerwehr hat keine Zeit, das Ding abzusägen. Die haben nur den Verletzten rausgeholt, dann waren sie wieder weg. Wir tun unser Bestes, aber es dauert eben. Das wollte ich nur sagen, Dottore.»

Guerrini beugte sich vor.

«Welchen Verletzten?»

«Der Baum ist auf einen Wagen gefallen, Dottore. Um halb vier, so ungefähr. Dummer Zufall.»

«Hört sich so an. Wer war denn das? Kenn ich ihn?»

«Glaub ich nicht, Dottore. Ich kenn ihn auch nicht. Hab keine Ahnung, zu wem der wollte. Orecchio weiß es auch nicht, der hatte Nachtdienst. Vielleicht wollte er nur umdrehen. Machen ja viele in unserer Einfahrt.»

«Wie lange braucht ihr noch, was hast du gesagt?»

«Mindestens zwei Stunden, Dottore. Wenn nicht länger. Tut mir wirklich leid.»

«Schon gut, Fabrizio. Danke, dass du uns Bescheid gesagt hast.»

«Ich wusste doch, dass Sie hier sind, Dottore. Einen schönen Tag noch. Buon giorno!» Er ließ den Motor der Vespa aufheulen, wendete und verschwand hinter den Bäumen.

«Rom können wir also vergessen!», sagte Laura und dachte: Zum Glück! Laut fügte sie hinzu: «Vielleicht sollten wir nachsehen, ob er noch da ist.»

«Gut, sehen wir nach! Sonst reden wir noch zwei Stunden über ihn!» Guerrini hob einen der dicken Pinienzapfen auf und warf ihn Richtung Meer.

«Wirfst du immer mit Gegenständen, wenn du sehr wütend bist?»

«Nicht öfter als du, Laura. Es kommt auch vor, dass ich trete oder brülle. Zufrieden?» Er hob einen zweiten Zapfen auf.

«Gehen wir?»

«Gehen wir.» Er betrachtete den Zapfen in seiner Hand.

«Sein oder Nichtsein», flüsterte Laura. Der Zapfen flog knapp an ihr vorbei und landete auf dem Dach.

Er war weg. Der Strand lag vor ihnen, als hätte es nie einen Toten mit abgehackter Hand gegeben. Das Meer war jetzt etwas ruhiger und hatte dem Land ein, zwei Meter zurückgegeben. Guerrini folgte Laura zu der Stelle, an der sie die Leiche zurückgelassen hatten. Der Sand war glatt und hart. Nichts deutete darauf hin, dass hier ein Körper gelegen hatte. Eine Linie bizarrer Ornamente aus angeschwemmten Algen, Muscheln, Plastikflaschen, Paletten, Teerklumpen, Tauen, Kartons und anderen Hinterlassenschaften zog sich an der Küste entlang.

Sieht aus, als hätte sich das Meer erbrochen, dachte Laura. Sie drehte sich nach Guerrini um und stellte belustigt fest, dass er den Strand absuchte. Weil er nach links ging, nahm sie sich die rechte Seite vor. Doch sie fand nur Plastikmüll, ein paar Milchtüten, ein Puppenbein, einen Haufen Algen mit Schwimmblasen, zwei einzelne Schuhe.

«Glaubst du, dass die Strömung ihn wieder hinausgezogen hat?», fragte Laura, als sie sich nach ein paar Minuten wieder trafen.

«Nein.»

«Ich auch nicht.»

«Bene.»

«Was glaubst du?»

«Nichts.»

«Warum nichts?»

«Weil es mich nicht interessiert. Ich bin froh, dass er weg ist, und ich habe den Strand nur deshalb abgesucht, weil ich sicher sein wollte, dass er auch wirklich weg ist!»

«Aha.»

«Ja, aha! Ich habe das gesagt, weil ich nicht will, dass du falsche Schlüsse ziehst!»

«Schon gut.»

«Grazie! Können wir jetzt noch einen Kaffee trinken?»

«Du willst also nicht melden, dass ...»

«No!»

«Wäre es nicht sinnvoll, wenn wir wenigstens ein paar hundert Meter nach Norden gehen würden? Dahin zieht nämlich die Strömung. Vielleicht ist er woanders angeschwemmt worden.»

«Dann wird ihn schon irgendwer finden! *Ich* werde ihn nicht finden!»

«Und was ist, wenn ich anderer Meinung bin?»

«Das kannst du, Laura! Aber dann werde ich meine Koffer packen und zurück nach Siena fahren!» Er drehte sich um und verschwand zwischen den Büschen.

Laura trat gegen einen angeschwemmten Milchkarton. Das, dachte sie, ist unser erster richtiger Krach. Zweiter Ferientag, erster Krach. Interessant. Aber sie konnte es nicht so gelassen nehmen, wie sie es gern getan hätte. Sie fürchtete plötzlich, dass alles ein großer Irrtum war. Wie lange kannten sie sich? Etwas länger als zwei Jahre. In dieser Zeit hatten sie sich höchstens ein paar Wochen lang gesehen, immer hier und dort ein paar Tage. Meistens mussten sie in dieser knappen Zeit auch noch ermitteln. Dazwischen lagen Monate, in denen sie auf Telefongespräche angewiesen waren. Sie lebte mit ihren Kindern in München, er allein in Siena. Welch unendlicher Raum für Projektionen.

Sie trat ein zweites Mal gegen den Karton und kickte ihn in weitem Bogen ins Wasser. Dann krempelte sie entschlossen ihre Jeans hoch und folgte dem schmalen Strand nach Norden.

ES WAR BEINAHE MITTAG, als Ernesto Orecchio sich von seinen Kollegen verabschiedete. Verabschieden konnte, besser gesagt. Seit Stunden fieberte er diesem Augenblick entgegen, fürchtete, dass einer fragte, wo denn sein Fiat sei? Wie ein Wilder hatte er Äste gestapelt, gesägt, die Straße gefegt und sich gefragt, wozu es eigentlich eine Feuerwehr gab, wenn die nicht kam, wenn man sie brauchte. Nichts hatten die getan! Nur den Verletzten aus dem Wagen gezogen und ihn mitgenommen. Das war's.

Orecchio hatte seine Mutter angerufen und sie beruhigt. Mehrfach musste er ihr versichern, dass er nicht im Sturm umgekommen sei. Von den anderen hatte er nichts gehört. Zwanzigmal hatte er sein Handy überprüft. Es funktionierte. Aber kein Anruf kam durch, keine SMS, nichts. Jetzt stand er da mit seinem Auto voller Pakete. Wie sollte er mit denen an seinen Kollegen vorbeikommen? Ein Blinder konnte sehen, dass der Fiat bis unters Dach beladen war. Was klang überzeugend? Vielleicht, dass er seine kleine Wohnung am Rand von Portotrusco renovierte und vor Dienstbeginn noch schnell beim Baumarkt in Grosseto war? Oder dass er die Sachen bei einem Freund vorbeibringen musste? Was für Sachen? Ihm fiel einfach nichts ein. Er begann zu schwitzen, er konnte ja noch nicht mal erklären, warum er seinen Fiat nicht neben dem Wärterhäuschen geparkt hatte. Noch hatte ihn keiner gefragt. Alle waren damit beschäftigt, die riesige Pinie zu zersägen. Den weißen Lieferwagen mit dem eingedrückten Dach und der zertrümmerten Frontscheibe hatten sie an die Seite geschoben. In der Fahrerkabine war alles voll Blut, und Fabrizio vermutete, dass bald die Polizei kommen würde, um den Unfall zu untersuchen.

«Hast du eine Ahnung, wer das war?», hatten seine Kollegen gefragt. Orecchio hatte mit den Schultern gezuckt und «keine Ahnung» gemurmelt.

Noch so eine Sache. Orecchio war traurig, dass die Pinie umgefallen war. Erst am Morgen war diese Trauer langsam in ihm aufgestiegen. So ähnlich wie Gänsehaut. Die kam auch meistens, bevor man etwas merkte. Er hatte geglaubt, dass dieser mächtige Baum mindestens noch hundert Jahre stehen, dass er sie alle überleben würde. Irgendwie hatte ihn das zufrieden gemacht, ihm ein Gefühl von Ewigkeit gegeben. Das war jetzt kaputt. Genau wie das Dorf seiner Kindheit und sein Glaube an die Kommunisten. Es war nicht mehr viel übrig. Alles in Trümmern. Beinahe vierzig war er und hatte noch nicht mal eine Frau. Und jetzt der Baum.

Ein paar Minuten lang hing er noch im Wärterhäuschen herum und trank seinen Kaffee, der ekelhaft schmeckte. Redete mit Fabrizio und den andern über den Sturm. Immerhin fanden es alle schade, dass die Pinie umgefallen war.

«Era bello», sagte Fabrizio, schaute bekümmert auf seine Stiefel und zuckte die Achseln. «Man kann nichts dagegen machen. So ist eben das Leben.»

Die Kollegen murmelten zustimmend. «Così è la vita!» und «Irgendwann fallen wir alle um».

Auch Orecchio murmelte so einen Satz, ganz gegen seinen Willen. Er wollte nicht, dass das Leben so ablief! Warum lebte man dann? Um zuzuschauen, wie alles in Trümmer fiel? Man keinen Schritt weiterkam?

Wortlos verließ er das Wärterhäuschen. Von der Sonne geblendet, blieb er stehen. Seit er hier arbeitete, hatte die Pinie ihr Schattendach über die Einfahrt zum Resort gebreitet. Jetzt war da nichts mehr, nur nackter Himmel. Orecchio fühlte sich schutzlos. Schlimmer noch, er hatte Angst. Möglichst unauffällig schlenderte er in Richtung seines Wagens, hob hier einen Ast auf und verweilte dort kurz, als kontrollierte er Wege und Abflusskanäle. Je näher er der Auffahrt zur Villa kam, in deren Hof er seinen Fiat versteckt hatte, desto größer wurde seine Angst.

Plötzlich traute er seinen Kollegen nicht mehr. Er konnte sich gut vorstellen, dass ein paar von denen ebenfalls nächtliche Lieferungen durchwinkten. Sehr gut sogar! Sie alle hatten Nachtdienst. Einer nach dem andern! Vielleicht beobachteten sie ihn. Vielleicht wussten alle außer ihm, dass sie gemeinsam für diese Unbekannten arbeiteten. Vielleicht war das seine Bewährungsprobe, und sie alle warteten darauf, dass er sich als verlässliches Mitglied ihrer Gemeinschaft bewies. Die brauchten jemanden, auf den sie sich hundertprozentig verlassen konnten. Das hatte der Unbekannte gesagt, der ihn damals in der Bar angesprochen hatte. Hundertprozentig. Wieder brach Orecchio der Schweiß aus.

Er hatte nicht die geringste Ahnung, was er machen sollte. Wie ein Dieb kroch er zwischen den Büschen hindurch in den Garten des verlassenen Anwesens, beobachtete misstrauisch jede Bewegung, horchte auf jeden Laut. Doch da war nichts, nur ein paar Vögel hüpften auf dem Dach der Villa herum. Elstern. Er mochte Elstern nicht. Sie waren nicht besser als Krähen.

Jetzt konnte er die Pakete in seinem roten Fiat sehen. Er wünschte, sie wären nicht da. Aber es half nichts, sie blieben. Er musste sie mitnehmen und an einen sicheren Ort schaffen. Aber an welchen? Er kannte keinen!

Mit weichen Knien schlich er zu seinem Wagen hinüber und setzte sich hinters Steuer. Es dauerte ein paar Minuten, ehe er es schaffte, den Motor anzulassen. Langsam wendete er auf dem halbrunden Vorplatz der Villa und rollte hinaus.

Als er auf die Hauptstraße nach Follonica einbog, wunderte er sich, wie selbstverständlich sein Abgang gewesen war. Seine Kollegen hatten ihm zugewinkt, er hatte den Arm aus dem Seitenfenster gestreckt und zurückgegrüßt. Dann war er draußen. Jetzt fuhr er. Wohin? Auf jeden Fall weg von Portotrusco. Er hatte nicht mehr viel Benzin im Tank. Sehr weit konnte er nicht fahren, wenn er nicht Gefahr laufen wollte, hängenzubleiben. Zum Tanken musste er zurück nach Portotrusco. Die kleine Tankstelle vor der Steigung, die nach Follonica hinüberführte, hatte längst Pleite gemacht. Da wuchsen inzwischen Schlingpflanzen um die verrosteten Zapfsäulen.

Aber wohin sollte er fahren? Wahrscheinlich war es am besten, wenn er in einen der Feldwege bog, die eine Abkürzung der Einheimischen zur Via Aurelia waren.

An der Hauptstraße konnte er seine Pakete nicht verstecken.

Er nahm die nächste Abzweigung, war sich nicht einmal sicher, ob der Weg wirklich auf die andere Seite der Hügel führte, wollte nur weg von der Hauptstraße. Er fuhr durch ein grünes Tal zum Wald hinauf, dann weiter, unter Steineichen und Esskastanien hindurch. Auch hier lagen vom Sturm abgebrochene Äste herum, kratzten am Boden seines Wagens, an den Seiten. Vor einem besonders großen Ast hielt er an, machte den Motor aus und zog eine Zigarette aus dem Handschuhfach. Eine MS. Orecchio rauchte nur MS, dabei war er nicht einmal sicher, ob sie ihm schmeckten. Es hatte etwas mit einem Gefühl von Sicherheit zu tun. MS hatte es schon in seiner Kindheit gegeben. Irgendwie war diese Zigarette so ziemlich das Einzige, das verlässlich geblieben war.

Als er sie anzündete, wurde ihm bewusst, dass seine Hand zitterte, und während er diese zitternde Hand betrachtete, begriff er, dass er in verdammten Schwierigkeiten steckte.

Der Rauch brannte auf seiner Zunge, und er hustete heftig, als er ihn in seine Lungen zog. Trotzdem sog er ein zweites und ein drittes Mal, stieß aber den Rauch schnell wieder aus. Jetzt fühlte er sich wacher, erinnerte sich plötzlich an die verfallenen, kleinen Steinhäuser in den Wäldern. Es war schon ein paar Jahre her, dass er mit einem Bekannten in dieser Gegend Jagd auf Wildschweine und Stachelschweine gemacht hatte. Der Bekannte war inzwischen gestorben, und Orecchio hatte die Jagd – beinah erleichtert – sofort aufgegeben.

Er war sowieso nur mitgegangen, weil Männer eben auf die Jagd gingen und sein Bekannter es als selbstverständlich voraussetzte. Aber das Kindergeschrei der von Schrotkugeln getroffenen Stachelschweine hatte Orecchio stets bis in seine Träume verfolgt. Niemals hätte er auch nur einen Bissen Stachelschweinfleisch essen können. Immer waren ihm Ausreden eingefallen, wenn er zu so einem Braten eingeladen wurde. War schon gut, dass der Bekannte nicht mehr da war. Viele Probleme lösten sich so auf ganz natürliche Weise. Er vermisste ihn nicht, diesen Pietro Sentieri, der sich ihm immer aufgedrängt hatte, weiß der Himmel, warum. Ernesto Orecchio zog es jedenfalls vor, sein ganz eigenes Leben zu leben.

Langsam ging er zum Waldrand und schaute über das Tal. Bäume und Büsche sahen weich aus, rund und konturlos. Ein paar weiße Rinder liefen hintereinander auf einem unsichtbaren Pfad. In der Ferne, weit hinter den dunklen Pinienwäldern, schimmerte ein schmaler Streifen Meer. Der Sturm hatte aufgehört, als hätte es ihn nie gegeben. Noch einmal zog Orecchio an seiner MS und drückte sie dann in die feuchte Erde. Er würde die Pakete in eines der verfallenen Häuser bringen. Das war die einzige Lösung, die ihm einfiel, und er fand sie nicht schlecht.

Niemand war ihm gefolgt, da war er sicher. Er räumte den großen Ast zur Seite und stieg wieder in seinen Wagen. Er erinnerte sich dunkel an dieses Tal, vermutlich verengte es sich zwischen zwei Hügeln, irgendwo musste ein Weg nach oben in die Wälder führen. Diesen Weg musste er finden.

Laura erreichte die Mündung eines kleinen Flusses, die von riesigen Felsbrocken und Betonquadern eingefasst war, die eine Mauer bildeten. Eine improvisierte Mole. Sie kletterte auf die Steine, balancierte ein Stück und sprang in den Fluss hinunter. Das Wasser reichte bis über ihre Knie. Es schäumte, denn der Sturm hatte das Meer bis weit ins Land hineingepresst, und jetzt strömte es sprudelnd wieder zurück. Laura durchquerte das Flüsschen und kletterte auf der andern Seite wieder auf die Mauer. Von hier aus konnte sie die Bucht nach Norden überblicken.

Wohin war der Tote verschwunden? Falls eine Welle ihn hinausgezogen hatte, musste das Meer ihn auch wieder an den Strand werfen. So wie die Surfbretter und Baumstämme, die tote Katze, den Plastikmüll, die Flaschen und Taucherbrillen und den dunkelgrünen Seetang, dessen Schwimmblasen unter ihren Füßen platzten. Feiner Dunst lag über dem Strand, Brandungsnebel. Weit weg, am Ende der Bucht, ragten hohe Felsen ins Meer, Felsen und das Gerippe einer Burg.

Kein Mensch war am Strand zu sehen. Außer der tosenden Brandung war nichts zu hören. Obwohl Laura einen Pullover anhatte, fröstelte sie plötzlich. Der Strand hatte etwas Endzeitliches, Unwirkliches. Sie zögerte, lief dann aber weiter. Rechts von ihr lagen die verlassenen Villen mit ihren verschlossenen Fensterläden und heruntergelassenen Rollos zwischen Pinien, die sich in absurden Winkeln landwärts lehnten. Links tobte das Meer. Es kam Laura vor, als hätten die Menschen diese Gegend verlassen, weil sie einen Angriff erwarteten, der vom Meer her drohte.

Sie versuchte diese Gedanken wegzuschieben. Es

war der Sturm. Nur der Sturm. Spätestens am Nachmittag würde die Sonne wieder scheinen und diesen Strand verwandeln. Das war ihr erster längerer Urlaub seit Jahren. Urlaub in der südlichen Toskana. Aber es sah fremd aus hier, fühlte sich klamm an und kalt, wie die seltsame Umarmung mit dem Toten im Wasser. Vielleicht war es besser, umzukehren und die Sache zu vergessen. Vielleicht hatte Angelo recht.

Sie schaute zurück und war erstaunt, wie weit sie sich bereits von der kleinen Mole entfernt hatte. Noch hundert Schritte weiter. Laura zählte, rannte. Bei zweiundachtzig blieb sie keuchend stehen. Es war anstrengend, im weichen Sand zu laufen. Sie bückte sich nach einer großen, weißen Sepia und kratzte mit dem Fingernagel über den weichen Kalk. Dann suchte sie mit den Augen noch einmal den Strand ab. Aus dem salzigen Brandungsnebel löste sich im Norden die Gestalt eines Mannes in einem langen Mantel, höchstens hundert oder hundertfünfzig Meter von Laura entfernt. Er schien etwas über der Schulter zu tragen.

Woher kam der so plötzlich? Wieso hatte sie ihn nicht früher gesehen? Er musste von den Häusern zum Strand heruntergekommen sein, als sie nicht hingesehen hatte.

Sie drehte sich um und schätzte die Entfernung zur Mole. Mindestens ein halber Kilometer. Der Mann mit dem langen Mantel ging schneller, oder kam ihr das nur so vor?

Es gab zwei Möglichkeiten: ihm entgegengehen oder zurücklaufen. Sie fühlte sich unbehaglich. Dabei gab es keinen Grund. Was hatte diese Gestalt mit ihr zu tun? Trotzdem kehrte sie um und tat so, als würde sie joggen. Gemächlich, damit es nicht nach Flucht aussah. Als sie ungefähr die halbe Strecke zur Mole zurückgelegt hatte, kam ihr auch von dort ein Wanderer entgegen. Er sprang von der Mauer, wie sie selbst es zuvor getan hatte. Wieder blieb Laura stehen. Sie machte ein paar Dehnungsübungen und schaute dabei unauffällig zurück. Der mit dem langen Mantel musste auch gelaufen sein, denn er war jetzt nur noch geschätzte fünfzig Meter entfernt. Auch er war stehen geblieben.

Lächerlich, dachte Laura. Trotzdem spürte sie, dass ihr Herzklopfen nicht allein vom Laufen kam. Sie versuchte ihren Atem zu kontrollieren und ging langsam weiter.

Es liegt an meinem Beruf, dachte sie. Das hier ist eine ganz normale Situation an einem Strand nach einem Sturm. Menschen gehen nach einem Sturm am Meer entlang, betrachten das Strandgut, suchen ungewöhnliche Muscheln. Sie wich einem Brett mit rostigen Nägeln aus, machte einen Bogen um die tote Katze, streifte den aufgedunsenen Bauch aus den Augenwinkeln.

Der Strandwanderer, der ihr entgegenkam, war nur noch wenige Meter entfernt. Laura hob einen dicken Schwamm auf und drückte ihn aus. Erst dann sah sie ihm entgegen.

Er lächelte. Vielmehr sein Mund lächelte. Seine Augen waren hinter einer großen Sonnenbrille verborgen. Das dunkelblonde Haar hatte er glatt nach hinten gekämmt. Er trug ein elegantes beigefarbenes Polohemd über vermutlich teuren braunen Hosen, die er wie Laura hochgekrempelt hatte. Aber im Gegensatz zu ihr war er nicht barfuß. Seine Füße steckten in braunen

Sneakers. Seine Gesichtshaut war leicht gebräunt, gut rasiert. Von seinen Nasenflügeln liefen scharfe Falten bis zum kräftigen Kinn. Die Lippen waren erstaunlich voll. Er mochte vierzig sein oder ein bisschen drüber.

All das nahm Laura in Bruchteilen von Sekunden wahr. Villenbesitzer, dachte sie, Unternehmer, schätzungsweise Norditaliener. Dunkle Sonnenbrillen machen alle italienischen Männer zu Mitgliedern der Mafia. Dieses Klischee funktionierte wie auf Knopfdruck.

Er lächelte noch immer und blieb neben ihr stehen.

«Ein schöner Schwamm», sagte er leise.

Laura nickte, wartete.

«Wohnen Sie hier im Resort?» Sein Italienisch klang ein wenig nasal, nach Mailand oder Turin. Er rollte das «R» nicht, konnte genauso gut Schweizer sein.

«Nur vorübergehend.»

«Natürlich, es ist Oktober. Außerdem sind wir alle nur vorübergehend hier.»

Laura warf ihm einen kurzen prüfenden Blick zu. Wie hatte er das gemeint? Nur in Bezug auf die Bewohner des Resorts oder auf die Menschheit im Allgemeinen?

«Im Oktober ist es hier besonders schön, nicht wahr? Sind Sie allein in *Il Bosco*?» Er wandte ihr sein Profil zu und schaute auf das Meer hinaus.

«Warum interessiert Sie das?»

«Nun, es ist nur ... ich kenne dieses Resort ziemlich gut. Falls Sie allein sind, dann schließen Sie am Abend das Haus gut ab. Aber das haben Ihnen sicher auch die Wärter an der Pforte schon gesagt. Um diese Zeit ist es sehr einsam hier, da suchen manche ihren Vorteil, Signora.»

«Möglich.» Laura ging weiter. Doch er hörte nicht auf zu reden, bis sie sich wieder nach ihm umdrehte.

«Achten Sie auf den Wiedehopf. Er ist fast ausgestorben, aber vor dem Sturm habe ich einen gesehen. Hier im Resort! Und hüten Sie sich vor der Strömung in der Bucht! Es sind schon ein paar Leute ertrunken, weil sie nichts von der Strömung wussten. Das können Sie auch an den merkwürdigen Dingen sehen, die hier angeschwemmt werden. Aber trotzdem: gute Erholung!» Er fasste zum Gruß mit zwei Fingern an den Bügel seiner Sonnenbrille.

Sie nickte ihm zu und überlegte, ob er sie am Morgen beobachtet hatte, ob seine freundlichen, harmlosen Worte mehr bedeuteten als eine Warnung vor den Meeresströmungen. Vielleicht hatte er den Toten gesehen. Sie fühlte sich unfrei, beinahe wütend. So hatte sie sich den Beginn ihres Urlaubs nicht vorgestellt. Nicht als Konfrontation mit ihrem Beruf, ihrem bisherigen Dasein. Sie hatte sich einen Ausstieg erhofft, so etwas wie eine Flugübung für ein ganz anderes Leben. Noch an diesem Morgen war sie ein bisschen geflogen, dann war die harte Landung gekommen.

Wieder hatte sie Lust zu rennen, weit weg von dieser unklaren Geschichte. Achten Sie auf den Wiedehopf. Was für eine seltsame Empfehlung. Vielleicht war es doch besser, nach Rom zu fahren, wie Angelo vorgeschlagen hatte. Sie kletterte auf die Granitbrocken an der Mole und warf einen Blick zurück.

Der Mann mit dem langen Mantel lief nicht mehr am Ufer entlang, sondern am Rand der Macchia. Er schien keinen Wert auf eine Begegnung mit dem gesprächigen Strandwanderer zu legen. Laura konnte jetzt erkennen, dass er Afrikaner war, ein Schwarzer mit buntem Umhang und einer großen Tasche über der Schulter. Einer der Händler vermutlich, die überall in Italien unterwegs waren, mit Handtaschen, Sonnenbrillen, Uhren, Teppichen, Modeschmuck. Er winkte ihr zu, rief etwas. Laura winkte zurück, kletterte aber weiter, überquerte wieder den wild strömenden Bach und blieb erst stehen, als sie den Strand erreicht hatte, der zu ihrem Ferienhaus gehörte. Die Sonne war inzwischen durch die Wolken gebrochen. Das Meer blendete, und die letzten Nachzügler des Sturmtiefs zogen wie zerfledderte Federn über den Himmel. Laura ließ sich in den Sand fallen und kreuzte die Beine, nahm eine Art Meditationshaltung ein. Inzwischen war der Strand wieder völlig glatt und unberührt. Die Begegnung mit dem Toten erschien ihr so unwirklich wie die Insel Montecristo, von der nur noch die Berggipfel zu sehen waren. Fliegende Berggipfel über einem wogenden dunkelgrünen Meer.

Es dauerte nur wenige Minuten, und der afrikanische Händler hatte sie eingeholt. Er trug keine Sonnenbrille, war sehr schwarz, sehr schlank. Er lächelte nicht und sagte auch nichts. Stattdessen setzte er sich ein paar Meter von Laura entfernt, kreuzte ebenfalls seine Beine und schaute zu der fernen Insel.

So saßen sie schweigend.

Es war ganz natürlich.

Nicht bedrohlich. Anders als die Begegnung mit dem blonden Strandwanderer.

Irgendwann wandte Laura den Kopf und sah zu dem stillen Händler hinüber. Diesmal lächelte er, rosa Schimmer zwischen seinen dunklen Lippen, ein kurzes

Blitzen weißer Zähne. Dann war er wieder ernst, öffnete seinen tragbaren Koffer und schob ihn ein Stück zu Laura hinüber. Wie sie vermutet hatte, war der Koffer voller Sonnenbrillen, Schmuck und Uhren. Noch immer sagte er nichts, pries seine Ware nicht an.

«Was machst du im Winter?», fragte sie.

Er hob erstaunt die Augenbrauen und lächelte dann wieder auf diese unerwartet sanfte Weise.

«Weiter nach Süden, vielleicht. Oder Venedig. Das ist immer gut.»

Sein Italienisch war nicht schlecht. Venedig. Sie erinnerte sich an die zahllosen Straßenhändler mit ihren immer gleichen Handtaschen, die in wilden Fluchten davonstoben, sobald die Polizei auftauchte. Die meisten waren Illegale. Der hier wahrscheinlich auch. Ewiger Wanderer an den Rändern Europas.

Sie zog den Koffer zu sich heran, nahm eine Sonnenbrille mit rotem Gestell heraus und Creolen, die mit goldenen Sternen besetzt waren. Sie fragte nach dem Preis.

«Dreißig Euro.»

«Fünfundzwanzig.»

«Achtundzwanzig.»

«Ach, lass es. Ich zahle dreißig.»

Er zuckte die Achseln und betrachtete seine hellen Handflächen.

«Warte hier. Ich muss das Geld erst holen.»

Er nickte und begann seine Waren neu zu arrangieren. Laura schlug den schmalen sandigen Pfad zum Haus ein und fragte sich zum ersten Mal, wie der Streit mit Angelo weitergehen würde. Vielleicht packte er bereits. Sie war auf alles gefasst, denn sie hatten noch nie einen ernsthaften Konflikt durchgestanden. Immerhin hatte er genau wie sie die absurde Komik der Situation empfunden, das stimmte sie zuversichtlich. Trotzdem zögerte sie, als sie die Terrasse erreichte. Wenigstens war er noch nicht abgereist, denn laute Musik drang in den Garten. Beethoven, soweit Laura hören konnte. Leise öffnete sie die Terrassentür und trat ins Haus.

Commissario Guerrini lag mit verschränkten Armen und geschlossenen Augen auf dem gelben Sofa. Gewaltig hallte die Symphonie in dem hohen Raum, Beethovens Fünfte. Auf Zehenspitzen schlich Laura durch den Salon zu der antiken Kommode neben der Treppe. Ihre Brieftasche lag in der obersten Schublade. Guerrini rührte sich nicht, sie hoffte, dass er eingeschlafen war. Das würde ihr Zeit geben, sich innerlich vorzubereiten. Behutsam zog sie die Schublade auf und griff nach ihrer Brieftasche.

«Ich schlafe nicht!»

Sie zuckte zusammen und drehte sich schnell um. Guerrini lag noch immer so da wie zuvor, hatte nicht einmal den Kopf bewegt, seine Augen waren noch immer geschlossen.

«Hast du ihn gefunden?»

«Nein.»

«Grazie!»

«Vielleicht sollten wir doch ein paar Tage wegfahren …»

«Ah, warum das denn auf einmal?»

«Es hat mir nicht gefallen am Strand. Zu viele tote Katzen.»

Die Symphonie steigerte sich.

«Katzen?» Er setzte sich auf und sah sie irritiert an.

Das vom Seewind gelockte Haar machte sein Gesicht weicher und irgendwie sehr sinnlich.

«Ja, Katzen», murmelte sie.

«Katzen!», wiederholte er mit hochgezogenen Augenbrauen. «Fahren wir also nach Rom.»

«Nein, nicht Rom. Rom klingt auch nach toten Katzen. Und nach Stress.»

«Bene. Es muss ja nicht Rom sein. Wo willst du eigentlich mit deiner Brieftasche hin?»

«Nirgends.» Laura nahm dreißig Euro und legte die Brieftasche wieder in die Schublade zurück. «Ich habe am Strand einen afrikanischen Händler getroffen und ihm etwas abgekauft.»

«Nein!»

«Doch!»

«Was? Und warum?»

«Ich verweigere die Aussage!»

«Entschuldige.»

Laura lächelte ihm zu, ging an ihm vorbei und verschwand so leise, wie sie gekommen war, durch die Terrassentür in den Garten.

Der afrikanische Händler saß noch genauso am Strand, wie sie ihn verlassen hatte. Nur der Koffer war inzwischen wieder verschlossen. Ihre rote Sonnenbrille und die Creolen lagen auf einem bunten Tuch im Sand. Laura setzte sich neben das Tuch und glättete die Geldscheine auf der flachen Hand.

«Darf ich dich etwas fragen?»

Er senkte den Kopf und kniff die Augen ein bisschen zusammen.

«Was?»

«Bist du vom Ende der Bucht bis hierher gelaufen?»

«Sì, natürlich. Weiter hinten ist noch ein Hotel. Da sind auch nicht viele Touristen, aber wenigstens ein paar. Im Oktober muss man weit laufen.»

Laura reichte ihm die Scheine. Er griff so langsam nach ihnen, als zögerte er, sie anzunehmen.

«Hast du auf deinem Weg etwas Ungewöhnliches gesehen?»

Seine Hand umschloss die Geldscheine, und er schaute auf den Sand, dann zum Himmel hinauf.

«Was soll ich gesehen haben?»

«Du sollst gar nichts gesehen haben. Aber vielleicht hast du etwas gesehen.»

«Das Meer, den Dreck am Strand. Ein Motorboot. Sonst nichts.»

«Was für ein Motorboot?»

«Ein Motorboot eben. Warum fragst du?»

«Was hat das Motorboot gemacht?»

«Es fuhr in den Wellen herum, ziemlich lebensgefährlich. Ein Verrückter wahrscheinlich!» Er lächelte unsicher und stand auf. «Ich geh jetzt besser.»

«Warum bist du eigentlich dem Mann ausgewichen, mit dem ich am Strand gesprochen habe?»

Der Afrikaner warf den Riemen des Koffers über seine Schulter. «Weil der aussah wie einer, den die Polizei hinter uns herschickt. An diesem Strand dürfen wir nicht laufen, Signora. Das ist verbotenes Gebiet.»

«Woher weißt du das?»

Er lachte.

«Spricht sich rum. So was muss man wissen, wenn man unterwegs ist.»

Laura lächelte. «Wahrscheinlich. Nur noch eine Frage, ehe du gehst. Ist das Motorboot hier gewesen? Ich meine, wo wir jetzt sitzen?»

Er ging bereits, wandte sich noch einmal um. «Kann sein!», rief er. «Ich weiß es nicht genau. Irgendwo war es ziemlich nahe am Strand. Du kannst das Tuch behalten. Ciao.»

«Grazie und viel Erfolg.»

Er warf die schwere Tasche über seine Schulter. Laura hatte das Gefühl, dass er noch etwas sagen wollte, aber er ließ es und wanderte langsam in Richtung Portotrusco davon. Allmählich wurde er kleiner, ab und zu bückte er sich nach einem Stück Strandgut.

Wieso geht er an diesem Strand entlang? Nach Portotrusco sind es mindestens vier Kilometer, und er wird auf diesem Weg kaum Geschäfte machen. Außerdem ist es verbotenes Gebiet. Ich verstehe das nicht, dachte Laura. Vielleicht spioniert er leere Villen aus. Verdammt, am liebsten würde ich meinen Kopf abschalten. Ich habe Urlaub, ich sitze am Meer und schaue zu einer schwebenden Insel hinüber, es riecht nach Seetang und Salz, die Sonne scheint, und ein paar Meter von hier liegt mein Geliebter auf einer Couch und hört Beethoven.

Ich bin nicht für diese Wasserleiche zuständig!

Halblaut wiederholte sie diesen Satz noch zwei Mal. Dann streckte sie sich im Sand aus und versuchte eine Art autogenes Training, stellte sich vor, dass sie allmählich immer schwerer wurde und tiefer in den Sand sank. Nein, das war keine gute Idee. Diese Übung erinnerte sie wieder an den Toten, der ja auch allmählich versunken war. Niemals hatte das Meer ihn wieder mitgenommen. Er war viel zu schwer gewesen. Daraus folgte, dass jemand ihn weggeschleppt hatte. Außerdem folgte daraus, dass jemand sie und Angelo beobachtet haben könnte. Jemand, der kein Interesse daran hatte, dass der Tote gefunden wurde.

Jäh setzte Laura sich auf und schaute sich nach dem afrikanischen Händler um. Er war noch da, eine winzige dunkle Figur am Rand der Brandung.

Ich höre ab sofort auf zu denken! Ich schaue einfach aufs Meer hinaus und zur Insel Montecristo, ich denke an Alexandre Dumas und seinen Grafen, an Angelo, daran, wie wir uns gestern geliebt haben, an die Rosmarinbüsche vor dem Haus, an die wilden Katzen …

Die Insel Montecristo hatte sich aufgelöst, einzig eine Nebelbank war von ihr zurückgeblieben, und als Laura den Kopf wandte, war auch der schwarze Händler verschwunden.

ALS DER FIAT die Steigung nicht mehr schaffte, wurde Ernesto Orecchio von einer neuen Panikattacke überrollt. Sie war heftiger als die vorangegangenen, deshalb schaltete er den Motor aus, schloss die Augen und hoffte, dass Herzrasen, Schweißausbrüche und Schwindel vorübergehen würden wie der Sturm. Er hätte die Angst nicht beschreiben können. Sie war zu groß, breitete sich rund um ihn aus, kroch am Wagen vorbei zwischen die Bäume und den steilen Hohlweg hinauf. Es kam ihm vor, als wären seine Muskeln erstarrt. Vorsichtig bewegte er seinen rechten Arm, um zu sehen, ob er noch funktionierte. Er spreizte die Finger seiner rechten Hand, starrte sie an, ohne sie wirklich zu sehen. Seine gesamte Aufmerksamkeit war auf die Angst gerichtet, und immerzu liefen seine Gedanken im Kreis, wie verrückt: Ich habe nichts Falsches gemacht! Der Fahrer hat gesagt, dass ich die Ladung in Sicherheit bringen muss. Das habe ich gemacht!

Es beruhigte ihn nicht. Im Gegenteil: Je länger er dasaß, desto lauter wurden andere Gedanken, die er bisher nicht hatte denken wollen. Gefährlich, dachte er. Ich bin in eine gefährliche Situation geraten, und ich weiß nicht mal, warum. Und *wie* gefährlich sie ist.

Seit Monaten machte er etwas, ohne zu wissen, was es war. Er befand sich in der Hand von Unbekannten, die ihn verdammt gut für ein paar durchwachte Nächte bezahlten. Vielleicht hatte er sich mit irgendeiner Mafia eingelassen, der Camorra, der ’Ndrangheta. Jedenfalls war in diesen Paketen etwas, das nicht gefunden werden durfte. Es konnte alles Mögliche sein. Kokain zum Beispiel. War Kokain schwer? Er hatte keine Ahnung.

Ein Windstoß fuhr durch die Kronen der Esskastanienbäume, Blätter rieselten wie dichtes gelbes Schneetreiben. Irgendwo zu seiner Linken fiel mit dumpfem Schlag ein Ast zu Boden. Noch immer saß Orecchio starr hinter dem Steuer seines Wagens. Nicht mal genügend Benzin hatte er! Alles war außer Kontrolle! Passte ganz gut zu seinem Leben. Noch nie hatte er wirklich Kontrolle über irgendwas gehabt. Immer schon war das Leben ihm vorgekommen wie das Erdbeben im Friaul, das er als Kind erlebt hatte. In regelmäßigen Abständen krachte alles um ihn herum zusammen: die Jobs, die Beziehungen, manchmal auch seine Gesundheit. Nur seine Mutter blieb ihm erhalten. Dabei wäre er die wirklich gern los. Aber es ging ja nicht. Er war der einzige Sohn und sie Witwe. Wieder wurde er von einer Angstwelle überrollt, bekam kaum noch Luft.

Ich muss hier raus! Ich kann hier nicht sitzen bleiben!

Als er die Fahrertür aufstieß, fürchtete er, dass seine Beine ihn nicht tragen würden. Vorsichtig setzte er erst den einen, dann den anderen Fuß auf den Boden und zog sich an der Wagentür hoch. Die Muskeln fühlten sich an wie verknotet. Was war nur los mit ihm? Er war doch sonst kein Feigling. Wärter eines Reichenghettos, mit Gewehr! Es half nichts. Orecchio wusste, dass er in etwas hineingeraten war, das größer war als er selbst und dieses lächerliche Gewehr. Mit geballter

Faust schlug er auf das Autodach. Es tat weh, aber der Schmerz war gut, löste seine Erstarrung ein bisschen. Er sah sich um. Sonnenstrahlen drangen durch die Äste. Wie schwerer Regen fielen hier und da Eicheln und Esskastanien, Häher kreischten. Es roch nach feuchtem Laub und Pilzen.

Ganz allmählich ebbte die Angst in seinem Innern ab, blieb aber im Nacken und den Schultern sitzen. Weiter würde er nicht kommen, der steile Weg voller Felsbrocken war zu viel für den kleinen Fiat. Er musste zurück. Er erinnerte sich dunkel an den zerfallenen Stall, an dem er vorübergefahren war. Vielleicht konnte er die Kartons dort lassen. Warum war er überhaupt so weit den Berg hinaufgefahren? Selbst für einen Geländewagen wäre dieser Weg eine Herausforderung.

Flucht, dachte er. Ich bin auf der Flucht. Deshalb. Umdrehen konnte er auch nicht. Er musste rückwärts hinunter.

Als er den Zündschlüssel umfasste, fürchtete er, der Wagen könnte nicht mehr anspringen. Er sprang an. Orecchio schickte einen Dank zur Madonna hinauf. Es ging langsam, der Fiat holperte und rutschte, stellte sich zweimal quer. Als im Rückfenster endlich die Steinhaufen des verlassenen Gebäudes auftauchten, schmerzte Orecchios Nacken. Jetzt wurde der Weg breiter, und auf dem Hof vor der Ruine war Platz genug, um endlich zu wenden. Bloß nicht warten, bis die Panik wieder nach ihm greifen konnte. Aussteigen! Solange er sich bewegte, ging es ihm besser.

Aber der Haufen grauer Feldsteine erinnerte ihn zu sehr an das Erdbeben. Er presste die Daumenballen gegen seine Schläfen. Hier hatte die Erde nicht gebebt.

Diese Hütte war ganz von selbst in sich zusammengefallen. Weil sie alt war und keiner sie mehr brauchte. Er hielt sich aufrecht, horchte nicht mehr auf seine Angst, sondern nach außen, auf die Geräusche des Waldes. Noch immer fielen Früchte von den Bäumen, knisterten Blätter bei ihrem Flug und bei der Landung.

Zögernd näherte sich Orecchio dem alten Haus, fuhr herum, als wieder ein Ast zu Boden polterte. Oder waren das Wildschweine? Er begriff nicht, warum alles ihm Angst machte, jedes Geräusch, jeder Schatten, die Sonnenflecken, die über ihn hinwegflackerten. Es war, als hätte die Welt um ihn herum eiskalte, spitze Stacheln. Wie die von Seeigeln, die sich in die Haut bohren und abbrechen. Eiskalte Seeigelstacheln. Das war es, was er empfand. Schlimmer noch! Sein Körper fühlte sich an, als steckten überall abgebrochene Stacheln.

Nicht daran denken!

Der Steinhaufen war bemoost, er glänzte vor Feuchtigkeit. Auf der rechten Seite stand noch eine Mauer, begrenzte die Andeutung eines Zimmers. Dicke Balken lagen kreuz und quer, dazwischen zerbrochene Dachziegel. Orecchio rutschte auf einem Brett aus, ruderte wild mit den Armen und fing sich im letzten Augenblick. Zwischen den Steinen entdeckte er die Reste einer Kommode und das Gerippe eines Sessels. Vielleicht war das hier gar kein Stall gewesen, vielleicht hatte hier jemand gewohnt, vor Jahren, als die kleinen Bauern noch in ein, zwei winzigen Zimmern hausten und von ein paar Ziegen, Schafen und Schweinen lebten. Wenn das stimmte, dann musste dieses Haus auch einen Keller haben, jedenfalls ein Kellerloch. Nur in Kellern konnte man damals Lebensmittel einigermaßen kühl lagern.

Jetzt ging es ihm noch ein bisschen besser, obwohl er immerzu diese stachelige Kälte fühlte und unruhig auf jedes Geräusch achtete. Er fand das brombeerüberwucherte Kellerloch auf der Außenseite des Mauerrestes, riss sich die Hände blutig, als er die Ranken zur Seite bog. Im Innern war es zu dunkel, er konnte nichts erkennen. Deshalb lief er zum Wagen zurück und holte seine Taschenlampe. Immer wieder verhakte sich seine Kleidung in den Brombeeren, es dauerte lange, bis er sich endlich zum Eingang des Kellers vorgearbeitet hatte. Im Schein der Taschenlampe öffnete sich ein niedriger, ziemlich trockener Raum mit festen Lehmwänden und gemauerten Gewölbebögen. Der Keller erinnerte ihn an die Etruskergräber, von denen es in dieser Gegend jede Menge gab, und wieder kroch Angst durch seinen Körper.

Vielleicht machte er alles falsch. Vielleicht war es besser, die Pakete mit nach Hause zu nehmen und zu warten, bis jemand sie abholte. Der Fahrer hatte gesagt: Bring die Ladung in Sicherheit! Aber was war Sicherheit? Und wovor? Vor dem Sturm? Vor der Feuerwehr? Der Polizei? Vor Fabrizio und den anderen Kollegen?

Plötzlich machten ihn die fallenden Kastanien und Eicheln ganz verrückt. Es klang, als würden Heerscharen durch den Wald genau auf ihn zukommen. Er musste hier weg, hielt die Angst nicht mehr aus. Mit zusammengebissenen Zähnen riss er sich von den Brombeerranken los und schleppte ein Paket nach dem andern in das Gewölbe. Die Kartons erschienen ihm noch schwerer als zuvor. Als er endlich den letzten in das Versteck schieben wollte, hielt er inne.

Vielleicht wäre es klug, nachzusehen, was er da eigentlich versteckte. Dann würde er sich nicht mehr so ausgeliefert fühlen, hätte die Sache besser im Griff. Oder auch nicht. Er wusste einfach nicht, was er machen sollte. Er horchte in den Wald hinein, und es schauderte ihn. Endlich griff er nach dem letzten Paket und zog es wieder ans Licht. Nein, er konnte es nicht öffnen. Sie würden es sofort sehen. Breites Klebeband war mehrfach um den Karton gewickelt. Er müsste es mit einem Messer durchtrennen. Es ging nicht.

«Lass es, Ernesto!» Selbst der Klang seiner eigenen Stimme erschreckte ihn.

Trotzdem schüttelte er das Paket. Nichts bewegte sich darin. Es schien vollkommen ausgefüllt zu sein, wie ausgegossen.

Goldbarren, dachte er. Vielleicht Goldbarren. Würde passen. Reiche Leute, die ihr Vermögen in Sicherheit bringen. Andererseits war es unwahrscheinlich, dass zweimal im Monat so viele Goldbarren nach *Il Bosco* geliefert wurden. Wieso eigentlich unwahrscheinlich? Vielleicht hatte einer der Reichen ein unterirdisches Lager für Goldbarren angelegt. Denen traute Orecchio alles zu. Einer von denen hatte einen Weinkeller für achthundert Flaschen in den Sand unter seiner Villa buddeln lassen. Das hatte Fabrizio erzählt. Es gab auch unterirdische Garagen für Autos und Yachten. Warum also nicht für Goldbarren?

Orecchio strich mit den Fingerspitzen über den Karton. Unter seinen Nägeln klebte Erde von der Arbeit am Morgen. Der Karton war nicht groß, nicht so wie die anderen, die er kaum tragen konnte. Das war auch schwer zu verstehen. Warum hatten die Pakete so unterschiedliche Größen? Zögernd schob Orecchio den kleinen Karton wieder zum Kellerloch. Vielleicht war es doch besser, nichts zu wissen.

Kaum hatte er sich erhoben und die Hände nach den Brombeerranken ausgestreckt, um den Kellereingang zu tarnen, da griff er plötzlich erneut nach dem kleinen Paket, vielmehr es griff, etwas in ihm griff zu. Dieses Es brachte ihn dazu, den Karton zum Wagen zu tragen und auf dem Rücksitz unter einer alten Decke zu verstecken. Erst dann kehrte er zum Keller zurück, breitete sorgfältig Zweige und alte Latten über den Eingang, bis er sicher war, dass niemand Verdacht schöpfen konnte. Noch einmal lauschte er in den lärmenden Wald hinein. Das Plumpsen, Rascheln, Knistern schien immer lauter zu werden. Orecchio hielt sich die Ohren zu und flüchtete in den Fiat. Er verschloss die Türen und blieb ein paar Sekunden still sitzen, ehe er sich aufraffte und zurück nach Portotrusco fuhr.

ALS LAURA ZUM HAUS zurückkehrte, war Angelo nicht mehr allein. Die Terrassentür stand offen, und Stimmen drangen aus dem Wohnzimmer in den Garten. Sie erwarteten niemanden, aber vielleicht war einer der Wachmänner zurückgekommen, um von den Sturmschäden zu berichten. Unschlüssig blieb Laura stehen und überlegte kurz, ob dieser Besucher etwas mit der Leiche am Strand zu tun haben konnte. Verborgen unter den tiefhängenden Zweigen der Tamarisken, horchte sie, konnte aber nichts verstehen. Deshalb wartete sie einfach und betrachtete das Haus. Vom ersten Augenblick an hatte Laura es gemocht. Mit seinen schrägen ockerfarbenen Mauern schien es aus der Düne herauszuwachsen. Treppen und Terrassen ließen es viel größer erscheinen, als es tatsächlich war, fast wie ein Stück, das man aus einer verwinkelten Altstadt herausgeschnitten hatte. Eine knallrote Bougainvillea kletterte an der linken Hauswand bis zum Dach hinauf. Der Sturm hatte die meisten Blüten zu Boden geworfen und einen bunten Teppich daraus gemacht. In einer Nische, rechts von der Terrassentür, führte eine schmale Treppe zum Schlafzimmer im ersten Stock.

Laura schlich sich hinauf, wusste selbst nicht, warum sie nicht einfach durchs Wohnzimmer ging und herausfand, wer der Besucher war. Sie warf das bunte Tuch des Afrikaners, die Ohrringe und die Sonnenbrille aufs Bett und lauschte noch einmal. Die Tür stand halb offen, trotzdem konnte sie noch immer nichts verstehen. Nur dass der Besucher ein Mann war, sie hörte eine tiefe Stimme, die nicht Angelos war.

Auf Zehenspitzen lief sie ins Esszimmer hinüber und näherte sich vorsichtig der Balustrade, von der aus man den Wohnraum überblicken konnte. Sie bewegte sich dabei so langsam und lautlos, dass der große Fremde sie nicht bemerkte, obwohl er in ihre Richtung schaute. Allerdings war seine Aufmerksamkeit nicht nach oben gerichtet, sondern offensichtlich auf Guerrini, der allerdings nicht in Lauras Blickfeld war. Er musste unter dem Esszimmer stehen, das wie ein Balkon in den Raum gebaut war.

Der Fremde wirkte sehr blass, etwas Müdes ging von ihm aus. Sein dünnes, dunkles Haar war glatt nach hinten gekämmt, und er trug einen auffälligen schmalen Bart, der Mund und Kinn umrahmte. Seine Stimme klang ungewöhnlich weich und tief, auch von seiner Art zu sprechen ging eine seltsame Müdigkeit aus. Selbst sein Körper erschien irgendwie schlaff, dabei war er nicht dick. Unter seinem gelben Polohemd zeichnete sich nur der Ansatz eines Bauches ab. Laura schätzte, dass er ein paar Jahre älter war als Angelo, zwischen fünfzig und sechzig. Der Mann sprach so leise, dass Laura ihn noch immer nicht verstehen konnte.

Jetzt trat Angelo aus dem Schutz des Balkons und stützte eine Hand auf die Lehne des großen Polstersessels. Laura sah ihn nur von hinten, aber wie jedes Mal, wenn sie ihm unvermutet begegnete, war sie entzückt. Ja, es war Entzücken – über seine Art, dort zu stehen, die Art, wie er den Kopf leicht beugte, sich übers Haar strich und dann eine etwas ratlose Geste machte. Dieses Gefühl hatte sich nicht verändert, seit sie ihn zum ersten Mal getroffen hatte. Sie erinnerte sich sogar an ihre nicht besonders respektvollen Gedanken von damals: Bernsteinaugen. Schade, wenn er schwul wäre.

Seitdem näherten sie sich einander an und entfernten sich wieder. Immer schwankend zwischen vertraut und fremd, fremd und vertraut. Die Vertrautheit hatte zugenommen. Oder? Wenn sie Guerrini aus dieser Entfernung betrachtete, war er ein reizvoller Fremder, dessen Existenz sie erstaunte und begeisterte. Aber so erging es ihr eigentlich mit allen Menschen, die ihr etwas bedeuteten: Sie bestaunte auch die vertraut-fremde Eigenständigkeit ihrer Kinder Luca und Sofia, die sich immer schneller veränderten, je älter sie wurden. Aber sie erschrak auch häufig vor den Gesichtern anderer, selbst vertrauter Menschen, erschrak vor der Bitternis, Härte, Grobheit, die das Leben in sie modellierte.

«Ah, es ist wirklich gut, dich nach all den Jahren wiederzusehen. Warum bist du so lange nicht mehr gekommen? Erinnerst du dich, wie ich dir das Schwimmen beigebracht habe, Angelo?»

Jetzt konnte Laura ihn endlich verstehen. Ein Jugendfreund? Ich weiß so wenig von Angelo.

«Nein, du hast es mir nicht wirklich beigebracht, Enrico! Ich erinnere mich vor allem daran, dass du mir die Beine weggezogen hast und ich ziemlich viel Salzwasser schlucken musste. Und daran, dass mein Vater dir in den Arsch getreten hat.»

Laura musste lächeln. Entwarnung. Tatsächlich ein

Jugendfreund. Trotzdem empfand sie eine merkwürdige Hemmung, zögerte, nach unten zu gehen und als Angelos Freundin aufzutreten.

«Man merkt, dass du Commissario bist. Starke Worte. Brauchst du wahrscheinlich bei deinen Verbrechern! Die musst du auch in den Arsch treten, was?» Der große Mann stieß eine Art Knurren aus, das wohl ein Lachen sein sollte. Enrico war also sein Name. Der Ton der beiden klang nicht nach besonders großer Wiedersehensfreude.

«Selten, aber es kommt vor», erwiderte Guerrini kühl. «Und was machst du so?»

«Willst du mir weismachen, dass dein Vater nie darüber gesprochen hat, dass wir zusammenarbeiten?»

«Nein, na ja, doch. Er hat irgendwas erzählt, dass Nachbildungen der Madonnenreliefs von della Robbia in Amerika sehr beliebt sind und dass er ab und zu eine Lieferung in die USA schickt, weil sein alter Freund ...»

«Ja, genau! Der alte Freund war mein Vater, aber als der vor drei Jahren starb, habe ich das übernommen. Das heißt, eigentlich schon viel früher. Hat er das nie erzählt?»

Laura sah, wie Guerrini den Kopf schüttelte.

«Das versteh ich nicht. Redet ihr denn nicht miteinander, du und Fernando?»

«Natürlich reden wir miteinander, aber nicht über seine Geschäfte!»

Wieder stieß der Mann sein knurrendes Lachen aus, und Laura zog sich leise ins Badezimmer zurück. Sie wollte das Gespräch nicht länger belauschen, es kam ihr indiskret vor. Nachdem sie den Sand von ihren Füßen gespült hatte, betrachtete sie sich prüfend im Spiegel.

Auch ihr Haar hatte sich im feuchten Brandungsnebel gelockt, und ihre Gesichtshaut sah frisch aus. Rosig, dachte sie. Kein Bedarf an Rouge wie so häufig in München nach schlaflosen Nächten und endlosen Ermittlungen. Plötzlich hatte sie Lust, Angelos vermeintlichen Jugendfreund zu beeindrucken. Sie bürstete ihr hellbraunes Haar, bis es in weichen Locken auf ihre Schultern fiel, schminkte die Augen ein bisschen stärker als gewöhnlich und trug warmschimmernden Lippenstift auf. Nicht schlecht für beinahe siebenundvierzig, dachte sie. Dann schlich sie ins Schlafzimmer hinüber, legte die neuen Ohrringe mit den goldenen Sternchen an und schlüpfte in ihren schwarzen Pullover mit V-Ausschnitt und in die hellblauen Jeans. Sie drehte sich vor dem großen Spiegel. Wunderbar, Zeit für diesen Quatsch zu haben. Sie schlüpfte in halbhohe schwarze Pumps und lächelte sich im Spiegel zu: dein Auftritt, Laura!

Als sie die schmale Wendeltreppe herabkam, drehten sich beide Männer nach ihr um, und beide hoben beinahe gleichzeitig die Augenbrauen. Es fiel Laura nicht leicht, ein Kichern zu unterdrücken. Sie nickte Angelo zu und warf einen fragenden Blick auf seinen Besucher.

Guerrini zögerte einen Augenblick, dann stellte er Laura knapp als «Signora Gottberg» vor, wies mit einer eleganten Geste auf den großen Mann mit dem seltsamen Schnurrbart und sagte langsam und ohne jede Erläuterung: «Conte Enrico di Colalto.»

«Oh, das klingt beeindruckend.»

«Ich freue mich.»

Auch Enrico di Colaltos Händedruck war kraftlos

und die Andeutung eines Handkusses so dezent, dass man seine Absicht nur ahnen konnte.

«Welche Ehre, eine Freundin meines Freundes Angelo kennenzulernen.» Seine Stimme war noch leiser geworden, und Laura bemerkte, dass seine Augen halb geschlossen waren. Oder hatte er nur hängende Lider? Jedenfalls verstärkte das noch den Eindruck eines vom Leben Erschöpften.

Vielleicht ist er krank, dachte Laura und musterte ihn aufmerksam. Dabei traf sie seinen Blick und stellte fest, dass er mindestens so aufmerksam war wie sie. Ein Reptil, dachte Laura. Die stellen sich auch halbtot, und dann schlagen sie blitzschnell zu. Um die Mundwinkel des Conte zuckte ein leichtes Lächeln.

«Haben Sie schon die heißen Quellen in Saturnia besucht, Signora? Die sind eine Wohltat um diese Jahreszeit. Es gibt Wunderbares zu entdecken in der südlichen Toskana, die Welt der Etrusker, die noch immer um uns herum existiert, obwohl diese Kultur vor über zweitausend Jahren ausgelöscht wurde. Sie sollten auch nach Tarquinia fahren, nach Tuscania … nun, ich bin sicher, dass Angelo Ihnen all das zeigen wird. Ansonsten stelle ich mich gern zur Verfügung.»

Guerrini stieß einen Seufzer aus.

«Danke, Enrico. Wir werden auf dein Angebot zurückkommen.»

«Ich hoffe sehr. Sind Sie eine Kollegin von Angelo, Signora? Gottberg ist kein sehr italienischer Name, oder?»

«Mein Vater ist Deutscher, meine Mutter Florentinerin. Deshalb. Nein, ich bin keine Kollegin des Commissario.» Laura wusste selbst nicht genau, warum sie das gesagt hatte. Sie hatte nur plötzlich das Gefühl, als müsste sie sich vor diesem prüfenden Blick unter schweren Augenlidern schützen. Neben ihr räusperte sich Angelo, verschränkte die Arme und warf ihr ebenfalls einen interessierten Blick zu.

«Laura ist Meeresforscherin», sagte er leise und sehr überzeugend.

Die Augenlider des Grafen zuckten kaum merklich. «Dann müssen Sie unbedingt zur Insel Montecristo fahren, wenn das Meer sich wieder beruhigt hat. Es ist eine der wertvollsten Schutzzonen des Mittelmeers. Aber das wissen Sie vermutlich besser als ich!»

«Natürlich. Aber ich bin eigentlich hier, um ein wenig auszuspannen.» Laura warf ihr Haar zurück. «Können wir Ihnen einen Drink anbieten, Conte? Oder einen Caffè?»

Noch immer ruhten seine sehr dunklen, verhangenen Augen auf ihr.

«No, grazie, Signora Gottberg. Ich wollte nur schnell vorbeischauen und nachsehen, wie es meinem alten Freund Angelo geht, der seit mindestens zehn Jahren nicht mehr hier war. Aber eine ganz andere Frage: Ist hier im Haus alles in Ordnung und zu Ihrer Zufriedenheit?»

«Ja, alles ist wunderbar. Wesentlich angenehmer als auf Forschungsschiffen!»

Kniff er ein wenig die Augen zusammen? Jetzt schaute er auf den Boden, oder genauer, auf Lauras schicke hohe Schuhe.

«Waren Sie schon schwimmen, Signora? Nein, was für eine dumme Frage. Der Sturm, ich habe nicht daran gedacht. Aber seien Sie vorsichtig. In den letzten Jahren haben sich völlig neue Strömungen entwickelt. Gefährliche Strömungen.» Diese müde, tiefe Stimme. Spielte er sein eigenes Spiel, oder hatte er ihres durchschaut? Was spielten sie eigentlich?

Laura schüttelte den Kopf. «Ich war nur am Strand spazieren. Das Meer ist zu unruhig. Aber ich freue mich darauf zu schwimmen.»

«Das Wasser wird kalt sein.» Er schaute ihr direkt in die Augen. Sie hielt stand.

«Ich mag kaltes Wasser, Conte.»

Er lächelte auf seltsame Weise, löste sehr langsam seinen Blick von ihr und wandte sich Guerrini zu.

«Du auch, Angelo?»

«Ich hasse kaltes Wasser!»

Jetzt lachte Enrico di Colalto, legte sogar den Kopf in den Nacken.

«Dann müsst ihr beiden unbedingt nach Saturnia fahren. Heißes Wasser für dich und kaltes für die Signora. Aber ich möchte euch nicht länger aufhalten. Wollte nur sehen, ob nach dem Sturm alles in Ordnung ist bei euch. Würde es dich sehr stören, Angelo, wenn ich euch in den nächsten Tagen zum Essen einladen würde?»

«Nein, nicht sehr.»

«Das ist eine gute Antwort. Ich werde mich melden. Erholt euch. Und sehen Sie sich unser Meer genau an, Signora, dann können Sie mir berichten.» Er neigte den Kopf, hob grüßend eine Hand und entschwand durch die offene Terrassentür. Als Laura etwas sagen wollte, legte Guerrini einen Finger an die Lippen, lief zum CD-Player und ließ wieder Beethoven durchs Haus donnern.

«Was war denn das?» Laura musste fast schreien, um ihn zu erreichen. Trotzdem ließ Angelo sich auf das Sofa fallen und tat so, als hätte er noch immer nichts verstanden. Laura dämpfte Beethoven und wiederholte ihre Frage.

«Wenn du dich neben mich setzt, dann erklär ich's dir! Der Beethoven ist eine reine Vorsichtsmaßnahme, falls er noch draußen steht, um zu hören, was wir nach seinem Abgang reden.»

Laura setzte sich neben ihn, und er legte einen Arm um ihre Schultern.

«Friedensverhandlungen?»

«Das wäre eine Möglichkeit. Du siehst wirklich gut aus, Laura. Bezweckst du damit irgendwas?»

«Ja, ich wollte dich und deinen Conte di Colalto beeindrucken. Woher nehmt ihr Italiener nur diese unglaublichen Namen? Und wer ist denn das, um Himmels willen?»

Die Musik war noch immer sehr laut.

«Er ist der Sohn eines Geschäftsfreunds meines Vaters. Ich habe dir ja schon erzählt, dass meine Eltern und ich häufig in dieses Haus am Meer gekommen sind. Enrico war nicht wirklich mein Freund, wir haben uns auch nicht besonders oft getroffen. Aber ab und zu sind wir Segeln gegangen oder haben Tennis gespielt. Ich habe ihn seit mindestens zehn Jahren nicht mehr gesehen.»

«Und du traust ihm nicht! Oder warum hast du mich zur Meeresforscherin gemacht?»

«Warum hast du nicht zugegeben, dass du eine Kollegin bist?»

«Weil es mir irgendwie günstiger vorkam.»

«D'accordo!»

«Und warum?»

«Ich weiß es nicht, Laura. Es war nur so ein Gefühl, und ich kann mir dich als Meeresforscherin ganz gut vorstellen.»

«Bitte versuch für ein paar Minuten ernst zu bleiben.»

Er nahm den Arm von ihren Schultern und beugte sich vor. «Ich fand es merkwürdig, dass er ausgerechnet heute auftaucht. Er hätte uns doch vor zwei Tagen begrüßen können, er wusste genau, wann ich ankommen würde. Stattdessen hat er den Schlüssel für das Haus bei den Wärtern an der Pforte hinterlegt. Und er hat auch nicht angerufen. Er taucht auf, nachdem wir eine Leiche am Strand gefunden haben. Natürlich kann das Zufall sein, vielleicht wollte er wirklich nur nach dem Haus sehen. Andererseits wird Fabrizio ihm das bereits an der Pforte erzählt haben. Ach, ich weiß es nicht! Vielleicht ist dieses ewige Misstrauen eine Berufskrankheit. Ich will das nicht! Es macht mich irgendwie rasend! Ich möchte Urlaub machen, Laura – einfach nur Urlaub! Mit dir!»

Ich auch, dachte Laura. Trotzdem sind wir schon mittendrin in einer Geschichte, die wir nicht mal im Ansatz verstehen, und das ist genau das, was uns wahrscheinlich nicht loslässt. Aber sie sagte es nicht. Nickte nur. Und sie war neugierig auf die Einladung des Conte Enrico di Colalto. Aber auch das sagte sie nicht, sondern legte eine Hand auf Guerrinis Brust und drückte ihn sanft in die gelben Kissen des großen Sofas. Er leistete keinen Widerstand.

Es war kurz nach ein Uhr mittags, als Ernesto Orecchio die ersten Häuser von Portotrusco erreichte. Der Himmel war wieder blau und seltsam hoch über der kleinen Hafenstadt, die ihm heute ganz zerbrechlich vorkam. So zerbrechlich wie das Dorf seiner Kindheit. Er konnte sich plötzlich vorstellen, dass sich das Meer zu einer riesigen Welle erhob und Portotrusco wegfegte. Den Strand hatte es sowieso schon fast aufgefressen. Von dem waren nur noch ein paar Meter übrig. Orecchio kam es vor, als wollte das Meer sich rächen. So wie die Erde damals, bei dem Erdbeben. Orecchio war kein besonders gebildeter oder gläubiger Mann, aber den Zusammenhang von Schuld und Sühne hatte er begriffen. Oder besser: Man hatte ihn diesen Zusammenhang begreifen lassen. In der Kirche zum Beispiel war das ganz einfach zu verstehen gewesen. Es gab einen bestimmten Katalog von Sünden, die konnte man begehen und dann wieder beichten. Die Sühne bestand aus ein paar Gebeten.

Zu Hause war es noch direkter, wenn er da etwas Falsches getan hatte, dann setzte es Prügel, oder er wurde eine Stunde lang auf dem Klo eingesperrt. In der Schule musste man nachsitzen. Die Geschichten, die Orecchio aus der Bibel kannte, hatten auch immer mit Schuld und Bestrafung zu tun. Die Sintflut zum Beispiel und die ägyptischen Plagen. Deshalb hatte er sich schon als kleiner Junge vor über dreißig Jahren gefragt, warum sein Dorf von einem Erdbeben zerstört worden war und wofür Gott seine Tante Amalia, seine Eltern, ihn und all die andern bestraft hatte. Bis heute hatte er es nicht herausgefunden.

Und das Meer. Warum fraß es langsam, aber sicher

das Land auf? Sogar die Fischer gaben allmählich auf – einer nach dem andern. Es lohnte sich kaum noch rauszufahren. Die paar Kisten Fisch, die sie zusammenfingen, deckten die Dieselpreise schon lange nicht mehr. Für Orecchio gab es da einen Zusammenhang, den er selbst nicht genau beschreiben konnte. Aber es hatte mit Sühne zu tun. Er fühlte sich unbehaglich, wenn er darüber nachdachte. Es fühlte sich genauso an wie das Wissen um das Paket unter der Decke auf seinem Rücksitz.

Langsam lenkte er seinen Wagen an der Hafenpromenade entlang. Jetzt lagen in Portotrusco hauptsächlich teure Yachten im Hafen, und die Fischkutter rosteten an den Liegeplätzen hinter dem Marktplatz vor sich hin. Bis vor einem Jahr hatte Orecchio als Aushilfe auf einem dieser Kutter gearbeitet. Bei Carlo Tibero. Dem gehörten damals noch zwei Kutter, jetzt nur noch einer. War ein verdammt harter Job gewesen. Rausfahren um Mitternacht, auf dieses schwarze Meer, irgendwohin Richtung Korsika oder weiter südlich. Bei jedem Wetter. Orecchio war ziemlich oft seekrank geworden. Nur wenn das Meer ganz ruhig dalag, dann hatte er es gemocht, hatte sich zurückgelehnt und in den Himmel geschaut. Gab viele Sterne da draußen, viel mehr als an Land.

Es war gut, jetzt darüber nachzudenken und nicht über das Paket auf dem Rücksitz. Stundenlang waren sie jede Nacht über das schwarze Meer gefahren, das Tuckern des Dieselmotors hatte ihn immer begleitet, auch wenn er an Land war. Er kriegte es einfach nicht mehr aus seinen Ohren. Und die Erde schwankte unter seinen Füßen, wenn er sie endlich wieder betrat. Sie schwankte, bis er um Mitternacht wieder an Bord ging. Und dann schwankte das Boot. Allmählich hatte er sich an dieses Schwanken gewöhnt. Sogar an das Schwanken an Land. Vielleicht lag auch das am Erdbeben seiner Kindheit. Irgendwie erschien es Orecchio natürlich, dass die Erde schwankte.

Seit er vor einem knappen Jahr von Tibero entlassen worden war, schwankte die Erde nicht mehr, hatte wieder ihre trügerische Stabilität angenommen. Erst hatte Orecchio nicht recht weitergewusst. Außer schlechtbezahlten Gelegenheitsjobs war danach nicht viel passiert. Er hatte viel in den Bars am Hafen rumgehangen, mit anderen, die ohne Arbeit waren. Davon gab es ja jede Menge.

Dann hatte ihm das Meer plötzlich gefehlt. Obwohl er den Fischgestank nicht vermisste und die zuckenden glitschigen Leiber, die sie mit ihren Netzen aus dem schwarzen Wasser zogen. Umgekehrtes Ertrinken, hatte er damals gedacht, wenn er den Fischen dabei zusah, wie sie nach Luft schnappten, die Kiemen spreizten. Ja, genau das war es wohl. Umgekehrtes Ertrinken. Fische ersoffen in der Luft. Menschen im Wasser.

Wenn sie zurück im Hafen waren und die von der Fischfabrik die Kisten gewogen und in ihrem Kühllaster verstaut hatten, dann war es seine Aufgabe gewesen, den Kutter zu säubern. Von Schuppen, Eingeweiden, Tang. Der kalte, fischige Geruch hatte ihn genauso durch seine Tage begleitet wie das ewige Schwanken. Seitdem aß er keinen Fisch mehr. Sogar jetzt, in seinem Wagen, wurde ihm ein bisschen schlecht, wenn er an diesen Geruch dachte.

Der Job als Wärter in *Il Bosco* war besser. Der war genau zu dem Zeitpunkt gekommen, als er wirklich nicht mehr weiterwusste und seine Miete nicht mehr bezahlen konnte. Irgendwer hatte ihn dem Resort empfohlen, obwohl Orecchio sich nicht erklären konnte, wer das gewesen sein sollte. War ja auch egal. Sie hatten gesagt, er sei empfohlen worden, und waren sehr freundlich gewesen, sogar außerordentlich freundlich, die Herren von der Verwaltung des Resorts. Richtig wichtig war es ihnen gewesen, dass er den Job an der Pforte annahm. Ihm war's recht, auch das Gewehr und die Lizenz dafür. Dann ging es weiter mit den Gärtnerarbeiten und schließlich mit dem nächtlichen Geheimjob.

Womöglich gab es zwischen all diesen Geschichten einen Zusammenhang, aber er konnte ihn nicht sehen, obwohl er sich anstrengte. Nur eines wusste er in diesem Augenblick, als er über die Hafenbrücke nach rechts abbog. Dass seit dem Sturm die Dinge völlig aus dem Gleichgewicht geraten waren und er die Kiste auf seinem Rücksitz so schnell wie möglich wieder loswerden musste. Vielleicht wäre es sogar besser, sie einfach irgendwo abzustellen und nicht nachzusehen, was drinnen war.

Solange er über sein früheres Leben nachgedacht hatte, war es ihm halbwegs gut gegangen, jetzt liefen plötzlich wieder Schweißtropfen über Orecchios Stirn und seine Wangen und brannten in seinen Augen.

«Komm, ich möchte dir ein bisschen *Il Bosco* zeigen und dir ein paar Geschichten erzählen. Falls du sie hören willst, meine ich.» Angelo Guerrini zog Laura von dem gelben Sofa. In den Büschen vor der Terrasse schrie ein

Vogel, Beethoven war längst verstummt. Guerrini wusste inzwischen nicht mehr so recht, ob es eine gute Entscheidung gewesen war, mit Laura in das Ferienhaus seiner Kindheit und Jugend zu kommen. Er fühlte sich seltsam gereizt und von Erinnerungen bedrängt. Fast alles hier erinnerte ihn an etwas, wovon sie nichts wissen konnte. Ihm kam es vor, als kehrte er in verstaubte Räume zurück, die ihr verschlossen blieben. Auch deshalb wollte er weg, das war ihm inzwischen klar geworden.

Aber sie wollte nicht weg, das hatte sie vor wenigen Minuten in seinen Armen gesagt. «Ich wollte, ich könnte dich als Jugendlichen sehen. Die Art, wie du hier gelebt hast, was du mit deinen Eltern gesprochen hast, wer deine Freunde waren. Und wie du mit Enrico di Colalto umgegangen bist.» Wenn er ihr diese Räume öffnete, dann würde er sie näher an sich heranlassen als seine Ex-Frau Carlotta. Mit Carlotta war er nie in diesem Haus gewesen. Vielleicht hatte er Laura hierher eingeladen, weil er sie an seinem Leben teilhaben lassen wollte. Carlotta wollte sich seines Lebens bemächtigen, deshalb war er mit ihr nicht nach *Il Bosco* gefahren. Laura dagegen wollte ihn kennenlernen. Das war der Unterschied.

Oder hatte er Carlotta nur von sich ferngehalten, weil er zu sehr mit sich selbst und seiner Arbeit beschäftigt gewesen war? Oder weil er zu jung für eine Beziehung war, noch zu neurotisch, unreif, egoistisch? Jedenfalls hatte er verstehen können, dass Carlotta ihn verließ. Er hätte sich auch verlassen.

Jetzt stand er hier in diesem hohen Raum vor Laura, die ihn forschend ansah, und er wusste, dass er im Begriff war, eine wichtige Entscheidung zu treffen: nicht weglaufen, nicht nach Rom fahren und in Aktivitäten flüchten, sondern hierbleiben, die eigenen Erinnerungen aushalten und mit Laura teilen. Zum Teufel mit der Wasserleiche!

«Ich muss andere Schuhe anziehen!» Laura lief die Wendeltreppe hinauf und verschwand im Schlafzimmer. Guerrini wartete auf der Terrasse, legte den Kopf in den Nacken und schaute einem Flugzeug nach, das, selbst nahezu unsichtbar, breite Kondensstreifen hinterließ.

Enrico di Colalto! Er hatte ihn verdrängt, so als existierte er nicht mehr. Dabei war klar, dass dieses Haus ihm gehörte. Guerrini hatte Enrico nie besonders leiden können. Enrico war der Sohn des Geschäftsfreundes seines Vaters, deshalb hatte Angelo als Junge mit ihm spielen oder jedenfalls so tun müssen, als würde er mit ihm spielen. Und auch Enrico hatte ihm zu verstehen gegeben, dass er sich nur aus diesem Grunde mit ihm abgab. Nur weil die Alten es erwarteten. Er war fünf Jahre älter und sich seines Adels stets sehr bewusst gewesen. Angelo Guerrini dagegen war nur der Sohn eines Keramikhändlers aus Siena. Der arbeitete zwar mit seinem Vater zusammen – aber welch ein Unterschied! Den Colaltos gehörten riesige Ländereien rund um Portotrusco. Verglichen damit waren die Guerrinis Bettler. Von wegen das Schwimmen beibringen! Beinahe ersäuft hätte Enrico ihn. Und das nicht nur einmal.

Seltsam, ich habe nicht wirklich damit gerechnet, dass er auftauchen würde. Ich dachte, dass er unsichtbar bleiben würde, verborgen auf seinem Landsitz oder auf Geschäftsreise in den USA.

Guerrini war so tief in Gedanken versunken, dass er

zusammenschreckte, als Laura neben ihn trat. Wieder sah sie ihn nur fragend an, ohne etwas zu sagen, wofür er ihr sehr dankbar war.

«Siehst du diese kleine Mauer?», hörte er sich reden und wusste, dass er auf der Flucht war. «Hier habe ich als kleiner Junge Pinienkerne geknackt. Frisch schmecken sie am besten. Man bekommt rotbraune Finger, wenn man sie aus ihrer zarten Haut pellt. Sie sind ein bisschen süß und riechen wie Harz. Wenn ich ganz viele zusammenhatte, habe ich sie meiner Mutter gebracht, und die hat Apfelkuchen mit Pinienkernen gebacken.»

Laura sagte noch immer nichts, und Guerrini fürchtete, dass er sie möglicherweise enttäuscht hatte mit dieser ersten kleinen Geschichte aus vergangenen Zeiten, dass sie seine Flucht durchschaute. Jetzt lächelte sie und hob einen dicken Pinienzapfen auf, der auf dem Rasen lag. «Wir können es ja später gemeinsam versuchen. Ich habe mir immer auf die Finger gehauen, wenn ich Pinienkerne aufgeschlagen habe. Vielleicht hast du eine bessere Technik?»

«Du hast auch Pinienkerne geknackt?»

«Natürlich. Meine Eltern und ich waren häufig in Italien. Schließlich war meine Mutter Florentinerin. Sie hat auch Apfelkuchen mit Pinienkernen gebacken. Einen ganz dünnen, runden Kuchen mit einer feinen Schicht süßer Gelatine obendrauf, damit die Pinienkerne nicht runterfielen.»

Guerrini spürte ihren Körper neben sich so intensiv, als umarmten sie sich noch immer.

«Bene», murmelte er, drehte sich um und schloss die Terrassentür ab. Dann nahm er Laura an der Hand und führte sie über den kleinen Parkplatz zum Ufer des Baches, der hinter dem Haus vorbeifloss. Es war der Bach, der ein paar hundert Meter weiter nördlich ins Meer mündete. Hier war er in ein Betonbett eingeschlossen, sein Wasser floss schnell und war braun von Sedimenten, die der heftige Regen der letzten Tage aus der Erde gewaschen hatte.

«Ich wusste es doch!» Guerrini fühlte heftige Wut in sich aufsteigen. «Sie haben ihn zubetoniert. Natürlich! Schon vor dreißig Jahren haben sich die feinen Villenbesitzer über die Frösche beschwert, die nachts gequakt haben, und über die Mücken und über den Sumpf und über alles! Willst du wissen, wie es hier früher aussah?»

Laura nickte.

«Es war ein Paradies. Ich war der Entdecker Afrikas, habe hier die Seitenarme des Amazonas erforscht und die Kopfjäger von Borneo verfolgt. Ich bin diesen Bach mit einem Schlauchboot raufgefahren. Das Schilf war meterhoch, ich bin immer wieder an Wurzeln und umgefallenen Stämmen hängen geblieben. Am Ufer haben sich Wasserschildkröten gesonnt, überall waren Frösche, und es hat geraschelt. Ich weiß noch, dass ich richtig Herzklopfen hatte, es war das reine Abenteuer.»

Am liebsten hätte er denjenigen verprügelt, der für diese Schweinerei verantwortlich war. Mit Sicherheit hatte Enrico di Colalto etwas damit zu tun. Schließlich gehörten ihm mindestens vier der Häuser zwischen Bach und Meer. Er hätte nicht zurückkommen dürfen. Er hatte diese verdammte sentimentale Vorstellung gehabt, dass hier die Zeit stehengeblieben sein könnte. Dass er mit Laura darin eintauchen und für zwei Wochen verschwinden könnte. Zu den Kopfjägern von

Borneo oder im Regenwald des Amazonas. Einfach weg!

«Ja», sagte Laura leise dicht neben ihm, «ich kann es mir vorstellen, dein Abenteuerparadies.»

Konnte sie wirklich? Er hatte ja selbst Schwierigkeiten, sein Paradies zurückzuholen. Sie sah traurig aus. Er war auch traurig, nicht nur wütend, sondern sehr traurig. Ihm war, als wäre jemand gestorben, der ihm sehr nahe stand, und er fürchtete, dass es ein Teil seiner selbst war. Schnell weg hier!

«Komm weiter!»

Der sandige Weg am Ufer des schmalen Kanals sah noch so aus wie früher, war gesäumt von Pinien und Macchia. Auch die geschwungene Ziegelbrücke gab es noch. Auf dieser Brücke hatten er und Colalto sich mit Mädchen getroffen. Und immer waren es vor allem Colaltos Mädchen gewesen, weil er älter war und ein Colalto. Er selbst war immer zu jung und eben kein Colalto gewesen. Auch das waren Abenteuer, Kopfjäger- und Raubtiergeschichten. Voller Niederlagen. Aber das erzählte er Laura nicht. Nicht jetzt.

Die hohen Eukalyptusbäume auf der anderen Seite der Brücke hatten den Sturm überlebt und auch die letzten dreißig Jahre. Immerhin etwas. Plötzlich hatte Guerrini das Bedürfnis, Laura etwas Lustiges zu erzählen. Aber wenn er ehrlich war, dann fiel ihm vor allem ein, dass er viel Angst gehabt hatte, damals in *Il Bosco*, selbst bei seinen einsamen Abenteuern auf dem kleinen Fluss.

Um sie zu erleben, hatte er sich wegschleichen müssen. Ständig hatten seine Eltern ihn bewacht, so aufmerksam, dass er manchmal meinte zu ersticken. Es war die Zeit der Entführungen gewesen und die Zeit der *Brigate Rosse*, der Roten Brigaden. Die siebziger Jahre des letzten Jahrhunderts.

Des letzten Jahrhunderts ... der Gedanke gefiel ihm nicht, irgendwie konnte er zu weit in die Zeitgeschichte zurückblicken.

«Es gibt wunderschöne Anwesen hier», sagte Laura neben ihm. Sie waren weitergegangen, die schmale Straße entlang, deren Teerbelag an den Rändern bröckelte und in einen weichen Teppich von Piniennadeln überging. Es roch nach Rosmarin, Nadelbäumen und Meer. Unter den weiten Ästen der Schirmpinien, halb versteckt hinter Lorbeerbüschen, lagen die Villen, die er seit seiner Kindheit kannte. Viele protzig, andere der Landschaft angepasst, eher unauffällig. Aber alle teuer, exklusiv und ein bisschen geheimnisvoll.

«Meistens stehen sie leer», erwiderte er leise. «Ich erinnere mich daran, dass die Besitzer in den siebziger und achtziger Jahren in ganz kleinen Autos herumgefahren sind, winzigen Fiats, weil es damals lebensgefährlich war, seinen Reichtum zu zeigen. Die Wärter an der Pforte hatten Schnellfeuergewehre, und vor den Banken standen auch im ganzen Land Polizisten mit Gewehren.»

Das war nicht lustig! Er hatte etwas Lustiges erzählen wollen.

«Warte, hier rechts muss irgendwo ein privater Tennisplatz liegen. Da habe ich mit Freunden heimlich gespielt, wenn die Besitzer nicht da waren. Der alte Gärtner des Anwesens hat mit uns unter einer Decke gesteckt, er hat uns gewarnt, wenn Gefahr im Verzug war. Er war Kommunist!» Guerrini zog Laura hinter sich her über eine niedrige Mauer und durch einen Bambushain. Der Tennisplatz war noch da, eingefasst von einem hohen Drahtzaun. Der rote Sand war von einem Hauch Grün überzogen, die Netze hingen schlaff. Im Zaun hatten sich Laub und Äste verfangen.

«Komm, lass uns spielen!» Laura öffnete das Tor und lächelte ihm zu.

«Spielen?»

«Ja, spielen! Ohne Schläger und Ball, nur mit unserer Phantasie.»

«Bene, spielen wir.»

Sie nahmen ihre Positionen ein.

«Wer hat Aufschlag?», fragte Guerrini.

«Du! Es ist dein Tennisplatz!»

Er nickte, hielt den imaginären Ball hoch, ließ ihn fallen und schlug ihn mit Kraft über das Netz. Laura wich bis zum Zaun zurück, nahm den Ball an und parierte ihn. Sie spielten konzentriert, und nach einer Weile meinte Guerrini fast, den Aufschlag der Bälle zu hören. Irgendwann, nach zehn oder zwanzig Minuten, sie hatten die Zeit vergessen, ließ Laura den Arm sinken und schaute dem Ball nach, der über den hohen Zaun flog und ins Gebüsch fiel.

«Das war's wohl. Leider haben wir nur den einen Ball», sagte sie, trat zum Netz und streckte ihm die Hand entgegen. Guerrini warf seinen Schläger hinter sich und schüttelte Lauras Hand.

«Grazie, es war mir ein Vergnügen. Wer hat eigentlich gewonnen?»

«Niemand.»

Sie verließen den Tennisplatz und schlossen das Tor hinter sich.

«Erinnerst du dich an den Film *Blow Up?*», fragte Guerrini. Natürlich würde sie sich erinnern. «An die Schlussszene? Da spielen sie auch Tennis ohne Ball.»

«Ich erinnere mich sehr gut. Wunderbar, wie da mit den verschiedenen Ebenen von Wirklichkeit gespielt wird, unglaublich leicht. Als ich den Film zum ersten Mal gesehen habe, vor vielen Jahren, war ich völlig verzaubert davon. Ich hab ihn übrigens kürzlich wieder gesehen, kam im Fernsehen.»

«Ich auch, ich hab mir die DVD gekauft.»

«Dann ist dir sicher aufgefallen, dass in diesem Film auch eine Leiche herumliegt, die irgendwann weg ist.» Laura lachte.

«Natürlich, Commissaria. Und sie kam auch nicht wieder, die Leiche. Sie war einfach weg, und in unserem Fall ist es hoffentlich genauso!»

Laura zuckte die Achseln und folgte ihm zwischen den verlassenen Villen hindurch zum Strand. Dort streckten sie sich im Sand aus und genossen die unvermutete Sonnenwärme. Plötzlich war es tatsächlich wie Urlaub. Trotzdem fühlte Guerrini sich noch immer unbehaglich. Er hatte einige Räume der Vergangenheit nur einen Spalt weit aufgemacht, den Vorhang kurz angehoben und schnell wieder fallen lassen. Er hatte den Eindruck, dass ganze Lawinen hinter diesem Vorhang lauerten, war dankbar, dass Laura nicht an den Vorhängen zog. Jedenfalls im Augenblick nicht.

DREIMAL FUHR ER an seiner Wohnung vorbei, weil er nicht sicher war, ob ihn der blaue Lieferwagen verfolgte. Zweimal bog der genau hinter ihm in die nächste Seitenstraße ein, dann wieder nach links, und endlich kamen sie hintereinander wieder an Orecchios Wohnung vorbei. Kein Mensch war auf der Straße zu sehen. Absolut niemand.

Beim dritten Mal hupte und blinkte der blaue Lieferwagen. Orecchio war inzwischen durchgeschwitzt bis auf die Unterhose. Er hielt seinen Fiat an, schloss die Augen und versuchte, ruhig zu atmen. Da waren sie also. Schnell und ohne Umwege. Sie wollten ihre Lieferung wiederhaben. Natürlich. Es war ja ganz natürlich. Weshalb regte er sich eigentlich so auf? Sie würden ihn fragen, wo die Lieferung sei, und er würde es ihnen sagen und sie hinbringen. So würde die Sache ablaufen. Und dann könnte er auch ganz unbemerkt das kleine Paket bei ihnen einladen, und die ganze Sache wäre wieder in Ordnung. Seine Zuverlässigkeit erwiesen, sein Job gesichert. Je schneller die Sache über die Bühne ging, desto besser.

Als sie an seine Scheibe klopften, machte er die Augen auf und war bereit.

«Hab schon gedacht, ich erwisch dich nicht mehr, Kollege. Fährst du immer im Kreis?»

Orecchio starrte in das Gesicht eines sommersprossigen, rothaarigen jungen Mannes mit sehr blauen Augen.

«Was?»

«Vergiss es! Aber nachdem du der einzige lebende Mensch in dieser gottverlassenen Ecke bist, könntest du mir vielleicht eine Frage beantworten: Wo ist denn die Viale delle Segreti?»

«Segreti», wiederholte Orecchio und begriff noch immer nicht, was sie in der Viale delle Segreti suchten, wenn er doch vor ihnen saß.

«Ja, Viale delle Segreti. Ich muss da ein paar Möbel abliefern. Bei einer Familie Amati. Kennst du die zufällig?»

Orecchio schüttelte den Kopf.

«Die Viale delle Segreti ... die ... die ist nicht hier. Die liegt auf der anderen Seite der Hauptstraße. Du musst wieder zurück und vor der Brücke rechts abbiegen.»

«Ah, danke. Na, geht doch! Jetzt kannst du weiter im Kreis fahren! Ciao!»

Orecchio blieb sitzen und beobachtete im Rückspiegel, wie der blaue Lieferwagen wendete und Richtung Hauptstraße verschwand. Sie waren es nicht gewesen. Vielleicht litt er an Verfolgungswahn, und alles war nur halb so schlimm. Wie in Zeitlupe drehte er den Zündschlüssel und fuhr seinen Wagen auf den kleinen Parkplatz vor dem rosafarbenen Haus, in dem er und seine Mutter zwei kleine Wohnungen gemietet hatten.

Immerhin das hatte er geschafft: nicht in einer Wohnung mit ihr zu leben, sondern auf verschiedenen Stockwerken. Er im ersten Stock, sie im Parterre, mit Gemüsegarten und ein paar Hühnern und Kaninchen.

Jetzt konnte er nur hoffen, dass sie nicht zu Hause

war, aber sie war fast immer zu Hause und hörte jeden seiner Schritte. Orecchio stieg langsam aus dem Fiat, klappte die Rückenlehne des Fahrersitzes nach vorn, wickelte die alte Wolldecke um das Paket und hob es vorsichtig auf. Mit einem Fuß kickte er die Fahrertür zu und wandte sich zum Haus.

«Bist du das, Ernesto?» Die Stimme seiner Mutter traf ihn wie ein Messer zwischen die Rippen. Er antwortete nicht, schlich zum Eingang, rannte die Treppe zum ersten Stock hinauf und suchte mit zitternder Hand nach seinem Wohnungsschlüssel. Als sie unten ihre Tür öffnete, fand er ihn. Beinahe hätte er das Paket fallen lassen.

«Ernesto?!»

Er steckte den Schlüssel ins Schloss, öffnete fast lautlos und betrat auf Zehenspitzen seine Wohnung.

«Ernesto! Ich weiß, dass du da bist!»

Sie war schon halb die Treppe herauf. Er drückte mit der Schulter die Tür zu, setzte das Paket auf dem Küchentisch ab, lief zur Wohnungstür zurück und legte den Sicherheitsriegel vor. Jetzt hörte er ihre Schritte, genau neben ihm schrillte die Türklingel.

«Ernesto! Ich weiß, dass du mich hörst! Mach die Tür auf, ich hab mit dir zu reden!»

Orecchio hielt den Atem an. Was wollte sie, verflucht noch mal? Glaubte sie wirklich, dass irgendwer freiwillig die Tür aufmachen würde, wenn er ihre kreischende Stimme hörte? Nie wieder würde er die Tür aufmachen. Nie wieder! Zu reden hatte sie mit ihm, dass er nicht lachte. Als wäre er ein kleiner Junge, der was angestellt hatte. Orecchio schnitt eine Grimasse und streckte die Zunge heraus.

«Ernesto!»

Leise kehrte er in die kleine Küche zurück und schloss die Tür hinter sich, dann machte er die Fensterläden zu und zog behutsam die Decke vom Karton. Der hatte sich nicht verändert, war einfach ein Karton. Orecchio umrundete den Tisch, griff dann nach einem Küchenmesser, legte es wieder weg, schenkte sich ein Glas Weißwein ein und trank es in einem Zug aus.

Vielleicht waren sie bei seiner Mutter gewesen, und sie wollte deshalb mit ihm reden. Vielleicht hatte sie eine Nachricht für ihn, eine Warnung, eine Botschaft. Er horchte Richtung Wohnungstür, doch da war es inzwischen still geworden. Sie hatte aufgegeben. Schnell. Dann konnte es nichts Wichtiges sein. Wenn es wichtig wäre, dann würde sie mit beiden Fäusten gegen die Tür hämmern, bis Signora Crestina aus dem zweiten Stock zu schimpfen begann, und anschließend würden die beiden streiten, bis er die Nerven verlor und die Tür aufmachte, nur, um endlich seine Ruhe zu haben.

Wieder nahm er das Messer in die Hand, knipste das Licht an. Der Karton war mit breiten Klebebändern verschlossen. Mit mehreren Schichten von Klebebändern. Er hatte eine Rolle davon in seinem Werkzeugkasten, es würde kaum Mühe machen, das Paket wieder zu verschließen. Keiner würde sehen, dass es geöffnet worden war.

Und wenn doch? Vielleicht gab es irgendeine Sicherheitsvorrichtung an dem Paket, so was wie ein Siegel. Orecchio ging neben dem Küchentisch auf und ab. Jetzt erst bemerkte er, dass seine Kleidung an ihm klebte und noch immer Schweiß über seine Schläfen lief. Er wischte sich mit einem Küchentuch ab, ekelte sich vor sich selbst, er hasste Schweißgeruch, schweißnasse Hände, schweißfeuchte Hemden.

Er trank ein zweites Glas Weißwein. Dann atmete er tief ein und begann, vorsichtig die Klebebänder vom Karton zu lösen. Während er arbeitete, war er in Gedanken ständig auf der Flucht vor seinem eigenen Tun. Er sah sich selbst dabei zu, wie er etwas machte, das er eigentlich nicht wollte, und doch konnte er nicht anders. Er wollte wissen, was die überhaupt machten, warum die so viel Geld hatten, dass sie fünfhundert Euro dafür zahlen konnten, dass er eine Schranke öffnete!

Plötzlich ging es ganz schnell. Er durchtrennte das letzte Band und zog es vom Papier ab. Jetzt konnte er den Karton einfach aufklappen.

Schon wieder lief sein Schweiß in Strömen, tropfte sogar auf das Paket. Er rubbelte sein Haar mit dem Küchentuch, trocknete auch seine Handflächen. Dann tastete er über die Schaumstoffchips, griff mit den Fingern hinein und stieß auf etwas Hartes. Mit beiden Händen schaufelte er die Chips auf den Küchentisch, bis er endlich den harten Gegenstand freigelegt hatte. Er war in durchsichtige Luftpolsterfolie gewickelt, und er war schwer. Orecchios Herz klopfte heftig, als er das Ding aus dem Karton hob und zwischen die Chips auf den Tisch legte. Die Folie war nur mit Tesafilm befestigt. Im nächsten Augenblick lag etwas vor ihm, das ihn völlig verblüffte: ein massiver Stierkopf aus Bronze oder einem ähnlichen Metall. Der Kopf war ziemlich groß, Orecchio brauchte zwei Hände, um ihn zu umfassen. Es war eine feine Arbeit, sehr naturgetreu und trotzdem irgendwie fremd. Alt vermutlich, sehr alt.

Orecchio legte den Stierkopf weg, setzte sich auf einen Stuhl und trank ein drittes Glas Wein. Erst danach war er in der Lage, das Paket weiter zu untersuchen. Er fand noch eine kleine Frauenfigur, ein abgebrochenes Ornament und eine Schale, deren Henkel ein geflügeltes Pferd war.

Von Kunst hatte Orecchio nicht viel Ahnung, aber ihm war völlig klar, dass dieser Stierkopf und die anderen Dinge normalerweise in Museen zu finden waren. Und er hatte auch schon eine Menge von Raubgrabungen gehört, schließlich lebte er in einer Gegend, die von antiken Stätten übersät war.

Er dachte an die Pakete, die er im Wald versteckt hatte, und wieder wurde ihm heiß. Das war Kunstraub oder so was. Im ganz großen Stil. Und er mittendrin, er, Ernesto Orecchio.

Wenn ich zur Polizei gehe, dann bin ich alles los. Meinen Job, den Extraverdienst von zehntausend im Jahr. Alles. Erdbeben. Dann hätt ich's wieder, mein ewiges Erdbeben. Aber das lass ich nicht mit mir machen!

Absolut verlässlich sollte er sein. Empfohlen worden war er ihnen, von irgendwem. Konnten sie haben. Er war absolut verlässlich. Jetzt brauchte er nur noch einen Plan, wie er ihnen das beweisen konnte. Einen absolut verlässlichen Plan. Aber erst musste er eine Stunde schlafen und duschen. Er hatte die ganze Nacht nicht geschlafen, und jetzt war es schon halb drei Uhr nachmittags. Ihm war schwindlig, und in seinen Ohren dröhnte es. Mit zitternden Händen packte er die Kunstwerke wieder ein und versteckte den Karton unter seinem Bett. Schlafen. Und dann einen Plan.

«Lass uns heute Abend essen gehen. Wir fahren einfach in der Gegend herum und suchen uns ein Restaurant, bene?» Guerrini ging schon eine Weile am Saum der Brandung auf und ab. Laura sah ihm dabei zu und fragte sich, warum er so unruhig war. Bis vor wenigen Minuten hatte sie die wohlige Wärme der Sonne und des Sandes genossen. Dann war es plötzlich kühl geworden, die Sonne hing ganz knapp über den Bergen von Elba und würde bald verschwunden sein. Die grauen Wolkenfahnen färbten sich bereits rötlich, wie Rauch über einem Waldbrand. Kälte schien aus den tieferen Schichten des Sandes und aus dem Meer zu strömen. Laura fröstelte, setzte sich auf und kämmte mit den Fingern den Sand aus ihren Haaren.

«D'accordo.» Sie sagte es nicht sehr laut.

«Was hast du gesagt?» Wie ein Schattenriss stand er im Gegenlicht.

«Ich habe gesagt, dass ich einverstanden bin. D'accordo! Übrigens habe ich jetzt schon Hunger!» Sie fühlte sich unsicher. Seit ihrem letzten Treffen im August hatte Angelo sich verändert. Er kam ihr beinahe launisch vor, reizbar. Ich werde ihn fragen müssen, warum das so ist, dachte sie, umschlang ihre Knie mit beiden Armen und beobachtete, wie das flammende Rot der Wolken nun auch über die Wellen wanderte. Aber nicht jetzt. Später werde ich ihn fragen.

«Allora vieni, diventa freddo!» Angelos Schattenriss winkte ihr zu. Laura dachte an das imaginäre Tennisspiel und hatte wie am Morgen das dringende Bedürfnis zu rennen, zu spüren, dass sie wirklich da war. Sie sprang auf und lief los. Aus den Augenwinkeln nahm sie wahr, dass er ihr folgte. Beinahe gleichzeitig kamen sie bei den großen Betonquadern an der Flussmündung an.

«Glaubst du, wir sind ein bisschen verrückt?», keuchte Guerrini.

«Ja. Gott sei Dank!», erwiderte Laura aus vollem Herzen. «Und hoffentlich werden wir auch nie normal!»

Eine halbe Stunde später machten sie sich auf den Weg. Der Himmel war jetzt grellrot, die Erde beinahe schon schwarz. Die Arbeiter des Resorts hatten die schmale Straße von Ästen und umgestürzten Baumstämmen freigeräumt. Als Guerrini und Laura die Einfahrt erreichten, gab es keine Schranke mehr. Der gewaltige Stamm der gefallenen Pinie versperrte noch immer einen großen Teil des halbrunden Platzes vor dem Wärterhäuschen. Nur die großen Äste hatte man abgesägt. Als die Scheinwerfer des Lancia über den Stamm streiften, dachte Laura: Sieht aus wie amputiert. Der Körper eines Riesen, dem man die Arme abgeschnitten hat. Sie sah den Armstumpf des unbekannten Toten vor sich und fröstelte.

Als Guerrini langsam am Wärterhäuschen vorüberrollte, winkte Fabrizio mit beiden Armen, und gleich darauf trat ein Polizist neben ihn, der ihn aufforderte anzuhalten. Guerrini ließ sein Fenster herunter, Fabrizio stürzte herbei. «Scusa, Dottore. Es tut mir so leid. Sie haben ja mit der ganzen Sache nichts zu tun, aber die Polizei ... die ist der Meinung, dass jeder, der *Il Bosco* verlässt oder hineinfährt, überprüft werden muss. Und außerdem muss man jeden fragen, ob er den Wagen da drüben kennt, Dottore. Es tut mir wirklich leid ...»

Fabrizio wurde von dem Polizisten zur Seite geschoben. Der Beamte der Polizia Stradale hatte sich inzwischen verdoppelt, neben ihm stand jetzt ein Carabiniere. Beide beugten sich zum offenen Wagenfenster herab, der Carabiniere leuchtete mit einer Taschenlampe genau in Lauras Gesicht. Sie wandte sich ab und schützte mit einer Hand ihre Augen.

«Scusate, Signori, aber würden Sie beide bitte aussteigen und sich ausweisen. Wir haben ein paar Fragen an Sie. Es wird nur ein paar Minuten dauern.»

Die Beamten traten zurück, um Guerrini Platz zu machen, ließen ihn aber keinen Augenblick aus den Augen. Langsam stieg der Commissario aus und ließ die Wagentür sanft hinter sich einschnappen.

«Was gibt's?» Er sah sich nach Laura um. Sie umrundete den Lancia und stellte sich neben ihn.

«Es tut uns wirklich leid, dass wir Sie aufhalten müssen, Signori, aber letzte Nacht ist dieser Baum hier …», der Carabiniere wies auf den Pinienstamm, «… auf einen Lieferwagen gefallen, der offensichtlich auf dem Weg ins Resort war. Der Fahrer wurde schwerverletzt ins Krankenhaus von Grosseto eingeliefert. Er hatte keine Papiere bei sich, und heute Morgen war er nicht mehr da.»

«Erstaunlich!» Guerrini hob die Augenbrauen.

«Ja, erstaunlich. Deshalb müssen wir Sie bitten, sich den Lieferwagen genau anzusehen. Vielleicht kennen Sie ihn und können uns bei der Identifizierung helfen. Würden Sie mir bitte folgen!»

Fabrizio stand ein paar Schritte abseits und rang verzweifelt die Hände. «Es dauert wirklich nur ein paar Minuten, Dottore. Dann können Sie sofort weiterfahren mit der Signora, sofort, Dottore!»

Er scheint die Bewohner von *Il Bosco* zu kennen, dachte Laura. Anscheinend handelte es sich um ein verwöhntes Völkchen, das exklusive Rechte für sich in Anspruch nahm.

Guerrini und Laura folgten den Polizisten hinter das Häuschen. Offenbar hatte man den Lieferwagen hierher geschleppt. Das Dach der Fahrerkabine war eingedrückt, die Frontscheibe zersplittert, der Fahrersitz blutbefleckt. Sorgsam beleuchteten die beiden Polizisten das Fahrzeug mit starken Taschenlampen. Guerrini warf einen Blick auf das Nummernschild und runzelte die Stirn.

«Nein», sagte er, «diesen Wagen habe ich noch nie gesehen. Wir sind außerdem erst vor zwei Tagen hier eingetroffen und kennen niemanden.»

«Aber Sie kennen den Wärter!» Der Carabiniere richtete den Strahl seiner Lampe jetzt auf Guerrini.

«Fabrizio? Ja, den kenne ich. Allerdings habe ich ihn vor zehn Jahren zum letzten Mal gesehen. Bei meinem letzten Urlaub in *Il Bosco.*»

«Was ist der Zweck Ihres Aufenthalts?»

Guerrini kniff die Augen zusammen. «Urlaub, Tenente. Ganz einfach Urlaub.»

«Eine ungewöhnliche Zeit für Urlaub, finden Sie nicht?» Der Offizier hatte sich offensichtlich festgebissen.

«Manchmal kann man es nicht anders einrichten, Tenente. Würde es Ihnen etwas ausmachen, wenn Sie die Lampe etwas mehr nach rechts oder links halten würden?»

«Würde es Ihnen etwas ausmachen, wenn Sie mir Ihren Ausweis zeigen würden!»

«Nein!» Guerrini griff in sein Jackett.

«Stopp! Ziehen Sie Ihre Hand ganz langsam wieder heraus!»

«Übertreiben Sie nicht ein bisschen, Tenente?» Guerrinis Hand samt Brieftasche erschien ganz langsam. «Soll ich die Hände hochhalten?»

«Lassen Sie die Witze!»

Laura fragte sich, warum Angelo sich nicht als Commissario auswies. Er schien diesen Auftritt zu genießen. Sie selbst hielt ihren Reisepass längst bereit, aber auch sie hatte ihren Dienstausweis in der Tasche gelassen. Mitunter war es besser, wenn man auf der anderen Seite stand. Man konnte mehr sehen. Jetzt streckte der Carabiniere ungeduldig die Hand in ihre Richtung, und Laura reichte ihren Pass hinüber, lächelte ihm sogar zu.

«Tedesca», sagte er leise zu seinem Kollegen.

«Stimmt irgendwas nicht mit dem Lieferwagen?», fragte Laura. «Ich meine, weil Sie ungewöhnliche Fragen stellen.»

«Sie sprechen italienisch?»

«Ja.»

«Was meinen Sie mit ungewöhnlichen Fragen?» Jetzt leuchtete er sie an.

«Na ja, nach dem Zweck unseres Urlaubs und so. Das hier ist ein exklusives Resort, und ich denke nicht, dass wir begründen müssen, warum wir im Oktober Urlaub machen.»

Sie konnte sein Gesicht nicht erkennen, doch sie spürte, dass sie ihn getroffen hatte.

«Signora!» Er räusperte sich. «Ich weiß nicht, wie es in Deutschland ist, aber hier stellt die Polizei die Fragen, die sie für richtig hält. Der Fahrer dieses Lieferwagens ist unter außerordentlich seltsamen Umständen aus dem Krankenhaus verschwunden. Die Ärzte halten es für ausgeschlossen, dass er unter Schock einfach so wegläuft.»

«Aber was ist denn dann passiert?»

«Das versuchen wir herauszufinden. Vielleicht hat ihn ja jemand herausgeholt!»

«Weshalb sollte jemand das tun?»

«Dafür könnte es viele Gründe geben, Signora.»

«Interessant!», fiel Guerrini ein. «Können Sie uns welche nennen?»

«Nein, Dottore Guerrini. Aber Sie können sicher sein, dass die Ermittlungen bereits laufen.»

«Das ist beruhigend. Es wäre unangenehm, irgendwelche dunklen Elemente im Resort zu wissen. Sehr unangenehm. Sehen Sie, Tenente, man macht nicht ohne Grund hier Urlaub. *Il Bosco* gilt als sicher, und dafür bezahlt man.»

Bitte übertreib nicht so, dachte Laura. Die armen Polizisten kriegen gleich einen Anfall von Klassenhass, und dann wird es nichts mit unserem Abendessen.

Der Carabiniere ging nicht auf Guerrinis Bemerkung ein, er gab die Ausweise zurück, fragte nur, welches der Häuser sie gemietet hätten, und nickte, als er den Namen Colalto hörte.

«Grazie, Sie können fahren.» Er bemühte sich um Höflichkeit und drehte ihnen dann schnell den Rücken zu.

«Grazie e buona sera», murmelte Laura und kehrte mit Guerrini zum Wagen zurück. Fabrizio lief neben ihnen her und entschuldigte sich noch einmal für die Unannehmlichkeiten.

«Hör schon auf! Du kannst doch nichts dafür!»,

knurrte Guerrini. «Wer hatte denn gestern Abend Dienst?»

«Ernesto, Ernesto Orecchio, Dottore. Der arme Kerl. So was ist hier noch nie passiert!»

Guerrini klopfte dem Wachmann auf die Schulter, zuckte bedauernd die Achseln und wünschte ihm einen erträglichen Abend mit den Polizisten.

Als sie wenig später auf die Straße nach Portotrusco einbogen, fragte Laura, weshalb Fabrizio ihn immer Dottore nannte. «Weiß er auch, dass du Commissario bist?»

Guerrini schüttelte den Kopf. «Er weiß nur, dass ich Dottore bin. Das hat er vor Jahren schon mitbekommen, aber ich habe nie erzählt, dass ich bei der Polizei bin. Es ist angenehm, wenn die Leute es nicht wissen. Sie gehen einfach anders mit dir um.»

«Aber Enrico di Colalto weiß es, oder?»

«Natürlich. Mein Vater hat es ihm erzählt.»

Laura lehnte sich im Sitz zurück und betrachtete Guerrinis Profil, das im Schein der Straßenlaternen aufleuchtete und wieder erlosch. Sie dachte an den jungen Abenteurer, der hinter den Kopfjägern von Borneo her war. Und liebte ihn in diesem Augenblick so sehr, dass ihr Herz schmerzte.

«Du fragst ja gar nicht, warum ich die Kollegen geärgert habe.» Er warf ihr einen kurzen Blick zu, sie wandte schnell das Gesicht ab, verbarg ihr Gefühl vor ihm. Es war ihr Gefühl, jetzt gerade nicht für ihn bestimmt.

«Willst du es wissen?»

Sie nickte.

«Ich möchte einfach nicht in die Sache hineingezogen werden. Mir ist sowieso schon wieder zu viel aufgefallen. Hast du dir das Nummernschild des Lieferwagens angesehen?»

«Nicht genau. Ich habe nur gesehen, dass der Wagen in Bozen zugelassen wurde.»

«Ich garantiere dir, dass dieses Nummernschild geklaut war, dass der Wagen keinerlei Identifikation hat. Aber das alles ist Sache der Kollegen und geht uns gar nichts an!»

«Und der verschwundene Fahrer?»

«Der auch nicht!»

«Bene! Damit wäre alles geklärt, nur die Frage nach unserem Abendessen nicht.»

«Die könnte sich etwas schwierig gestalten, da um diese Jahreszeit die meisten Restaurants geschlossen sind.»

«Dieses Problem überlasse ich dir, Angelo.»

Er nickte und versuchte sich an die Restaurants zu erinnern, die er vor langer Zeit besucht hatte. Er hatte keine Ahnung, ob sie überhaupt noch existierten. Es würde nicht ganz einfach werden.

Stockdunkel. Als Ernesto Orecchio aufwachte, dauerte es ein paar Minuten, ehe er sich zurechtfand. Hatte etwas ihn geweckt? Ein Geräusch? War jemand an der Tür? Nur kein Licht machen! Das Paket! Das Paket unter seinem Bett. Sie waren dahinter her. Ganz sicher! Nicht nur hinter dem Paket, hinter ihm waren sie her. Er war ja der Einzige, der wusste, wo die Ladung war.

Orecchio kroch aus dem Bett, schlich im Dunkeln in den Flur und lauschte an der Wohnungstür. Es war ganz still. Nein, nicht ganz. Von oben hörte er den Fernseher der Signora Crestina, von unten den seiner Mutter. Vielleicht war er von ganz allein aufgewacht, und kein Mensch war hinter ihm her. Für die war es wahrscheinlich sicherer, ein paar Tage zu warten, bevor sie nach ihm suchten. Im Augenblick konnte ihm nichts passieren. Sie dachten nicht einmal daran, hier aufzutauchen. Hoffentlich.

Orecchio lehnte sich an die Wand neben der Wohnungstür, legte die Hand auf seine Brust und spürte das flatternde Pochen seines Herzens. Er durfte sich nicht dauernd so aufregen. Wenn man sich aufregte, konnte man nicht gut denken, außerdem war es schlecht fürs Herz. Kalte Füße hatte er außerdem. Die Bodenkacheln fühlten sich an wie Eis oder wie Angst. Jetzt fiel ihm ein, dass er nicht geduscht hatte. Er war in seinen Klamotten eingeschlafen, in diesen verschwitzten Klamotten, die ihn jetzt noch mehr anekelten als zuvor.

Bloß kein Licht einschalten! Erst musste er auch im Schlafzimmer die Fensterläden schließen. Er stieß sich das Schienbein am Bett und fluchte leise.

Sein Schlafzimmer war eher eine Kammer, so klein, dass gerade das Bett hineinpasste. Der Kleiderschrank stand im Flur. Während er sich das Bein rieb, wurde ihm die Existenz des Pakets unter seinem Bett geradezu körperlich bewusst. Als würde es Strahlen aussenden oder leuchten.

Völliger Quatsch, dachte er und zwängte sich an seinem Bett vorbei zum Fenster. Lange schaute er auf die Straße hinunter, dann zur Altstadt und zur Burg hinüber, die sich kaum gegen den Himmel abhoben. Unheimlich sah das alte Portotrusco aus, wie es dunkel über den gelben Neonlampen der Hafenstraße aufragte. Im Oktober wurde es nicht mehr angestrahlt. Waren ja kaum noch Touristen da.

Noch einmal überprüfte er die Straße. Niemand zu sehen, nicht mal eine Katze, deshalb wagte er, das Fenster zu öffnen und schnell die Läden heranzuziehen. Riegel vor. Das war's.

Jetzt konnte er Licht machen. Es war sehr weiß und blendete ihn. Orecchio setzte sich aufs Bett und betrachtete die Kerbe in seinem Schienbein. Er fühlte sich extrem schlecht, war hungrig, durstig und fror, obwohl der Schweiß des Nachmittags noch an ihm klebte. Aber er konnte einfach nicht aufstehen, duschen, sich Pasta kochen oder ein Glas Wasser trinken. Er musste erst noch etwas anderes erledigen. Es musste ihm im Schlaf eingefallen sein: der Stierkopf! Er musste den Stierkopf genauer untersuchen. Vorhin hatte er sich nicht getraut.

Orecchio gab sich einen Ruck, rutschte vom Bettrand und kniete nieder. Doch so kam er nicht mehr an das Paket heran. Zu weit hatte er es nach hinten geschoben. Er stand auf, lief in die Küche und holte den langstieligen Besen. Auf dem Bauch liegend, angelte er nach dem Paket und schaffte es endlich, das Ding nach vorn zu ziehen. Plötzlich zitterte er vor Schwäche.

Unterzuckert, dachte er. Seit seiner Kindheit litt er schnell an Unterzuckerung. Er trug das Paket in die Küche und stellte es wieder auf dem Tisch ab. Dann riss er den Kühlschrank auf, griff nach einer Salami und biss gierig hinein.

Kurz darauf ging es ihm besser. Er wischte sich die Hände ab, öffnete das Paket und wickelte den Stierkopf aus. Aufmerksam ließ er seine Fingerspitzen über das glatte kühle Metall gleiten, drehte den Kopf um und hielt ihn ans Licht. Nichts. Er hatte sich offensichtlich getäuscht. Es gab keinen Hohlraum, keine verborgene Öffnung. Und doch … Er schüttelte die Skulptur und hielt sie dabei dicht an sein rechtes Ohr. Nein, nichts. Orecchio stellte den Stierkopf auf den Tisch zurück und biss noch mal von der Salami ab. Während er kaute, ließ er den Kopf nicht aus den Augen, und dann hatte er's! Die Hörner des Stiers waren sehr groß und dick. Mit einem Seufzer, der fast wie ein Schrei klang, umfasste Orecchio das linke Horn mit einer Hand, hielt den Schädel mit der anderen fest und begann zu schrauben. Er benötigte seine ganze Kraft und wollte schon aufgeben, als sich das Horn plötzlich zu drehen begann. Es dauerte lange, bis es sich ganz vom Schädel löste. Da war der Hohlraum, den er suchte. Der gesamte Schädel war ein Hohlraum, und drinnen war genau das, was Orecchio befürchtet hatte. Er ließ sich auf einen Stuhl sinken und trank den Wein gleich aus der Flasche.

Alle Restaurants, die Guerrini ansteuerte, waren geschlossen, und so landeten sie gegen neun Uhr in der kleinen Pizzeria am Hafen, die sie gleich zu Beginn ihrer Odyssee entdeckt hatten. Drinnen war es heiß und neonhell, die Scheiben waren beschlagen. Es roch nach frischem Hefeteig, im Pizzaofen brannte ein offenes Feuer. Am Ende des langgezogenen Raums saß eine Gruppe von Männern unterm Fernseher. Keiner von ihnen achtete auf das Programm, sie unterhielten sich lautstark. Als Guerrini und Laura eintraten, drehten sich alle nach ihnen um.

«Buona sera», rief Guerrini ihnen zu. Sie murmelten eine Erwiderung.

«Gibt's hier was zu essen?»

Ein schlanker Mann mit Halbglatze und dunklen Bartschatten auf Wangen und Kinn erhob sich und kam langsam auf sie zu. Hüftabwärts trug er eine lange dunkelgrüne Schürze.

«Was wollt ihr denn?»

«Habt ihr außer Pizza noch was anderes?»

«Ich kann euch Pasta machen, Scaloppine könnten auch noch da sein.»

«Was für Pasta?»

«Frutti di mare, scampi, salsa di lepre, al pesto, alla carbonara.»

«Nicht schlecht! Was nimmst du?» Guerrini wandte sich Laura zu.

«Pasta con scampi! Und ein Zitronenschnitzel mit Salat.»

«Ich nehme salsa di lepre und ebenfalls ein Zitronenschnitzel mit Salat. Außerdem einen halben Liter Weißwein und ein Wasser. Mille grazie, wir sind nämlich am Verhungern.»

Der Wirt zog die Schultern hoch und spreizte die Finger. «Die Saison ist vorbei, Signori. Dann ist es hier, als hätte es nie Touristen gegeben. Wie Winterschlaf, verstehen Sie? Und nach diesem Sturm sind sowieso alle weg. Wo kommt ihr denn auf einmal her? Auf der Durchreise?»

Laura und Guerrini ließen sich an einem Tisch nah am Feuer nieder.

«Sie werden's nicht glauben, aber wir machen Urlaub. Es ist übrigens gar nicht so schlecht am Strand.»

«Na ja, wer so was mag. Den ganzen Dreck nach dem Sturm und all das.» Der Wirt goss Wein in eine Karaffe, stellte Gläser auf den Tisch, schenkte ihnen ein knappes Lächeln und verschwand in der Küche.

«Ich möchte mich bei dir bedanken», sagte Guerrini und füllte die Weingläser.

«Wofür?»

«Du hast keine einzige boshafte oder ironische Bemerkung über meine verzweifelte Suche nach einem Restaurant gemacht. Das finde ich sehr tapfer von dir, Laura. Dabei habe ich sogar deinen Magen knurren gehört!»

«Ich habe darauf vertraut, dass jemand, der in seiner Jugend hinter den Kopfjägern von Borneo her war, auch in der Lage ist, Nahrung zu finden.»

Er lachte, und Laura hob ihr Glas und stieß mit ihm an. «Auf die Kopfjäger!»

«Was hast du denn damals gemacht? Warst du auch in Borneo oder am Amazonas?»

«Amazonas ist gar nicht so falsch. Ich war mit den Guerilleros von Che Guevara unterwegs und habe die unterdrückten Indios befreit. Nächtelang mussten wir durch Sümpfe und Urwälder reiten, litten unter Tropenfieber, den Angriffen von wilden Tieren und bösartigen Soldaten.»

«Nicht schlecht!» Guerrini betrachtete Laura nachdenklich. «Und Che Guevara? Warst du in ihn verliebt?»

«Eine Weile.»

«Nur eine Weile?»

«Ja, irgendwann wurde mir das Leben als Guerilla-Kämpferin zu anstrengend. Ich wurde dann Anführerin eines Amazonenstammes. Aber da war ich schon fünfzehn.»

«Als Amazone kann ich mir dich gut vorstellen. Wildes wehendes Haar, ein schwarzes Pferd – die hatten doch Pferde?»

«Ich hatte jedenfalls eins.»

«Dachte ich mir. Und einen langen Speer, oder?»

«Nein, Pfeil und Bogen.»

«Ah, Pfeil und Bogen.»

Der Wirt stellte einen Brotkorb auf den Tisch.

«Männer wurden nur zu bestimmten Zeiten in unser Lager gelassen.»

«Daran hat sich ja wohl bis heute wenig geändert, oder irre ich mich?»

Laura lachte. «Eins zu null für dich, Angelo. Das war sehr gut!»

«Und wahr, oder nicht?» Er beugte sich vor und sah ihr in die Augen.

«Könnte was dran sein.»

Er lehnte sich wieder zurück und betrachtete nun das Weinglas, drehte es langsam in seinen Händen.

«Grazie. Wusstest du damals auch, dass die Amazonen nur den weiblichen Nachwuchs aufzogen und dass sie den kleinen Mädchen eine Brust ausbrannten, damit sie den Bogen besser halten konnten?»

«Nein, aber heute weiß ich es.»

«Bene. Bist du deshalb zur Polizei gegangen, weil du davon geträumt hast, Indios zu befreien und eine Amazone zu sein?»

«So einfach ist es nicht, Angelo. Ein winziges, fast vergessenes Motiv vielleicht. Erst deine Kopfjäger und deine Frage haben mich wieder darauf gebracht. Bist du denn Polizist geworden, weil du einst mit einem Gummiboot imaginäre Abenteuer bestanden hast?»

Guerrini brach ein Stück Brot ab, steckte es aber nicht in den Mund, sondern schien die großen Löcher im Teig zu studieren.

«Ein bisschen vielleicht, außerdem habe ich als Junge immer davon geträumt, das Böse zu bekämpfen. Selbst Typen wie Enrico di Colalto gehörten für mich zum Bösen. Leute, die Macht ausüben und andere bedrohen, ihnen Angst machen. Es herrschte viel Angst im Italien der siebziger Jahre. Erinnerst du dich an die *Brigate Rosse*, den Terror, die rechte Verschwörung und die vielen Entführungen der Mafia? Das war genau die Zeit zwischen meinem zehnten und zwanzigsten Lebensjahr.» Gedankenverloren zupfte Guerrini am Brot herum. «Kannst du dir vorstellen, was meine Freunde und ich damals gespielt haben? Nicht hier in Portotrusco, sondern in Siena?»

Der Wirt erschien mit zwei dampfenden Tellern.

«Ecco! Scampi e lepre! Buon appetito!»

Köstlicher Duft stieg von den Nudeln auf, eine Mischung aus Knoblauch, Olivenöl, Tomaten und Kräutern.

«Ich kann jetzt nicht weiterreden», murmelte Guerrini. «Diesen Sugo aus Tomaten und Hasenfleisch habe ich schon seit Jahren nicht mehr gegessen.»

Laura nickte, angelte eines der roten Krustentiere aus ihren Spaghetti und schälte das rosige Fleisch heraus. Die Scampi waren ganz frisch, hatten diesen köstlichen, nussigen Geschmack. Erst nachdem sie ihre Teller geleert hatten, begann Guerrini wieder zu sprechen.

«Das war ein guter Auftakt. Es geht doch nichts über kleine Pizzerie! Was wollte ich gerade erzählen?»

«Was ihr in den Siebzigern gespielt habt. Das klingt irgendwie erschreckend historisch … na ja, selbst meine Kinder wurden im letzten Jahrhundert geboren, und die sind noch ziemlich jung.»

«Es ist wirklich historisch. Weil diese bestimmte politische Konstellation vorbei ist. Aber zu unserem Spiel: Wir haben uns gegenseitig in alle möglichen unangenehmen Räume eingesperrt, und dann mussten wir uns selbst befreien. So haben wir Entführungen nachgespielt. Ein paar waren die Entführer, einer oder zwei die Entführten. Wenn ich heute darüber nachdenke, dann waren es Übungen gegen unsere Angst. Wir versuchten die Kontrolle über eine unklare Situation zu gewinnen. Die Gewissheit, dass wir uns aus einem verschlossenen Raum befreien konnten, machte uns Mut.»

Laura hielt Guerrini ihr leeres Weinglas hin, er lächelte abwesend und schenkte nach.

«Wie habt ihr euch befreit?»

«Meistens blieb der Schlüssel außen stecken. Du musst wissen: Es waren keine modernen Schlösser, sondern alte mit großen Schlüssellöchern und großen Schlüsseln. Auch die Türen waren alt. Wir entwickelten ein großes Geschick darin, ein Papier unter der Tür durchzuschieben und den Schlüssel aus dem Schloss zu stoßen. Dann fiel er auf das Papier, und wir konnten ihn in unser Gefängnis ziehen. Das funktionierte natürlich nicht immer. Manchmal war unter der Tür nicht genügend Raum, manchmal fiel der Schlüssel neben das Papier. Aber wir haben unermüdlich geübt. Es war eine Art Besessenheit.»

«Was habt ihr gemacht, wenn der Schlüsseltrick nicht funktionierte?»

Guerrini lachte trocken auf. «Dann hatten wir wirklich Angst. Manchmal gab es ein Fenster, aus dem wir entkommen konnten, aber meistens mussten wir auf die Gnade unserer Entführer warten. Oder darauf, dass unsere Eltern uns entdeckten.»

«Scaloppine a limone con insalata mista!»

Laura und Guerrini schreckten hoch.

«Scusate, Signori! Redet nicht so viel, sondern esst!»

«Er hat recht», murmelte Guerrini. «Zu viele Worte können den Appetit verderben.»

Endlich hatte Ernesto Orecchio es unter die Dusche geschafft. Es kam ihm vor, als spülte das warme Wasser auch einen Teil seiner Ängste fort. Aber bereits beim Abtrocknen waren sie zurück und rumorten mit den schlecht gekauten Salamistücken in seinem Magen. Er versuchte sie zu ignorieren, sich normal zu verhalten, zog frische Unterwäsche an, frische Socken, eine frische Hose und ein frisches Sweatshirt. Die verschwitzten Kleidungsstücke stopfte er in einen großen Beutel. Den würde er morgen seiner Mutter vor die Tür legen. Sie kümmerte sich um seine Wäsche. Das war bequem und gleichzeitig unangenehm. Er vermied es, länger darüber nachzudenken, bereitete sich einen Kaffee und trug die Tasse in das winzige Wohnzimmer hinüber. Auch dort hatte er die Fensterläden geschlossen. Weil er noch immer hungrig war, holte er sich ein Stück Käse und etwas Brot und schaltete endlich den regionalen Fernsehsender ein.

Werbung. Orecchio schaute auf die Uhr. Beinahe elf. Er konnte auf die Nachrichten warten. Noch zwei Minuten. Nervös lief Orecchio auf und ab.

Endlich fing das *giornale della regione* an.

Natürlich drehte sich alles um den Sturm. Sie zeigten umgestürzte Baugerüste, den abgebrochenen Arm eines Krans in Montemassi, einen Laster, der gegen einen umgestürzten Baum gefahren war, und nächtliche Sturzfluten in Grosseto. Und endlich, als Orecchio die Hoffnung schon aufgegeben hatte, erschien der weiße Lieferwagen auf dem Bildschirm. Nur ein Foto, aber immerhin. Der Moderator redete irgendwas von einer seltsamen Geschichte, und Orecchio unterbrach seine nervöse Wanderung. Schnitt. Jetzt sah man das Krankenhaus von Grosseto, davor zwei Einsatzwagen der Carabinieri. Dann erschien eine langhaarige Reporterin, die vom mysteriösen Verschwinden des verletzten Fahrers ebenjenes weißen Lieferwagens berichtete. Sie interviewte einen Arzt, der sich die Sache nicht erklären konnte und von erheblichen Verletzungen des Fahrers sprach. Dann redete ein Carabiniere von Ermittlungen und der Möglichkeit eines Verbrechens. Schnitt. Jetzt ging es plötzlich um den Rückgang der Touristenzahlen in der vergangenen Saison.

Orecchio schaltete auf einen anderen lokalen Kanal um, doch da lief eine der Rateshows, die seine Mutter den ganzen Tag und die halbe Nacht lang sah. Langsam ließ Orecchio sich auf den einzigen Sessel sinken und versuchte seine Gedanken zu ordnen.

Der Fahrer war weg. Wieso war der weg? War doch völlig schwachsinnig. Jetzt hatte der auch noch die Polizei aufgeschreckt. Jetzt suchten sie ihn und den Fahrer.

Nicht nur seine unbekannten Geldgeber, sondern auch noch die Polizei. Oder hatten die unbekannten Geldgeber den Fahrer aus dem Krankenhaus geholt? Auch dieser Gedanke gefiel Orecchio nicht. Die ganze Sache war verdammt undurchschaubar. Er war im Moment meilenweit von einem rettenden Plan entfernt und konnte nur hoffen, dass sie ihn weiterhin für absolut verlässlich hielten. Für jemanden, dem man auch einen mit weißem Pulver gefüllten antiken Stierkopf anvertrauen konnte. Aber er war sich nicht sicher. Orecchio brachte die Kaffeetasse in die Küche, packte den Stierkopf ein und schob den Karton wieder unter das Bett. Dann löschte er das Licht und legte sich angezogen hin. Nachdenken konnte er auch im Dunkeln. Tun konnte er sowieso nichts. Mitten in der Nacht die Wohnung zu verlassen und in den Wald zurückzufahren, wäre Wahnsinn. Nein, er musste warten, bis sich irgendwas bewegte. Bis sie sich meldeten. Orecchio verschränkte die Arme hinter dem Kopf und starrte auf den kleinen hellen Fleck an der Decke. Einer der Fensterläden ließ diesen Lichtstrahl durch, der von der Straßenlaterne vor dem Haus stammte. So etwas zu denken beruhigte, weil es eine klare Sache war.

Vielleicht wäre es am klügsten, morgen früh einfach wegzufahren. Den Stierkopf und das andere Zeug auf den Küchentisch zu legen, sein Erspartes abzuheben und zu verschwinden. Damit hätte er auch das Problem mit seiner Mutter gelöst. Den Rest der Lieferung würden die nie finden, und für ihn selbst könnte das eine Art Altersversicherung sein. Ab und zu würde er zurückkommen, eines der Pakete mitnehmen und zu Geld machen.

Vielleicht sollte er den Stierkopf doch mitnehmen. Dann wäre er mit einem Schlag reich. Andererseits hatte er nicht die geringste Ahnung, wo er das weiße Zeug verkaufen könnte. Nein, das war keine gute Idee. Er hatte keine einzige gute Idee.

Andererseits hatte er ja nur gemacht, was der Fahrer gesagt hatte: die Ladung in Sicherheit gebracht! Davon, dass er in das Paket geschaut hatte, wussten die ja nichts. Wenn er es wieder ordentlich zuklebte und in den Wald zurückbrachte, dann hatten sie keinen Grund, ihm zu misstrauen. Vielleicht bekäme er sogar eine Extrazahlung. Entscheidungen zu treffen war nie Orecchios Stärke gewesen. Doch diesmal traf er eine: Am Morgen begann wieder sein Tagdienst. Er würde besonders früh aufstehen, den Karton zu den anderen legen und dann arbeiten wie gewöhnlich. Orecchio drehte sich auf die Seite und stellte seinen Wecker auf halb fünf.

KURZ VOR HALB SECHS verließ Orecchio das Haus. Zuvor hatte er den Karton sorgfältig mit breitem Klebeband verschlossen und wieder in die alte Decke gewickelt. Den Plastiksack mit schmutziger Wäsche stellte er vor der Wohnungstür seiner Mutter ab. Dann verließ er das Haus.

Im Osten wurde es bereits heller, der Himmel schien klar zu sein. Es war so kalt, dass Orecchios Atem sich in Nebel verwandelte. Nachdem er sich sorgfältig umgeschaut hatte, öffnete er den Kofferraum seines Fiat, legte das Paket hinein und klappte ihn wieder zu. Das war geschafft.

Als er die Fahrertür aufschloss, hörte er plötzlich den Motor eines näher kommenden Wagens. Starr blieb er stehen, als könnte er sich auf diese Weise unsichtbar machen.

Der Wagen hielt genau gegenüber dem kleinen Parkplatz vor dem Haus. Orecchio rührte sich nicht, aber in seinem Außenspiegel konnte er sehen, dass es ein Wagen der Carabinieri war. Damit hätte er rechnen müssen. Hatte er aber nicht. Er hörte ihre Stiefel auf dem Asphalt und dachte, dass er sich jetzt umdrehen musste, sonst würde es verdächtig aussehen. Also drehte er sich um.

Es waren zwei, natürlich. Sie kamen nie allein. Den

einen kannte Orecchio. Mit dem hatte er ab und zu in der Bar am Marktplatz einen Kaffee getrunken. Der war in Ordnung, beinahe ein Bekannter. Den anderen hatte er noch nie gesehen. Sah ziemlich jung aus.

«Buon giorno, Orecchio!»

«Buon giorno, Tenente Fiumetto.»

«Verdammt kalter Morgen, was?»

Orecchio nickte.

«Fährst gleich zur Arbeit, wie?» Der Carabiniere schob seine Mütze ein wenig nach hinten.

«Ja, ich bin wieder in der Tagschicht.» Orecchio versuchte ganz locker zu erscheinen, völlig normal. Eben wie jemand, der ganz normal seinen Tag beginnt. Eigentlich machte er das ja auch, eigentlich!

«Gut, dass wir dich noch erwischen, dann können wir uns die Fahrt raus nach *Il Bosco* sparen.»

Jetzt standen sie genau vor Orecchio. Er starrte auf ihre glänzenden, schwarzen Stiefel.

«Wir haben da ein paar Fragen wegen vorletzter Nacht. Die Sache mit dem Lieferwagen, du weißt schon!»

«Ah, die Sache mit dem Lieferwagen», wiederholte Orecchio leise. «Eine schlimme Sache.»

«Ja, schlimm. Könnte aber noch schlimmer werden, so, wie es aussieht! Wir müssten deine Aussage zu Protokoll nehmen, Orecchio. Deshalb sind wir so früh gekommen. Wir wollten dich noch vor deinem Dienst erwischen. Es dauert nicht lange.»

«Aber ich komm zu spät!» Orecchio konnte das Entsetzen in seiner Stimme kaum verbergen, und Fiumetto warf ihm einen erstaunten Blick zu.

«Ich glaube nicht», antwortete er und sah auf seine

Armbanduhr. «Es ist jetzt halb sechs. Dein Dienst beginnt um sieben. Bis dahin sind wir längst fertig. Also setz dich in deinen Wagen und fahr hinter uns her zum Revier.»

«Kann ich …», plötzlich versagte Orecchios Stimme, und er musste sich heftig räuspern, «… kann ich nicht nach meinem Dienst kommen? So eilig ist die Sache doch nicht, oder?»

«Doch, die Sache ist eilig. Oder hast du noch nicht gehört, dass der Fahrer des Lieferwagens aus dem Krankenhaus verschwunden ist? Außerdem hatte der Wagen geklaute Nummernschilder. Deshalb hoffen wir, dass du uns ein bisschen weiterhelfen kannst.»

«Madonna!» Mehr brachte Orecchio erst nicht heraus, doch dann bäumte er sich gegen das drohende Verhängnis auf. «Ich habe keine Ahnung, was das für ein Wagen ist und wohin der wollte. Der Baum fiel, und der Lieferwagen war drunter. Mehr weiß ich nicht, und dann hab ich die Feuerwehr gerufen.»

«Langsam, Orecchio. Erzähl uns das gleich!» Die Polizisten drehten sich um und kehrten zu ihrem Wagen zurück. Orecchio aber kroch mit weichen Knien in seinen Fiat und wusste in diesem Augenblick nur eines: dass er seinen Karton nicht zurückbringen konnte, ehe er seinen Dienst antreten musste.

Nach dem langen Abend in der Pizzeria erwachte Commissario Guerrini erst spät. Im Schlafzimmer herrschte ein angenehm grünliches Dämmerlicht, das ihn an den Amazonas und sein Gespräch mit Laura erinnerte. Er fragte sich, ob er diese Reise in die Vergangenheit nicht doch absichtlich gewählt hatte. Halb bewusst, wie so manches in seinem Leben, und doch sehr zielgerichtet.

Die Vergangenheit war vor zwei Jahren plötzlich wiederauferstanden, als in Siena ein ehemaliger Kommandant der Roten Brigaden die *Banca Monte dei Paschi di Siena* überfallen und hundertsiebzigtausend Euro erbeutet hatte. Beim Freigang wegen guter Führung. Sie hatten ihn schnell erwischt, seine Pistole versagte, und er überschüttete die Polizisten mit Hass und Verzweiflung. In all den Jahrzehnten im Gefängnis hatte er seinen Traum von der Revolution nie aufgegeben. Diese spezielle Bank war für ihn der Ursprung des Bösen, des Kapitalismus, eine der ersten Banken überhaupt. Von dort, aus dem Herzen der Toskana, hatte für ihn das Verhängnis der Ausbeutung seinen Lauf genommen. Der Raub war ein Symbol der Befreiung. Das Geld war für einen Neubeginn des revolutionären Kampfes bestimmt, für die Zeit nach dem Gefängnis, von der ihn nur noch ein paar Monate trennten. Jetzt saß er wieder. Vermutlich bis ans Ende seiner Tage.

Guerrini hörte Lauras leisen Atem neben sich. Sie lag auf dem Bauch, hatte den Kopf in die Kissen vergraben. Es war gut, sie neben sich zu spüren, gemeinsam mit ihr diese Erkundungsreise in die Vergangenheit zu unternehmen. Sie kannten sich nicht besonders gut, hatten stets nur Bruchstücke des anderen entdecken können und vermutlich eine Menge Theater gespielt. Gute Rollen, zugegeben. Guerrini fragte sich, ob es möglich war, Menschen jemals wirklich kennenzulernen. Wenn er ehrlich war, dann kannte er nicht einmal sich selbst und seine eigenen verborgenen Seiten besonders gut.

So hatte es ihn bei der Festnahme des alten Comandante der Roten Brigaden erstaunt, dass er den grauhaarigen Berserker, der gerade mal zehn Jahre älter als er selbst war, plötzlich um seine Wut beneidete. Genau diese brennende Wut, dieser Glaube an Gerechtigkeit, an Fortschritt, hatte auch ihn einmal erfüllt. Während seiner Studienzeit und in den ersten Jahren als Polizist. Dann hatte er allmählich die Zähigkeit menschlicher Schwächen begriffen, an der die meisten Ideologien krankten. Zum Beispiel die schlichte Tatsache, dass Menschen schon immer Menschen ausgebeutet haben, ganz egal, welches System man betrachtete. Vielleicht lag es auch an der verdammten Polizeiarbeit. Am Leben. An seiner verkorksten Ehe. Weiß der Teufel.

Heute jedenfalls glaubte er an Gerechtigkeit nur noch im Kleinen, Konkreten und empfand brennenden Zorn nur noch bei Gemeinheiten, die Hilflose und Unschuldige trafen.

Er tastete nach seiner Armbanduhr, die irgendwo neben seinem Kopfkissen liegen musste. Beinahe halb zehn.

Leise stand er auf und verließ das Schlafzimmer. Draußen schien die Sonne, als wäre Sommer. Guerrini machte sich einen Milchkaffee, schlürfte ihn im Stehen, während er auf die kleine Terrasse hinter der Küche schaute. Unter den Büschen saßen zwei magere Katzen. Wenigstens das hatte sich nicht geändert.

Guerrini schloss die Küchentür auf, füllte eine Schale mit verdünnter Milch und trug sie nach draußen. Mit leisem Fauchen und zuckenden Schwanzspitzen krochen die Katzen tiefer ins Gestrüpp. Guerrini stellte die Schale auf den Boden, kehrte ins Haus zurück und schloss leise die Tür. Innerhalb von Sekunden hatten sich die Katzen über die Milch hergemacht. Guerrini lächelte vor sich hin und füllte seine Kaffeetasse ein zweites Mal. Dann ging er über die Wendeltreppe nach unten, überlegte kurz, ob er sich eine seiner CDs anhören wollte, ließ es aber bleiben und öffnete stattdessen die Terrassentür.

Es war ein guter Zeitpunkt, seinen Vater anzurufen und ihn ein bisschen über Enrico di Colalto auszufragen. Solange Laura noch schlief und bevor sie zum Essen beim Conte gingen. Guerrini wollte sich irgendwie wappnen, warum und wogegen wusste er selbst nicht genau. Nur, dass er sich als junger Mann Enrico gegenüber immer unbeholfen und unterlegen gefühlt hatte. Eben wie jemand, der nicht schwimmen kann und untergetaucht wird. Jemand, der nicht adelig ist und von einem Adeligen gedemütigt wird. Es war der blanke Klassenkampf gewesen, damals. Das wollte er nicht noch einmal erleben. Noch dazu mit Laura an seiner Seite. Diesmal würde er es ihm zeigen.

Schnellen Schritts lief Guerrini zum Strand hinunter und starrte auf die Nebelbänke über dem Wasser. Er hasste Colalto. Je länger er über ihn nachdachte, desto heftiger hasste er ihn. Welch wunderbar entspannender Urlaub! Eine Leiche am Strand, ein verheerender Sturm und Enrico di Colalto. War es das, was er gesucht hatte?

Die Sonne fraß den Nebel weg. Guerrini konnte ihr dabei zusehen, fühlte, wie sie an Kraft zunahm. Die feuchte Kühle des späten Morgens schmolz regelrecht dahin, plötzlich wurde es angenehm warm, und in den Macchiabüschen hinter ihm begannen ein paar späte Zikaden zu schnarren. Guerrini erinnerte sich, wie er als Junge versucht hatte, Zikaden zu fangen. Wochenlang hatte er immer wieder nach ihnen gesucht, sich an das schrille Schnarren angeschlichen, das aus einer bestimmten Richtung zu kommen schien. Nie hatte er die Erzeuger des Lärms gefunden. Kaum meinte er, ihnen nahe zu sein, verstummten sie, als hätte es sie nie gegeben. Nie hatte er eine Zikade zu Gesicht bekommen. Zu Hause in Siena konnte er sie ebenfalls hören. Als er schließlich in einem Buch über Insekten nachschlug, fand er sie enttäuschend hässlich. Braun, rindenähnlich, mit hornigen Auswüchsen hingen sie an Ästen, perfekt angepasst an ihre Umgebung. Kein Wunder, dass er sie stets übersehen hatte. Pflanzensauger waren sie, lebten vom Saft der Bäume wie Vampire vom Blut.

Langsam kehrte er zum Haus zurück, der weiche, kühle Sand unter seinen Füßen war angenehm. Als er den Rasen vor der Terrasse erreichte, meinte er hinter den Rosmarinbüschen nahe dem Parkplatz eine Gestalt zu sehen, eine verschwommene Bewegung, irgendwie bunt, schlaksig und schon fort. Eine Bewegung und Farben, die zu einem Schwarzen passen würden. Warum dachte er das? Weil Laura ihm von dem Straßenhändler erzählt hatte?

Vorsichtig näherte sich Guerrini der Rosmarinhecke und schaute über den Parkplatz zum Kanal hinüber. Kein Laut war zu hören. Auch die Zikaden waren verstummt. Er sprang über eine niedrige Mauer zu seinem Wagen hinunter, überprüfte Türen und Fenster. Alles schien in Ordnung zu sein. Noch einmal lauschte er und ging dann zum Haus hinauf.

Laura schlief noch immer, und so nahm Guerrini sein Telefonino, setzte sich auf die Dachterrasse und drückte die Taste, die ihn hoffentlich mit seinem Vater verbinden würde. Er hatte kein Netz. Nicht mal in diesem verdammten Reichenghetto funktionierten Handys. Den Blick auf das Display gerichtet, bewegte sich Guerrini über die Terrasse. Aber erst, als er aufs Dach kletterte, ganz oben, auf dem First, hatte er Empfang. Die Aussicht war nicht schlecht – er genoss den freien Blick auf das Meer und die Bucht.

«Buon giorno, Angelo! Wie schön, dass du an deinen alten Vater denkst, obwohl du mit einer Frau unterwegs bist!»

Trotz seines hohen Alters kam Fernando Guerrini mit Handys erstaunlich gut zurecht. Er liebte Displays, auf denen man erkennen konnte, wer gerade anrief, gab ihm diese Erfindung doch endlich die Möglichkeit, frei zu entscheiden, ob er mit einer Person sprechen wollte oder nicht!

«Buon giorno, papà. Come va?»

«Bene. Mich interessiert mehr, wie es dir geht. Gefällt Laura das Haus? Deine Mutter hat es geliebt. Sie wollte für immer dortbleiben. Vermutlich deshalb, weil sie mich dann nur noch selten gesehen hätte!» Fernando Guerrini schickte kräftiges Gelächter durch das kleine Telefonino.

«Es gefällt ihr.»

«Wäre ja auch verrückt, wenn es ihr nicht gefallen würde! So ein Haus findet man nur selten. Es war ein Geniestreich vom alten Colalto. Alter Fuchs, der er war! Habt ihr den Sturm gut überstanden?»

«Haben wir.»

«Bene, bene! Dann hast du wahrscheinlich auch von dieser seltsamen Geschichte mit dem weißen Lieferwagen und dem verschwundenen Fahrer gehört, was? Ich hab's in den Regionalnachrichten gesehen.»

«Natürlich. Die Sache ist ja in *Il Bosco* passiert!»

«Hab ich's mir doch gedacht! Aber davon haben sie in den Nachrichten natürlich nichts gesagt. Wahrscheinlich waren unsere reichen Freunde dagegen. Meinst du nicht?»

«Möglich. Aber ich meine gar nichts, Vater. Ich bin nämlich im Urlaub und Laura ebenfalls.»

«Recht habt ihr! Am besten verbringt ihr den ganzen Tag im Bett, dann kann euch der Rest der Welt gestohlen bleiben.» Der alte Guerrini kicherte hinterhältig – weit weg in Siena.

«Ich werde diese Anregung weitergeben!» Guerrini richtete sich auf, denn der bunte, schlaksige Schatten, den er zuvor gesehen hatte, verschwand gerade um eine Ecke auf der übernächsten Dünenkuppe.

«Mach das nicht, Angelo, sonst hält mich die Commissaria für einen Wüstling!»

«Sie wird es noch früh genug selbst herausfinden!»

«Was hast du gesagt? Was?»

«Nichts, papà! Könntest du mir kurz zuhören? Ich möchte dich etwas fragen!»

«Was?»

«Es geht um den Sohn deines alten Freundes Colalto. Um Enrico. Er kam gestern hier vorbei und hat uns zum Essen eingeladen.»

«Ah, hat er das.»

«Ja, hat er.»

«Das wundert mich, denn er konnte dich nie besonders leiden!»

«Danke für deine klaren Worte! Ich ihn übrigens

auch nicht! Aber darum geht es nicht. Mich interessiert etwas ganz anderes: Wie läuft es mit euren gemeinsamen Geschäften?»

«Beh, warum interessierst du dich plötzlich für meine Geschäfte? Ich denke, du bist im Urlaub!»

«Wenn ich von Enrico zum Essen eingeladen werde, dann möchte ich ein bisschen was über ihn wissen und vor allem über seine Beziehungen zu meiner Familie. Verstehst du das?»

Keine Antwort. Guerrini hatte wieder das Netz verloren. Er stand auf und balancierte auf dem Dachfirst. Die Verbindung kam zurück.

«Bist du noch da, Vater?»

«Natürlich!»

«Es ist nicht natürlich, weil ich hier auf dem Dach stehe, um mit dir zu reden!»

Der alte Guerrini antwortete mit einem trockenen Husten.

«Arbeitest du noch mit ihm zusammen?»

«Mit wem?»

«Mit Enrico!»

«Nicht mehr oft. Sieh mal: Ich mach doch kaum noch was. Schließlich bin ich beinahe achtzig! Die paar Madonnenreliefs, die ich noch verkaufe … es interessiert mich nicht mehr. Geld interessiert mich nicht mehr! Das müsste dir doch aufgefallen sein, Angelo! Ich habe genug verdient in meinem Leben. Es reicht! Voll und ganz!»

Guerrini bewegte sich langsam auf dem Dach und folgte dem schwachen Signal. Theater, dachte Guerrini, er spielt Theater, weil er etwas verbergen will. Ich kenne meinen Vater!

«Bene! Ich versteh das, papà. Aber das beantwortet nicht meine Frage. Arbeitest du mit Enrico oder nicht?»

Wieder war die Verbindung weg, kam aber schnell zurück.

«Die letzte Lieferung ging vor drei Wochen raus. Aber davor hatten wir eine Pause von ungefähr fünf Monaten.»

«Was war das für eine Lieferung?»

«Madonnen natürlich, lauter Madonnen!»

«Wie viele?»

«Ist das ein Verhör? Ich bin dein Vater, verdammt noch mal!»

«Es ist kein Verhör! Aber du sagst ja nichts! Madonnen, sagst du! Aber nicht, wie viele, ob groß oder klein oder für wen sie bestimmt waren. Ich muss mir das vorstellen können!»

«Du hast Dienstgeheimnisse, ich habe Geschäftsgeheimnisse!»

«Bitte, Vater!»

«Wieso sind meine Geschäfte plötzlich so wichtig, eh?»

«Weil ich Colalto nicht traue.»

«Weil du ihn nicht leiden kannst! Ich mache seit Jahren Geschäfte mit den Colaltos!»

«Aber erst seit kurzem mit Enrico.»

«Es läuft ganz genauso wie mit seinem Vater. Nichts hat sich geändert, Angelo! Nur, dass es noch ein bisschen schneller und besser funktioniert.»

«Schön für dich. Aber könntest du mir trotzdem sagen, wie viele Madonnenreliefs du an Colalto geliefert hast?»

«Knapp zweitausend. Wir haben gemeinsam einen Container für unsere Keramiken.»

«Zweitausend?!»

«Ja, natürlich! Meinst du, ich verkaufe die Dinger stückweise nach Amerika? Das ist ein riesiges Land!»

«Aber vor ein paar Minuten hast du großartig erklärt, dass dich Geld nicht mehr interessiert! Bei zweitausend Reliefs bleiben mindestens vierzigtausend oder fünfzigtausend Euro bei dir hängen!»

Wieder war die Verbindung unterbrochen. Leise fluchend drehte Guerrini sich um sich selbst. Da war Fernando wieder und fluchte ebenfalls.

«Hatte ich recht mit meiner Schätzung?» Allmählich verlor Guerrini die Geduld.

«Das geht dich gar nichts an!»

«Bene, dann liege ich wahrscheinlich richtig! Wie hoch ist Colaltos Anteil?»

«Weniger, viel weniger! Wir verdienen alle weniger! Da sind die Transportkosten, der Zoll! Amerika ist weit weg!»

«Ein Container voll Keramik kostet nicht die Welt, papà! Von wo verschifft ihr das Zeug eigentlich?»

«Es ist kein Zeug! Das sind Kopien von della Robbia! Er war einer der größten Künstler der Toskana!»

«Jaja.»

«Sag nicht jaja!»

«Also: welcher Hafen? Genua?»

«Wenn du es genau wissen willst: Colalto hat schon immer über Neapel ausgeführt, und es hat immer funktioniert!»

«Neapel!», wiederholte Guerrini und setzte sich auf einen niedrigen Schornstein. Plötzlich wünschte er sich, er hätte nie gefragt und wäre nie in dieses Haus zurückgekehrt.

«Bist du noch da, Angelo?»

«Sì.»

«Hat dir wohl die Sprache verschlagen, was?»

«Sì.»

«Es ist alles ganz harmlos, legal, nichts dahinter! Hör auf, dich als Commissario aufzuführen. Die *guardia di finanza* hat meinen Laden schon zweimal überprüft und nichts Anstößiges gefunden! Kapiert?»

«Bene. Könntest du mir einen Gefallen tun, papà? Falls sich Enrico bei dir meldet, dann sag ihm nicht, dass Laura bei der Polizei ist. Ich habe sie als Meeresbiologin vorgestellt, und das sollte sie auch bleiben.»

«Wieso denn das?»

«Einfach so!»

«Meeresbiologin! So ein Blödsinn!»

«Colalto hat's geschluckt, und Laura findet ihren neuen Beruf gar nicht so schlecht.»

«Na gut. Vergiss meine Geschäfte, ja? Hast dich früher auch nicht dafür interessiert und nicht schlecht davon gelebt. Wieso also jetzt?»

«Ja, wieso jetzt.»

«Bene, Angelo! Belle vacanze und grüße Laura, die Meeresbiologin, von mir. Das muss ich ihrem Vater erzählen!» Das Kichern des alten Guerrini verklang, als diesmal er das Gespräch beendete.

Angelo Guerrini steckte das Telefon in die Brusttasche seines Polohemds, stützte den Kopf in beide Hände und schaute aufs Meer hinaus. Ein einzelner Fischkutter zerschnitt die trägen Wellen und bewegte sich langsam auf den Hafen von Portotrusco zu.

Zweitausend Madonnenreliefs werden regelmäßig von Enrico di Colalto über Neapel in die USA verschifft, dachte Guerrini. Mein Vater organisiert die Madonnen, den Rest macht Colalto. Und zuvor hat es Colaltos Vater gemacht. Das klingt nicht gut! Wenn ich genauer darüber nachdenke, dann klingt es geradezu katastrophal. Vielleicht sollte ich nicht darüber nachdenken. Mein Vater betreibt seine Geschäfte immerhin schon seit Jahrzehnten. Ich werde also nicht darüber nachdenken, nicht über Neapel, nicht über die Camorra, auch nicht über die Rolle Enricos. Dies ist eine Zeit der Verdrängung. Vielleicht kann man überhaupt nur dann Urlaub machen, wenn man gut im Verdrängen ist. Aber ich war noch nie gut darin, jedenfalls nicht für längere Zeit.

Über den Büschen zwischen Haus und Strand tauchte für Zehntelsekunden ein dunkler Kopf auf, und Guerrini fragte sich, wie lange es ihm gelingen würde, keine Zusammenhänge zwischen den seltsamen Ereignissen dieser ersten Urlaubstage zu suchen.

Seit zwei Stunden saß Ernesto Orecchio wieder auf seinem Wachtposten und dachte darüber nach, wie er den verdammten Karton loswerden könnte. Auf dem Revier war es nicht so schlimm gewesen. Er hatte seine Aussage zu Protokoll gegeben, und sie hatten ihn danach sogar zu einer Tasse Kaffee eingeladen. Dann durfte er wieder gehen. Kein Grund zur Beunruhigung also. Jedenfalls nicht von dieser Seite.

Die Anderen hatten sich noch immer nicht gemeldet. An diesem Morgen achtete Orecchio sehr genau darauf, wer das Resort verließ und wer hineinfuhr, außerdem machte er eine Liste aller derzeitigen Bewohner.

Da waren die beiden Schweizer, Männer mittleren

Alters. Denen gehörte schon seit über zehn Jahren eine Villa am Strand. Das hatte Fabrizio erzählt, und der arbeitete schon seit zwanzig Jahren im Resort. Das Haus der Schweizer war keine der besonders protzigen Villen, eher unauffällig. Sonst wusste Orecchio nichts von den beiden Männern – weder, welchen Berufen sie nachgingen, noch, ob sie verheiratet waren oder sonst was. An diesem Morgen hatten sie *Il Bosco* um halb neun verlassen und ihm dabei freundlich zugewinkt. Der Deutsche, der das Haus neben den Schweizern besaß, war offenbar nur zum Einkaufen gefahren, denn er kehrte genau nach einer halben Stunde zurück und fragte, ob Post für ihn da sei. Aber die Post kam nie vor zwei Uhr, und am Tag zuvor hatte es gar keine gegeben, des Sturmes wegen. Den Deutschen konnte Orecchio nicht einschätzen. Er war Mitte oder Ende dreißig, ziemlich höflich. Wahrscheinlich was Besseres. Aber das waren die ja alle hier, auch wenn manche nicht so höflich taten.

Eines der Häuser von Conte Colalto war vermietet. Da wohnte ein Italiener mit seiner Frau oder Freundin. Fabrizio wusste es auch nicht genau. Aber er kannte den Italiener, weil der früher hier öfter Urlaub gemacht hatte. Ein «Dottore», auch was Besseres. Orecchio hatte ihn und die Frau noch nicht gesehen. Außerdem war da noch ein reicher Geschäftsmann aus Mailand – ebenfalls mit seiner Freundin, die mindestens zwanzig Jahre jünger war als er. Machte selber auf jung, mit Sportwagen und gefärbten Haaren. Von der Sorte Männer gab es im Sommer hier jede Menge. In den Schulferien kamen sie mit der Familie und sonst mit der Freundin.

Außerdem lebte im Resort noch ein alter Mann, der mit seiner Haushälterin in einem der kleineren Häuser wohnte. Nicht direkt am Strand, sondern im Wald, geschützt vor den kalten Winterstürmen. Der Alte war ein Dichter oder so was, und er wohnte fast das ganze Jahr über in *Il Bosco.* Nur im Dezember und Januar nicht, dann zog er zu seiner Tochter nach Rom. Auch das hatte Fabrizio erzählt.

Ernesto Orecchio versuchte sich vorzustellen, wer von diesen Leuten zu den Unbekannten gehörte, die Kunstraub und Kokainschmuggel betrieben. Vielleicht alle miteinander? Oder keiner? Er schaffte es nicht. Seine Phantasie reichte einfach nicht aus.

Allerdings bestand auch die Möglichkeit, dass die Anderen vom Meer her kamen, mit Booten. Jetzt, da das Meer wieder ruhig war. Vielleicht gehörte ihnen eines der Häuser, und sie kamen nur dann, wenn eine neue Lieferung eintraf. Versteckten das Zeug im Keller und verschwanden wieder übers Meer. Oder sie liefen am Strand entlang. Vom Strand her konnte jeder nach *Il Bosco.* Oder der Fahrer des Lieferwagens hatte den Schlüssel zu einem der Häuser, lud die Ware aus und verschwand wieder. Die Anderen holten das Zeug erst Wochen oder Monate später ab. Vielleicht.

Je länger Orecchio über die Anderen nachdachte, desto verschwommener wurden die Bilder in seinem Kopf. Die Anderen verwandelten sich in graue Schattengestalten, die sich in den leeren Häusern des Resorts versteckten und ihn beobachteten.

Er schaute zu dem astlosen Stamm der alten Pinie hinüber, der wie ein Leichnam am Rand der Einfahrt lag. Die Vorzeichen waren nicht gut. Überhaupt nicht gut. Orecchio bekreuzigte sich, obwohl er das seit Jahren nicht mehr getan hatte.

Laura saß in Jeans und Seemannspullover auf der Terrasse, als Guerrini vom Dach kletterte. Sie wünschte ihm einen guten Morgen, als handle es sich um einen völlig normalen Vorgang, dass jemand vom Dach auf die Terrasse steigt. Guerrini lächelte ihr zu und klopfte sich den Ziegelstaub von der Hose.

«Ich finde, wir sind jetzt quitt», sagte Laura und trank einen Schluck Tee aus dem Becher, den sie in der Hand hielt.

«Quitt in welcher Beziehung?»

«Nun, ich habe versucht, mich zu ertränken, und du, dich vom Dach zu stürzen. Ist die Aussicht da oben gut?»

«Hervorragend. Man sieht das Meer, die Bucht, den Astralleib afrikanischer Wanderhändler, und man kann sogar telefonieren.»

«War er wieder da?» Laura runzelte die Stirn.

«Vielleicht war es auch ein anderer. Jedenfalls war sein Gesicht schwarz und seine Kleidung bunt. Außerdem wollte er offensichtlich nicht gesehen werden.»

Laura nickte.

«Wohin fahren wir also?»

Langsam ging Guerrini zu ihr hinüber. Sie fragte nicht, mit wem er telefoniert hatte. Er liebte sie für den Raum, den sie ihm ließ. Als er vor ihr stand, umfasste sie seinen rechten Oberschenkel, ließ ihre Hand hinauf zu seiner Hüfte gleiten und sanft über sein Geschlecht.

«Wir könnten auch im Bett bleiben und alle Türen abschließen, die Fensterläden zumachen», sagte er leise. «Dann würde ich dir das Gedicht von Petronius vorlesen, weil ich es mir vermutlich nicht merken kann.»

Laura lachte. «Ich kann mir auch nur die ersten Zeilen von Gedichten merken. Lass uns lieber wegfahren, Angelo. Irgendwohin, wo wir allein sind. Nicht nach Rom. Und auch nicht lange, nur für einen Tag. Vielleicht sind dann die Astralleiber der Straßenhändler und die Geister angeschwemmter Leichen verschwunden.»

Guerrini setzte sich neben sie und kämmte mit den Fingern ihr Haar, das sich in der feuchten Meeresluft kringelte.

«Was soll ich dir zeigen, Laura? Die Höhlen von Sorano? Eine Etruskerstadt? Die wilden Rinder und Pferde der Maremma, den Strand der toten Bäume?»

«Was ist der Strand der toten Bäume? Heißt der wirklich so?»

«Nein, ich habe ihn so getauft. Es ist vielleicht die wildeste Gegend der Toskana, und du kennst ihn, Laura. Wir haben uns zum ersten Mal geliebt an diesem Strand, erinnerst du dich nicht mehr?»

«Der Strand! Den hab ich nur im Dunkeln gesehen. Das Meer war schwarz mit silbernen Ornamenten, der Strand ganz schmal und mit merkwürdig gebogenen Bäumen, die im Mondlicht glänzten. Helle Dünen, weiße Lilien, kaltes Wasser auf der Haut. Wir haben geschrien, als wir ins Wasser getaucht sind. Und du hast nach Salz geschmeckt.»

Sie musterten sich gegenseitig, suchten ihre Gesichter ab. Spurensicherung.

«Das hast du sehr genau beschrieben», murmelte Guerrini endlich.

«Natürlich. Solche Erinnerungen halten einen doch am Leben, oder?»

Guerrini strich die Locken aus Lauras Stirn, glättete mit seinem Zeigefinger die steile Falte zwischen ihren

Augenbrauen und zeichnete ihre Augenbrauen nach, die Wangenknochen und den Schwung ihrer Oberlippe. Dann beugte er sich vor und küsste sie. Laura spürte, dass es anders war als damals am Strand, aber nicht weniger aufregend, noch immer geheimnisvoll, und sie flehte innerlich, dass es so bleiben möge.

«Lass uns fahren!», sagte sie. «Zum Strand der toten Bäume.»

Ernesto Orecchio hatte die Anweisung bekommen, jeden Wagen anzuhalten, der ins Resort wollte, und jeden, der rausfuhr. Sozusagen als Ersatz für den Schlagbaum, der erst in einer Woche repariert werden würde. Das hatte ihm Gianni gesagt, der in der letzten Nacht Dienst geschoben hatte. Eine ruhige Nacht sei es gewesen. Nur der Italiener, der Dottore mit seiner Freundin, der aus dem Haus von Conte Colalto, sei um halb elf reingefahren. Orecchio ging um das Wärterhäuschen und warf einen Blick auf seinen Fiat. Er hätte den Wagen gern vor dem Haus geparkt, um ihn ständig im Auge behalten zu können. Aber das war verboten. Die Angestellten des Resorts mussten ihre Autos und Vespas auf dem Platz hinter dem Haus abstellen. So war es festgelegt. Das elegante Rondell der Einfahrt durfte nicht durch abgestellte Fahrzeuge verschandelt werden.

Na ja, im Augenblick war von der Eleganz nichts mehr übrig. Auf der einen Seite lag der Baumstamm, auf der andern ein Berg von Ästen, der immer höher wurde, weil all die abgebrochenen Äste und umgefallenen Bäume aus dem Resort hier abgeladen wurden. Die Verwaltung von *Il Bosco* hatte ein paar Leute zusätzlich eingestellt, um nach dem Sturm wieder Ordnung zu schaffen.

Der Fiat war in Ordnung, der Karton unter der alten Decke verborgen. Vielleicht würde Fabrizio am Mittag vorbeikommen. Orecchio könnte ihn bitten, für eine Stunde den Dienst zu übernehmen, weil er dringend zum Zahnarzt musste oder so. In einer Stunde konnte er es schaffen, den Karton zu den anderen Paketen zu legen. Er würde es schaffen, musste es schaffen!

Ein Wagen näherte sich aus dem Resort. Ein Lancia, dunkelblau. Orecchio ging schnell um das Wärterhäuschen herum und streckte den Arm aus, winkte mit gespreizten Fingern. Der Wagen hielt an. Eine Frau mit hellbraunen halblangen Locken saß auf dem Beifahrersitz. Orecchio schätzte sie auf vierzig. Er mochte den aufmerksamen Blick nicht, mit dem sie ihn musterte. Deshalb ging er zum Fahrer hinüber, der inzwischen das Fenster heruntergelassen hatte.

«Was gibt's?», fragte der Fahrer und sah Orecchio genau in die Augen, als der sich zu ihm hinabbeugte.

«Gar nichts», stammelte Orecchio. «Es ist nur Anweisung von oben, dass wir alle kontrollieren müssen.»

«Colalto!», sagte der Fahrer. «Wir wohnen in der Casa Colalto.»

«Ah!», nickte Orecchio. Das also war der Dottore mit seiner Freundin.

«Sie sind Orecchio, nicht wahr?»

Wieso fragte der Dottore? Woher kannte er seinen Namen? Und wieso war er so höflich? Siezte ihn. Niemand siezte die Wärter!

«Ja», murmelte Orecchio. «Ja, ich bin Orecchio.»

«Ich habe gehört, dass Sie in der Nacht des großen

Sturms Dienst hatten. War nicht besonders angenehm, was?»

«Nein.»

«Und dann die Sache mit dem weißen Lieferwagen. Gestern Abend hat uns die Polizei danach gefragt. Aber wir hatten keine Ahnung.»

Orecchio trat vom Lancia zurück und schaute auf den Boden.

«Nein.»

«Was, nein?»

«Ich habe auch keine Ahnung, was das für ein Wagen ist. Warum er überhaupt hier reingefahren ist. Ich meine, ich habe erst gemerkt, dass er überhaupt da war, als ich die Scheinwerfer unter dem Baum gesehen habe. Der hat sowieso verdammtes Glück gehabt, dass ich rausgeschaut habe, bei diesem Sauwetter!»

Der Fahrer des Lancia betrachtete Orecchio mit einem ähnlich aufmerksamen Blick wie zuvor seine Beifahrerin. Plötzlich schaltete Orecchio. Er wartete auf die nächste Frage: die nach der Lieferung, nach dem Karton.

Aber sie kam nicht.

Der Dottore mit den hellen Augen und dunklen Haaren lächelte ihm zu, nickte, hob die Hand zum Gruß und fuhr davon.

Die wollen mich fertigmachen, dachte Orecchio. Er hatte es oft genug im Fernsehen gesehen, wie sie ihre Leute fertigmachten, die vom organisierten Verbrechen oder die aus der Politik. Ganz freundlich waren sie, nur ihre Augen waren kalt. Sie ließen ihre Opfer langsam verrückt werden vor Angst, und dann schlugen sie plötzlich zu. Peng! Genau das hatte der Dottore gerade mit ihm gemacht. Orecchio war ganz sicher, dass er zu den Anderen gehörte.

Er musste weg! Sie trauten ihm nicht! Das war jetzt klar! Aber wohin, wohin? Sie fanden die Verräter überall. Ganz egal, wohin die sich flüchteten. Eine Chance hatte er noch! Den Karton! Wenn es so stand, dann musste er abhauen. Mit dem Karton und dem weißen Pulver. Das war seine einzige Chance! Nicht nur die Anderen konnten so was! Ihn speisten sie mit fünfhundert Euro pro Lieferung ab, und selbst steckten sie Hunderttausende ein, wahrscheinlich Millionen!

Entschlossen wandte Orecchio sich um und stolperte über die Schwelle des Wärterhäuschens. Noch ein Schluck Wasser, dann los. Er würde einfach alles liegen lassen. Nur das Gewehr wollte er mitnehmen. Den Fiat hatte er am Morgen vollgetankt. Geld konnte er überall abheben. Immerhin hatte er fast dreitausend auf seinem Konto. Vielleicht war es gut so. Vielleicht hatte das Schicksal ihm diesen Weg vorbestimmt. Orecchio glaubte an das Schicksal.

Sorgsam spülte er das Glas aus und stellte es ins Regal zurück, dann nahm er das Gewehr, eine Schachtel Munition und seine Regenjacke, die an dem Haken an der Tür hing. Er fühlte sich plötzlich ganz ruhig. Es war gut, Entscheidungen zu treffen. Noch einmal schaute er sich um, fühlte leichtes Bedauern, denn er hatte diese Arbeit gemocht, hatte geglaubt, dass sie doch noch zu etwas führen würde. Mit dem Extraeinkommen. Das war jetzt vorbei. Wieder ein Erdbeben. Er war daran gewöhnt.

Der rote Fiat stand noch immer so da, wie er ihn zuletzt gesehen hatte. Aber als Orecchio die Zentralverriegelung öffnen wollte, stellte er fest, dass der Wagen bereits offen war. Rauschen in seinen Ohren, Pochen in den Schläfen. Es konnte nicht sein! Er hatte den Wagen abgeschlossen, als er das letzte Mal nachgesehen hatte, ob alles in Ordnung war. Oder hatte dieser Dottore ihn abgelenkt? Das Rauschen in seinen Ohren nahm zu.

Es konnte nicht sein! Er hatte die Türen gar nicht geöffnet, sondern nur durch die Heckscheibe auf den Karton in der Decke geschaut. Im Zeitlupentempo näherte Orecchio sich der Heckklappe des Fiat und machte sie auf. Die Decke war noch da. Zerknautscht lag sie in der rechten Ecke der kleinen Ladefläche. Der Karton war nicht mehr da. Auch diese Erkenntnis drang nur im Zeitlupentempo in Orecchios Bewusstsein.

Der Karton war nicht da!

Nicht mehr da!

Aber vor ein paar Minuten war er noch da gewesen! Außer dem blauen Lancia hatte kein Wagen das Resort verlassen oder war hineingefahren. Der Dieb musste zu Fuß gekommen sein. Orecchio rannte los, das Gewehr in einer Hand, rannte von einem Busch zum andern, in die schmalen Einfahrten der Gärten hinein, blieb stehen, lauschte, rannte wieder, drehte sich um sich selbst. Er hatte das Gefühl, in Stücke zu zerfallen, hörte nichts, sah nichts. Nur eine Elster, beinahe hätte er auf sie geschossen. Aus Verzweiflung.

Es hatte keinen Sinn. Er rannte zu seinem Wagen zurück, setzte sich hinters Steuer und legte das Gewehr auf den Beifahrersitz. Sie hatten sein Startkapital gestohlen, die Anderen, hatten ihn durchschaut, die ganze Zeit beobachtet. Der Dottore und seine Freundin! Das war eine Warnung gewesen, und gleichzeitig hatten sie ihn reingelegt, abgelenkt, beraubt! Orecchio stöhnte und wischte sich den Schweiß von der Stirn. Er hatte nie eine Chance gehabt. Nicht gegen die. Jetzt wussten sie, dass man sich auf ihn nicht hundertprozentig verlassen konnte. Er war zum Verlieren geboren. Immer schon. Einen Augenblick lang legte Orecchio seine Stirn auf das Lenkrad und schloss die Augen. Die Beine seiner Tante Amalia, er konnte sie ganz deutlich vor sich sehen. Da raffte er sich auf und fuhr los. Er würde nicht aufgeben! Diesmal nicht!

Guerrini fand es erstaunlich, dass er jedes Mal die richtige Ausfahrt aus den vielen neuen Kreiseln rund um Grosseto gefunden hatte. Und dann die Via Aurelia, diese Horrorstraße, die vermutlich bei den Römern auch nicht angenehmer gewesen war. Nur nicht so laut, schnell und voll.

«Um zur Bucht der toten Bäume zu kommen, muss man zuerst die Straße des Grauens überwinden», murmelte er. «Wie in den alten Mythen. Erst nach der Prüfung folgt Befreiung und Erleuchtung!»

«Und wie in der Liebe!», fügte Laura hinzu.

«Salve.» Er lächelte grimmig und hob abwesend den Arm zum römischen Gruß.

«Lass das!»

«Was?»

«Den römischen Gruß. Der erinnert an unangenehme Zeiten. Bei uns könntest du glatt dafür verhaftet werden!»

«Da siehst du, was diese verdammten Faschisten den armen Römern angetan haben. Ich hab das nur gemacht, weil wir auf einer alten Römerstraße fahren, weil ich Salve gesagt habe!»

«Schon gut. Ich hatte nur in letzter Zeit zu viel mit Neonazis zu tun.»

Eine ununterbrochene Schlange von Lastwagen auf dem Weg nach Rom. Schwarze Dieselwolken und dahinter in sanften Herbstfarben, beinahe durchsichtig und unwirklich, die Monti dell'Uccellina, davor eine dunstige Ebene wie der Hintergrund eines Renaissancegemäldes.

Sie hatten über die kurze Begegnung mit Ernesto Orecchio gesprochen – es ging gar nicht anders. Selbst Angelo hatte das zugegeben. Und sie waren sogar einer Meinung gewesen, hatten beide den Eindruck gehabt, dass Orecchio Angst hatte und mindestens zwei Sätze zu viel über den weißen Lieferwagen sagte, obwohl Guerrini keine Fragen stellte. Dabei hatten sie es belassen und sich stattdessen darüber gewundert, dass der zehn Kilometer lange Pinienwald entlang der Küste noch nicht abgebrannt war. Da doch in Italien nahezu alle Wälder an landschaftlich besonders schönen Stränden in Flammen aufgingen.

Ich liebe Schirmpinien, dachte Laura. Für mich sind es die vollkommensten Nadelbäume, mit ihren hohen Stämmen, der schuppigen rötlichen Rinde und diesem großzügig schützenden Dach aus grünen Nadeln, das von unten wie ein Spinnennetz aussieht. Unter einer Schirmpinie auf dem Rücken zu liegen, ist für mich eine Vorstellung von Glück. Das ist auch etwas, das ich in diesem Urlaub machen werde: mich unter eine Pinie legen, in ihre Krone schauen und innerlich wegfliegen. Allein.

Sie wollte es gerade laut sagen, als Guerrini rechts abbog und in das Dorf Rispescia einfuhr, das nur ein paar Meter neben der Via Aurelia lag.

«Wir sollten ein paar Panini, Schinken, Käse und Wasser mitnehmen. Da draußen gibt es absolut nichts!»

Sie hielten an einem langgezogenen Platz, genau vor einem bronzenen Keiler, aus dessen Maul der Dorfbrunnen gespeist wurde. Gegenüber dem Wildschwein, auf der anderen Straßenseite, lag eine Bar. Ein paar alte Männer standen davor und schauten zu ihnen herüber.

«Warum stehen eigentlich immer alte Männer vor den Bars herum und keine alten Frauen?» Laura meinte ihre Frage ganz ernst. Guerrini schaute zu den Alten hinüber und lehnte sich dann in seinem Sitz zurück.

«Ganz einfach: Weil die alten Männer nicht wissen, was sie sonst machen sollen. Deshalb diskutieren sie die Dinge des Lebens. Die Ungerechtigkeit, die verrückte neue Zeit, die schlimme Politik, die immerwährende Wirtschaftskrise, das Elend des Alters, die vergangenen Zeiten, die Krankheiten, die Todesfälle …»

«Und die alten Frauen?»

Guerrini küsste Laura auf die Wange.

«Das weißt du doch genau, amore! Die Frauen kaufen ein, kochen, waschen, putzen das Haus, kümmern sich um die Enkel, die Kranken und telefonieren mit ihren Freundinnen, um über ihre alten Männer zu schimpfen.»

«Bene. Das war eine klare Antwort.»

«Es ist eine klare Sache!»

«Findest du sie gut?»

«Sie ist, wie sie ist.»

«Warum bist du so verdammt abgeklärt?»

Wieder lachte er.

«Weil ich Urlaub habe und weil ich diese alten Männer und ihre Frauen kenne! Ich meine, nicht genau diese hier, aber ihre Art zu leben … im Allgemeinen … es liegt eine gewisse Ordnung darin, und das wissen sie genau, deshalb geht es ihnen damit nicht schlecht.»

Er stieg aus, überquerte die Straße und grüßte die Alten. Sie grüßten beinahe überschwänglich zurück und zogen ihn ins Gespräch. Da stand er zwischen ihnen, ein großer schlanker Mann, mit dunklem Haar, das ein paar silberne Fäden zeigte. Noch jung, gerade an der Grenze zur endgültigen Reife, und Laura wusste, dass er spielerisch übte, dass er diese Alten mochte.

Sie blieb noch im Wagen sitzen, ausgeschlossen von dieser Szene, aber das machte nichts. Das geschah überall – wenn Frauen zusammensaßen, wenn Männer miteinander redeten, wenn Kinder spielten, wenn Jugendliche sich trafen. Diese unausgesprochene Ordnung funktionierte in allen Gesellschaften. Und sie dachte darüber nach, wie verletzt sie sich als junges Mädchen gefühlt hatte, wenn sie diese Barriere zwischen einer Gruppe von Jungs und sich selbst spürte. Wie sie sich innerlich dagegen aufgebäumt hatte, den ewig kichernden Mädchen zugeteilt zu werden. Später wurde man als zu jung, zu weiblich und noch später irgendwann vermutlich als zu alt ausgeschlossen. Einen Grund würde es immer geben. Laura kannte ein paar Menschen, die sich nicht ausschließen ließen. Sie drängten sich einfach hinein. Ohne Rücksicht auf die Ordnung. Aber sie wurden nicht gemocht. Wurden als nervige Eindringlinge betrachtet. Neben der Spur. Peinlich. Lästig. Anstrengend.

Zögernd öffnete Laura die Wagentür und stieg langsam aus, sah das sabbernde bronzene Wildschwein an. Offensichtlich hatte man den Brunnen abgeschaltet, er tröpfelte nur noch. Im Wasserbecken schwamm aufgeweichtes Zeitungspapier.

Als Laura vor der Bar ankam, legte Guerrini einen Arm um ihre Schultern. Die Alten zwinkerten verschmitzt und grüßten freundlich.

Drinnen fiel Laura ein seltsames Ölgemälde auf, das einen Hasen in Menschenkleidung zeigte. Der Hase lief auf zwei Beinen eine einsame Straße entlang und warf einen langen Schatten. Aber der Milchkaffee war gut, die Brioche frisch, und in einer Ecke der Bar beugten sich drei ältere Frauen über einen Kinderwagen. Lauras und Guerrinis Blicke trafen sich, und er zuckte lächelnd die Achseln.

ORECCHIO SCHAUTE KAUM nach vorn, starrte ständig in den Rückspiegel. Der Motor des kleinen Fiat kreischte angestrengt. Schneller! Warum fuhr er bloß ein so kleines Auto? Rot und klein. Aber er hatte ja nicht gewusst, dass er irgendwann auf der Flucht sein würde. Niemand rechnete damit, dass er fliehen musste, oder kaufte sein Auto im Hinblick auf eine mögliche Flucht. Die Anderen vielleicht oder die von der Mafia. Er raste auf der Straße nach Follonica dahin, auf der Suche nach dem Feldweg, den er gestern eingeschlagen hatte. Er war nicht mehr sicher, welcher es gewesen war, fuhr an einem vorbei, kehrte wieder um, wartete unter einem dichten Feigenbaum, bis die Straße für ein paar Momente völlig leer war, und bog endlich von der Hauptstraße ab. Doch, genau dieser Weg war es gewesen. Er erinnerte sich an den alten Ziegenstall auf der rechten Seite, an den Graben auf der linken und die alten Edelkastanien.

Im Schutz des Waldes blieb er stehen und untersuchte den Weg. Seit gestern hatte es nicht mehr geregnet, deshalb konnte er die Reifenspuren seines Fiats genau erkennen. Kein anderes Fahrzeug war seit gestern hier entlanggefahren. Das beruhigte Orecchio ein wenig. Er zündete sich die vorletzte Zigarette an, die er im Handschuhfach aufbewahrte, und zwang sich dazu, langsam zu rauchen. Ganz langsam. Es fiel ihm schwer. Er lief schnell auf und ab, umrundete den Fiat, am liebsten hätte er geschrien, um diese innere Anspannung loszuwerden.

Das hier war seine Chance. Er würde weggehen und ganz neu anfangen. Ganz weit weg. Und in genau diesem Augenblick fiel ihm sein alter Bekannter in Francoforte ein, in Deutschland. Wieso hatte er nie an ihn gedacht? Niemand würde ihn, Orecchio, in Francoforte suchen! Wie sollten die Anderen draufkommen, dass ausgerechnet er nach Deutschland gehen würde? Nie würden sie draufkommen! Nie!

Vielleicht war in den anderen Paketen noch mehr von dem weißen Pulver, das er im Stierkopf gefunden hatte. In Francoforte würde er keine Schwierigkeiten haben, das Zeug loszuwerden. Das hatte er in Krimis im Fernsehen gesehen. Francoforte war ein Zentrum des Drogenhandels.

Hastig ließ Orecchio die Zigarette fallen, die seine Finger verbrannte, und trat sie aus. Nichts war zu hören oder zu sehen. Er war allein. Und er hatte einen Plan! Als Orecchio wieder in seinen Wagen stieg, fuhr er gemächlich weiter, fast ein bisschen zuversichtlich.

Riesige schwarze Stiere auf überschwemmten Weideflächen, wie unbewegliche Skulpturen, dazwischen Schwärme von weißen Kuhreihern.

«Argentinien?» Laura stand am Zaun und schaute zu den langhornigen Ungetümen hinüber. «Die Pampas?»

Guerrini trat zu ihr und stützte beide Arme auf den hohen Zaun. «Maremma», antwortete er. «*Gli ultimi butteri*, die letzten italienischen Cowboys, die ältesten Rinder Italiens, die besten Pferde. Eine dramatische Geschichte und eine dramatische Landschaft. Einer der magischen Orte meiner Jugend.»

«Hast du mich deshalb damals hierher gebracht?»

«Möglich.» Er sah sie nicht an, sondern legte sein Kinn auf einen Unterarm. Einer der mächtigen Stiere wandte sehr langsam seinen Kopf und schaute zu ihnen herüber, vielleicht auch über sie hinweg.

«Warum haben die so riesige Hörner?»

«Angeblich stammen sie von ungarischen Steppenrindern ab oder von asiatischen. Jedenfalls kamen sie wohl mit den Barbaren, die zwischen dem sechsten und dem achten Jahrhundert hier eingefallen sind. Die Stiere sind beinahe schwarz, die Kühe weiß. Die Kälber sind hellbraun wie kleine Antilopen mit riesigen Augen und Ohren. Seltsam, nicht wahr?»

«Woher weißt du das alles?»

Guerrini schaute noch immer starr geradeaus auf die Gruppe der dunklen Stiere.

«Das weiß ich irgendwie schon immer, vermutlich habe ich es schon als kleiner Junge gehört. Meine Mutter hat mir die Geschichten der Maremma erzählt. Ich glaube, dass ihre Vorfahren aus dieser Gegend kamen. Deshalb hat es sie immer wieder hierher gezogen.»

Der Stier setzte sich langsam in Bewegung, trottete zum Zaun und rieb seine rechte Flanke an einem Pfahl.

«Wann ist deine Mutter gestorben, Angelo?»

«Vor vier Jahren.»

«Hast du sie gemocht?»

Er sah zu ihr herüber.

«Warum fragst du?»

«Weil es mich interessiert und weil nicht alle Menschen ihre Mütter mögen.»

Er breitete beide Arme aus, legte den Kopf in den Nacken und wies auf einen Schwarm weißer Reiher, der über sie hinwegflog.

«Ich mochte sie. Sie war keine einfache Mutter. Aber auch keine schlechte, und sie hat mir viele Dinge gezeigt, an die andere Mütter nicht mal im Traum denken würden.»

«Die Maremma zum Beispiel.»

«Zum Beispiel.»

Laura fragte nicht weiter. Sie dachte an das Foto von Angelos Mutter, das in seiner Wohnung hing. Ein kleines Foto, schwarzweiß, das herbe, schöne Gesicht einer alten Frau, beinahe klassisch, mit streng zurückgekämmten Haaren, die im Nacken zu einem Knoten geschlungen waren. Keine der aufgestylten Damen der bürgerlichen Gesellschaft Sienas, zu der sie eigentlich gehörte.

«Ich glaube, sie wäre lieber Bäuerin gewesen», sagte Angelo und wandte sich zum Wagen. Brüllendes Donnern raste in diesem Moment über die Ebene auf sie zu, wie die Druckwelle einer gewaltigen Explosion. Erschrocken hielt sich Laura die Ohren zu. Da verebbte das Getöse so schnell, wie es gekommen war.

«Was zum Teufel war das? Die apokalyptischen Reiter? Oder ist Grosseto in die Luft geflogen?»

«Ach, das war nur ein Jagdbomber. Unsere Luftwaffe hat einen Flugplatz in der Nähe von Grosseto. Als Kinder haben wir uns in den Sand geworfen, wenn die am Strand über uns weggeflogen sind. Heute dürfen sie nicht mehr so niedrig fliegen.»

«Ein echtes Naturparadies, wie?»

«Sag nicht, dass das bei euch anders ist.»

«Sag ich ja nicht.»

«Bene.»

Sie fuhren weiter, schweigend, durch eine atemberaubende Allee alter Schirmpinien. Rechts von der schmalen, holperigen Straße erstreckten sich die weiten baumlosen Weiden bis zu den Dämmen des Ombrone. Auf der linken Seite wurden sie von den Monti dell'Uccellina begrenzt, und die Weiden erschienen plötzlich lebendiger, durchsetzt von Felsen, Schilfbüscheln und Macchia, dann gingen sie allmählich in Pinienwälder über. Zwei Rehe ästen zwischen weißen Rindern, warfen kurz ihre Köpfe auf, als Guerrini langsamer fuhr.

«Damals war es dunkel», sagte Laura leise. «Ich hab all das gar nicht gesehen.»

«Außerdem hast du auf der Hinfahrt geschlafen.»

«Gehen wir zur Bucht, die du mir damals unbedingt zeigen wolltest?»

«Natürlich.»

«Hast du damals gewusst, dass wir Sex miteinander haben würden?»

«Nein.»

«Warum bist du dann mit mir in diese einsame Bucht gegangen?»

«Weil ich dich mochte und weil es ein wunderbarer Platz ist. Außerdem wollte ich schwimmen, und in dieser Bucht sind die Strömungen nicht so stark.»

«Ah.» Laura betrachtete kurz sein Profil, ließ dann den Blick in den lichten Pinienwald wandern.

«Warum ist der Waldboden eigentlich überall aufgewühlt?»

«Weil es hier viele Wildschweine gibt. Das ist ein Schutzgebiet für Tiere. Es gibt Füchse, Rehe, Damwild, Wildschweine, Stachelschweine, Wiesel, Dachse und jede Menge Vögel. Man versucht hier so etwas wie einen Urwald entstehen zu lassen, einen Garten Eden. Noch mehr Fragen?»

«Hast du gehofft, dass wir Sex haben würden?»

«Was für ein schrecklicher amerikanischer Ausdruck, Laura.»

«Aber er drückt klar aus, worum es geht. Also: Hast du geplant, mit mir zu schlafen? Wenn dir das lieber ist, obwohl es mit schlafen absolut nichts zu tun hat!»

«Nein, ich habe es nicht geplant, ich habe es einfach geschehen lassen. Planungen dieser Art gehen meistens schief. Hast du es geplant?»

Laura schüttelte heftig den Kopf.

«Gehofft?»

Sie zuckte die Achseln.

«Geschehen lassen und hinterher gehofft, dass es keine Dummheit war. Aber es war verdammt gut, trotz des Sandes!»

Guerrini lachte auf. Inzwischen hatten sie das Ende der Stichstraße erreicht, und Guerrini fuhr auf den Parkplatz. Die Straße war mit rot-weißen Plastikbändern abgesperrt, denn sie brach unvermutet ab, direkt ins Meer, das an diesem Tag harmlos und ein wenig matt an den Strand schwappte.

Sie packten den Proviant und die Wasserflasche in einen Rucksack und machten sich auf den Weg zu Guerrinis Bucht.

Das Meer hatte sich so viel vom Strand genommen, dass sie eine Weile durch den Wald und die Dünen laufen mussten. Es duftete nach Pilzen, Moos und Salz. Sie folgten den Klauenabdrücken der Wildschweine und den zarten Pfoten der Füchse. Später konnten sie an den Strand zurückkehren und waren fasziniert von den bizarren toten Bäumen, deren rindenlose weiße Stämme Knochen ähnelten und so glatt waren wie Haut. Sie stießen auf Hütten und Zelte aus Ästen und Stämmen, die wie verlassene Siedlungen von Ureinwohnern wirkten und doch nur die Hinterlassenschaften der Sommergäste waren. Besonderer Sommergäste, die ihren Urinstinkt wiederentdeckt hatten und die Lust am Bauen mit dem, was am Strand angeschwemmt wurde. Sommergäste, die es auf sich nahmen, eine Stunde zu wandern, ehe sie sich niederließen.

Laura entdeckte Türme auf Felsen und Hügeln, und Guerrini erklärte ihr, dass es Wachtürme waren, die von Senesern, den Medici und sogar Spaniern zwischen dem vierzehnten und siebzehnten Jahrhundert gegen die Sarazenen errichtet worden waren. Auch die Ruine eines Klosters, das immerhin beinahe sechshundert Jahre in dieser wilden Gegend überlebt hatte und erst im sechzehnten Jahrhundert aufgegeben worden war, musste irgendwo in der Nähe sein.

«Es war kein gutes Land. Die gesamte Tiefebene der Maremma war bei den Etruskern eine Lagune und später ein Sumpfgebiet. Die Menschen hier waren arm, starben an Malaria, Typhus, Cholera und Tuberkulose. Und sie wurden mit der Zeit so zäh wie die Maremmapferde. Die Schirmpinien gab es damals noch nicht, die wurden erst vor hundertfünfzig Jahren gepflanzt … gegen die Mücken, die Malaria übertrugen. Von einem Österreicher, Leopoldo Secondo, dem letzten fremden Herrscher der Toskana. Das hier ist also eine von Menschen geschaffene Wildnis.»

Laura stieg auf eine Düne und schaute über die Berge, das Meer, den Wald und die Macchia, die roten Felsen, die weiter im Süden steil zum Wasser abfielen.

«Manchmal», rief sie Guerrini zu, der am Strand geblieben war, «manchmal machen Menschen auch etwas erstaunlich Wunderbares!»

Die Kartons mit dem geheimnisvollen Inhalt lagen noch immer so im Kellergewölbe des verfallenen Hauses, wie Ernesto Orecchio sie hineingelegt hatte. Ehe er damit begann, die Pakete in seinen Fiat zu laden, rauchte er seine letzte MS und beschloss, neue zu kaufen, obwohl er das Rauchen eigentlich aufgeben wollte und es schon fast geschafft hatte. Aber das war keine günstige Zeit, später vielleicht, wenn das Leben wieder in ruhigeren Bahnen verlaufen würde. Aber vielleicht würde es in der Zukunft keine ruhigeren Bahnen mehr geben, und auch das wäre ihm recht, denn er hatte genügend ruhige Bahnen hinter sich, immer im Gefolge seiner Mutter. Interessiert beobachtete er, wie die Spitze der Zigarette bei jedem Zug aufleuchtete, wie sie kürzer wurde und er endlich die Hitze der Glut zwischen seinen Fingern spüren konnte. Er betrachtete den Stummel, dessen Filter sich braun verfärbt hatte, warf ihn plötzlich angeekelt weg und trampelte mit beiden Füßen darauf herum. Ihm war ein bisschen schwindlig, weil er nur noch selten rauchte. Aber es war kein unangenehmer Schwindel, nur so ein leichtes Schweben.

Er wandte sich um und begann die Kartons in seinen

Fiat zu schleppen. Einen nach dem anderen. Beinahe hatte er es schon geschafft, da beschlich ihn unvermutet kaltes Grauen. Dasselbe Grauen, das er in der vergangenen Nacht gespürt hatte, als er sicher gewesen war, dass die Anderen bereits vor seiner Tür standen, dass sie ihn beobachteten, einkreisten, alles wussten. Orecchio starrte in den Wald hinein, doch er sah nichts, hörte nur das Fallen der Esskastanien. Er schrie, brüllte, dass sie herauskommen sollten, dass er genug hätte von ihrer Feigheit. Dass sie sich hundertprozentig auf ihn verlassen könnten! Hundertprozentig!

Weil er sicher war, dass sie nicht da waren, dass dieses Grauen allein sein eigenes, inneres war, verfluchte er sie im Namen aller Heiligen und der Madonna. Danach fühlte er sich erschöpft. Er bekreuzigte sich und ging zum Kellerloch, um den letzten Karton herauszuziehen, musste sich niederknien und weit vorbeugen, um den Karton zu erreichen. Gerade als er ihn mit seinen Händen zu fassen bekam und zu sich heranzog, fühlte er einen Druck im Nacken. Einen sehr begrenzten Druck, kalt, metallen. Orecchio erstarrte, sein ganzer Körper wurde kalt und metallen. Er dachte nichts, selbst sein Gehirn war zu einem kalten metallenen Klumpen geworden.

Nur einmal dachte er, für einen winzigen Moment, dass es vielleicht ein Ast sein könnte. Ohne sich dessen bewusst zu sein, hob er die Hände und zog den Kopf ein.

Es war schon mitten am Nachmittag, als Laura und Guerrini in der Bucht ihrer ersten Umarmung Panini, Schinken, Salami und Käse teilten. Die Sonne stand ziemlich tief, doch sie wärmte und ließ das Rot der Felsen aufleuchten. Kein Mensch war ihnen begegnet, nur die Spuren der Wildschweine und Füchse hatten sie bis hierher begleitet. Die Inseln Giglio und Montecristo schwammen in einem goldenen Meer. Am Horizont ballten sich Wolkenberge, zu weit entfernt, um bedrohlich zu wirken.

Laura kreuzte ihre Beine, legte die Hände auf ihre Knie und schloss die Augen. Sie versuchte die Stille zu erfassen, das sanfte Plätschern der Brandung und ihre Erinnerung an dieses wilde Erwachen von Lebendigkeit in jener Nacht vor beinahe zwei Jahren. Einer Lebendigkeit, die sie jahrelang in sich versteckt hatte, weil es keinen Raum dafür gegeben hatte. Oder weil sie meinte, dass es keinen Raum geben konnte, neben ihren Kindern und der Arbeit. Jetzt, in diesem Augenblick, im kühlen Sand und neben Guerrini, wusste sie, dass es auch Angst vor Nähe und Lebendigkeit gewesen war. Die manchmal etwas heftige Kriminalhauptkommissarin Laura Gottberg fürchtete sich vor Nähe, weil sie genau wusste, dass man nur von nahen Menschen wirklich verletzt werden konnte und dass Lebendigkeit einen Verlust an Kontrolle bedeutete.

Sie hatte Guerrini lange so fern wie möglich gehalten. Als ferner Liebhaber war er erträglich gewesen. Rational betrachtet. Aber sie hatte ihn viel zu sehr geliebt, damals schon.

Trotzdem waren sie einander fremd und in verschiedenen Kulturen aufgewachsen, obwohl Lauras Mutter aus Florenz stammte. Laura empfand diese Fremdheit als sehr ehrlich, deutlicher als in anderen Beziehungen, da sich doch alle Menschen fremd waren, mit ihren Erfahrungen, Empfindungen, Verletzlichkeiten, Vorlieben, dem ureigenen Weltbild – jeder und jede ein eigenes Universum, wie Kafka es genannt hatte.

Laura öffnete die Augen und sah sich nach Angelo um. Er saß ein paar Meter von ihr entfernt, mit dem Rücken an einen Felsen gelehnt, und zeichnete mit einem Stock etwas in den Sand. Sie dehnte ihre Arme und Beine, rappelte sich auf und ging zu ihm hinüber. Neugierig betrachtete sie die Zeichen im Sand.

«Was ist das?»

«Das hier ist deine angeschwemmte Leiche. Hier steht Orecchio, samt weißem Lieferwagen, und hier oben schwebt Enrico di Colalto. Der Kreis außen herum soll die Wege des afrikanischen Händlers andeuten.»

«Santa Caterina!»

Guerrini hob erstaunt die Augen. «Seit wann rufst du meine Heilige an, eh?»

«Seit du dir selbst untreu wirst! Ich dachte, wir wären im Urlaub. Ich habe diese Dinge aus meinem Kopf verbannt!»

«Bei der Fahrt hierher hattest du sie aber noch in deinem Kopf.»

«Nur für fünf Minuten, dann hab ich sie vergessen.»

«Du hast sie nicht vergessen, Laura!»

«Bene, aber ich denke nicht daran! Ich denke an dieses Meer, den Himmel, die toten Bäume mit der glatten weißen Haut und sogar an dich.»

Guerrini antwortete nicht, sah sie nur forschend an. Gerade als Laura zu einer weiteren Begründung ihres mangelnden Interesses ansetzen wollte, wurde sie von einer Bewegung rechts hinter Guerrini abgelenkt. Sie machte einen halben Schritt zur Seite, einen unauffälligen Schritt, eher eine Gewichtsverlagerung, um genauer sehen zu können, und entdeckte einen Fuchs. Geduckt kauerte er im Sand, höchstens zwei Meter von Guerrini entfernt, und starrte ebenso erschrocken auf Laura wie sie auf ihn.

«Beweg dich nicht!» Laura flüsterte. «Hinter dir ist ein Fuchs.»

Guerrini wandte langsam den Kopf, konnte aber nichts sehen.

«Was macht er? Warum soll ich mich nicht bewegen?»

«Er könnte die Tollwut haben. Füchse sind scheu! Wenn sie keine Angst vor Menschen zeigen, dann haben sie immer die Tollwut!»

Guerrini blieb bewegungslos sitzen.

«Was macht er jetzt?»

«Nichts. Er starrt mich an.»

«Und jetzt?»

«Er kommt näher.»

«Hat er Schaum vor dem Maul?»

«Nein. Ich werde jetzt einen Stock holen!»

Vorsichtig bewegte Laura sich rückwärts zu einem Haufen angeschwemmter Äste, zog einen kräftigen Stock heraus und ließ dabei den Fuchs nicht aus den Augen. Er war hübsch. Mit schwarzen Pfoten, einer weißen Brust, rotem Fell und hellen Augen, die durchdringend auf Laura gerichtet waren. Inzwischen hatte er sich Guerrini bis auf einen halben Meter genähert.

In Zeitlupentempo hob Laura den Stock und machte einen Schritt nach vorn. Der Fuchs duckte sich tiefer in den Sand und wich ein paar Zentimeter zurück.

«Warte einen Augenblick, erschlag ihn noch nicht!»,

sagte Angelo leise und zog den Rucksack zu sich heran, kramte den Rest der Salami heraus, drehte sich zum Fuchs und warf ihm ein Stückchen zu. Der Fuchs schnappte danach wie ein Hund, leckte seine Schnauze und wagte sich noch ein bisschen näher. Diesmal bekam er eine Käserinde und danach ein Stück Brot.

«Keine Tollwut», grinste Guerrini, «nur ein Zivilisationsschaden und eventuell der Beginn einer kriminellen Karriere.»

Er sprang auf, wedelte mit beiden Armen und bellte heiser. Blitzschnell huschte der Fuchs in den Schutz der Macchia zurück. Guerrini aber schlenderte zu Laura hinüber und nahm ihr den Stock aus der Hand.

«Die Füchse hier benehmen sich anders als die Füchse in Deutschland. Im Sommer belagern sie die Straße im Naturpark. Kaum hält ein Wagen an, sind sie da und warten auf Salami. Du kannst es als Gleichnis betrachten – Menschen und Tiere verhalten sich ähnlich. Sie sammeln sich da, wo es was zu fressen gibt. Das war schon immer so.»

«Seit wann bist du Zyniker, Angelo?»

Er lachte.

«Kein Zyniker, nur Beobachter. Schau, er ist immer noch da, der kleine Schlaumeier. Er beobachtet uns und überlegt wahrscheinlich, wie gut seine Chancen stehen, an den Rucksack ranzukommen, der im Sand liegt.»

Tatsächlich lag der Fuchs kaum sichtbar unter einem Heidekrautbusch zwischen ein paar Büscheln Strandhafer.

«Du hast es die ganze Zeit gewusst, nicht wahr?»

«Natürlich.»

«Und warum hast du dann nichts gesagt?»

«Ich wollte sehen, ob du dich dem Untier todesmutig entgegenstellst, um mich zu retten.»

«Mein Todesmut hatte mindestens so viel mit meiner eigenen Rettung zu tun wie mit deiner!»

«Ah, das ist Laura!»

«Du verstehst überhaupt nichts, Angelo! Als ich ein kleines Mädchen war, gab es bei uns ständig Warnungen vor tollwütigen Tieren. Das hat sich mir eingeprägt. Bei Wanderungen mit meinen Eltern bin ich immer quer durchs Gelände gelaufen und habe dabei ständig damit gerechnet, dass ein tollwütiges Tier auftaucht. Das war mein Abenteuerspiel an langweiligen Sonntagen. Es führte zu Schweißausbrüchen, Herzrasen – so wie dein Entführungsspiel, wenn deine Freunde dich eingeschlossen haben.»

«Mi dispiace, Laura. Ich wollte mich nicht über dich lustig machen.»

«Schon gut.»

«Nein, wisch das nicht so weg.»

«Ich wisch es nicht weg. Aber ich möchte zurück zum Haus. Ich habe kein gutes Gefühl. Seit ich deine Zeichnung im Sand gesehen habe, denke ich dauernd, dass etwas nicht stimmt und dass du es genau begriffen hast. Der Fuchs passte ganz gut dazu.»

Guerrini nahm Laura bei den Schultern und drehte sich mit ihr zum Meer um. Metallisches Blau lag über dem Wasser, der Horizont hinter den Wolkenbänken hatte sich orangerot verfärbt.

«Du hast recht. Aber es ist trotzdem gut, hier zu sein, nicht wahr? Ganz anders als im Sommer. Zu kalt für ein Bad, zu kalt für die Liebe.»

«Warum sagst du das?»

«Weil es stimmt! Oder möchtest du dich jetzt ausziehen und ins Meer springen?»

Laura schüttelte den Kopf, dachte aber, dass es vielleicht ganz gut wäre, jetzt ins kalte Wasser zu springen.

Auf dem Rückweg kauften sie im Coop von Portotrusco Gemüse, Obst, frische Pasta und alles, was sie für die nächsten Tage brauchten. Es war bereits dunkel, als sie *Il Bosco* erreichten. Diesmal hielt nicht Orecchio sie an, sondern Fabrizio, ein zweiter Wachmann stand in der Tür des kleinen Häuschens.

«Wo ist Orecchio?», fragte Guerrini, einer Eingebung folgend.

«Ah, Dottore! Er ist verschwunden. Hat einfach alles stehen und liegen lassen und ist verschwunden. Er ist nicht zu Hause, nicht im Ort, niemand hat ihn gesehen. Nicht mal seine eigene Mutter! Wir haben die Carabinieri benachrichtigt, die haben ihn noch heute früh im Revier gehabt, er hat seine Aussage zu der Geschichte mit dem weißen Lieferwagen gemacht. Danach hat er seinen Dienst angetreten, wie immer. Ernesto ist sehr zuverlässig, Dottore! Wir sind alle sehr aufgeregt, weil hier niemand einfach so weggeht. *Il Bosco* ist eine große Verantwortung, man kann nicht einfach die Einfahrt unbewacht lassen. Er hat das Gewehr mitgenommen, Dottore.»

Fabrizio hatte mit weit aufgerissenen Augen gesprochen, und seine Stimme klang ungewöhnlich hoch.

«Wann habt ihr ihn zum letzten Mal gesehen?»

«Keine Ahnung, Dottore. Die Leute, die sich um

die umgefallenen Bäume kümmern, haben gegen zwei gemerkt, dass keiner im Wachhaus ist. Die haben sich umgeschaut, niemanden gesehen und dann mich angerufen.»

«Was kann denn mit Orecchio los sein?» Guerrini tat harmlos.

«Non lo so, Dottore. Ich habe keine Ahnung. So was ist hier noch nie passiert! Aber wenn Sie mich fragen, dann hat es was mit dem verdammten weißen Lieferwagen zu tun. Erst ist der Fahrer weg und jetzt Orecchio. Da ist was faul, Dottore, wenn Sie mich fragen. Aber was? Das dürfen Sie mich nicht fragen. Ich habe nicht die geringste Ahnung, nicht die geringste, Dottore!»

«Na, dann können wir nur warten, nicht wahr, Fabrizio.» Guerrini ließ den Wagen anrollen, doch Fabrizio hob noch mal die Hand, zögernd, als wagte er eigentlich nicht, den Dottore zu belästigen.

«Ja, was ist denn noch?» Guerrini beugte sich halb aus dem Fenster, denn er hatte sich schon ein paar Meter von Fabrizio entfernt. Der Wachmann lief zum Lancia und rieb verlegen seine Hände.

«Ich wollte Sie nur noch etwas fragen, Dottore. Nur, wann Sie rausgefahren sind, heute ... und ob Sie Orecchio noch gesehen haben. Mi scusa, Dottore ...»

«Aber warum denn, Fabrizio! Du musst dich nicht entschuldigen. Es muss so gegen elf gewesen sein, als wir rausfuhren. Orecchio war noch da, und wir haben uns kurz mit ihm unterhalten. Er wirkte ganz normal.»

«Ah, gegen elf.» Fabrizio schlug die rechte Faust in seine flache linke Hand. Es gab einen trockenen Knall, und er fluchte leise, entschuldigte sich aber noch im gleichen Augenblick bei der Signora, die neben dem Dottore im Wagen saß. Es sei nur so, dass die Einfahrt möglicherweise zwei, drei Stunden lang unbewacht gewesen war. Ein undenkbarer Zustand für *Il Bosco.*

«Na, sie können die Villen ja nicht wegtragen», knurrte Guerrini, dem die Vorstellung des Wachmanns allmählich auf die Nerven ging.

«Ah, Dottore. Das vielleicht nicht, aber die können vieles heutzutage. Mindestens zwei der Signori vom Resort sind schon aus Mailand unterwegs hierher, um die Angelegenheit zu untersuchen. Das ist nicht gut für uns hier. Diese Arbeit verlangt hundertprozentiges Vertrauen, Dottore!»

«Ich verstehe. Buona notte, Fabrizio. Falls es nötig ist, werde ich für dich bürgen.» Guerrini fuhr los, ohne auf die Antwort des Wärters zu warten.

Es war sehr dunkel in *Il Bosco.* Die Straßenbeleuchtung war noch nicht repariert. Ein großer Vogel flatterte aus einem Baum direkt ins Licht der Scheinwerfer, Guerrini bremste scharf. Dunkle Schwingen klatschten gegen die Windschutzscheibe und verschwanden über dem Wagendach.

«Una civetta», murmelte Guerrini und dachte, dass seine Mutter sich jetzt bekreuzigt hätte.

«Una civetta», sagte Laura neben ihm. «Meine Mutter hat sich vor Eulen gefürchtet. Seltsam, nicht?»

«Nein, gar nicht seltsam.»

Er ließ den Wagen auf dem kleinen Parkplatz neben dem Bach ausrollen, schaltete Motor und Licht aus und sah zum Haus hinauf. Die Mauern und Fenster wurden ein ganz klein wenig vom Mond angestrahlt, vielleicht auch von der Spiegelung des Mondlichts auf der Meeresoberfläche.

«Ich habe das Gefühl, wir sollten sehr vorsichtig sein. Hier ist eine Taschenlampe für dich, ich nehme die zweite. Aber mach sie nur an, wenn unbedingt nötig.» Leise öffnete Guerrini die Wagentür und horchte zum Haus hinauf. Nur das Rollen der Brandung war zu hören. Er nickte Laura zu, und beide stiegen langsam aus. Sie ließen die Wagentüren angelehnt und bewegten sich vorsichtig auf ihr Haus zu, hintereinander, sich gegenseitig sichernd, als wären sie im Einsatz.

Da war die Terrasse, der Tisch, die Stühle, der Eingang, den sie mit den hölzernen Läden verschlossen hatten. Jetzt standen sie weit offen. Glasscherben lagen herum, knirschten unter ihren Schuhen. Laura und Guerrini stellten sich links und rechts der Tür auf und lauschten lange. Aber hier auf der Terrasse rauschte die Brandung so laut, dass es schwer war, andere Geräusche wahrzunehmen.

Sie warteten lange, bis endlich Guerrini Laura ein Zeichen gab, ins Haus schlüpfte und das Licht einschaltete. Es war so grell, dass er seine Augen mit einer Hand beschattete.

Laura wartete auf Angelos Signal, es kam mit Verzögerung und in Form eines wilden Fluchs. Gleich darauf wusste Laura, warum Angelo fluchte. Ihr wunderbares Ferienhaus hatte sich in ein wildes Chaos verwandelt. Sessel waren umgeworfen, die Polster des Sofas lagen auf dem Boden, alle Türen und Schubladen der antiken Kommode standen offen, Zeitungen bedeckten den Boden. Sie liefen von Zimmer zu Zimmer. Alles war durchwühlt. Die Betten, die Kleider, selbst das Badezimmer und die Küche.

«Mein Laptop.» Laura war ihre eigene Stimme fremd, ganz heiser. «Ich glaube, er ist weg.»

«Nein, ist er nicht. Ich habe ihn unten im Heizungskeller eingeschlossen. Meinen übrigens auch.»

«Wann denn?»

«Ehe wir losfuhren. Mir hat nicht gefallen, dass dein bunter Afrikaner ums Haus schlich.»

«Ich glaube nicht, dass er das getan hat.»

«Vielleicht nicht, aber es klingt zumindest ziemlich wahrscheinlich.»

«Weil er schwarz ist?»

«Lassen wir das!»

«Nein!»

«Bene. Nicht weil er schwarz ist, sondern weil er sich verdächtig benommen hat. Nur deshalb!»

«Dieser Orecchio ist mindestens ebenso verdächtig!»

Laura zog ihr zartes dunkelblaues Seidenhemd unter dem Inhalt ihrer Kosmetiktasche hervor und sah zu Guerrini hinüber, der mit verschränkten Armen an der Badezimmertür lehnte.

«Ja, verdammt! Nicht nur Orecchio, da fallen mir noch ein paar andere ein!»

«Ah, und warum dann sofort der Afrikaner?» Laura warf ihr Haar zurück und streckte angriffslustig ihr Kinn vor.

«Weil in diesem Land zurzeit jeder verfügbare Afrikaner an allem schuld ist! Oder ein Albaner, ein Kosovare, ein Roma, ein Sinti oder sonst einer! Leider trifft es auch in vielen Fällen zu – mit Ausnahme der Mafia!»

Laura ließ sich auf den Rand der Badewanne sinken.

«Erzähl mir bloß nicht, dass es bei euch anders ist, Laura! Und sag bitte nicht, dass ich ein Zyniker bin. Ich habe nur die öffentliche Meinung wiedergegeben. Nicht meine eigene!»

«Ist schon gut», murmelte sie. «Ich dachte nur, dass ich im Urlaub wäre und diesen ganzen Mist für ein paar Wochen vergessen könnte.»

«Ich auch.» Guerrini setzte sich neben sie auf den Wannenrand, stützte die Ellenbogen auf seine Oberschenkel und starrte auf den Boden.

«Und was machen wir jetzt? Rufen wir die Polizei, oder fahren wir nach Rom?»

Mit der Fußspitze stieß Guerrini eine Flasche Mundwasser an und beobachtete, wie sie über den Boden schlitterte und mit einem leisen Pling an der Wand landete.

«Nein, nicht die Polizei. Wir werden Colalto sagen, dass er einen Glaser schicken soll, um die Terrassentür zu reparieren. Der Wind hätte sie zugeschlagen, und dabei sei die Scheibe zerbrochen. Wir räumen hier auf und tun so, als wäre nichts passiert. Das wird diejenigen ärgern, die uns eine Warnung zukommen lassen wollten. Ich bin sicher, dass es eine Warnung ist.»

«Ich auch. Es hat also doch jemand gesehen, dass wir die Leiche an Land gezogen haben.»

«Ich habe die Leiche nicht an Land gezogen!»

«Gut, ich habe sie an Land gezogen. Aber das spielt jetzt keine Rolle, oder?!»

«Nein, es spielt jetzt keine Rolle.» Guerrini starrte noch immer auf den Badezimmerboden, diesmal schubste er einen Deostift an die Wand.

«Dann fahren wir also nach Rom?»

«Nein, nicht nach Rom. Wir machen Ausflüge in die Gegend … irgendwie finde ich diese Geschichte allmählich interessant. Ich meine, wir ermitteln ja nicht, wir können einfach abwarten, was passiert. Das ist auch eine Art Urlaub, oder was meinst du, Commissaria?»

«Ich weiß nicht, Angelo. Könnte es sein, dass sich etwas verändert hat, seit du heute Morgen mit deinem Vater telefoniert hast?»

«Wie kommst du denn darauf?» Er sah sie mit gespieltem Erstaunen an und dachte, dass sie ihn entweder ziemlich gut kannte oder einfach eine gute Ermittlerin war. Beides empfand er als reizvoll und gleichzeitig als ein wenig beunruhigend. Auch, dass sie es dabei beließ, aufstand und damit begann, das Schlafzimmer aufzuräumen.

«Ich werde die Terrassentür verrammeln», murmelte er und ging nach unten.

Viel später, nachdem das Haus aussah, als wäre es nie verwüstet worden, kochten sie Pasta mit Knoblauch und Öl, streuten getrocknete Peperoni drüber, tranken gemeinsam eine Flasche Rotwein und viel Wasser. Guerrini hatte eine CD von Fabrizio de André aufgelegt und sang leise mit. Er konnte alle Texte auswendig, und seine Stimme klang beinahe so weich und dunkel wie die des toten Sängers. Beim Lied «Il Pescatore» sprang er plötzlich auf, zog Laura vom Stuhl hoch und begann mit ihr durch die kleine Küche zu tanzen, um den runden Esstisch herum, bis sie völlig außer Atem waren, ins Schlafzimmer taumelten und nebeneinander aufs Bett fielen.

«Meinst du, dass Lebendigkeit weh tut?», fragte er nach einer Weile.

«Ganz sicher», flüsterte Laura und hatte in seiner Umarmung das Gefühl, als fragte er diesmal sich selbst. Als wäre er bei ihr und gleichzeitig woanders.

Später lag sie noch lange wach. Sie spürte Kinderängste vor Einbrechern und lauschte auf die Geräusche der Nacht, Katzenkreischen, Brandungswellen, den Ruf einer Eule.

Orecchio hielt die Augen fest geschlossen, obwohl er wach war. Er musste geschlafen haben. Sicher hatte er geschlafen, sonst wäre er ja nicht aufgewacht. Er hatte Kopfschmerzen. Etwas war geschehen, doch er konnte sich nicht erinnern, was. Ihm war kalt. Vorsichtig tastete er mit seiner rechten Hand, ohne die Augen zu öffnen. Er begriff nichts. Es war sehr still um ihn herum, trotzdem ahnte er, dass er nicht allein war. Deshalb ließ er seine Hand liegen und atmete ganz flach, nahm erst jetzt wahr, dass er lag, und dachte, dass man natürlich lag, wenn man schlief. Nur, er erinnerte sich nicht daran, wie er eingeschlafen war. Und warum war er nicht allein? Er schlief immer allein.

Plötzlich war alles wieder da! Als hätte jemand ein Radio voll aufgedreht: das verschwundene Paket, seine Flucht, der seltsame Druck zwischen seinen Schulterblättern. Orecchio stieß ein Röcheln aus, konnte nur mit Mühe seinen Urin zurückhalten. Sie hatten ihn.

Sie würden ihn umbringen! Er wusste es! Sie brachten alle Verräter um. Er war ein Verräter. Er hätte es wissen müssen, als er sich mit denen einließ. Ein

Idiot, wer das nicht wusste! Er zitterte vor Angst und Kälte.

«He! Mach die Augen auf!»

Orecchio biss die Zähne zusammen, sein Magen krampfte. Sie würden ihn erwürgen. Mit einer Drahtschlinge. Das war bei denen so üblich!

«Mach die Augen auf! Ich weiß, dass du wach bist!»

Er konnte so tun, als wäre er bewusstlos. Direkt vor seinem Gesicht klatschte jemand in die Hände. Entsetzt riss Orecchio die Augen auf, starrte in ein Gesicht, das gar keins war, nur aus dunkelglänzenden Punkten bestand, die ihn hinter zwei Schlitzen anstarrten. Der Henker! Es musste der Henker sein! Henker verbargen ihre Gesichter immer unter Kapuzen.

«Reiß dich zusammen und setz dich hin, verdammt noch mal!»

Harte Hände zogen Orecchio hoch und schüttelten ihn. Dann saß er auf einer Art Pritsche, den Rücken an die Wand gepresst, die Beine angezogen. Der Vermummte lehnte ihm gegenüber, hatte die Arme vor der Brust verschränkt.

«Wo wolltest du mit den Paketen hin, eh?»

«Ich? Nirgendwohin.»

«Erzähl keinen Mist!»

«Ich hab gemacht, was ich machen sollte! Der Auftrag! Ich hab ihn ausgeführt! Ich hab sie in Sicherheit gebracht! Das hat der Fahrer gesagt. Der Fahrer im weißen Lieferwagen. Er hat gesagt, dass ich die Pakete in Sicherheit bringen soll!»

«Du hast sie versteckt, weil du sie für dich selbst haben wolltest! Gib's zu!» Der Vermummte machte eine drohende Bewegung, Orecchio duckte sich.

«Niemals! Ich wollte sie nicht für mich! Ich bin hundertprozentig zuverlässig! Hundertprozentig!»

«Warum hast du dann das eine Paket in deinem Auto versteckt, eh? Du weißt genau, was mit Leuten passiert, die auf eigene Rechnung arbeiten.»

Orecchios Zähne klapperten. Er konnte nichts dagegen tun.

«Ich, ich weiß doch nicht mal, was in den Paketen drin ist. Das eine hab ich im Auto vergessen, weil es schnell gehen musste. Es ist alles da! Alles in dem Keller im Wald! Alles! Auf mich könnt ihr euch hundertprozentig verlassen!»

«Wieso hast du dann das Gewehr mitgenommen, eh? Wieso bist du einfach abgehauen und hast die Pforte unbewacht gelassen? Ist das zuverlässig? Hundertprozentig?»

Orecchio rang nach Worten, stammelte etwas Unverständliches, ehe er wieder einen Satz zustande brachte.

«Ich, ich wollte nachschauen, ob die Pakete noch da sind. Weil jemand das Paket aus meinem Auto geklaut hatte. Ich dachte, wenn jemand mich verfolgt, dann kann ich die anderen Pakete verteidigen. Deshalb hab ich das Gewehr mitgenommen!»

Der Vermummte stieß sich von der Wand ab und spuckte vor Orecchio auf den Boden.

«Du hast kein Recht dazu, verstanden? Du befolgst Anweisungen! Sonst nichts!»

«Aber es kamen keine. Ihr müsst das doch wissen!»

«Natürlich wissen wir das. Wenn keine kommen, dann bedeutet das: abwarten! Hast du verstanden?» Der Vermummte sprach sanft, und doch liefen bei seinen Worten Schauer über Orecchios Körper.

Jetzt, dachte er. Jetzt sofort. Er kniff die Augen zu, riss sie aber gleich wieder auf, weil er die Beine seiner Tante Amalia gesehen und gleichzeitig einen Knall gehört hatte.

Der Vermummte war verschwunden, als hätte er sich weggezaubert. Orecchio saß allein auf der Pritsche. Zitternd zog er die Wolldecke um sich, die er erst jetzt entdeckte. Von der Decke hing eine nackte Glühbirne, in der rechten Ecke stand ein Eimer, in der linken eine Flasche Wasser. Orecchio betastete seinen Hals, verwundert über seine Unversehrtheit. Er hatte den Draht schon gespürt. Einen dünnen, starken Draht, der ihm die Luft abschnitt.

Sie werden kommen, dachte er. Wahrscheinlich zu dritt. Zwei werden mich festhalten, und der Dritte wird mich erwürgen. Er hatte das im Fernsehen gesehen. Sie machten es immer so.

LAUTES KLOPFEN weckte sie am nächsten Morgen. Guerrini fuhr auf, tastete nach seiner Uhr, knipste die Nachttischlampe an. Beinahe neun. Das Klopfen an der Tür, die vom Schlafzimmer auf einen kleinen Balkon und zur Treppe in den Garten führte, wurde heftiger.

«He! Angelo! Sei morto?»

«Wer ist denn das?» Laura hatte Mühe, wach zu werden.

«Keine Ahnung. Jedenfalls kennt er meinen Vornamen. Deshalb nehme ich an, dass es sich um den edlen Conte Enrico handelt! Geh lieber ins Badezimmer. Ich möchte ihm nicht die Gelegenheit geben, eindeutige Bemerkungen zu machen.»

Laura schnitt eine Grimasse und verschwand im Bad, ließ aber die Tür angelehnt. Inzwischen schlüpfte Guerrini in seine Jeans, kämmte mit den Fingern sein Haar und rief: «Aspetti, vengo subito!» Er vergewisserte sich, dass Laura wirklich nicht mehr zu sehen war. Erst dann öffnete er den Riegel der Glastür und die hölzernen Läden und trat einen Schritt zurück, weil die Sonne ihn blendete. Auf der gemauerten Einfassung des Balkons saß tatsächlich Enrico di Colalto. Locker ließ er ein Bein baumeln und reckte den Hals, um an Guerrini vorbei ins Schlafzimmer zu schauen.

«Ich hoffe, ich habe euch nicht bei irgendwas gestört. Das würde mir außerordentlich leidtun.»

Seine Lider hingen wie immer halb über seinen Augäpfeln, und ein kaum wahrnehmbares spöttisches Lächeln lag um seinen Mund. Guerrini hätte ihn am liebsten mit einem Kinnhaken von der Mauer in den Garten befördert, verschränkte stattdessen aber die Arme vor der Brust und fragte gereizt: «Was ist los? Wieso kommst du so früh? Ist irgendwas passiert?»

Colalto musterte Guerrinis nackten Oberkörper.

«Krafttraining, was?»

Noch so ein Satz, und ich schmeiß ihn wirklich runter! Guerrini ballte eine Faust, öffnete sie wieder und betrachtete seine Handfläche.

«Also, was ist los?»

«Fabrizio hat mich angerufen und gesagt, ich sollte besser mal meine Häuser überprüfen, weil gestern die Pforte ein paar Stunden lang unbewacht war. Einer der Wärter ist einfach abgehauen. Komische Geschichte. Deshalb bin ich hier. Alles in Ordnung bei euch?»

«Jaja. Das heißt: nicht ganz. Der Wind hat die untere Terrassentür zugeschlagen, dabei ist eine der Scheiben zu Bruch gegangen. Könntest du einen Glaser besorgen? Ich komme natürlich für den Schaden auf.»

«Ah, der Wind.» Colalto klappte langsam seine schweren Lider zu und ebenso langsam wieder auf. «Ich werde doch dem Sohn meines Geschäftsfreundes keine Rechnung für eine zerbrochene Scheibe stellen. Der Wind hier ist tückisch. Dauernd zerbrechen Scheiben. Oder sie werden eingeschlagen, weil Drogensüchtige oder Zigeuner auf der Suche nach Geld sind. Mach dir darüber keine Gedanken. Wie geht es der Meeresforscherin?» Colaltos Stimme klang weich, beinahe wie das Schnurren einer Katze.

Er weiß es, dachte Guerrini. Vielleicht war er es sogar selbst, oder er hat einen seiner vielen Hausangestellten geschickt.

«Es geht ihr gut.»

«Das ist schön. Zeig ihr den *Parco Naturale della Maremma.*»

«Den kennt sie schon.»

«War ja nur ein Vorschlag. Ich möchte euch übrigens zum Abendessen einladen. Passt es euch morgen? Halb acht? Meine Schwester wird auch da sein. Du erinnerst dich doch an meine Schwester Domenica, Angelo?»

Er erinnerte sich. Sehr deutlich, obwohl er sie seit Ewigkeiten nicht mehr gesehen hatte. Sie war älter als Enrico und hieß Domenica, weil sie an einem Sonntag geboren worden war. Das hatte die alte Contessa, ihre Mutter, ständig erzählt. Domenica, das Sonntagskind. Ihre Augen waren ähnlich verhangen gewesen wie die ihres Bruders, und später hatte sie irgendwas studiert. Archäologie? Kunstgeschichte? Guerrini konnte sich nicht erinnern.

«Wie geht es Domenica?», fragte er, dachte aber gleichzeitig, dass alles in die falsche Richtung lief. Er wollte Domenica gar nicht wiedersehen, auch den Landsitz der Colaltos nicht, der ein paar Kilometer von Portotrusco entfernt auf einem Hügel lag. Es gab eine Erinnerung an Domenica, die er völlig verdrängt hatte und die jetzt plötzlich wie der Fetzen eines vergessenen Traums zurückkehrte: blitzende weiße Zähne, provozierendes spöttisches Lachen. Überschlank war sie gewesen, beinahe eckig, mit langen schwarzen Haaren und vielen Leberflecken auf sehr heller Haut. Eines Abends hatte sie ihn mit auf den Dachboden des riesigen Hauses der Colaltos genommen. Angeblich, um ihm die Uniform zu zeigen, die ihr Urgroßvater bei den Unabhängigkeitskämpfen getragen hatte. Guerrini war damals knapp vierzehn gewesen. Sie vielleicht zwanzig oder noch älter.

Plötzlich hatte er wieder den Geruch von Staub und eingemotteten Kleidern in der Nase. Genau wie damals. Ganze Reihen von Gewändern hingen auf dem Dachboden wie die schlaffen Körper von Erhängten. Dazwischen Domenica, die sich vor ihm versteckte und hexenhaft lachte. Sein eigenes Herzklopfen, diese unklare Erwartung und die Ahnung, dass es dort oben Interessanteres gab als die Uniform des Urgroßvaters. Wie ein Vampir hatte sie sich auf ihn gestürzt, unerwartet, hatte ihn in den Hals gebissen. Er hatte sich losgerissen und war panisch geflüchtet. Hals über Kopf war er die Treppe hinuntergestolpert, verfolgt von diesem spöttischen Lachen, bis er wieder vor dem Esszimmer angekommen war, in dem seine Eltern mit dem Conte und der Contessa beim Digestivo saßen.

Später, im Haus am Strand, hatte er seinen Hals im Spiegel betrachtet und die Abdrücke ihrer Zähne gefunden. Von da an war er sicher gewesen, dass Domenica eine Vampirin war. Seine Flucht war eine der vielen Niederlagen gewesen, die ihm die Colaltos zugefügt hatten. Zum Glück traf er Domenica nur noch ganz selten, weil sie in irgendwelche Schulen ins Ausland geschickt wurde.

«Es geht ihr gut. Sie ist … na ja, sie ist eben Domenica. Immer ein bisschen anders als andere. Du kennst sie ja.»

«Nein.» Guerrini schüttelte den Kopf. «Ich kenne sie nicht. Ich erinnere mich kaum an sie.»

«Ah, du wirst dich sofort erinnern, wenn du sie wiedersiehst. Sie ist Expertin für etruskische Kunst geworden.»

Er will, dass ich weiterfrage, nach Karriere, Mann, Kindern. Aber ich frage nicht. Vielleicht sollten wir nicht zu diesem Essen gehen. Laura und ich haben nichts mit diesen Leuten zu tun.

«Interessant», sagte er laut. «Wir kommen dann morgen Abend.»

«Schön, den Weg kennst du ja noch. Grüß die Meeresforscherin von mir.»

Guerrini nickte, brachte es nicht fertig, einen Gruß an Colaltos Schwester auszusprechen.

«Na, dann. Bis morgen.» Der Conte rutschte von der Mauer, zog seine zerknautschte hellblaue Hose hoch, hob die Hand und wandte sich zur Treppe.

«Ich schicke den Glaser! Er kommt noch heute Vormittag. Fahrt nicht weg!», rief er über die Schulter zurück.

«Ja, danke. Und danke für die Einladung.» Guerrini sah Colalto nach, wie er über den Rasen davonging und zwischen den hängenden Zweigen der Tamarisken verschwand. Dann erst machte er sich auf den Weg in die Küche, um Tee zu kochen.

«Er weiß was, nicht wahr?» Laura streckte den Kopf aus der Badezimmertür. Guerrini zuckte die Achseln.

«Ich finde es spannend, zum Abendessen auf seinen Landsitz eingeladen zu werden.»

«Du warst nicht als Kind dort.»

Laura ging an ihm vorbei in die Küche, hängte Teebeutel in große Tassen und drehte sich zu ihm um.

«Ich war nicht als Kind dort, und du bist kein Kind mehr. Manchmal ist es ganz heilsam, an solche Orte zurückzukehren. Vor allem an solche, die mit unangenehmen Erinnerungen verbunden sind.»

«Möglicherweise», erwiderte Guerrini leise. «Ich befürchte nur, dass wir da immer tiefer in etwas hineingezogen werden, was uns über den Kopf wachsen könnte.» Kurz überlegte er, ob er Laura von der Verbindung seines Vaters mit Colalto und der Verschiffung über Neapel erzählen sollte, aber er ließ es bleiben und entzündete stattdessen die Gasflamme unter dem Wasserkessel.

Sie warteten auf den Glaser. Laura fegte die Terrasse im ersten Stock und schaufelte Piniennadeln und Zapfen in einen Eimer. Danach klappte sie einen Liegestuhl auf, legte sich hinein und schaute in die Baumkrone hinauf. Es war keine perfekte Krone, eher ein Schirm, dessen Gestänge geknickt worden war. Irgendwie ähnelte der Baum verunglückten Regenschirmen, die bei stürmischem Wetter am Straßenrand zurückgelassen werden. Laura mochte den Baum, sie fühlte sich ihm verwandt. Sie überlegte kurz, ob sie die Nachrichten auf ihrem Handy abrufen sollte, aber dann entschied sie sich dagegen. Alle Verpflichtungen ihres normalen Lebens lagen derzeit in den Händen anderer. Ihre Kinder, ihr Vater, ihre Arbeit – es war für alle gesorgt, alles geregelt. Sie hatte sich ausgeklinkt.

Federwolken wanderten über den Himmel, dazwischen schien die Sonne. Das Wort «ausgeklinkt» hallte in Laura nach. Es bedeutete so etwas wie die Verbindung lösen. Den freien Fall, das Wegfliegen, Wegschwimmen, Weglaufen.

Wohin flog sie? Flog sie überhaupt? Dies war der vierte Tag mit Angelo, seltsamer Wechsel zwischen Nähe und Ferne. Ein bisschen beunruhigend, aber sehr lebendig. Manchmal tat es weh, wie Lebendigsein eben. Die merkwürdigen Vorkommnisse um sie herum passten durchaus dazu.

Aus den Tiefen des Hauses erklang eine dunkle Frauenstimme, die schwermütige sizilianische Lieder sang. Laura liebte diese Musik. Sie schloss die Augen und wartete. Auf nichts Bestimmtes. Ausgeklinkt.

Nachdem Guerrini die CD mit sizilianischen Liedern aufgelegt hatte, wiederholte er leise das Gedicht von Petronius, das er für Laura ausgesucht hatte. Er konnte es noch immer nicht auswendig, las es zwei Mal, legte das Buch wieder weg, stand auf und lief – die Verse vor sich hin murmelnd – auf und ab. Als er das Buch wieder zur Hand nahm, blieb er an einem zweiten Gedicht des Römers hängen.

> Träume, welche den Geist mit huschenden Schatten umspielen,
> Senden die Götter uns nicht aus Tempel-Tiefen, noch fielen
> Sie uns von den Gestirnen – wir zeugen sie selbst aus der Leere.

Wenn dumpfschlummernd der Leib ruht, so schwebt der Geist ohne Schwere.
Dann vollziehn sich die Werke des Tages, dem Dunkel verbündet …

In der offenen Terrassentür stand ein Mann, ein untersetzter Schattenriss mit großen Füßen.

«Scusa, Signore. Ich bin der Glaser. Der Conte schickt mich. Das hier ist wohl der Schaden?» Der Schattenriss bückte sich, untersuchte die Tür und richtete sich schnaufend wieder auf.

«Die nehm ich mit!» Er winkelte den Arm an und schaute auf sein Handgelenk, obwohl er gar keine Uhr trug. «Dauert ungefähr zwei Stunden, dann bring ich sie wieder. Ist ziemlich viel zu Bruch gegangen bei diesem Sturm. Na ja, gut fürs Geschäft.» Er lachte nicht, was Guerrini eigentlich erwartet hatte. Dieser eigenartig leere Moment trat gleichzeitig mit einer Pause auf der CD ein.

«Grazie», erwiderte Guerrini deshalb schnell. «Falls wir nicht da sind, stellen Sie die Tür einfach auf die Terrasse. Ich hänge sie dann selbst ein.»

Der Schattenriss zuckte die Achseln. «Sie haben ja noch die Holzläden … aber ich sage Ihnen, Signore, es wird viel eingebrochen in der letzten Zeit. Und jetzt noch der Sturm. Beh, mir soll's recht sein!»

Mit zwei, drei eleganten Schwüngen hob er die Tür aus ihren Angeln und trug sie davon. Guerrini suchte sein Handy, verließ das Haus und stieg auf die Nachbardüne, die beinahe so hoch war wie das Dach seines Ferienhauses. Zufrieden stellte er fest, dass er Empfang hatte, und drückte auf die Taste, die ihn hoffentlich mit seinem Kollegen Tommasini in Siena verbinden würde. Zu seinem Erstaunen funktionierte es tatsächlich, die Nummer war nicht besetzt, es meldete sich auch nicht D'Annunzio, sondern Tommasini selbst und sagte: «Buon giorno, Commissario!»

«Buon giorno, Tommasini, tutto bene?»

«Certo, Commissario. Tutto bene. Wie ist der Urlaub? Was kann ich für Sie tun?»

«Der Urlaub ist sehr schön. Trotzdem kannst du etwas für mich tun. Schau bitte nach, ob du in den Tiefen unseres Überwachungsstaates etwas über einen Enrico di Colalto in Erfahrung bringen kannst. Ganz allgemein, es geht um nichts Spezielles. Aber schau genau nach. Vielleicht gibt es auch etwas über seinen Vater, Piero di Colalto. Der ist aber schon tot. Wenn du was findest, dann schick mir bitte eine Mail.»

«Eine E-Mail?» Tommasini klang verblüfft.

«Ja, natürlich.»

«Sie haben Ihren Laptop mit in den Urlaub genommen, Commissario?»

«Ja!»

«Es geschehen noch Zeichen und Wunder!»

«Was?»

«Nichts, Commissario.»

«Bene. Kannst du das für mich erledigen? Hast du die Namen aufgeschrieben?»

«Enrico di Colalto, Piero di Colalto.»

«Genau. Bin gespannt, ob du was findest.»

«Arbeiten Sie, Commissario?»

«Nein.»

Ein paar Sekunden lang blieb es still im Telefonino, und Guerrini konnte die unausgesprochenen Fragen seines Kollegen beinahe hören, doch er tat so, als wäre nichts.

«Ja, dann …» Tommasinis Stimme klang zögernd. «Sie können übrigens froh sein, dass Sie nicht in der Questura sein müssen. Diese Renovierungsarbeiten am Dom werden immer schlimmer. Bei uns fällt schon der Putz von den Wänden.»

«Na, vielleicht werden unsere Büros dann auch renoviert. Hätten es ja schon lange nötig, nicht wahr?»

«Das bezweifle ich, Commissario!»

«Was?»

«Dass die Questura renoviert wird!»

«Dann bleib ich eben am Meer!»

«Keine schlechte Idee.»

«Mach's gut, Tommasini, und danke!»

«Keine Ursache, Commissario. Hier ist es ziemlich ruhig. Vicecommissario Lana ist auf irgendeiner Konferenz in Turin. Schönen Urlaub noch!»

Klick. Er war weg.

«Schönen Urlaub noch», wiederholte Guerrini. Das Meer war dunkelblau an diesem Morgen; es sah tief aus und kalt. Auch die Insel Giglio war dunkelblau, wie eine zufällige Erhebung des Meeres, ein Wasserberg. Guerrini steckte das Handy in die Hosentasche und dachte darüber nach, ob er all diese Entwicklungen auf geheimnisvolle Weise selbst herbeigeführt hatte. Noch konnte er entkommen, mit Laura nach Rom oder Orvieto fahren, irgendwo im Hinterland eine Wohnung mieten. Aber das wollte er inzwischen nicht mehr. Er wollte sehen, was das Leben mit ihm machte, wenn er nicht weglief, nicht aktiv eingriff, nicht Polizist war, sondern einfach nur abwartete.

Gut, er schnüffelte hinter Colalto her – ein bisschen jedenfalls. Aber auch das hatte vor allem damit zu tun, dass er etwas über sein eigenes Leben, seine eigene Vergangenheit erfahren wollte. Nur das: etwas erfahren! Was? Das konnte er nicht genau benennen, höchstens umschreiben, umkreisen. Dieses Unbehagen in der Gegenwart der Colaltos zum Beispiel, das ihn auch in seiner Kindheit und Jugend häufig befallen hatte, trotz der scheinbar unbeschwerten Urlaubstage.

Er hatte noch nie ernsthaft darüber nachgedacht, war als Erwachsener einfach nicht mehr nach Portotrusco gefahren. Seltsamerweise hatten auch seine Eltern diese traditionelle Sommerreise irgendwann aufgegeben und waren stattdessen zu Freunden in die Marken gereist oder zu einer Verwandten seiner Mutter nach Elba. Wann genau war das gewesen? Guerrini konnte sich nicht genau erinnern. Jedenfalls hatte er bereits studiert.

Keiner hatte ein Wort darüber verloren, und Guerrini fragte sich, warum? Warum wurde in seiner Familie – und vermutlich in den meisten anderen – nicht über die wesentlichen Dinge gesprochen, nicht einmal danach gefragt? Er selbst hatte auch nicht gefragt, hatte diese Verhaltensänderungen hingenommen wie eine Wetteränderung. Mit leichtem Unbehagen. Selbst wenn er gefragt hätte … die Antwort wäre sicher banal gewesen. So was wie: Wir möchten auch mal etwas anderes sehen. Es gibt überall schöne Orte in Italien, Portotrusco ist doch nicht der einzige.

Trotzdem musste damals etwas geschehen sein. Das Telefongespräch mit seinem Vater fiel Guerrini wieder ein. Der alte Fernando war voll Abwehr gewesen. Seine Geschäfte und seine Beziehung zu Colalto gingen seinen Sohn nichts an! Basta! Das passte zum alten Guerrini, aber es passte auch wieder nicht. Wenn es Heldentaten zu berichten gab, dann wurde er stets sehr gesprächig. Offensichtlich hatten die Geschäfte mit den Colaltos nichts mit Heldentaten zu tun. Guerrini sah zum Haus hinüber und entdeckte Lauras Beine auf der Brüstung der Terrasse. Vermutlich wunderte sie sich über seine plötzlichen Stimmungsschwankungen, sie hatte es ja bereits angedeutet. Wie sollte sie seine Launen auch verstehen, wenn er so tat, als wäre dies ganz einfach ein Urlaub, der von ein paar unerfreulichen Zufällen gestört wurde. Er wollte nicht mehr länger schweigen, wollte ihr von der Vergangenheit erzählen. Er hatte ja schon damit angefangen ... von den Rändern her. Entschlossen folgte er den rauen Sandsteinplatten, die zum Haus hinüberführten.

Commissario Guerrini servierte Birnenschnitze und jungen Pecorino, leicht mit Honig beträufelt. Außerdem Wildschweinschinken mit frischen Feigen und warmem toskanischem Vollkornbrot. Etwas matt hatte Laura ihre Hilfe angeboten, dann aber erleichtert und weiterhin ausgeklinkt in ihrem Liegestuhl ausgeharrt, als er das späte Frühstück allein zubereiten wollte.

«Bleib liegen!», sagte er und rückte den Tisch an ihren Liegestuhl heran. «Die reichen Römer haben bei ihren Gastmahlen auch im Liegen gegessen.»

«Bin nicht reich», murmelte Laura, «aber gern Gespielin eines reichen Senesers namens Guerrini.»

«Er ist auch nicht reich, der Seneser.» Guerrini steckte ihr ein Stück Schafskäse in den Mund. «Er tut nur so!»

«Macht nichts.» Laura kaute genüsslich, leckte sich dann den Honig von den Lippen und sah Guerrini nachdenklich an.

«Welches Gedicht von Petronius wolltest du mir eigentlich *nicht* vorlesen, als ich in der Badewanne lag?»

«Woher kennst du Petronius, Laura?»

«Ich kenn ihn gar nicht. Jedenfalls nicht persönlich. Dazu ist er schon zu lange tot.»

«Aber seine Gedichte kennst du.»

«Nur ein paar. Mein Vater hat mir vor vielen Jahren einen Band mit Dichtungen des Abendlands geschenkt. Da standen auch ein paar Verse von Petronius drin. Und so was Ähnliches wie eine kurze Biographie. Angeblich war er ein Lebemann – was genau damit auch gemeint ist –, verfasste Weltliteratur, und als er bei Kaiser Nero in Ungnade fiel, hat er sich in einem warmen Bad die Pulsadern aufgeschnitten, während er seinen letzten Becher Wein leerte. Das ist doch eine sehr noble Art, aus dem Leben zu scheiden, oder?»

«Nicht schlecht. Weshalb ist er in Ungnade gefallen? Weißt du das auch?»

«Ich erinnere mich dunkel daran, dass man ihm eine Verschwörung gegen den Kaiser vorwarf. Aber Nero witterte sowieso überall Verschwörungen und war ziemlich irre. Außerdem muss ich gestehen, dass ich das Hauptwerk von Petronius, *Das Gastmahl bei Trimalchio,* niemals gelesen habe und wahrscheinlich auch nie lesen werde.» Sie griff nach einer Scheibe Wildschweinschinken, schnupperte daran, rollte sie um eine Feige und steckte sie in den Mund.

«Warum bist du so entsetzlich gebildet, Laura?»

«Bin ich überhaupt nicht. Mein Vater hatte eine Vorliebe für die alten Griechen und Römer. Er hat ständig die klugen Sätze aus der Antike zitiert. Natürlich auf Lateinisch oder Altgriechisch. Meine Mutter und ich haben irgendwann nur noch die Augen verdreht und die Sätze mitgesprochen. Jedenfalls bei den lateinischen Zitaten. Sein Lieblingszitat war: Per aspera ad astra (Durch das Raue zu den Sternen, Anm. der Autorin). Das hat mich durch meine gesamte Schulzeit begleitet.»

Guerrini lachte. «Macht er das immer noch, dein Vater?»

«Nein, vor ein paar Jahren hat er herausgefunden, dass die alten Römer und Griechen auch nicht immer recht hatten, und hat damit aufgehört.»

«Das passt zu ihm. Du hast dich übrigens auch verändert in den letzten Tagen. Ich höre gar kein Ticken mehr.»

«Was für'n Ticken?», fragte Laura mit vollem Mund.

«Na, das deutsche Pflichtbewusstsein.»

«Ist weg. Ausgeklinkt.»

«Trotz des Einbruchs in der letzten Nacht?»

«Trotzdem.»

«Ich versuche, dich zu verstehen, Laura. Es ist nicht ganz leicht.»

«Dann geht es uns ähnlich.»

«Wie, du verstehst dich auch nicht?»

«Ich verstehe mich teilweise nicht und dich auch nicht.»

Guerrini legte die Feige wieder weg, die er gerade essen wollte, stand auf und breitete die Arme aus. «Santa Caterina! Genau darüber möchte ich mit dir reden. Es ist verdammt noch mal nicht leicht, sich zu verstehen. Vielleicht könntest du dich in deinem Liegestuhl ausstrecken, die Augen schließen und einfach zuhören?»

Laura schluckte. «Ist es gefährlich?»

«Was?»

«Das Zuhören.»

«Möglicherweise.»

Sie warf ihm einen prüfenden Blick zu, seufzte und schloss die Augen.

«Also los!»

Plötzlich wusste Guerrini nicht mehr, was er eigentlich sagen wollte. Die Vergangenheit entglitt ihm, wurde unscharf, glich plötzlich einem verunglückten Foto, auf dem die Gesichter der Menschen verschwimmen. Er musste bei sich selbst anfangen, bei seiner Verwirrung, seiner Frage, warum er mit ihr ausgerechnet an den Ferienort seiner Kindheit zurückgekehrt war. Während er auf und ab ging, war er sich bewusst, dass Laura ihn unter halbgeschlossenen Lidern beobachtete, also ließ er sich wieder in seinen Korbsessel fallen und fing einfach irgendwo an.

«Ich fürchte, ich habe einen Fehler gemacht, Laura. Seit wir in Portotrusco sind, werde ich immer unruhiger, sogar wütend. Mir fallen die seltsamsten Geschichten ein, die ich längst vergessen hatte. Und deshalb …»

«Hallo, ist jemand zu Hause?»

«Nein!», brüllte Guerrini.

Laura prustete los, hielt sich aber schnell die Hand vor den Mund.

«Entschuldigung, wenn ich störe!» Der Eindringling kam tatsächlich die Stufen zu ihrer Terrasse herauf. Laura erkannte ihn sofort. Es war der einsame

Strandwanderer, der sie vor allen möglichen Gefahren gewarnt hatte, der mit den edlen Klamotten und der dunklen Sonnenbrille. Er trug die Brille auch diesmal, hatte sie aber aufs Haar geschoben.

«Ich bitte noch mal um Entschuldigung. Sie sind gerade beim Essen, ich will wirklich nicht stören und werde gleich wieder gehen. Ich dachte nur, dass es ganz nett wäre, wenn wir uns kennenlernen würden, nachdem wir sozusagen die einzigen Bewohner von *Il Bosco* sind. Außerdem wollte ich fragen, ob bei Ihnen gestern eingebrochen worden ist. Uns haben sie jedenfalls das ganze Haus auf den Kopf gestellt und zwei Fenster eingeschlagen.» Er lächelte Laura zu. «Ah, Signora, wir kennen uns bereits.»

Laura nickte und sah dann zu Guerrini hinüber, der den Fremden stirnrunzelnd musterte.

«Bei uns wurde nicht eingebrochen!»

«Da hatten Sie aber Glück. Die müssen systematisch alle Häuser am Strand durchsucht haben. Mein Freund und ich sind heute Morgen aus reiner Neugier von Haus zu Haus gegangen. Überall dasselbe: eingeschlagene Fenster, zertrümmerte Türen. So schlimm war es noch nie.»

«Haben Sie die Polizei gerufen?» Guerrini nahm eine Feige vom Tisch und betrachtete sie nachdenklich.

«Wozu? Das bringt doch nichts! Die sagen höchstens, dass mal wieder ein paar Junkies hier durchgekommen sind, vom Strand her natürlich. Dann nehmen sie eine Anzeige auf, und das war's dann. Die Prozedur kennen wir schon. Wenn nichts Wichtiges fehlt und wenn man keinen Polizeibericht für die Versicherung braucht, dann lohnt es sich nicht!»

«Ah so.» Guerrini drückte die Feige, und sie platzte auf.

«Ja, wirklich! Wir haben dieses Haus vor zehn Jahren gekauft, und seitdem wurde sechsmal eingebrochen. Sie kennen sich damit offensichtlich nicht aus? Sind Sie zum ersten Mal hier?»

«Nein.» Guerrini legte die Feige auf seinen Teller zurück. «Wir haben dieses Haus gemietet und hoffen auf einen ruhigen Urlaub.»

Der Fremde nahm die Sonnenbrille von seinem Kopf, glättete sorgfältig sein Haar und lächelte ein bisschen verzerrt.

«Oh, man kann wunderbar ruhige Urlaube hier verbringen. Sie hatten einfach Pech mit dem Sturm. Darf ich mich vorstellen: Guido Wanner. Ich bin Schweizer, aus der Südschweiz, beinahe schon Italiener.» Sein Lächeln wurde breiter, und er streckte Guerrini die rechte Hand entgegen. Der zögerte, drückte Wanners Hand sehr kurz und murmelte undeutlich seinen eigenen Namen. Wanner wandte sich an Laura.

«Haben Sie inzwischen den Wiedehopf gesehen, Signora?»

«Laura, Signora Laura. Nein, aber ich werde nach ihm Ausschau halten, Signor Wanner.»

«Ja, dann will ich nicht länger stören. Vielleicht haben Sie Lust, in den nächsten Tagen auf einen Drink zu uns zu kommen. Es ist nicht weit. Das sechste Haus am Strand Richtung Portotrusco. Wir würden uns freuen, mein Freund und ich. Es ist ziemlich einsam hier im Oktober, nicht wahr?» Er setzte die Sonnenbrille auf und wandte sich zur Treppe, doch Guerrinis Stimme hielt ihn zurück.

«Was war eigentlich der Anlass Ihres durchaus erfreulichen Besuchs, Signor Wanner?»

«Na, ich wollte sehen, ob Sie Hilfe brauchen, falls bei Ihnen ebenfalls eingebrochen wurde.» Wanner schien irritiert.

«Dann danke ich sehr. Es ist gut, Nachbarn zu haben, die sich um andere sorgen. Und Dank auch für die Einladung.»

«Gern, Signori. Aber kommen Sie wirklich! Am frühen Abend sind wir fast immer zu Hause.» Grüßend hob er den Arm und ging ab, wie ein Schauspieler von der Bühne. Guerrini stützte beide Hände auf die Terrassenbrüstung und sah ihm nach. Dann beugte er sich vor und rief: «Signor Wanner! Ist bei Ihnen etwas gestohlen worden?»

Wanner war bereits auf dem schmalen sandigen Pfad, der zum Strand führte.

«Nur ein billiger Fotoapparat. Wir haben einen Tresor!» Er winkte noch mal, ehe er zwischen den Büschen verschwand.

«Was hältst du von diesem Überraschungsgast?», fragte Laura.

«Test Nummer zwei. Sie können nicht glauben, dass bei uns nicht eingebrochen wurde, weil sie genau wissen, dass es nicht stimmt.»

«Möglich. Aber vielleicht wurde wirklich in allen Strandvillen eingebrochen, und die ganze Geschichte hat mit der Leiche gar nichts zu tun.»

«Kann sein. Trotzdem ist es seltsam. Aber mich ärgert viel mehr, dass er mich völlig aus dem Konzept gebracht hat! Ich wollte dir etwas Wichtiges erzählen, und er trampelt einfach hier herein! Genau wie Enrico heute früh.»

«Jetzt ist er weg, Angelo. Vielleicht kannst du einfach da weitermachen, wo du vorhin aufgehört hast?»

«Erst muss ich frischen Kaffee machen!» Guerrini drehte sich um und schlüpfte durch die schmale niedrige Terrassentür in die Küche.

Der Commissario hatte kein Glück mit seinen Versuchen, Laura von der Vergangenheit zu erzählen. Kaum war er mit frischem Kaffee auf die Terrasse zurückgekehrt, näherte sich das Geknatter einer Vespa und verstummte genau vor ihrem Haus. Kurz darauf erklang die Stimme des Wärters Fabrizio.

«Dottore! Sind Sie zu Hause?»

«Porca miseria!», fluchte Guerrini, während Laura einen zweiten Kicheranfall unterdrückte.

«Ja, ich bin zu Hause! Was ist denn los, um Himmels willen?» Guerrini war zu laut, zu genervt. Fabrizio verstummte. Als Guerrini an die Brüstung trat, um nach ihm Ausschau zu halten, stand der Wärter von *Il Bosco* verlegen auf den Stufen, die vom Parkplatz zum Haus führten.

«Tut mir leid, Dottore. Ich wollte nicht stören.»

«Komm schon rauf!»

«Aber ich will nicht stören!»

«Komm endlich!»

Er kam. Sehr langsam, sehr verlegen.

«Willst du einen Kaffee?»

«Nein, nein, Dottore. Scusa, Signora.»

«Was also?»

«Es ist … ich weiß gar nicht, wo ich anfangen soll. Sie sind ein Commissario, Dottore, nicht wahr?» Fabrizio lief knallrot an.

«Wer hat dir denn das erzählt?»

«Der Conte Colalto. Vielleicht hat er ja nur einen Witz gemacht, Dottore. Das macht er manchmal, der Conte. Entschuldigen Sie bitte!»

«Schlechter Witz! Sag mir lieber, was du willst!»

«Falls Sie ein Commissario sind, Dottore. Ich meine, nur für den Fall … dann muss ich … dann will ich … es ist so: Ernesto ist verschwunden. Sie wissen schon, Orecchio, Ernesto Orecchio! Ich habe Ihnen das gestern schon erzählt. Deshalb war die Eingangspforte so lange nicht bewacht!» Fragend, als bitte er um Erlaubnis, weiterreden zu dürfen, sah er Guerrini an.

«Ja, ich erinnere mich.»

Fabrizio nickte und fuhr sich mit einer seiner breiten Hände übers Gesicht.

«Er ist immer noch nicht wiederaufgetaucht. Er geht nicht an sein Telefonino! Seine Mutter ruft dauernd bei mir an! So was hat er noch nie gemacht, Dottore. Da stimmt was nicht! Ich mach mir ernste Sorgen, sehr ernste Sorgen! Morgen kommen die Herren vom Resort und wollen die Sturmschäden besichtigen und wissen, was mit dem Lieferwagen und dem verschwundenen Fahrer … und jetzt ist auch noch Orecchio weg! Ich weiß nicht, was ich denen sagen soll, Dottore, ich weiß es nicht!»

«Und was hab ich damit zu tun?»

Fabrizio zog den Kopf zwischen die Schultern und zuckte die Achseln.

«Ich dachte nur, wenn Sie ein Commissario wären, Dottore …»

«Ja, was dann?»

«Dann ... dann könnten Sie vielleicht nachschauen, wo Orecchio ist.»

«Und wie soll ich das machen, Fabrizio? Davon abgesehen, dass ich wahrscheinlich gar kein Commissario bin! Selbst wenn ich einer wäre ... wo soll ich nachsehen? Du wirst besser wissen als alle anderen, wo Orecchio stecken könnte. Du kennst ihn. Ich kenne ihn nicht, hab ihn nur einmal kurz gesehen. Ich kenne seine Freunde nicht, weiß nichts über seine Familie. Also, was soll das?»

Fabrizio atmete tief ein, richtete sich dann ein wenig auf und streckte die Schultern nach hinten, endlich sah er Guerrini direkt in die Augen.

«Sie sind doch ein Commissario! Das war kein Witz vom Conte!»

«Santa Caterina! Würdest du uns jetzt bitte in Ruhe essen lassen, Fabrizio!»

Der grauhaarige Wärter mit dem zerfurchten Gesicht wand seine Hände, entschuldigte sich noch einmal und ging. Doch am Fuß der Treppe drehte er sich um und rief: «Ich weiß, dass Sie uns helfen werden, Dottore Commissario!»

Dann war er fort. Das Knattern seiner Vespa verklang, der Gestank der Auspuffgase verzog sich. Guerrini setzte sich und biss in die aufgeplatzte Feige.

«Hier ist ja was los», murmelte Laura und machte die Augen wieder zu. «Ich glaube, jetzt kannst du mit deiner Geschichte anfangen. Jetzt waren alle da.»

AM SPÄTEN NACHMITTAG desselben Tages bog ein Wagen von der Küstenstraße der Halbinsel Monte Argentario ab und rollte auf einem schmalen Parkplatz aus, der von Klippen begrenzt wurde, die steil zum Meer abstürzten. Ein junger Mann stieg aus und ging langsam zu der Mauer hinüber, die offensichtlich Unfälle verhüten sollte. Er betrachtete die Warnschilder, zündete sich eine Zigarette an und schaute übers Meer. Die Sonne hatte bereits ihre Kraft verloren und sandte mattes rosiges Licht über die Felsen und das Wasser.

Es war kühl, und der junge Mann zog seine Jacke enger um sich. Er rauchte langsam, beobachtete einen fernen Frachter auf dem Weg nach Norden und beugte sich endlich nach vorn, um seinen Zigarettenstummel ins Meer zu werfen. Ein leichter Schauder lief über seinen Rücken, als er in den Abgrund schaute. An die hundert Meter unter ihm schlugen dunkle Wellen mit schaumigen Rändern gegen die Felswände. Der junge Mann schleuderte die abgebrannte Zigarette weit hinaus, versuchte ihren Flug zu verfolgen, verlor sie aber schnell aus den Augen.

Auf dem Weg zu seinem Wagen blieb er an einem Busch stehen und pinkelte übermütig in hohem Bogen in die wilde Landschaft hinaus. Er lachte laut, einfach so, weil es Spaß machte. Sein Reißverschluss klemmte.

Als er nach unten blickte, entdeckte er Reifenspuren, die hinaus auf den Abhang führten, der ebenfalls zum Meer abbrach.

Er zündete eine zweite Zigarette an und sah zurück zur Straße. Es war noch kein anderes Fahrzeug vorbeigekommen. Im Sommer herrschte auf der Küstenstraße viel Verkehr, aber jetzt war alles wie tot. Vom Meer stieg feuchte Kälte zu ihm herauf. Er betrachtete die Reifenabdrücke auf der Erde genauer. Sie sahen frisch aus. Langsam folgte er der Spur, die auf dem steinigen Untergrund bald nur noch undeutlich zu sehen war.

Hier kann kein Auto gefahren sein, dachte er, als das Gelände immer steiler wurde und er sich an Büschen und Felsen festhalten musste, um nicht abzurutschen. Aber es war eindeutig die Spur eines Wagens, die genau auf den Rand des Abhangs zuführte. Schnell wurde es zu steil, um weiterzugehen. Selbst auf allen vieren liefe man Gefahr abzurutschen. Der junge Mann kehrte um und beschloss, die Carabinieri zu benachrichtigen. Er war sicher, dass die Wagenspur direkt in den Abgrund führte, direkt ins Meer. Wahrscheinlich hatte da einer sein altes Auto billig entsorgt. Aber es gab natürlich auch andere Möglichkeiten, vielleicht hatte sich jemand das Leben genommen. Oder war ermordet worden.

Nachdenklich stieg er in sein Auto und fuhr zurück nach Porto Santo Stefano, obwohl er eigentlich zu seiner Freundin nach Porto Ercole wollte. Die Diensthabenden auf dem Revier waren nicht sonderlich begeistert von seiner Beobachtung. Ob er ganz sicher sei, dass er Wagenspuren gesehen hätte? Ganz sicher? Na ja, man würde der Sache nachgehen, aber erst am Morgen, denn im Dunkeln könnte man ohnehin in dieser

Gegend nichts ausrichten. Außerdem, wenn wirklich ein Fahrzeug von den Klippen gefallen sei, dann käme sowieso jede Hilfe zu spät.

Man dankte dem jungen Mann nicht für seine Meldung, schickte aber immerhin zwei Kollegen von der Straßenpolizei zu dem Parkplatz hinauf. Als sie später die Angaben des jungen Mannes bestätigten, forderte der Tenente für den Morgen einen Hubschrauber und ein Boot an.

Frische Gnocchi mit Butter, Salbeiblättern und Parmesan, dazu fruchtiger Brunello. Laura fühlte sich nicht mehr so ausgeklinkt wie am Nachmittag, eher verwurzelt mit ihrer italienischen Herkunft. Und ein bisschen aufgeschreckt von Guerrinis Erzählungen. Aber näher bei ihm, viel näher.

Durchs Kochen waren die Dinge wieder zurechtgerückt worden, geerdet. Sie hatten gemeinsam die köstlichen Kartoffelklößchen zubereitet. Er hatte den Tisch gedeckt, eine Kerze angezündet, Lauras Lieblingswein entkorkt und ihr einen Schluck eingeflößt, als sie mit beiden Händen den Teig knetete.

Jetzt saßen sie satt vor ihren Tellern, auf denen die geschmolzene Butter allmählich erstarrte. Als die Stille zu mächtig wurde, dachte Laura, dass sie vielleicht am Nachmittag zu lange gesprochen hatten. Guerrini hatte endlich von seiner Kindheit erzählt, von seiner Verbindung zu diesem Haus, dieser Landschaft und seinem gebrochenen Verhältnis zu den Menschen. Einige Sätze hatten sich ihr besonders eingeprägt: «Ich hatte immer das Gefühl, als gingen in *Il Bosco* seltsame Dinge vor sich. Es kann an meiner ausgeprägten Phantasie gelegen haben, aber immer wieder verstummten die Erwachsenen plötzlich, wenn ich in ihre Nähe kam. Da war dieses angestrengte Lachen meines Vaters und das gönnerhafte von Conte Colalto, seinem angeblichen Freund. Meine Mutter schien alle zu verachten und schwieg die meiste Zeit. Aber sie liebte dieses Haus und die ganze Gegend. Irgendwas stimmte nicht, passte nicht zusammen, und ich konnte einfach nicht herausfinden, was es war. Aber es war etwas Bedrohliches.»

Die Kerze auf dem Esstisch erlosch, als hätte jemand sie ausgeknipst. Ein dünner Rauchfaden stieg in die Höhe, drehte sich zu einer Spirale.

«Danke, dass du mir so lange zugehört hast heute Nachmittag», sagte Guerrini leise.

«Es war spannend.»

«Vielleicht.»

«Nicht vielleicht.»

«Und jetzt?»

«Jetzt liebe ich dich vielleicht ein ganz klein wenig mehr. Lass uns einen Spaziergang machen, ich habe zu viele Gnocchi gegessen. Wie wäre es mit einem Digestivo bei den Schweizern?»

«Ah, Laura geht in Deckung. Bene. Warum zu den Schweizern?»

«Weil wir sonst in unserer unmittelbaren Nachbarschaft niemanden kennen. Außerdem möchte ich denen ein bisschen auf den Zahn fühlen.»

«Du hast also angebissen?»

«Bist du hier, um etwas herauszufinden, oder waren deine Worte heute Nachmittag nicht ernst gemeint?»

Guerrini stand auf und begann die Teller abzuräumen.

«Es ist nicht so einfach, Laura. Ich stehe dieser Angelegenheit sehr gespalten gegenüber. Ich möchte Klarheit und auch wieder nicht.»

«Warum auch wieder nicht?»

«Weil es meinen Vater betrifft, vielleicht auch meine Mutter. Weil es etwas sehr Heftiges mit meinem Land, meiner Gesellschaft zu tun hat.»

Laura antwortete nicht. Sie wusste nicht, wie sie selbst handeln würde. Ihr Vater, Emilio Gottberg, war der weise Alte auf dem Berg. Seine dunkle Seite hatte Laura noch nicht gefunden, und das wollte sie auch nicht. Sie konnte sehr gut verstehen, dass Angelo seinen alten Fernando nicht konfrontieren wollte. Schließlich stellte auch er etwas Unantastbares dar, den Partisanen, den Kämpfer für Gerechtigkeit und gegen Unterdrückung.

«Die Schweizer haben sicher nichts mit den alten Geschichten zu tun», versuchte sie abzuwiegeln. «Dazu sind sie viel zu jung!»

Guerrini, der gerade die Teller in die Spüle stellte, drehte sich um. «Sei da nicht so sicher, Laura. Ich halte inzwischen alles für möglich.»

«Gut, dann überlasse ich dir, ob wir sie besuchen oder nicht. Aber einen Spaziergang brauche ich jetzt auf jeden Fall.»

Sie liefen schnell am Strand entlang. Wieder stieg Nebel vom Meer auf, verhüllte erst die fernen Lichter von Portotrusco, dann den Strand, legte sich kalt und feucht auf ihre Gesichter, drang in ihre Lungen.

Wie zufällig verließen sie irgendwann den Strand, schlugen den Weg hinter den Dünen ein und endlich die schmale Straße, parallel zum Meer, an der die ersten Villen lagen. Endlich standen sie vor dem einzigen erleuchteten Haus, es war natürlich das Haus der Schweizer. Ein Hund bellte, raste durch den Garten auf sie zu, blieb in einiger Entfernung stehen und stieß ein hohes Jaulen aus. Es war ein großer weißer Hund, ein vierbeiniges Gespenst in der Dunkelheit.

«Komm her, Gino!» Kehliges Schweizerdeutsch klang vom Haus her. «Komm her! Hierher!»

Der Hund rannte noch zweimal bellend hin und her, kehrte dann aber gehorsam zum Haus zurück.

«Isch da wer? Chi è?»

Sie konnten gehen oder sich zu erkennen geben. Laura überließ es Angelo, fühlte so was wie Gänsehaut, als er nach kurzem Zögern rief: «Wir sind die Nachbarn! Wollten nur schnell vorbeikommen. Signor Wanner hat uns eingeladen.»

«Ah, natürlich! Kommen Sie, kommen Sie! Gino ist wachsam, aber nicht gefährlich!»

Auf einmal wurde der Garten hell, kleine runde Lampen wiesen ihnen den Weg zum Haus hinauf. Guido Wanner streckte ihnen beide Hände entgegen und begrüßte sie beinahe überschwänglich. Er stellte den weißen Hund vor, als wäre es ein Mensch.

«Reinrassiger Maremmano, nicht wahr, Gino!»

Übertrieben, dachte Laura. Alles übertrieben.

Wanner rief nach seinem Mitbewohner und bat sie mit ausladender Gebärde ins Haus.

Es war eine Art Bungalow. Das Wohnzimmer hatte die Ausmaße eines Ballsaals und zwei Ebenen, die durch flache Stufen verbunden waren. Alles war grau – die Bodenfliesen, die Wände, die meisten Möbelstücke.

Nur hier und da waren starke rote Akzente gesetzt: ein roter Sessel, ein abstraktes Gemälde in Rottönen, rote Rosen auf dem Esstisch, rote Kissen auf der grauen Sitzlandschaft, eine lebensgroße, rote Frauenbüste, kopflos.

Der schöne weiße Hund lief unruhig in dem edlen Ambiente herum. Eigentlich müsste er rot eingefärbt werden, dachte Laura – allerdings machte sich sein Weiß auch nicht schlecht. Auf dem riesigen grauen Sofa mit den roten Kissen saß ein Mann, ein zweiter betrat die Bühne durch einen Seiteneingang.

Guido Wanner stellte vor: «Sebastian Ruben, unser Nachbar zur Linken.» Der Mann auf dem Sofa erhob sich halb und nickte ihnen zu.

«Richard Stamm, mein Kompagnon. Wir haben dieses Haus zusammen gekauft.»

Richard Stamm trat in den Lichtkegel einer Lampe und verbeugte sich lächelnd. Er war jünger als Wanner, höchstens Mitte dreißig, und trug seinen Kopf kahlrasiert. Er wirkte kantiger, hatte asketische Züge.

«Jetzt sind wir alle beisammen!», sagte er mit starkem Schweizer Akzent auf Italienisch. «Ein richtiges Nachbarschaftstreffen, fehlt nur noch der dicke Mailänder mit seiner aufgebrezelten Freundin.»

«Vergiss nicht Signor Ferruccio!», warf Wanner ein.

«Wer ist das?», fragte Laura.

«Ein alter Dichter. Mehr weiß ich auch nicht. Er wohnt ständig hier in *Il Bosco*. Was wollen Sie trinken?»

«Einen Digestivo, wenn möglich. Wir haben beide zu viel gegessen.»

Sie machten Konversation. Wetter, Wetter, der weiße Lieferwagen, die Polizei, der verschwundene Fahrer, die Einbrüche, Wetter. Als sie endlich halbwegs durch waren, hatte Laura ihren bitteren Artischockenlikör längst ausgetrunken, und Guerrini war bereits beim zweiten Brandy. Schweigen zog ein. Sie kannten sich nicht. Was nun?

«Wo kommen Sie her?» Laura sah den jungen Mann mit dem interessanten Namen Ruben an. Er lächelte, fuhr mit der Hand über sein sehr kurzes Haar, stellte sein Weinglas ab und lehnte sich vor.

«Was vermuten Sie?» Er sprach italienisch mit eindeutig deutschem Akzent, streichelte den Hund, der sich vor seinen Füßen ausgestreckt hatte.

«Deutschland!», erwiderte Laura auf Deutsch.

«Könnte sein. Und Sie?»

«Ebenfalls.»

«Woher?»

«München.»

«Ach.»

«Sie auch?»

«Allerdings. Seltsamer Zufall.»

«Ja, seltsam.»

«Kennen Sie die Gegend?»

«Nein, ich bin zum ersten Mal hier.»

«Ich auch.»

«Allein?»

«Ja, allein.»

«Ist das nicht sehr einsam?»

«Ich brauche Ruhe. Burnout. *Il Bosco* wurde mir von Freunden empfohlen.»

«Hat man bei Ihnen auch eingebrochen?»

«Nein. Wahrscheinlich lag es daran, dass ich den ganzen Tag zu Hause war.»

«Ach.»

«Ja, ach!» Er sah sie spöttisch an.

Er hält mich für ein bisschen blöd, dachte Laura. Das ist gut.

«Fürchten Sie sich nicht, allein in einem großen Haus in dieser einsamen Gegend?» Sie nickte Wanner lächelnd zu, der ihr einen zweiten Digestivo einschenkte.

«Nein, ich hab ja Nachbarn.»

«Wie lange bleiben Sie?»

«So lange ich Lust habe.»

Laura beschloss, weiterzuplappern und seine Grenzen auszutesten.

«Kennen Sie zufällig Conte Colalto? Er ist ein richtiger Graf, alter italienischer Adel!»

«Nein, warum?» Plötzlich erschien er wachsamer.

«Einfach so. Colalto ist eine interessante Persönlichkeit. Wir haben unser Ferienhaus von ihm gemietet.»

«Ach.»

Er lässt nichts raus! Laura überlegte, ob es klug war, noch mehr Fragen zu stellen, ließ es bleiben und verlegte sich aufs Beobachten. Wanner und Stamm, die beiden Schweizer, hatten Guerrini ins Gespräch gezogen, oder umgekehrt. Sie redeten darüber, wie *Il Bosco* sich in den letzten zehn Jahren verändert hatte, und kamen dann auf die Weine der Gegend. Plötzlich erzählte Wanner ausführlich, wie er vor einem halben Jahr ein totes Schwein am Strand gefunden hatte.

«Ich hab es begraben, aber es kam immer wieder heraus. Irgendwelche Viecher, wahrscheinlich Füchse, haben es ständig ausgebuddelt. Ekelhaft, das kann ich Ihnen sagen. Was hier angeschwemmt wird, das bleibt! Man glaubt, dass es weg ist, und plötzlich ist es wieder da!»

Guerrini schwenkte den Brandy in seinem Glas, Richard Stamm starrte auf den weißen Hund und Wanner auf Ruben. Interessant, dachte Laura. Ein Gleichnis? Vielleicht tauchen auch angeschwemmte Araber wieder auf. Sie beschloss, das Thema noch ein bisschen auszureizen, und redete von der toten Katze, die nach dem Sturm am Strand gelegen hatte. Aber sie sah nur gleichgültige Gesichter im sanften roten Licht. Trotzdem war sie sicher, dass sie es wussten.

«Sie haben ein sehr schönes Haus und einen außergewöhnlichen Geschmack. Ich kann nur raten, was Sie beruflich machen, aber ich bin sicher, dass es etwas mit Kunst oder Design zu tun hat. Oder irre ich mich?» Blödsinnige Versuche, das Schweigen zu durchbrechen.

Die beiden Schweizer lächelten abwesend.

«Ganz entfernt», murmelte der asketische Richard Stamm. «Wir sind Eventmanager. Kunstevents sind natürlich auch dabei.»

«Interessant. Und Sie, Herr Ruben?»

Sebastian Ruben lehnte sich in die roten Kissen zurück und verschränkte die Arme.

«Ich bin im Urlaub. Alles andere habe ich vergessen.»

Der weiße Hund seufzte tief und streckte sich lang auf dem roten Teppich aus.

Später, in der schützenden Dunkelheit des Pinienwaldes, sagte Guerrini, dass er sich ganz ähnlich fühlte wie in seiner Kindheit. Da war ein unklares Gefühl von Bedrohung, die Signale seiner Umwelt wirkten wie eine Verschwörung. Eine Verschwörung, an der er nicht teilhatte und die er nicht durchschaute. Er fragte Laura, ob das wohl erste Anzeichen einer beginnenden Paranoia seien, die seiner Meinung nach durchaus zu den Berufskrankheiten von Polizisten zählte. Er sagte es in scherzhaftem Ton, doch Laura wusste, dass er inzwischen wirklich besorgt war. Deshalb antwortete sie: «Wenn es so ist, dann gehen wir gemeinsam zum Psychiater, denn bei mir haben die Symptome schon früher angefangen.»

«Bei mir erst, nachdem ich mit meinem Vater telefoniert hatte.»

«Was hat dein Vater damit zu tun?»

«Eine Menge. Er hat mir vorgestern ein erschreckendes Detail seiner Geschäftsbeziehungen zu den Colaltos erzählt – nicht ganz freiwillig, sondern weil ich ihn direkt danach gefragt habe. Ich habe es dir bisher verschwiegen, weil ich es erst verdauen musste. Kannst du dir vorstellen, was die machen? Sie exportieren ihre verdammten Keramiken über den Hafen von Neapel! Mein Vater tat so, als wäre das ganz normal, völlig harmlos und ginge mich gar nichts an!»

«Vielleicht ist es harmlos.»

«Du glaubst doch nicht im Ernst, dass irgendwer in diesem Land über fünfzig Jahre lang Geschäfte in Neapel machen kann, ohne mit den ehrenwerten Familien verbandelt zu sein!» Er brüllte schon wieder.

«Scht! Nicht so laut! Vielleicht hört jemand mit!»

«Da hast du's! Paranoia! Nächstes Mal fahren wir nach Australien! Da kennt uns wenigstens keiner! Ich muss völlig verrückt gewesen sein, mit dir nach Portotrusco zu kommen!»

Als sie das Haus erreichten, stand ein runder Mond über dem Meer und schickte milchiges Licht durch den feinen Nebel.

«Ist dir eigentlich aufgefallen, dass keiner von denen gefragt hat, was wir eigentlich machen?», sagte Guerrini.

«Ja, und das kann zwei Dinge bedeuten: Entweder wissen sie schon alles über uns, oder es interessiert sie einen Scheiß, weil sie arrogante Widerlinge sind.»

«Und wer, glaubst du, hat bei uns eingebrochen?»

«Orecchio, der Afrikaner, die Schweizer oder der Gärtner von Colalto. Ich hab keine Ahnung!»

«Bene!» Guerrini legte den Arm um Lauras Schultern. «Dann werden wir uns jetzt hinsetzen, Kaffee trinken und die Fakten sammeln, Commissaria!»

«Du hast also doch angebissen!»

«Nein, ich tu nur so.»

«Aha.»

«Es ist reine Selbstverteidigung, Laura. Ich werde mich von denen nicht überrumpeln lassen, schon gar nicht von Enrico!» Damit öffnete er die hölzernen Läden vor der Terrassentür, schloss die reparierte Glastür auf und schob Laura ins Haus.

Bis weit nach Mitternacht saßen die beiden um den runden Esstisch, tauschten Beobachtungen aus, schrieben auf, was ihnen einfiel, zeichneten Verbindungslinien zwischen Personen und Fakten, tranken zu viel Wein und zu viel Kaffee. Die Fenster beschlugen, weil die Nacht sehr kühl wurde und ihre Köpfe heiß liefen. Gegen halb drei sagte Laura, es mache Spaß, so spielerisch zu ermitteln.

«Na, hoffentlich bleibt es ein Spiel!», knurrte Guerrini.

Die Besatzung des Polizeihubschraubers suchte am nächsten Morgen sorgfältig den verdächtigen Küstenabschnitt am Monte Argentario ab. Die Beamten setzten sogar Infrarotkameras ein, konnten jedoch nichts entdecken und drehten irgendwann ab. Später näherten sich zwei Schnellboote der Küstenwache jener Felswand unterhalb des Parkplatzes, doch die Brandung war so stark, dass sie nicht nah genug an die vermutete Absturzstelle heranfahren konnten, um ihre Ortungsgeräte einzusetzen. Zwei Polizisten arbeiteten sich, durch Seile gesichert, bis zu der Stelle vor, an der die Reifenspuren endeten. Sie fanden keine Bremsspuren. Das Fahrzeug musste einfach über den Rand hinausgefahren sein. Wie weit es hinausgeflogen war, hing von der Geschwindigkeit ab. Wenn es langsam gerollt war, musste das Wrack direkt unterhalb des Hangs liegen. Bei größerer Geschwindigkeit konnte es durchaus ein paar Meter durch die Luft geflogen sein, ehe es abstürzte.

Das Meer war hier sehr tief. Von oben sah es aus wie ein schäumender Höllenschlund. Schaudernd kletterten die beiden Polizisten zurück. Sie waren froh, wieder festen Grund unter den Füßen zu spüren.

Man musste abwarten. Um Froschmänner einzusetzen, war das Wasser zu unruhig. Deshalb beschloss der Commandante, der den Einsatz leitete, die Suche vorerst abzubrechen.

Verschlafen!, dachte Laura, als sie auf den Wecker schaute. Zwanzig nach zehn! Dann fiel ihr ein, dass sie Urlaub hatte, und sie rollte sich wieder ein. Gleich darauf fuhr sie hoch. Sie wollte ihren Kollegen Kommissar Baumann anrufen, außerdem ihren Vater und die SMS-Botschaften ihrer Kinder beantworten. Ehe sie aufstand, zählte sie wieder die Urlaubstage: Es war der fünfte! Schon wieder ging es zu schnell. Alles ging zu schnell. Sie konnte sich nicht einmal selbst anhalten, geschweige denn das Verstreichen der kostbaren Tage mit Angelo.

So kroch sie aus dem Bett, schlich aus dem Schlafzimmer und suchte ihr Handy. Danach schlüpfte sie in ihre Jeans und zog einen Pullover über. Sie hatte keine Lust, auf das Dach zu klettern, deshalb stieg sie auf die hohe Düne nahe der Nachbarvilla. Die Dezernatssekretärin Claudia meldete sich.

«Ich hab mit Peter gewettet, dass du nach spätestens drei Tagen anrufst. Heute ist der fünfte. Ist dir langweilig, Laura?»

«Was hat er gewettet?»

«Er meinte, dass du es eine Woche aushältst. Jetzt können wir uns streiten, wer gewonnen hat.»

«Wenn ihr sonst nichts zu tun habt ... ich müsste Peter sprechen, ziemlich dringend!»

«Er ist dienstlich unterwegs. Eine Ermittlung für die Terrorfahnder. Gibt ja nicht viel zu tun bei uns. Wird ja kaum noch wer ermordet in München.» Sie lachte.

«Deshalb rufe ich an. Ich weiß doch, dass ihr dringend auf Arbeit wartet. Pass mal genau auf, Claudia: Sag Peter, er soll einen Sebastian Ruben überprüfen. Ganz unauffällig natürlich. Ruben wohnt angeblich in München, und ich schätze, dass er irgendwas mit Kunst zu tun hat. Aber das ist nur eine Vermutung.»

«Wenn's weiter nichts ist. Das könnte sogar ich für dich erledigen, Laura.»

«Teilt euch den Spaß und sagt mir möglichst bald Bescheid.»

«Daraus schließe ich, dass du arbeitest. Konnte ja nicht anders sein!»

«Ich arbeite nicht, Claudia! Mir ist nur jemand aufgefallen.»

«Der Arme! Hat wahrscheinlich keine Ahnung, wer hinter ihm her ist.»

«Hältst du mich wirklich für einen krankhaften *workaholic*?»

«Ein bisschen.»

«Okay! Ich versichere dir, dass ich Urlaub mache. Ich wandere am Strand, faulenze im Liegestuhl, schlafe lange und esse gut.»

«Wie passt dann dieser Ruben ins Bild?»

«Er ist mir über den Weg gelaufen.»

«Vielleicht sollte man in Zukunft die Urlauber warnen, wenn du in der Nähe bist. Sie sollten dir auf gar keinen Fall über den Weg laufen.»

«Ich höre von dir, ja? Und grüß Peter! Ciao!»

Laura ging zum Strand hinunter und rannte mit nackten Füßen in der kalten Brandung herum. Sie konnte sich das Dezernat nicht vorstellen, nicht mal ihr eigenes Büro.

Ausgeklinkt, dachte sie. Ich bin immer noch ausgeklinkt. Das hier ist eine ganz andere Geschichte.

Danach setzte sie sich wieder auf die Düne und las die SMS-Nachrichten von Sofia und Luca. Mehr als Wünsche für schöne Ferien waren es nicht. Sofia schrieb noch, dass sie unbedingt ein Austauschjahr in England machen wolle. Natürlich wegen ihrer Liebe zu dem jungen Iren Patrick, der dann im Gegenzug – nach ihrer Rückkehr von seiner Familie – zu ihnen nach München kommen würde.

Zu früh, dachte Laura. Es geht alles zu schnell. Was habe ich mit fünfzehn gemacht? Ihr fiel die heiße Liebe zu einem Schulfreund ein, die damals platonisch geblieben war, und sie entschuldigte sich innerlich bei ihrer Tochter.

Luca, der Große, wünschte knapp eine gute Zeit und bestellte Grüße an Guerrini. Luca wohnte schon halb bei seiner Freundin. Lauras Kinder waren eindeutig dabei, ihre eigenen Wege einzuschlagen. Sie erschienen ihr schon länger wie junge Vögel am Nestrand: Noch trippelten sie ein bisschen hin und her, waren aber kurz vor dem Abflug. Zu früh? Laura wusste es nicht, wusste nur, dass es ihr zu schnell ging und sie das Gefühl hatte, irgendwas versäumt zu haben.

Sie tippte ihre Antworten in das kleine Telefon, sandte ihnen Liebe und Sehnsucht. Ersteres stimmte, das zweite nicht so sehr. Es war gut, allein zu sein. Allein mit Angelo. Nun fehlte nur noch ihr Vater, der alte Gottberg. Sie fragte sich, warum er noch nicht angerufen hatte. Er rief immer an, vor allem in unpassenden Momenten. Plötzlich fürchtete sie sich davor, seine Nummer zu wählen. Wovor? Davor, dass es ihm nicht gut ging, dass er sie brauchte? Vielleicht rief er nicht an, um sie nicht zu beunruhigen? Er war immerhin über achtzig. Zwar zeigte er in letzter Zeit wieder eine abgeklärte, beinahe sehnsüchtige Freude am Leben, etwas, das Laura nach dem Tod ihrer Mutter nicht mehr erwartet hatte. Vor allem die neue Freundschaft mit Guerrinis Vater schien Emilio Gottberg geradezu beflügelt zu haben. Und doch erschien er Laura inzwischen fast durchscheinend, manchmal nicht mehr von dieser Welt.

Ein Rascheln zur Linken ließ sie aufschauen. Nein, sie wollte jetzt nicht bei ihrem Vater anrufen. Warum konnte sie nicht einfach abwarten. Wenn es ihm wirklich nicht gut ginge, würden ihre Kinder sie benachrichtigen. Ganz sicher. Oder sogar ihr Ex-Mann.

Doch nicht ausgeklinkt, dachte sie. Noch immer verbunden, verantwortlich. Wieder schaute sie in die Richtung, aus der das Rascheln gekommen war. Viel weiter weg bewegte sich ein Ast, etwas entfernte sich – Laura ahnte es mehr, als dass sie es erkennen konnte. Sie prägte sich die Richtung ein, blieb noch ein bisschen sitzen, erhob sich dann lautlos und schlenderte auf dem weichen Sand durch die Macchia. Sie fand frische Spuren nackter Füße, größer als die eigenen, und folgte ihnen.

Die Spuren verloren sich auf dem Kiesweg, der zwischen Häusern und Strand verlief. Trotzdem ging Laura weiter, war sicher, dass sie sich nicht in der Richtung täuschte. Einer Eingebung folgend, bog sie wieder zum Strand ab, nahm Deckung hinter einer der strohgedeckten Hütten, in denen die Villenbesitzer sich umzogen. Nur wenige Meter von ihr entfernt stand der afrikanische Händler am Strand und wandte ihr den Rücken zu. Diesmal hatte er seine schwere Tasche nicht dabei. Er war auch nicht so auffällig gekleidet wie bei ihrer ersten Begegnung, trug nur eine dunkelbraune Hose und einen schwarzen Pullover.

Tarnanzug, dachte Laura. Er hat mich beobachtet, jetzt beobachte ich ihn.

Der Afrikaner breitete seine Arme aus und reckte sich, dann schöpfte er mit beiden Händen vom Meerwasser und benetzte sein Gesicht. Es wirkte wie ein Ritual. Endlich setzte er sich wieder in Bewegung, ging langsam am

Brandungssaum entlang Richtung Portotrusco. Laura folgte ihm auf dem Weg hinter den Büschen, duckte sich, hielt Abstand. Nach etwa einem halben Kilometer sah er sich um, verließ den Strand und schlug einen schmalen Pfad zwischen den Häusern ein. Hier hätte Laura ihn beinahe aus den Augen verloren, weil er weit voraus war und sie kaum Deckung finden konnte.

Plötzlich war er verschwunden. Irgendwo bellte kurz ein Hund, schlug eine Tür.

Laura ging weiter, gab die Spaziergängerin, trödelte, bückte sich nach einer Feder, kickte einen Pinienzapfen vor sich her. Die Villen, links und rechts vom Weg, lagen verborgen hinter dichten Oleanderhecken. Keiner wohnte hier im Oktober, alle Rollos waren herabgelassen, kein Laut war zu hören. Das siebte Haus rechts war anders. Offen lag es unter einem Dach von Schirmpinien. Im Innenhof parkte ein alter Mercedes. Gebaut war es aus Natursteinen, die Fenster waren halbrund. Ein ungewöhnliches Haus.

Es kann nicht sein, dachte Laura. Was macht ein afrikanischer Händler in so einem Haus? Vielleicht ist er gar kein Straßenhändler? Was hatte Guerrini über Paranoia gesagt?

Sie prägte sich die Hausnummer ein, die ähnlich lang und kompliziert war wie die Hausnummern in Venedig. Dann machte sie sich auf den Rückweg.

«Im Haus Nummer 10455 DL wohnt Signor Ferruccio! Schon seit fünfzehn Jahren. Er ist Dichter, Alberto Ferruccio! Berühmt, er ist berühmt, Dottore!» Fabrizio nickte heftig.

«Wohnt er allein in dem Haus?» Guerrini stand an seinen Lancia gelehnt.

«Ja, ganz allein. Eine Frau aus Portotrusco kommt jeden Tag und kümmert sich um seinen Haushalt. Kocht, putzt, wäscht und all das.»

«Sonst niemand?»

«Manchmal hat er Besuch. Familie, Kollegen. Aber meistens ist er allein. Er sagt, dass er gern allein ist. Wer's mag! Für mich wär das nichts, Dottore. Ich hab gern meine Familie um mich und viele Kinder und jede Menge Lärm.» Fabrizio kratzte sich am Ohr und warf einen prüfenden Blick auf Guerrini, der sorgsam zwei lange Piniennadeln von der Kühlerhaube seines Wagens entfernte.

«Warum fragen Sie, Dottore? Haben Sie jemanden gesehen? Irgendwas Verdächtiges? Glauben Sie, dass Ferruccio was mit Orecchios Verschwinden zu tun hat? Aber das kann nicht sein ...»

«Nein. Alles ganz harmlos. Wir sahen beim Spaziergang einen alten Mercedes vor dem Haus stehen und fragten uns, wer da wohl wohnt.»

Fabrizio schien von dieser Antwort nicht überzeugt, bewegte unruhig seine Füße, die in schweren Arbeiterstiefeln steckten.

«Na ja, dann», murmelte er und fügte vorwurfsvoll hinzu: «Wir haben noch immer nichts von Orecchio gehört!» Plötzlich schaute er wachsam um sich, bewegte dabei den Hals ruckartig wie ein Vogel und steckte Guerrini einen Zettel zu.

«Das ist die Adresse von Orecchio», flüsterte er. «Seine Mutter wohnt auch in dem Haus. Ich hab es aufgeschrieben für Sie, Dottore. Nur für den Fall, dass Sie ein Commissario sind. Entschuldigung, Dottore. Ich will nicht aufdringlich sein … aber passen Sie auf sich auf und die Signora ebenfalls!»

Guerrini nickte, steckte den Zettel in die Hosentasche und stieg zu Laura in den Wagen.

«Ferruccio wohnt in dem Haus», sagte er grimmig. «Der Dichter Ferruccio. Hast du von ihm gehört?»

«Nicht wirklich.»

«Ich habe ihn nie persönlich kennengelernt. Aber ich habe ein paar seiner Essays und Romane gelesen. Nicht schlecht. Harte Geschichten. Im Zentrum immer: das Ende Italiens! Ferruccio sagt voraus, dass wir von der Mafia verschlungen werden, an Umweltverschmutzung verenden und durch das Fernsehen völlig verblöden. Außerdem sieht er einen neuen Faschismus voraus, weil wir den alten verdrängt haben und nur deshalb eine Regierung wie die heutige gewählt werden konnte.»

«Noch was?»

«Ja, jede Menge! Das Ende der italienischen Kultur und so was wie den endgültigen Untergang des Römischen Reichs.»

«Ist er Toskaner?»

«Ich glaube, warum?»

«Du hast einmal zu mir gesagt, dass alle Toskaner eine depressive Ader hätten und eher an die Hölle als an das Paradies glauben würden.»

«Ah, natürlich glauben sie an das Paradies! Immer dann, wenn sie im Sterben liegen! Bist du ganz sicher, dass der Afrikaner ins Haus von Ferruccio gegangen ist?»

«Nicht hundertprozentig, aber es sah so aus.»

«Ich hätte Fabrizio fragen sollen, ob Ferruccio einen Hund hat.»

«Er hat sicher einen. Schließlich hat einer gebellt, oder?»

«Es hätte auch der Hund der Schweizer sein können. Sie wohnen nicht weit von Ferruccio.»

«Aber zu weit für dieses Bellen.»

«Okay, zu weit für dieses Bellen.» Guerrini steuerte den Wagen auf den Parkplatz am Hafen von Porto-trusco und wechselte abrupt das Thema.

«Du wirst es nicht glauben, Laura, aber die kleine Bar, in der ich als Kind immer ein Eis bekommen habe, die gibt es noch. Das war für mich einer der Höhepunkte des Spaziergangs am Hafen.»

Er lief voraus wie ein aufgeregter Junge, der sich auf ein Eis freut. Laura folgte ihm langsam. Ein Fischkutter war bereits vom Fang zurück und hatte an der Mole festgemacht. Grüppchen alter Männer drängten sich vor dem Schiff und taxierten die Beute: ein paar lächerliche Styroporkisten voller Tintenfische, deren Fangarme umhertasteten, als könnten sie einen Ausweg finden. Außerdem gab es ein paar Seezungen, einen mittelgroßen Schwertfisch und eine Kiste Sardinen.

An Deck des ziemlich rostigen Kutters stand ein großer, kräftiger Mann mit dunklem Bart und dichten, dunklen Augenbrauen. Seine blaue Wollmütze hatte er tief in die Stirn gezogen, und seine Gummistiefel reichten ihm bis zu den Oberschenkeln. In seinen Händen hielt er einen Wasserschlauch, mit dem er den mageren Fang bespritzte. Die alten Männer lamentierten unterdessen lautstark über die schlechten Zeiten.

«Eh, Tibero!», rief einer. «Warum fährst du überhaupt noch raus? Lohnt sich doch schon lange nicht mehr!»

Der Fischer, dessen Name offensichtlich Tibero war,

richtete drohend seinen Schlauch auf die Alten. «Verdammte alte Schwätzer!», schrie er. «Habt nichts als dummes Zeug zu reden! Verschwindet, sonst spritz ich euch weg, wie den Dreck von meinem Boot!»

«Du wirst deinen Hochmut noch büßen, Tibero!», rief der Alte zurück, verzog sich aber mit den anderen und ging dem nächsten Kutter entgegen, der gerade den Hafen ansteuerte.

Laura blieb stehen und schaute zu Tibero hinauf. Der zwinkerte ihr zu, lachte laut und schickte übermütig einen Wasserstrahl senkrecht in die Luft. Ein gutaussehender Mann um die vierzig, der breitbeinig auf seinem Boot stand und gerade eine Schlacht gegen die Alten von Portotrusco gewonnen hatte. Laura zwinkerte zurück, und er wollte gerade etwas sagen, als sich ein weißer Kühllaster zwischen sie schob.

Guerrini behauptete, die kleine Bar am Hafen hätte sich seit seiner Kindheit nicht verändert. Nur die Besitzer hätten gewechselt. Er bestellte zwei Cappuccini, und sie setzten sich nebeneinander auf wackelige Plastikstühle an der Hauswand.

«Kein Eis?», fragte Laura.

«Zu viel Nostalgie ist auch nicht gut.»

«Gab es dieses Fischernetz damals auch schon?» Laura wies auf ein großes, flaches Netz, das knapp über dem Wasser hing, und das man offensichtlich versenken konnte.

«Natürlich gab es das. Ich habe allerdings noch nie gesehen, dass etwas damit gefangen wurde. Der Fischhändler, der damals hier unten sein Geschäft hatte, kam jedenfalls alle halbe Stunde aus seinem Laden, zog das Netz hoch und versenkte es wieder. Es waren immer nur Algen drin oder irgendwelche Abfälle. Jedenfalls, wenn ich zugeschaut habe. Ich habe mich schon damals gefragt, warum er das machte und nie aufgab.»

Laura lachte, erzählte von Tibero und den Alten.

«Das gab es auch immer schon: Kabbeleien zwischen den Fischern und den Zuschauern. Hier passiert nicht viel, das einzige Ereignis am Tag ist die Rückkehr der Fischkutter. Aber dafür interessieren sich vor allem die Alten. Die Jungen gehen schon lange nicht mehr zum Hafen, um zu schauen, welche Fische gefangen wurden.»

«Luca und Sofia würden es tun.»

«Weil sie nicht von hier sind und weil Fischkutter für sie etwas Besonderes sind.»

«Luca hat in München manchmal stundenlang den Anglern an der Isar zugeschaut.»

«Bene, aber er würde vermutlich nicht jeden Nachmittag zuschauen, oder?»

«Nein, vermutlich nicht.»

«Also ist er ein ganz normaler junger Mann.»

Laura zuckte die Achseln. «Hast du als Junge jeden Tag den Fischern zugeschaut, wenn du hier im Urlaub warst?»

«Natürlich nicht.»

«Also, worum geht es dann? Verklärung der Vergangenheit?»

Guerrini rührte etwas Zucker in seinen Cappuccino und leckte nachdenklich den Milchschaum vom Löffel. «Vielleicht. Es war nicht alles gut damals – irgendwas muss man doch verklären.»

«Dass die Jungen damals besser waren? So was sagen nur alte Männer und Frauen, Angelo. Du bist noch nicht mal fünfzig!»

Betroffen schaute er auf.

«Danke für deine verbale Ohrfeige.»

«Bitte.»

Drei Möwen landeten vor ihren Füßen, griffen einander sofort an und trippelten mit bösartig vorgereckten Köpfen und hochgewölbten Flügeln hintereinander her. Guerrini stampfte mit einem Fuß auf, und die Möwen flüchteten auf die Reling eines Segelbootes.

«Was hat dir Fabrizio vorhin eigentlich zugesteckt?»

«Die Adresse von Orecchio.»

«Und was machen wir mit der?»

«Wir fahren hin.»

«Du bist voller Überraschungen, Angelo.»

«Daran wirst du dich gewöhnen müssen, Commissaria!»

Sie hatten nicht viel Zeit. Das Abendessen auf dem Landsitz der Colaltos würde in knapp drei Stunden beginnen. Trotzdem fuhren sie zur Wohnung des vermissten Wärters und betrachteten die Namensschilder neben den Klingelknöpfen.

«Orecchio Maddalena, Orecchio Ernesto, Crestina Maria, Scoglio Nando», las Guerrini halblaut vor. «Dann klingeln wir wohl am besten bei Maddalena. Das ist vermutlich die Mutter von Ernesto.»

Guerrini drückte auf den glänzenden Messingknopf. Der Klingelkasten war bei weitem das Eleganteste an dem kleinen rosa Mietshaus mit dem blätternden Putz. Eine Weile blieb es still, dann wurde das Fenster gleich neben der Haustür aufgestoßen. Neugierig schaute eine ältere Frau mit rundem Gesicht, dichten grauen Locken und einer runden Nickelbrille die beiden Kommissare an.

«Wer sind Sie? Was wollen Sie? Der Signora Orecchio geht es nicht gut. Sie kommen besser morgen wieder, oder wissen Sie vielleicht was von Ernesto? Haben Sie ihn gesehen?»

«Ernesto! Wo ist Ernesto? Ist er da?», rief eine schwache Stimme hinter der Frau.

«Wir versuchen ihn zu finden, Signora ...?» Guerrini sprach leise, vermied das Wort Polizei.

«Crestina Maria, das bin ich! Wir haben schon überall nach Ernesto gesucht. Er ist einfach verschwunden. Wenn er ein hübsches Mädchen wäre, dann könnte ich das verstehen, aber so! Wollen Sie reinkommen? Kommen Sie nur rein, ich mach die Tür auf!» Sie drehte sich um und redete nun mit der unsichtbaren Frau im Zimmer. «Regen Sie sich nicht auf, Signora Orecchio! Aufregen hilft gar nichts! Damals, als mein Mann nicht nach Hause gekommen ist, da hab ich mich auch aufgeregt, aber es hat nichts geholfen. Er war tot, und ich hätte es wissen können!»

Die unsichtbare Signora Orecchio stieß einen Schrei aus, und gleichzeitig tat es einen Schlag, als wäre sie vom Stuhl gefallen. Der elektrische Türöffner summte, Guerrini und Laura traten in das dämmerige Treppenhaus, in dem ein schwacher Knoblauchduft hing. Die kleine grauhaarige Signora Crestina erwartete sie in der offenen Tür zu Maddalena Orecchios Wohnung.

«Wahrscheinlich ist der Ernesto abgehauen, weil seine Mutter ständig hinter ihm herspioniert. Jeden Tag hab ich das mitangesehen, jeden Tag. Er hat ihr noch einen Sack Wäsche dagelassen …» Sie kicherte plötzlich. «Dreckige Wäsche!»

Dann baute sie sich vor Laura und Angelo auf, stemmte die Fäuste in ihre runden Hüften, und ihre kleinen Augen hinter den runden Brillengläsern musterten sie von oben bis unten.

«Euch hab ich noch nie in Portotrusco gesehen! Von der Polizei seid ihr nicht! Die kenn ich alle! Also, was?»

«Privatdetektive.» Guerrini sah sie ernst an. «Die Verwaltung von *Il Bosco* hat uns beauftragt. Orecchio hatte einen wichtigen Posten. Könnte sein, dass er entführt wurde.»

«Wichtiger Posten, dass ich nicht lache! Ich kenn ein paar von denen, die ihre Tage am Tor von *Il Bosco* vertrödeln. Kaum leben können die davon. Ihre Frauen müssen bei den Reichen putzen gehen!»

«Orecchios Frau auch?»

«Der hatte doch gar keine! Dazu hat's bei dem nicht gereicht. Zum Wäschewaschen hatte er ja seine Mutter!» Verachtung klang aus der Stimme der Witwe Crestina.

«Wann haben Sie den Signor Orecchio zum letzten Mal gesehen?» Guerrini betrachtete die Frau mit kaum wahrnehmbarem Missfallen.

«Vorgestern. Aber gesehen hab ich ihn nicht, nur gehört. Und seine Mutter hat ihn auch nur gehört! Sie wollte zu ihm in die Wohnung. Er hat ja die im ersten Stock! Aber er hat nicht aufgemacht. Das macht er öfter. Meistens trommelt sie dann an die Tür und schreit herum. Ich hab mich schon oft darüber beschwert und der Signor Scoglio auch!»

«Hat sie vorgestern auch an seine Tür getrommelt?»

«Nein. Sie hat laut geschimpft, dann ist sie wieder die Treppe runter und in ihre eigene Wohnung.»

«Wann war das ungefähr, Signora?»

«Warten Sie. Am Nachmittag, später Nachmittag, beinahe halb fünf, ja.»

«Woher wissen Sie das so genau, Signora?» Guerrinis Stimme klang sanft.

Plötzlich wurde Maria Crestina unsicher, schien die Frage nicht genau zu verstehen.

«Was, woher?»

«Haben Sie vielleicht zufällig auf die Uhr geschaut, oder hat ein Fernsehprogramm angefangen?»

«Weil, weil ich gerade einkaufen gehen wollte, deshalb war ich im Treppenhaus und habe alles genau gehört, deshalb.»

«Ach so.» Guerrini lächelte. «Und als Sie vom Einkaufen zurückkamen, haben Sie da noch etwas gehört? Vielleicht?»

Sie schüttelte den Kopf. «Da war alles still, und in Ernestos Wohnung brannte kein Licht, obwohl es schon stockdunkel war. Vielleicht war er da schon weg. Nein, kann ja nicht sein. Sein roter Fiat stand noch auf dem Parkplatz neben dem Haus. Der war erst gestern früh weg.»

«Wann ungefähr?»

«Sehr früh! Ich steh jeden Morgen um sechs auf, aber da war er schon weg.»

«Ist Ihnen sonst noch etwas aufgefallen?» Guerrini wurde ungeduldig.

«Was denn noch? Er war ein Mammone, ein Muttersöhnchen! Nie hat er eine Frau mitgebracht, dabei war er schon fast vierzig. Was ist denn das für ein Mann? Das frage ich Sie, Herr Detektiv. Vierzig und nie eine Frau!»

«Sie haben wohl sehr genau aufgepasst, Signora.»

«Was, was? Wollen Sie vielleicht sagen, dass ich hinter ihm herspioniert hätte? Da kommen Sie gar nicht drum herum in diesem Haus. Hier hört man alles, das kann ich Ihnen sagen! Ich kann sogar das Fernsehprogramm der Signora Orecchio mithören, und wenn jemand aufs Klo geht …»

«Bene, Signora. Würden Sie uns jetzt bitte mit Maddalena Orecchio allein lassen!»

«Allein? Wieso denn?»

«Einfach so.»

«Ah!» Sie sperrte den Mund auf, klappte ihn wieder zu und gab endlich die Tür frei.

Es wurde nur ein kurzes Gespräch mit Ernesto Orecchios Mutter. Sie war nicht in der Verfassung für Gespräche oder Befragungen, schluchzte die ganze Zeit und schien davon auszugehen, dass er nicht zurückkommen würde. Ständig wiederholte sie, was für ein guter Junge er gewesen sei, ein sehr guter Junge, ihr einziger Sohn. Nein, sie hatte ihn nicht mehr gesehen, seit er vorgestern Nachmittag zurückgekommen war, aber da hatte sie ihn auch nur auf der Treppe gehört. Danach wollte er die Tür nicht aufmachen, dabei wollte sie ihn zum Essen einladen. Sie hatte die Coda gekocht, sein Lieblingsgericht, geschmorten Ochsenschwanz. Aber er hatte die Tür nicht aufgemacht. Das machte er ziemlich oft. Als wäre sie niemand. Nur jemand, der ihm die Wäsche wäscht oder die Wohnung putzt, obwohl sie das schon lange nicht mehr durfte … seine Wohnung putzen.

Maddalena Orecchio war eine mittelgroße Frau mit schweren Armen und Beinen. Nicht dick, aber schwer. Ihr dunkles Haar war mit weißen Strähnen durchsetzt und zu einem Knoten geschlungen, ihre Augen rot und verquollen vom Weinen.

«Er war alles, was mir geblieben ist. Erst wurde mein Dorf zerstört, meine Schwester getötet, dann starb mein Mann. Ernesto war alles, was mir geblieben war, alles, alles. Jetzt bin ich allein!»

«Aber Signora, es ist doch gar nicht sicher, dass ihm etwas zugestoßen ist.»

Mit einer großen Geste winkte sie ab.

«Es ist so! Ich weiß es! Die Crestina hat recht: Klagen und Aufregen hilft nicht. Es ist alles klar. Man muss nur in sich hineinhorchen. So ist es!» Sie presste sich ein hellgrünes Taschentuch vor den Mund, stopfte es sogar ein bisschen hinein, als wollte sie einen Schrei ersticken.

Guerrini ließ seinen Blick durch das mit dunklen Möbeln vollgestopfte Zimmer wandern, auf einer Kommode waren mindestens zwanzig kitschige Madonnenfiguren versammelt. Er betrachtete die zahlreichen Plastikblumensträuße und schaute zu Laura hinüber, die ihre Augen gen Himmel verdrehte. Endlich räusperte er sich.

«Könnten wir einen Blick in die Wohnung Ihres Sohnes werfen, Signora Orecchio? Vielleicht gibt es einen Hinweis, was mit ihm geschehen sein könnte.»

Plötzlich schien sie aus ihrer Verzweiflung zu erwachen, starrte Guerrini an und wischte sich die Augen.

«Wer seid ihr eigentlich? Polizei oder was? In die Wohnung meines Sohnes kommt keiner!»

«Wir sind Privatdetektive, Signora.»

«Dann kommt ihr nicht rein! Keiner kommt rein!»

«In Ordnung, Signora. Wir gehen.»

«Wohin denn?»

«Wir berichten unseren Auftraggebern, dass wir die Wohnung Ihres Sohnes nicht untersuchen konnten. Dann müssen die sich etwas Neues einfallen lassen.»

«Welche Auftraggeber?» Signora Orecchio riss ihre Augen weit auf.

«Na, die Arbeitgeber Ihres Sohnes! Die vom Resort. Sie sind sehr besorgt.»

«So?» Plötzlich ähnelte sie der Witwe Crestina und sprach auch beinahe so wie sie. «Denen trau ich nicht! Hab denen nie getraut! Alles war viel besser, als Ernesto noch für Tibero gearbeitet hat! Das war ehrliche Arbeit. Es ist keine ehrliche Arbeit, wenn man den Besitz von Reichen bewacht!»

«Wie kommen Sie darauf, dass die Arbeit beim Resort nicht ehrlich ist?»

«Das wisst ihr besser als ich. Ihr seid doch vom Resort! Und jetzt raus! Raus!»

Ihre schweren Arme fuhren herrisch durch die Luft. Laura und Guerrini verabschiedeten sich respektvoll von der Signora, doch sie achtete nicht mehr auf ihre Besucher, erhob sich mühevoll und zündete vor den Madonnen eine Kerze an. Dann bekreuzigte sie sich und ließ sich wieder in ihren Sessel fallen. Leise zog Guerrini die Wohnungstür zu.

Natürlich wartete die Witwe Crestina auf halber Treppe zum ersten Stock.

«Na, was hat sie gesagt?»

«Nicht viel.» Laura hätte am liebsten etwas ganz anderes geantwortet, aber da die Crestina ihnen bei ihren Nachforschungen noch nützlich sein konnte, ließ sie es bleiben.

«Dacht ich mir.»

«Haben Sie zufällig einen Schlüssel für Orecchios Wohnung?» Guerrini tat harmlos.

«Nein! Woher denn? Die hätten mir nie einen Schlüssel gegeben! Wir kommen nicht besonders gut miteinander aus, müssen Sie wissen.»

«Warum waren Sie dann bei Signora Orecchio in der Wohnung?», fragte Laura.

«Weil es eine Ausnahme ist. Schließlich verschwindet nicht jeden Tag jemand. Da muss man zusammenhalten. Verstehen Sie?»

«Ich denke schon. Ist eigentlich der Signor Scoglio zu Hause?»

«Nein, der ist schon seit zwei Wochen bei seiner Schwester in Roccastrada. Wissen Sie, Männer können einfach nicht allein leben. Er wollte schon, dass ich seine Wäsche wasche und für ihn koche und putze. Bezahlt hätte er mich dafür. Hundert Euro im Monat. Ha, dass ich nicht lache. Ich wasche keinem Kerl mehr die Wäsche. Das können die gefälligst selber machen. Mir wäscht auch keiner die Wäsche und der Signora Orecchio auch nicht! Also dann!»

«Ja, also dann. Buona sera, Signora Crestina.»

Sie nickte und wartete, bis Laura und Guerrini das Haus verlassen hatten, dann eilte sie zur Tür und schloss zweimal von innen ab.

HALS ÜBER KOPF stürzten sie sich in halbwegs elegante Kleidung. Es war spät, und zum Landsitz der Colaltos würden sie mindestens eine halbe Stunde brauchen. Blumen? Keine Blumen für Domenica, beschloss Guerrini. Lieber opferte er einen alten Brunello di Montalcino, Jahrgang 1985, den er eigentlich mit Laura hatte trinken wollen.

«Du siehst gut aus», murmelte er abwesend, als Laura aus dem Bad kam und vor ihm posierte.

«Du siehst ja gar nichts! Was ist denn los?»

«Entschuldige! Geh noch mal ins Bad und komm langsam heraus.»

Er riss sich zusammen, schaute diesmal genau hin. Sie sah wirklich gut aus. Eigentlich wäre es besser hierzubleiben. Diese schwarze Bluse mit dem tiefen schmalen Ausschnitt und den Rüschen stand Laura verdammt gut. Der rote Lippenstift auch und die schwarzen hohen Schuhe, die sie zu der engen dunkelblauen Hose trug.

«Du siehst sehr italienisch aus», sagte er. «Sehr aufregend! Das hat Enrico nicht verdient!»

«Madonna!», erwiderte Laura. «Soll ich jetzt sagen, dass seine mysteriöse Schwester deinen Anblick auch nicht verdient? Warum gehen wir eigentlich hin, wenn es so furchtbar für dich ist?»

«Ich würde, ehrlich gesagt, lieber ins Schlafzimmer mit dir gehen, Commissaria. Sollen wir absagen?»

«Bist du überhaupt nicht neugierig auf diesen Abend?»

«Auf was?»

«Auf die Geister deiner Vergangenheit zum Beispiel. Auf die Geschäfte deines Vaters, auf diese Domenica. Vielleicht ist ja auch das Essen ganz gut.»

«Bei den Colaltos gab es früher fast immer Wildschwein. Also stell dich darauf ein.»

«Mit Butler?»

«So was Ähnlichem.»

«Dann lass uns fahren, Angelo. Vielleicht wird es ja ein ausgesprochen amüsanter Abend. Und nachdem wir uns heute Nachmittag als Privatdetektive ausgegeben haben, möchte ich meinen Auftritt als Meeresforscherin nicht versäumen.»

«Pass nur auf, dass sie dir nicht auf die Schliche kommen. Weder Domenica noch Enrico sind auf den Kopf gefallen. Lass dich nicht reinlegen!» Er schnupperte an ihrem Hals. «Neues Parfüm?»

«Nur ein bisschen Rosenöl.»

«Enrico wird entzückt sein und dir den Hof machen.»

«Ich werde es genießen. Mir hat noch nie ein Conte den Hof gemacht. Bisher habe ich es nur zum Commissario gebracht.» Sie biss ihn zart in die Wange.

«Nicht beißen! Domenica beißt!»

«Ach, war sie mal deine Geliebte?»

«Nein, das heißt beinahe, aber sie hatte wohl zu viele Vampirfilme gesehen, deshalb wurde nichts aus ihrem Angriff auf meine Tugend.»

«Das wird ja immer interessanter. Lass uns fahren!»

Guerrini griff nach der Flasche Brunello und betrachtete sie bedauernd. «Eigentlich ist dieser Wein zu schade für Enrico und Domenica. Aber ich will ihnen keine Gelegenheit für ironische Bemerkungen geben.»

«Da sitzen viele Stacheln in deinem Herzen, wie?»

Guerrini steckte die Flasche in eine rote Tragetüte, die vom gemeinsamen Weinkauf in Portotrusco stammte, drehte sich plötzlich zu Laura um, kniff die Augen zusammen und legte den Kopf leicht in den Nacken. Auf sie herabblickend, näselte er: «Danke für den Wein, Signora. Das ist sehr aufmerksam. Ich werde ihn der Köchin geben. Luigi, hier, die Flasche. Für die Küche!»

Er schüttelte sich und legte beide Arme um Laura.

«So haben die mit meiner Mutter geredet, als sie mal einen nicht ganz so teuren Wein mitgebracht hat. Ich hab danebengestanden und mich geschämt: für den Wein und für meine Mutter. Gleichzeitig hab ich die Colaltos gehasst, weil sie uns so demütigen.»

Laura löste sich aus seiner Umarmung, zog den edlen Brunello wieder aus der roten Tasche und steckte stattdessen einen Morellino di Scansano, *Denominazione origine controllata*, mit silberner Auszeichnung für zwölf Euro fünfzig hinein.

«Vergangenheitsbewältigung, erster Akt! Den Brunello trinken wir selber! Du wirst doch nicht im Ernst dieses Spiel weiterspielen, nur, um *bella figura* zu machen?»

Guerrini sah sie eine Sekunde lang verwirrt an, dann lächelte er verlegen.

«Du musst mich für einen Trottel halten, Laura.»

«Nein.» Dabei beließ sie es.

Schwarze Zypressenwände links und rechts der schmalen ungeteerten Straße, dazwischen Olivenbäumchen, die im Scheinwerferlicht des Lancia silbrig glänzten. Die letzten zweihundert Meter zum Anwesen der Conti Colalto führten steil zur Kuppe eines Hügels hinauf. Laura erinnerte sich an das Tal, in dessen Mitte dieser Hügel aufragte. Auf der Fahrt von Siena nach Portotrusco waren sie durch dieses Tal gekommen. Es teilte das Küstengebirge. Große Weinfelder lagen hier, Olivenhaine, Obstgärten. Auf mit Steineichen bestandenen Wiesen liefen schwarzbehaarte Schweine herum. Schafe weideten zwischen weißen Chianina-Rindern. Guerrini hatte gemurmelt, dass dies alles zum größten Teil dem alten Geschäftsfreund seines Vaters gehörte und jetzt seinen Erben. Mehr nicht.

Laura hatte das Tal gemocht. Trotz der ziemlich großen Felder schien es die Lebendigkeit der toskanischen Landwirtschaft bewahrt zu haben. Es gab keine Monokultur, sondern ein buntes Mosaik von Bäumen, Weiden und Feldern. Jetzt war nichts davon zu sehen. Einmal die Augen eines kleinen Tiers, zwei leuchtende Punkte zwischen den Stämmen. Oben auf dem Hügel öffnete sich eine halbrunde Auffahrt vor einem großen Herrenhaus. Kies knirschte unter den Reifen, und Guerrini brachte den Wagen vor einer barock geschwungenen Außentreppe zum Stehen. Wenige Laternen schickten sanftes Licht über die Stufen.

«Lass dich nicht provozieren!» Guerrini legte seine Hand auf Lauras Arm.

«Welch merkwürdige Situation, Angelo! Wir sind doch beide gewöhnt, mit ganz anderen Leuten fertigzuwerden. Warum scheint es hier so schwierig?»

«Weil es ein Familienproblem ist!» Er lächelte ihr aufmunternd zu. «Und kein Wort über Orecchio oder seine Mutter!»

«Was ist mit den Schweizern? Darf ich die Schweizer erwähnen? Ich meine, über irgendwas müssen wir schließlich reden, oder?»

«Die Schweizer schon. Schließlich haben die uns eingeladen.»

Langsam stiegen sie aus dem Wagen. Irgendwo in den vielen Seitenhöfen der großen Gebäude bellten Hunde. Es war kühl auf dem Hügel, Laura zog das große blaue Wolltuch um sich. Sicher würde es Nebel geben.

Niemand erwartete sie am Ende der Treppe. Erst als sie vor den weiten Glastüren standen, winkte von drinnen jemand, und kurz darauf ließ Enrico di Colalto sie ein. Wie bei ihrer ersten Begegnung küsste der Conte Lauras Hand, ohne sie mit den Lippen zu berühren, und fasste Guerrini dann kurz an der Schulter.

«Ich freue mich, freue mich sehr, dass ich euch bei uns begrüßen darf! Kommt herein. Im Kamin brennt Feuer. Die Abende werden allmählich kühl.»

Es war überwältigend. Ein anderes Wort fiel Laura nicht ein. Einfach nur: überwältigend! Oder vielleicht auch surreal. Sie standen in einer Art Salon mit unzähligen Sofas, Polstersesseln, Tischchen, Sideboards und Kommoden. In einem großen offenen Kamin glühten dicke Holzblöcke, an den Wänden hingen riesige Gemälde in Goldrahmen. Porträts eindeutig adeliger Männer und Frauen mit den Requisiten von Macht und Reichtum. Dicke Kerzen verbreiteten mildes Licht. Enrico di Colalto schien diesen Moment zu genießen, wusste wohl sehr genau, welchen Eindruck dieser nahezu perfekte Raum auf seine Besucher machen musste. Er war offensichtlich selbst beeindruckt, denn er sah sich beinahe verwundert um, atmete dann tief und zufrieden ein.

«Darf ich euch einen Aperitif anbieten? Prosecco, Spumante, Martini, Campari? Wir sollten auf das Wiedersehen anstoßen, nicht wahr, Angelo! Sie sehen übrigens phantastisch aus, Signora!»

Laura musterte ihn. In seinem lässigen dunklen Jackett über schwarzem T-Shirt und schwarzen Jeans, mit dem müden Ausdruck um Augen und Mund, wirkte er genauso surreal wie dieses Herrenhaus.

«Danke», murmelte sie, «ich hätte gern einen Campari. Aber nur einen Hauch Campari mit viel Zitrone und Mineralwasser. Ohne Eis.»

Es ist zu heiß hier, dachte sie und warf einen Blick auf Angelo, um zu sehen, wie er die Situation verkraftete. Auch er trug ein sehr lässiges Jackett, dunkelgrau, ein weißes T-Shirt und dunkelgraue Jeans. Es wirkte beinahe komisch. Wie ein Wettbewerb in Lässigkeit. Hervorragende Szene für einen Werbespot, dachte sie.

Guerrini lehnte an einem Sessel und bat um einen hellen Martini. Er schaffte es tatsächlich, sehr entspannt zu wirken. Plötzlich erinnerte sich Laura an die rote Tasche mit dem Wein aus Scansano, aber sie konnte sie nirgends entdecken.

Als sie die Gläser in Händen hielten, wurde die Tür am Ende des Salons aufgestoßen. Eine große schlanke Frau betrat den Raum, blieb stehen und wartete, bis sich alle Augen auf sie richteten. Domenica war in ein langes schwarzes Kleid gehüllt, das einem Mantel ähnelte. Ihr graues Haar fiel weit über ihre Schultern, und sie reckte das Kinn ein wenig nach oben. Es war zu dämmrig im Salon, um Einzelheiten zu erkennen, doch die Gestalt der Contessa war ebenso erstaunlich wie das gesamte Ambiente.

Die Königin der Vampire, dachte Laura.

«Buona sera.» Domenicas Stimme klang rau, aber sehr deutlich. «Bist du das, Angelo Guerrini? Ich hätte nicht gedacht, dass ich dich noch einmal wiedersehen würde.»

Langsam trat sie in die Mitte des Salons, verlangte einen Prosecco, nickte Laura zu und murmelte: «Ah, die Meeresforscherin.»

Aus der Nähe betrachtet, wirkte sie nicht mehr so hoheitsvoll wie aus der Ferne. Domenicas Züge waren verwelkt, ihre Augen so müde wie die ihres Bruders. Ab und zu lief ein nervöses Zucken über ihr Gesicht. Sie erinnerte Laura an die dreizehnte Fee aus Dornröschen, diejenige, die nicht eingeladen worden war und deshalb einen Fluch aussprach. Vielleicht auch an Kassandra oder eine der Erinnyen.

Reden. Worüber?

Domenica schlürfte Prosecco, fixierte dann Guerrini und fragte, wie es einem Menschen erginge, der als Commissario durch die Welt liefe. Ob er sich mächtig fühle?

Guerrini winkte ab, noch immer um Lässigkeit bemüht, und bat um eine andere Frage, diese hätte er schon zu oft gehört. Sie aber verlangte nach einer Antwort und nahm sie gleich vorweg: «Ihr müsst euch doch mächtig fühlen, wenn ihr ganze Familien der Camorra zerschlagt, jemand wie Provenzano erwischt, der euch dreißig Jahre lang an der Nase herumgeführt hat!»

«Nein», erwiderte Guerrini unwillig. «Es hat nichts mit Macht zu tun.»

«Womit dann?»

«Mit Glück.»

«Ah, Glück!» Sie stieß ein trockenes Lachen aus und wandte sich dann schroff an Laura. «Welche Meere erforschen Sie?»

«Eigentlich alle. Derzeit aber vor allem die Küstengewässer im Norden Deutschlands.»

«Gibt es da welche?» Ihr Lachen klang spitz und spöttisch.

So ging es weiter. Kaum eine ihrer Bemerkungen war harmlos. Selbst Enrico di Colalto schien sich nach einer Weile unbehaglich zu fühlen und versuchte sich in etwas leichterer Konversation, die von seiner Schwester aber rüde unterbrochen wurde. Als sich die Tür am Ende des Salons erneut öffnete und ein untersetzter Mann mit breitem Schädel, weißer Jacke und weißen Handschuhen zum Mahl lud, war Laura erleichtert.

Der Butler, dachte sie. Sieht aus wie der Gärtner, der sich verkleidet hat, weil er einen Mord vertuschen will. Er passt nicht in dieses Esszimmer, das ebenfalls ein surrealer Traum ist! Oder vielleicht passt er doch!

Vor ihr lag eine lange Tafel, gedeckt mit edlem Porzellan, Silber und Kristallgläsern. Erlesene Antipasti waren auf einer großen Platte angerichtet, es duftete nach frischgeröstetem Brot. Domenica hielt sich nicht mit langen Vorreden auf, sie stürzte sich auf die Antipasti wie eine Wölfin. Nach den Vorspeisen gab es hausgemachte Bandnudeln mit Trüffeln, danach wurden riesige *Bistecche alla fiorentina* aufgetragen. Keine Spur von dem Wildschwein, das Guerrini vorausgesagt hatte.

Laura hatte Mühe mit der Masse Fleisch und ließ den größten Teil liegen. Sie hielt sich an die grünen Bohnen und die gedünsteten Tomaten. Domenica aber verschlang das blutige Steak mit solcher Gier, dass Laura sicher war, dass Guerrini sie zu Recht für eine Vampirin hielt.

«Unser eigenes Fleisch», murmelte Colalto. «Wir züchten Chianina-Rinder, sie haben das beste Fleisch. Alles, was ihr hier esst, stammt von unserem Land, sogar die Trüffel. Schmeckt es Ihnen nicht, Laura? Ich darf doch Laura zu Ihnen sagen?»

Er prostete ihr zu.

«Ich esse nicht viel Fleisch», erwiderte sie und hob ebenfalls ihr Glas.

Unser eigenes Fleisch, dachte Laura, unser Wein, unsere Schweine, unsere Trüffel, unser Öl. Sie nahm sich vor, doch noch *Das Gastmahl bei Trimalchio* von Petronius zu lesen. Ihr Vater hatte es ihr immer wieder ans Bett gelegt, weil es angeblich eine der besten Satiren über Reiche sei. Sie hatte es stets zur Seite geschoben und nicht einmal aufgeblättert. Vater und seine Römer.

Domenica sprach nicht während des Essens, war ausschließlich mit dem Zerteilen und Zerkauen des Fleisches beschäftigt, aß sehr schnell und strich zuletzt beinahe zärtlich mit dem Messer über den großen blutigen Knochen, der auf ihrem Teller zurückgeblieben war. Danach sah sie auf und richtete ihren Blick auf Guerrini.

«Ist dieser Urlaub Tarnung, oder warum tauchst du nach beinahe zwanzig Jahren hier auf?»

«Zehn Jahre, Domenica. Ich war vor zehn Jahren

zum letzten Mal hier. Allerdings nur kurz und teilweise dienstlich.»

«Da habe ich dich nicht gesehen.» Sie starrte wieder auf ihren Knochen.

Plötzlich ekelte sich Guerrini vor dem Fleisch auf seinem Teller, ekelte sich vor dem Schauspiel, das Enrico und Domenica aufführten. Wenn Tommasini ihm rechtzeitig ein paar Informationen über die Colaltos hätte zukommen lassen, würde er sich besser fühlen. So aber war alles unklar, und er fühlte sich ihnen ausgeliefert. Selbstbewusst, souverän, gelassen wäre er gern gewesen. Was er aber empfand, war Wut und Ekel. Es half ein bisschen, dass Laura bei ihm war. Auch dieser lächerliche Butler mit den zu großen Händen in weißen Baumwollhandschuhen half. Vermutlich verdeckte er damit seine schmutzigen Fingernägel und die Erde in den Furchen seiner Haut, weil er tagsüber auf den Feldern arbeitete. Jetzt schob Domenica den Teller von sich.

«Was erforschen Sie im Meer?» Sie nahm also Laura aufs Korn.

«Würmer, Contessa. Genauer gesagt: Wattwürmer! Sie sind wichtige Bioindikatoren. Das Norddeutsche Wattenmeer ist eine ökologisch immens wichtige Meereslandschaft mit einmaliger Artenvielfalt. Die Qualität und Anzahl der Wattwürmer sind ein Indikator für die Gefährdung oder Intaktheit dieses Ökosystems.»

Domenica leckte sich die Lippen, und Guerrini meinte Blutstropfen in ihren Mundwinkeln zu sehen. Plötzlich warf sie den Kopf in den Nacken und lachte, wobei sie röchelnd die Luft einsog. Endlich hielt sie inne. «Würmer! Eine Wurmforscherin! Großartig, nicht wahr, Enrico! Noch nie zuvor hatten wir eine Wurmforscherin zu Gast!»

«Hochinteressant, Domenica! Würmer sind übrigens auch wesentlich am Erfolg unserer Landwirtschaft beteiligt. Wie groß sind die Wattwürmer, Laura?»

Falle, dachte Guerrini alarmiert. Lass dich nicht reinlegen, Laura!

«Die kräftigsten werden bis zu zwanzig Zentimeter lang. Im Gegensatz zu den Erdwürmern, besser Regenwürmern, die Sie benötigen, Enrico, sind sie nicht blassgrau, sondern von rötlich brauner Färbung. Sie filtern Sand und Schlick – fressen ihn, um es deutlicher zu sagen, und scheiden ihn wieder aus. Bei Ebbe findet man auf dem Wattboden überall kleine geringelte Häufchen, die aussehen wie kleine graue Spaghettiportionen. Das sind die Ausscheidungen der Wattwürmer.»

«Sehr interessant.» Conte Colalto wusste offenbar nicht recht, ob er Lauras Ausführungen ernst nehmen sollte oder ob sie sich einen Scherz mit ihm erlaubte. Guerrini wiederum hatte keine Ahnung, ob Lauras wissenschaftlicher Exkurs irgendwas mit der Wirklichkeit zu tun hatte, aber sie trug ihre Thesen so überzeugend vor, dass er sie am liebsten umarmt hätte.

«So, genug von den Würmern!» Domenica klopfte mit der flachen Hand auf den Tisch. Der vierschrötige Butler eilte herbei und räumte den Tisch ab.

«Und du, Angelo? Hast du geheiratet, Kinder?»

Biest, dachte Guerrini. Jetzt willst du Laura eins auswischen.

«Nein!» Er log, verschwieg seine Ex-Frau Carlotta. «Laura und ich leben in freier Partnerschaft.»

«Und mit den Würmern!» Domenicas anzügliches Grinsen verlieh ihrem Gesicht etwas Gewöhnliches, ließ sie fast hässlich wirken.

«Ja, und mit den Würmern», entgegnete Guerrini. «Ziemlich angenehme Zeitgenossen übrigens. Sehr friedlich.»

Er trank einen Schluck Rotwein, lächelte von Domenica zu Enrico. «Und ihr beide? Habt ihr geheiratet? Kinder?»

Domenicas Mundwinkel zuckten verächtlich. «Ich bin internationale Expertin für etruskische und vorderasiatische Kunst. Ich berate unzählige Museen. Da hat man keine Zeit für solche Dinge.»

«Und du, Enrico?»

«Beh, was für Fragen.» Er strich über seinen Bart, hob die schweren Lider ein wenig an. «Die meisten Beziehungen werden schnell zu klebrig, wenn du verstehst, was ich meine, Angelo.»

«Nein, ich verstehe nicht.»

«Na, ganz einfach. Die meisten Frauen wollen schnellstens heiraten. Sie hängen sich an uns Männer und lassen nicht mehr los.»

Guerrini fühlte sich plötzlich besser. Sein Hass auf Enrico wich einer Mischung aus Verachtung und Mitleid. Colalto und seine Schwester erschienen ihm nicht länger bedrohlich, eher wie absurde neurotische Überbleibsel einer aussterbenden Klasse. Er fühlte sich erleichtert und keineswegs beleidigt, als Domenica nach dem Caffè aufstand, sich mit knappem Kopfnicken verabschiedete und nicht wiederkam. Und er hörte aufmerksam zu, als Enrico vor den Einbrüchen am Strand warnte und meinte, dass man schon sehr mutig und Commissario sein müsse, um dort im Oktober Ferien zu machen.

«Und was ist mit den Schweizern, dem Deutschen und Ferruccio?»

«Verrückte!», lächelte der Conte. «Lauter Verrückte!»

Jetzt allerdings fühlte Guerrini sich wieder bedroht. Diesmal nicht aufgrund seiner Kindheitserinnerungen, sondern wegen gewisser Erfahrungen, die er als Commissario gesammelt hatte.

«Wir sind also Verrückte, und er hat uns eine Warnung zukommen lassen, die eigentlich typisch für die Mafia ist.» Guerrini fuhr ein bisschen zu schnell die steile Zypressenallee hinab.

«Welche Warnung?»

«Er hat gesagt, dass ich sehr mutig wäre, ausgerechnet hier im Oktober Ferien zu machen. Sie drohen selten direkt. Eher loben sie den Mut ihrer Gegner.»

«Hat er das getan?»

«Er hat.»

Laura stieß mit dem Fuß gegen etwas, tastete danach und hielt die rote Tragetasche in der Hand.

«Warum hast du den Wein im Wagen gelassen?»

«Ich habe ihn vergessen, absichtlich vergessen. Und ich bin froh darüber. Dieser schreckliche Butler hätte ihn sonst mit spitzen Fingern genommen und wahrscheinlich selbst getrunken.»

«Okay! Wie geht es deinem Kindheitstrauma?»

«Beinahe geheilt.»

«Bene. Wie war das mit der Mafia?»

«Die Warnung klang nach Mafia.»

«Nimmst du sie ernst?»

«Vielleicht. Du warst übrigens hervorragend als Meeresforscherin.»

«Danke.»

«Gibt es diese Würmer wirklich?»

«Natürlich. Ich hielt sie für eine Bereicherung des Menüs. Ich hasse blutige Bistecche!»

«Glaubst du mir jetzt, dass Domenica eine Vampirin ist?»

«Ja.»

«Ich liebe dich, Laura.»

«Weil ich Domenica für eine Vampirin halte?»

«Nein, weil du eine so überzeugende Wurmforscherin bist.»

«Ich hab noch ganz andere Sachen drauf, Angelo. Warum fährst du eigentlich so schnell?»

«Weil ich hier weg will!» Er lachte und legte eine Hand auf ihren Oberschenkel. Die nächste Kurve nahm er ein wenig zu schnell, der Lancia begann zu schlittern, rutschte seitlich über die schmale Staubstraße und verfehlte mit dem Heck ganz knapp ein paar Zypressen. Guerrini gab Gas, brachte den Wagen wieder auf den Weg zurück, nahm die nächste Kurve und riss erschrocken das Steuer herum. Wieder standen sie quer, Reifen knatterten, Kiesel knallten gegen Blech, etwas Riesiges, Dunkles tauchte vor ihnen auf. Laura duckte sich, schützte ihren Kopf mit beiden Armen, der Wagen drehte sich, kippte nach vorn, während auf ihrer Seite ein metallenes Kreischen zu hören war. Dann standen sie.

«Verflucht! Jetzt reicht's mir aber!» Guerrini brüllte. «Ist dir was passiert, Laura?» Er brüllte noch immer.

«Nein, ich glaube nicht. Was zum Teufel war denn das?»

«Da steht ein verdammter Riesenpflug mitten auf der Straße. Genau hinter der Kurve! Ohne Beleuchtung! Der war noch nicht da, als wir rauffuhren! Was ist das eigentlich für ein lächerliches Spiel?»

Laura wandte den Kopf und musterte die gewaltigen glänzenden Pflugscharen, an denen der Lancia hängen geblieben war.

Warnung Nummer drei oder vier, dachte sie.

«Halbherziger Mordversuch Nummer eins», sagte sie laut. «Ich glaube nicht, dass Enrico sich wirklich über deinen Besuch gefreut hat.»

Guerrini sprang aus dem Wagen. Laura rutschte auf den Fahrersitz hinüber und folgte ihm. Fluchend stand er vor dem Lancia und beleuchtete mit einer Taschenlampe den Schaden. Die Pflugscharen hatten breite, tiefe Kratzer in die rechte Wagenseite gerissen.

«Er hat die Reparatur der zerbrochenen Glasscheiben übernommen, dann kann er auch diese Schweinerei bezahlen. Wir fahren zurück!»

Laura wartete, bis Guerrini den Wagen aus den Klauen des Pflugs befreit hatte, was nicht ohne ein paar zusätzliche Kratzer abging und den Zorn des Commissario noch mehr anfachte.

«Meinst du, dass du mir einen Moment zuhören kannst?», fragte sie durch die offene Wagentür, ehe sie einstieg.

«Nein, ja, was ist denn?»

«Ich halte es für keine gute Idee, wenn wir jetzt zurückfahren und denen eine große Szene vorführen. Du hast doch ein Abschleppseil im Wagen. Ich finde, wir sollten den Pflug abschleppen und irgendwo in einen Graben kippen. Vielleicht deutet der ehrenwerte Conte das ebenfalls als Warnung. Was es ja ist. Allmählich verliere ich nämlich auch den Humor.»

«Und wie soll er die Warnung verstehen?»

«Wir haben seine Kriegserklärung verstanden.»

«Angenommen wäre vielleicht richtiger.»

«Meinetwegen … angenommen also.»

Guerrini fand Lauras Idee hervorragend. Es war ein Streich, wie er sich als Junge unzählige ausgedacht und doch nie ausgeführt hatte. Sie machten sich an die Arbeit und empfanden grimmiges Vergnügen dabei. In Millimeterarbeit steuerte Guerrini den Lancia um den Pflug herum, denn das Gerät versperrte den größten Teil der schmalen Straße zwischen den Zypressen. Das Abschleppseil zu befestigen, machte keine große Mühe, Guerrini gab nur zu bedenken, dass es bis zur Hauptstraße zwar nicht mehr steil, aber doch noch sanft bergab ging, sodass der Pflug schneller rollen könnte als der Wagen.

«Das Seil muss ganz kurz sein», überlegte Laura. «Der Pflug muss sozusagen auf dem Heck des Wagens aufsitzen.»

«Würdest du das deinem alten Mercedes antun, Laura?» Guerrini stöhnte.

«In diesem Fall würde ich es.»

«Du bist grausam!»

Der Lancia brauchte eine Weile, ehe er es schaffte, den Pflug in Bewegung zu setzen, dann aber gelangten sie ohne Komplikationen bis zur Hauptstraße. Nur zweimal stieß der Pflug mit einem leichten Schlag auf die Stoßstange des Lancia. Guerrini zuckte jedes Mal zusammen, als litte er Schmerzen.

«Wir können nur hoffen, dass nicht viel Verkehr ist, sonst fallen wir mit Sicherheit unangenehm auf.» Guerrini wartete an der Einfahrt zur Hauptstraße. Kein anderes Fahrzeug war in Sicht, und so machten sie sich samt ihrem sperrigen Anhänger auf den Weg nach Portotrusco. Einmal wurden sie von einem anderen Wagen überholt, dessen Fahrer ein paarmal hupte, dann aber schnell weiterfuhr.

«Wir müssen das Ding dringend loswerden! Ich habe keine Lust, von Kollegen beim Diebstahl eines Pflugs erwischt zu werden!»

«Ich liebe dich, Angelo!»

«Tatsächlich? Und warum gerade jetzt?»

«Weil ich bisher noch keinen Menschen gefunden habe, mit dem ich einen Pflug stehlen konnte.»

«Du hast wohl verdammt hohe Ansprüche!»

«Verdammt hohe!»

Ehe der nächste Wagen, dessen Lichter Guerrini im Rückspiegel entdeckt hatte, sie überholen konnte, bogen sie nach rechts auf das Gelände einer Baustelle ab, und Guerrini schaltete die Scheinwerfer aus. Der Wagen fuhr vorbei, seine Insassen hatten sie offensichtlich nicht gesehen.

«Jetzt», murmelte Guerrini, «würde ich gern eine Zigarette rauchen. Warum sind wir eigentlich so unfrei in unserem Leben?»

«Weil es auf Baustellen nachts keine Zigaretten gibt.»

Er starrte sie an, obwohl er im Dunkeln nur die Umrisse ihres Gesichts erkennen konnte. «Du würdest also mit mir eine Zigarette rauchen?»

«Ja, natürlich. Wie damals in der Osteria in Buonconvento, als wir beide uns gegenseitig versichert haben, dass wir eigentlich nicht rauchen. Übrigens, wieso hattest du damals Zigaretten dabei?»

«Weil ich es erst ein paar Wochen zuvor aufgegeben hatte.»

«Okay. Was machen wir jetzt mit dem Pflug?»

«Ich weiß es nicht. Vielleicht sollten wir uns das Gelände hier ansehen. Die haben möglicherweise eine passende Grube für uns.»

Im Schein ihrer Taschenlampen wanderten sie über die Baustelle und fanden tatsächlich eine tiefe Baugrube, die offensichtlich noch in Arbeit war, denn an ihrem Rand parkten zwei große Bagger.

«Wie kriegen wir ihn da rein, ohne deinen Lancia ebenfalls zu versenken?»

«Schieben!» Guerrini untersuchte den Boden. «Der Untergrund ist fest und ziemlich trocken. Wenn wir das Ding ganz nah heranbringen, müssten wir das zu zweit eigentlich schaffen.»

Es wurde nicht einfach. Guerrini riskierte eine Menge, als er äußerst nah an den Rand der Baugrube heranfuhr und der Pflug, der ja wesentlich breiter war als der Lancia, sich tatsächlich zu neigen begann.

«Ausklinken! Schnell!», schrie er Laura zu, die das Manöver beobachtete. Sie versuchte das Abschleppseil zu lösen, doch es hatte sich unglücklich verhakt.

«Ein Messer!»

Guerrini zog die Handbremse an, legte den ersten Gang ein, zog sein Klappmesser aus dem Fach in der

Fahrertür und rannte nach hinten. Noch stand der Pflug, bedrohlich aufgerichtet wie ein prähistorisches Monster. Das Seil war zu sehr gespannt, um den Haken lösen zu können. Vorsichtig begann Guerrini es zu durchtrennen. Er zuckte zusammen, als der Pflug sich noch ein wenig mehr zur Baugrube neigte. Die Spannung des Seils war so groß, dass es unerwartet riss, als Guerrini etwa zwei Drittel durchschnitten hatte. Doch noch immer hielt sich der Pflug in einer seltsamen Balance am Rand der Grube. Guerrini sprang wieder in den Lancia und brachte ihn in Sicherheit. Endlich stellte er sich neben Laura.

«Gleichzeitig und mit Kraft!», sagte sie. «Ich zähle bis drei!»

Es funktionierte nicht. Der Pflug hing schräg und rührte sich nicht. Es war, als hätten sich zwei Ameisen gegen ihn gelehnt.

«Schwingung!», sagte Guerrini. «Wir müssen ihn in Schwingung versetzen! Schaukeln!»

Hundert Meter entfernt, auf der Hauptstraße, fuhren jetzt mehrere Autos vorüber. Sie konnten nur hoffen, dass kein zufälliger Lichtstrahl sie traf. Beinahe zwanzig Minuten lang mühten sie sich, setzten all ihre Kräfte gegen die Riesenmaschine ein. Dann gaben sie auf, um sie einfach so stehen zu lassen. Doch als sie sich endgültig abwandten und bereits den halben Weg zum Lancia zurückgelegt hatten, neigte sich der Pflug plötzlich mit einem schrillen Ächzen, und als sie sich umdrehten, kippte er über den Rand der Baugrube. Es polterte, krachte. Stille.

Sie rannten zur Grube zurück und leuchteten mit den Taschenlampen hinein. Er lag ganz unten, dort, wo sich

Wasser gesammelt hatte. Halb versunken sah er aus wie ein bösartiger Roboter aus einem Science-Fiction-Film. Ohne Kran würde man ihn nicht herausholen können.

«Meraviglioso, Commissaria! Das haben wir gut gemacht.» Guerrini drehte Laura zwischen den Baggern im Kreis.

Später, als der Lancia wieder ruhig auf der Straße zum Resort dahinfuhr und Angelos Hand wieder auf Lauras Oberschenkel lag, sagte sie: «Das ist ein wunderbarer Urlaub, Angelo. Ein bisschen wie ein surrealer Traum.»

«Manchmal denke ich, das liegt an dir, Laura.»

«Quatsch! Wer hatte denn die Idee mit dem Haus in Portotrusco? Ich wäre mit dir auch nach Mallorca geflogen.»

«Nein, wärst du nicht.»

«Wär ich doch!»

«Aber ich nicht!»

«Siehst du! Sag mal, was ganz anderes: Was machen wir mit Orecchio?»

«Wie kommst du jetzt auf Orecchio?»

«Ganz einfach, weil er verschwunden ist und vielleicht auch in einer Baugrube liegt, wie der Pflug. Hast du nicht irgendwas von Mafia gesagt?»

«Orecchio ist mir im Augenblick ziemlich egal, vor allem, nachdem wir seine Mutter und diese Witwe kennengelernt haben.»

«Vielleicht sollten wir mit diesem Tibero reden, den seine Mutter erwähnte. Kein schlechter Typ: Fischer, gutaussehend, groß, zwinkert Frauen zu und bedroht geschwätzige alte Männer mit einem Wasserschlauch.»

«Woher weißt du denn das?» Guerrini kniff sie leicht in den Schenkel.

«Weil ich die Gegenwart beobachte, während du auf der Jagd nach der Vergangenheit bist. Aber in diesem Fall ergänzt sich das ganz gut. Liebst du mich noch?»

«Darüber muss ich jetzt nachdenken.»

Laura dachte, dass sie stundenlang so dahinfahren könnte, sich gegenseitig mit Worten umkreisend, ganz und gar ausgeklinkt. Am liebsten hätte sie noch eine landwirtschaftliche Maschine der Colaltos versenkt.

SEHR FRÜH AM NÄCHSTEN MORGEN rief Kommissar Baumann auf Lauras Handy an. Er holte sie aus dem Bett, und sie musste im Unterhemd auf die Düne, um eine gute Verbindung zu bekommen. Auf ihren Protest hin erinnerte er sie freundlich daran, dass er bereits seit zwei Stunden im Dienst sei und keinen Urlaub am Mittelmeer verbringe. Daraufhin war Laura still und wartete auf seinen Bericht. Er hatte sich sehr genau über Sebastian Ruben erkundigt und herausgefunden, dass er eine Marketing-Firma betrieb, die sich auf Kunsthandel spezialisiert hatte.

«Was für Kunst?», fragte Laura.

«Alles Mögliche. Modern, alt, antik. Die machen alles. Werbung und so. Zielgruppen anpeilen.»

«Und?»

«Er hat offensichtlich eine Menge Geld. Aber das ist ja nicht strafbar. Wo hast du den eigentlich aufgetrieben?»

«Er ist unser Nachbar.»

«Du musst ja in ’ner feinen Gegend Urlaub machen. Hat dein Commissario im Lotto gewonnen?»

«Nein, ich. Also, was gibt es noch?»

«Ich wollte euch nicht zu nahe treten, aber dieser Herr schätzt das gute Leben.»

«Das hat er hier auch. Er wohnt in einer Luxusvilla und hat Luxusfreunde aus der Schweiz.»

«Nicht schlecht. Es gibt übrigens noch eine Zweigstelle seiner Firma in Frankfurt.»

«Hast du dich bei den Kollegen dort umgehört?»

«Nein, Laura. Bisher bestand ja keine dringende Notwendigkeit, oder?»

«Könntest du es trotzdem tun?»

«Sag mal, machst du Urlaub, oder arbeitest du als verdeckte Ermittlerin?»

«Sagen wir mal so: Ich mache Abenteuerurlaub.»

«Konnte ja nicht anders sein, oder? Ich sag dir mal was, Laura! Wenn ich Urlaub mache, dann ist das wirklich Urlaub, und es interessiert mich einen Scheißdreck, ob jemand direkt vor meiner Nase umgebracht wird oder sonst was!»

«Glaub ich dir nicht!»

«Das kannst du mir aber gern glauben! Dein Sebastian Ruben ist übrigens einundvierzig Jahre alt, lebt seit neun Jahren in München, ledig, hat sich vor zwei Monaten von seiner Freundin getrennt, keine Kinder. Er fährt ungefähr zweimal im Monat nach Frankfurt in seine Zweigstelle. Außerdem fliegt er öfters in die USA.»

«Danke, Peter. Hat er auch Verbindungen in die Schweiz?»

«Konnte ich nicht feststellen.»

«Und was ist mit Italien?»

«Da gibt es was. Er hat auch ein paar italienische Kunsthandlungen unter Vertrag.»

«Zufällig eine in Florenz oder Siena?»

«Zufällig zwei in Florenz, keine in Siena.»

«Könntest du mir Namen und Adressen dieser Kunsthandlungen mailen?»

«Klar.»

«Danke, Peter. Das war wirklich klasse. Wenn ich zurück bin, darfst du Ferien machen. Richtige Ferien.»

«Da bin ich ja gespannt. Grüß den Commissario.»

«Mach ich. Übrigens könntest du noch was für mich tun.»

«Nein.»

«Doch! Frag bitte bei den Schweizer Kollegen nach, ob denen irgendwas zu Guido Wanner und Richard Stamm einfällt.»

«Sind das auch Nachbarn von euch?»

«Ja.»

«Ich glaube, man sollte die Leute wirklich warnen!»

«Kannst du ja machen. Ciao! Und danke, Peter!»

Nachdenklich kehrte Laura ins Haus zurück und lehnte sich an das Fenster, von dem aus man die kleine Terrasse hinter dem Haus überblicken konnte. Die mageren Katzen waren wieder da.

Vielleicht sollten wir aufhören mit unserem Abenteuerspiel und es einfach anderen überlassen, dachte Laura. Sie fragte sich, wie sie diesen Urlaub verbringen würden, wenn all die unvorhergesehenen Komplikationen nicht eingetreten wären, wenn Guerrini sich nicht auf eine Reise in die Vergangenheit begeben hätte. Aber sie fand keine überzeugende Antwort.

Fast zur selben Zeit entdeckte ein Angler in einer der Buchten des Monte Argentario den leblosen Körper eines Mannes, den die Brandung erbarmungslos immer wieder gegen die Felsen schleuderte. Er konnte nichts machen, deshalb verständigte er die Carabinieri, denen es erst nach zwei Stunden unter Mühen gelang, den Toten aus dem Wasser zu bergen. Es war kein besonders erfreulicher Anblick, und zwei der jüngeren Soldaten hätten sich beinahe übergeben. Die Hände des Toten waren mit einem Draht auf dem Rücken gefesselt, und er hatte schwere Kopfverletzungen. Man schickte ihn nach Grosseto ins gerichtsmedizinische Institut und war froh, ihn schnell wieder loszuwerden.

«Wahrscheinlich saß er in dem Wagen, der über die Klippen gerollt ist», sagte der Commandante. «Und wie es aussieht, hat er das nicht freiwillig getan.»

«Welches Urlaubsprogramm schlägst du für heute vor?» Laura schob einen Löffel Joghurt in den Mund.

«Du kannst wählen: Besichtigung der Etruskerstadt Rosellae oder ein Bad in den heißen Schwefelquellen von Saturnia. Davor ein kurzer Strandspaziergang mit einem zufälligen Besuch bei den Schweizern oder bei Ruben. Auch das kannst du dir aussuchen. Heute Abend würde ich gern beim Fischer Tibero vorbeischauen. Dagegen hast du sicher nichts, denn er sieht gut aus und wird dir bestimmt zuzwinkern.»

Laura verschluckte sich an ihrem Joghurt.

«Außerdem werde ich den Schaden an meinem Wagen schätzen lassen und Enrico eine Rechnung zukommen lassen!»

«Dann wirst du eine Rechnung über die Bergung des Pflugs bekommen.»

«Damit haben wir nichts zu tun!»

«Ach komm! Da hängt noch dein halbes Abschleppseil dran!»

«Wer sagt, dass es meins ist? Es gibt unzählige Abschleppseile! Außerdem ist es vollkommen unmöglich, mit einem Lancia einen Pflug abzuschleppen! Er wird es nicht wagen, Laura. Sonst kassiert er eine Anzeige wegen Mordversuchs.»

«Er wird es auf seine Arbeiter schieben und behaupten, dass sie den Pflug unachtsam abgestellt haben. In dieser Gegend wird doch häufig nachts gepflügt. Außerdem weißt du nicht, welche engen und freundschaftlichen Verbindungen Colalto zur hiesigen Polizei pflegt.»

Guerrini stellte seine Kaffeetasse etwas zu heftig auf die Anrichte.

«Hast du dir den Wagen angesehen? Ich war gerade unten auf dem Parkplatz! Er sieht furchtbar aus!»

«Es tut mir leid, Angelo.»

«Als wir den Fall Altlander in Siena untersucht haben, wurde er angeschossen!» Etwas wie Tragik schwang in Guerrinis Stimme.

«Ich auch.»

«Aber du wurdest genäht, und der Kratzer ist von selbst geheilt! Die Reparatur von dem Lancia hat zweitausendachthundert Euro gekostet, und der Staat hat nur die Hälfte davon übernommen, weil es mein Privatwagen ist. Vielleicht sollte ich in Zukunft einen Dienstwagen fahren, wenn ich mit dir unterwegs bin, Laura!»

«Männer und Autos!», murmelte sie.

«Was?»

«Nichts. Ich finde, wir machen jetzt den Strandspaziergang, den du vorgeschlagen hast. Du besuchst die Schweizer und ich Ruben. Danach fahren wir sofort weg. Irgendwie habe ich das Gefühl, es ist sicherer, wenn wir heute nicht in unserem Haus bleiben.»

«D'accordo!» Er griff nach einer Banane. «Ich frühstücke unterwegs.»

Nachdem sie das Haus besonders sorgfältig abgeschlossen hatten, liefen sie zum Strand. Es war ein klarer, kühler Morgen. Die Farben schienen intensiver als sonst, Meer und Himmel blauer, die Schirmpinien grüner, der Strand ockerfarbener.

«Im Sommer gibt es hier manchmal Seenadeln. Sie sehen aus wie Schlangen mit den Köpfen von Seepferdchen. Als Junge habe ich sie mit bloßen Händen gefangen, in einen Eimer mit Meerwasser gesteckt und zugesehen, wie sie herumschwammen. Erstaunliche Tiere. Eher Fabelwesen.»

«Vielleicht hättest du Meeresforscher werden sollen. Jetzt muss ich es ausbaden, weil dir im entscheidenden Moment nur dein Traumberuf eingefallen ist.»

Guerrini blieb stehen und hob eine große, gerippte Muschel auf. «Vielleicht. Aber da war auch immer etwas ganz anderes. Ich war ungefähr so alt wie dein Sohn Luca, als unser damaliger Ministerpräsident Aldo Moro von den Roten Brigaden entführt wurde. Ich war wie besessen von der Idee, ihn zu finden und zu retten. Und ich war sicher, dass er nicht in Rom gefangen gehalten wurde, sondern hier, in *Il Bosco*. Deshalb bat ich meine Eltern, für ein paar Tage herzufahren. Das war Anfang Mai 1978. Damals bin ich hier herumgeschlichen wie ein Zivilfahnder. Jedenfalls bildete ich mir ein, einer zu sein. Wahrscheinlich hatte ich verdammtes Glück, dass niemand die Polizei rief, wenn ich in Privatgrundstücke eindrang, die Bewohner der Villen beobachtete und verdächtige Autos mit dem Fahrrad verfolgte.» Er betrachtete nachdenklich die

Muschel in seiner Hand, warf sie dann in die Brandung und lächelte Laura zu.

«Es gab da eine spezielle Villa, direkt am Strand. Ein hässliches Betonmonster, grau, mit unterirdischer Garage. Das Boot konnte man in einer Art Unterführung direkt unter dem Haus abstellen. Hab ich gesagt: das Boot? Die hatten mindestens drei Boote, besser gesagt Yachten. Wahrscheinlich gehörte dieses Horrorhaus einem Mafiaboss und hatte überhaupt nichts mit den Roten Brigaden zu tun. Schließlich waren die nicht so reich. Aber ich bildete mir damals ein, dass genau in diesem Haus Aldo Moro gefangen gehalten wurde. Im Keller. Wahrscheinlich hatte man ihn per Boot hergebracht. Nachts natürlich!»

«Und was passierte?»

«Ich versuchte, in dieses Ding reinzukommen, aber es war wie eine Festung. Ich schaffte es einfach nicht. Dann fuhren wir nach Siena zurück, und ich war völlig verzweifelt.»

«Und dann?»

«Am 9. Mai meldete das Radio, dass Aldo Moro tot in einem kleinen Fiat in Rom gefunden wurde. Genickschuss. Es war ein Schock für mich! Wir waren längst zurück in Siena, denn ich musste ja zur Schule. Trotzdem hatte ich das Gefühl, versagt zu haben, weil ich ihn nicht rechtzeitig hatte finden können. Und irgendwie hab ich es manchmal noch heute. Dabei wurde er sicher nicht hier im Resort versteckt. Die Heldentaten, nach denen man sich in seiner Jugend gesehnt hat, sind hartnäckig.» Er fischte seine Muschel wieder aus der Brandung.

«Diese Geschichte habe ich bisher für mich behalten, Laura. Geh gut damit um.»

Sie strich mit der Hand über seinen Rücken.

«Und du? Hast auch du geheime Heldentaten vollbracht?» Wieder warf er die Muschel von sich, diesmal sehr weit hinaus.

«Von den vielen Indios, die ich gemeinsam mit Che Guevara befreit habe, weißt du schon. Da war noch viel mehr, aber das wird zu viel an diesem schönen Morgen. Interessanter finde ich, dass wir mitten in deinen Jugendträumen angekommen sind.»

«Meinst du wirklich?»

«Ja, das meine ich wirklich.»

Vor dem Haus der Schweizer trennten sie sich, und Laura ging allein weiter. Sebastian Ruben fuhr einen schwarzen Porsche mit Münchner Kennzeichen. Der Wagen stand in der Einfahrt zu Rubens Villa, als wollte sein Besitzer gleich wegfahren. Das Fenster auf der Fahrerseite war offen, und Laura warf einen Blick ins Innere. Italienische Zeitungen und Kunstmagazine lagen auf dem Beifahrersitz. Von Ruben selbst war nichts zu sehen. Laura klopfte an der Tür, lauschte, umrundete dann das weitläufige Gebäude und schaute neugierig durch die Fenster. Auch dieses Haus war offensichtlich von Designern eingerichtet worden. Diesmal waren die Sitzlandschaften weiß und blau. An den Wänden hingen riesige Antilopenhörner, gewunden wie Korkenzieher. Außerdem entdeckte Laura den präparierten Schädel eines Maremmastiers und abstrakte Gemälde von enormen Ausmaßen. Ihr grauste ein bisschen vor dieser kalten Demonstration von Reichtum.

Sie entdeckte Sebastian Ruben auf einer kleinen Terrasse auf dem Dach der Villa. Er telefonierte, ging dabei ruhelos hin und her. Als sie ihm zuwinkte, winkte er zurück und bedeutete ihr heraufzukommen, rief herab, dass sie durchs Haus gehen solle.

Vorsichtig drückte sie die Terrassentür auf. Diese Wohnräume waren viel zu groß, strahlten eine seltsame Kälte und Leere aus. Sie versuchte sich vorzustellen, allein in diesem Saal zu sitzen, allein hier Urlaub zu machen. Sie versuchte sich vorzustellen, wer dieses Haus gebaut und eingerichtet hatte. Es ging nicht. Es mussten sehr spezielle Menschen sein. Perfekte Menschen mit perfekten Kleidern, perfekt geschminkt, mit perfekten Körpern und kalten Gesichtern.

Lauras nackte Füße hinterließen feine Sandspuren auf den dunklen Bodenfliesen. Als Sebastian Rubens Beine am Ende einer Treppe erschienen, blieb Laura stehen. Die Treppe war an Stahlseilen aufgehängt und schien zu schweben. Ruben kam ihr nur ein paar Stufen entgegen, bückte sich dann und winkte wieder. Er war noch immer am Telefon.

Langsam durchquerte Laura den Raum und folgte Ruben nach oben. Noch wusste sie nicht, was sie eigentlich mit ihm reden sollte. Aber das wusste sie nur selten bei Ermittlungen. Es kam meist von selbst. Sie ermittelte ja nicht eigentlich, war nur Teil dieser Wiederholung eines Jugendtraums, den Guerrini für sie beide zu inszenieren schien. Trotzdem war sie auf der Hut.

«Einen Augenblick noch!» Ruben bedeckte die Sprechmuschel seines Handys mit einer Hand. «Es dauert nicht mehr lange!»

Als Laura nickte, drehte er sich um, ging ans Ende

der Dachterrasse und sprach weiter leise in sein Telefon. Die Aussicht von hier oben war beeindruckend. Knapp unter dem schützenden Dach der Pinien genoss man den Ausblick aufs Meer und die dichte Macchia. Große Kübel mit Palmen und Bambus fassten die Terrasse ein, dazwischen standen Gruppen edler Korbsessel mit blauen Polstern. Auch Ruben hatte offensichtlich gerade gefrühstückt, denn auf einem – natürlich blauen – Tablett stand eine Kaffeetasse, lag ein angebissenes Croissant, daneben etwas Butter und ein halbvolles Glas Orangensaft.

«Entschuldigung, das war ein wichtiges Gespräch. Ein Geschäftspartner. Möchten Sie einen Kaffee?»

Er wirkte verbindlicher als bei ihrer ersten Begegnung. Nicht wirklich freundlich, aber immerhin verbindlicher, dachte Laura. Seine Augen sind genauso neutral wie neulich. Laut sagte sie: «Nein, danke. Ich wollte nur kurz vorbeischauen. Wie geht es Ihrem Burnout?»

Er lächelte abwesend.

«Setzen Sie sich doch.»

«Nur ein paar Minuten, danke. Wir wollen nämlich zu den heißen Quellen nach Saturnia.»

«Da war ich noch nicht.»

«Ich auch nicht. Es soll wunderbar sein. Conte Colalto hat es uns empfohlen. Kennen Sie zufällig die Contessa Colalto? Wir waren gestern Abend auf ihrem Landsitz zum Dinner eingeladen. Es war beeindruckend. Die Contessa ist wirklich eine Kennerin antiker Kunst.»

«Ach.» Er nippte an seinem Orangensaft und musterte Laura so nachdenklich, als überlegte er, ob er sie für eine schwachsinnige Schwätzerin halten sollte oder für eine Gefahr.

«Ich sagte Ihnen doch schon, dass ich den Conte nicht kenne, weshalb sollte ich da seine Schwester kennen?»

Er kennt sie, dachte Laura. Er weiß, dass die Contessa Enricos Schwester ist. Dabei könnte sie auch seine Mutter oder seine Frau sein. Reingefallen, Herr Ruben! Laut sagte sie dagegen:

«Nun, ich dachte, weil Sie doch etwas mit Kunst zu tun haben. So was kann ich Menschen ansehen. Es sind ganz besondere Menschen, die ihr Leben der Kunst widmen.»

Jetzt schaute er weg, stellte das Glas ab und strich mit einer Hand über die Haarstoppeln auf seinem braungebrannten Schädel, als wollte er sichergehen, dass sie noch da waren. Endlich räusperte er sich.

«Haben Sie sich noch nie geirrt bei solchen Beurteilungen? Ich kann Ihnen versichern, dass ich mit Kunst nichts zu tun habe und auch nicht gewillt bin, irgendwelche Auskünfte über mein Berufsleben zu geben. Nehmen Sie das bitte nicht persönlich, aber so halte ich es eben! Ich frage Sie auch nicht, was Sie oder Ihr Begleiter beruflich machen. Also lassen wir es dabei. Genießen wir lieber den Blick aufs Meer, die Sonne und die gute Luft.»

Seltsam, dachte Laura. Er vertritt eine ähnliche Philosophie wie mein obdachloser Freund Ralf. Der wollte auch nichts von Herkunft, Beruf oder sonst was wissen und bestand darauf, dass nur der Augenblick der Begegnung zählte. Kein Vorher oder Nachher, nur das Jetzt. Allerdings wollte er nichts verbergen, wie Ruben. Für Ralf zählte wirklich nur der Augenblick.

«Ja», erwiderte sie deshalb, «Sie haben völlig recht, Herr Ruben. Im Leben zählt nur der Augenblick. Jetzt allerdings ist er vorbei, und ich mache mich auf den Weg nach Saturnia. Mein Freund wartet sicher schon auf mich.»

Er zuckte die Achseln und begleitete sie nach unten, ohne zumindest höfliches Bedauern darüber auszudrücken, dass sie schon ging. Er mochte sie nicht, und Laura war sicher, dass er sie inzwischen für dumm und nicht sonderlich gefährlich hielt. Deshalb winkte sie ihm noch einmal besonders freundlich zu und sah amüsiert, wie er nur müde die Hand hob und sich schnell wegdrehte.

Guerrini wartete an der nächsten Kreuzung hinter hohen Lorbeerhecken.

«Allora, dimmi! Du siehst aus, als hättest du eine Erkenntnis gewonnen!»

«Hab ich auch. Ruben kennt deinen wunderbaren Conte mit dem Pflug und sicher auch die Contessa. Er hat sich verplappert. Und wie war's bei dir?»

«Nichts Besonderes. Sie hatten es eilig. Wollten angeblich zum Einkaufen und in ein Museum nach Grosseto. Immerhin habe ich einen Espresso bekommen, und sie haben so getan, als würden sie sich über meinen Besuch freuen. Ich habe das Gespräch auf den verschwundenen Wärter gebracht, aber sie schienen nicht interessiert. Ich finde, wir sollten wirklich den ganzen Tag wegbleiben und ihnen die Gelegenheit geben, sich was Neues auszudenken. Es wirkt überzeugender, wenn wir so tun, als hätten wir Urlaub.»

«Haben wir denn keinen?»

«Doch, natürlich.»

«Darf ich dich an deinen legendären italienischen Wutanfall erinnern? Er ist erst ein paar Tage her.»

«Mi ricordo, amore. Los, fahren wir nach Saturnia. Das ist Urlaub.»

Eine halbe Stunde später fuhren sie an der Baustelle vorbei, in deren Grube sie den Pflug des Conte versenkt hatten. Eine Menge Leute standen dort herum. Bauarbeiter, Carabinieri, Feuerwehrmänner.

«Ich glaube, unser halbes Abschleppseil vergraben wir am besten in der Nähe von Saturnia», murmelte Guerrini. «Hast du irgendwo Enrico gesehen?»

«Nein, aber er wird sicher bald erfahren, wo sein Pflug ist.»

«Vielleicht sollten wir in Saturnia übernachten. Es gibt sehr schöne Hotels dort.»

Guerrini sah besorgt aus.

In Grosseto suchte Laura eine Buchhandlung und kaufte *Das Gastmahl bei Trimalchio* des römischen Dichters Petronius. Die Buchhändlerin war über diesen Wunsch etwas erstaunt und fragte Laura, ob sie Lehrerin sei, sie hätten diesen Band nur als billige Ausgabe für Schulen vorrätig. Zweisprachig: Italienisch und Latein. Das sei schon in Ordnung, meinte Laura.

Guerrini saß unterdessen in einem Internetcafé und las Tommasinis Bericht auf seinem Laptop. Es war ein interessanter Bericht. Er besagte, dass gegen den Vater von Enrico di Colalto in den frühen achtziger Jahren wegen Verdachts auf Zugehörigkeit zum organisierten

Verbrechen ermittelt worden war. Dabei ging es um illegalen Handel mit antiken Kunstwerken. Aufgrund der berühmten Weisung von oben war die Untersuchung allerdings nach kurzer Zeit eingestellt worden. Im Laufe der Ermittlungen hätte die Finanzpolizei auch die Geschäfte von Fernando Guerrini (!) unter die Lupe genommen, aber nichts Aufregendes finden können, nur die übliche Steuerhinterziehung. (Entschuldigung, Commissario, aber so steht es in dem Bericht, hatte Tommasini angefügt.)

Guerrini stöhnte so laut, dass zwei junge Männer von ihren PCs aufschauten und sich nach ihm umdrehten. Er nickte ihnen zu, murmelte etwas von Kopfschmerzen und las weiter. 2004 hätte ein junger Staatsanwalt die alte Geschichte wieder ausgegraben und es noch mal versucht. Aber auch den habe man gestoppt. Wer das getan habe, darüber sei nichts vermerkt.

Gott selbst, dachte Guerrini. Oben ist immer nur Gott selbst. Es ist zum Verzweifeln. Weiter.

Es sei auch gar nicht einfach gewesen, diesen Ermittlungsbericht zu finden, denn im EDV-Archiv war er nur noch als Kurzeintrag mit dem Vermerk: Eingestellt! vorhanden gewesen. Weil Tommasini aber einen Cousin im Aktenarchiv der Staatspolizei hatte, hatte er mehr in Erfahrung bringen können.

Deshalb also, dachte Guerrini. Deshalb sind meine Eltern damals nicht mehr nach Portotrusco gefahren. Sie mussten vorsichtig sein, weil gegen sie ermittelt wurde. Santa Caterina! Diese Heldentaten hat mein Vater gründlich verschwiegen.

Er schaltete seinen Laptop noch nicht aus und blieb sitzen, um nachzudenken. Dunkel erinnerte er sich an einen ehemaligen Kollegen, mit dem er lange in der Questura zusammengearbeitet hatte. Er hatte sich vor ein paar Jahren zum *Comando Carabinieri Tutela Patrimonio Culturale* (Kommando für den Schutz von Kulturgütern, Anm. d. Autorin) versetzen lassen, weil er ein glühender Verehrer sämtlicher italienischer Kunstwerke und der Kunst als solcher war und ihren Ausverkauf verhindern wollte. Dieser Ignazio Tuttoverde hatte es dabei sogar zu echtem Ruhm gebracht, denn er war einer der Ermittler, die gestohlene antike Werke im Museum des Milliardärs Getty in den USA aufspürten.

Ich werde ihn anrufen, dachte Guerrini. Wenn einer mehr über die Verwicklungen der Colaltos herausfinden konnte, dann Tuttoverde. Vielleicht sollten wir uns persönlich treffen. Rom ist nicht so weit. Ignazio ist ein netter Kerl. Wir waren öfter zusammen essen, und ich habe ihn wirklich vermisst. Wieso haben wir uns eigentlich aus den Augen verloren? Dabei hätten wir sogar viele Gründe, eng zusammenzuarbeiten. Trägheit. Sonst nichts.

Entschlossen wandte er sich wieder seinem Laptop zu und suchte im Internet die Telefonnummer des Kommandos in Rom. Als Laura wenig später das Café betrat, hatte er bereits bezahlt und blätterte in einer Zeitung.

«Neuigkeiten?», fragte sie.

«Ein paar.»

«Was Interessantes?»

«Könnte sein, dass Colalto wirklich mit der Mafia verbandelt ist.»

«Könnte?»

«Die Ermittlungen wurden eingestellt.»

«Weshalb?»

«Weil das hierzulande häufig so ist.»

«Dann würde dieser Ruben auch ins Bild passen. Er vertreibt Kunst.»

«Ach, woher weißt du denn das?»

«Weil ich ebenfalls meine Leute habe, die für mich recherchieren.»

«Warum hast du mir das nicht erzählt?»

«Weil ich im Urlaub bin.»

«Es klingt aber nicht nach Urlaub, wenn du Baumann oder sonst wen anrufst.»

«Es hat aber nur fünf Minuten gedauert.»

«So kommen wir nicht weiter, Laura.»

«Wollen wir denn weiterkommen?»

«Ich weiß es nicht.»

«Es kommt darauf an, ob du dich nur an Colalto rächen willst oder ob du glaubst, dass er wirklich ein Mafioso ist.»

«Auch das weiß ich nicht.»

Laura breitete resigniert die Arme aus und hielt das Büchlein von Petronius hoch.

«In diesem Fall sollten wir so bald wie möglich ein Bad in den heißen Schwefelquellen nehmen, in Saturnia übernachten, und ich lese dir *Das Gastmahl bei Trimalchio* vor. Vielleicht wird dir dann klar, was du willst.»

Guerrini faltete die Zeitung zusammen und griff nach seinem Laptop. Die undurchsichtige Verbindung seines Vaters zu Colalto verschwieg er, genauso die Steuerhinterziehung des alten Guerrini.

Zikaden, dachte er plötzlich. Sie sind wie die unsichtbaren Zikaden, die ich als Junge gesucht habe. Dabei kann ich sie sehen und hören. Aber ich kann ihre Existenz nicht beweisen.

Als er bemerkte, dass Laura ihn forschend von der Seite ansah, hakte er sie unter und küsste sie.

«Wir fahren besser nie nach Rom. Unser wunderbarer Ministerpräsident hat gesagt, dass man in Rom Vergewaltigungen nicht verhindern könne, weil es einfach zu viele schöne Frauen gebe! Solchen Gefahren kann ich dich nicht aussetzen, amore!»

«Madre mia! Machst du dich über mich lustig?»

«Nein, amore! Es ist die schlichte Wahrheit. Ich habe es gerade in der Zeitung gelesen. Angeblich steht unser Land Kopf. Vielleicht ist es allmählich an der Zeit auszuwandern.»

SCHAFE AUF FRISCHGEPFLÜGTER rotbrauner Erde, ein Schwarm tanzender Eintagsfliegen im Gegenlicht, uralte Olivenbäume hinter Mauern aus Feldsteinen, Bambushaine am Ufer eines dampfenden Unterweltflusses nahe Saturnia. Schwefelgeruch.

Mitten im Ort fanden sie eine kleine Pension, wurden von der Vermieterin in den zweiten Stock geführt, vorbei an Plastikspielzeug, Kinderwagen, Heiligenbildern, und standen endlich in einem riesigen Schlafzimmer. Das Bettgestell aus dunklem Holz war seinerseits gewaltig. Über dem Kopfende hing ein pastellfarbenes Mariengemälde, rechts und links an den Wänden der alte und der neue Papst sowie ein Foto von Padre Pio. Auf dem Tisch prangte ein großer Strauß aus künstlichen Mohnblumen und Kornähren. Es roch leicht nach Mottenkugeln, und der ovale Spiegel des klobigen Frisiertisches hatte blinde Flecken. Aber das Bad war neu und weiß gekachelt. Die Pensionsbesitzer wohnten ein Stockwerk tiefer. Essensdüfte stiegen zu ihnen herauf, man hörte Kindergeschrei.

«Willst du wirklich hier schlafen?», fragte Guerrini leise und sah sich zweifelnd um.

Die Vermieterin stand abwartend in der Tür und strich ihre geblümte Kittelschürze zurecht. Sie mochte Anfang vierzig sein, war sehr blass und hatte große dunkle Augen mit langen Wimpern.

«Es ist das einzige Zimmer, das ich Ihnen anbieten kann. Die anderen renovieren wir gerade. Es ist Oktober, Signori!»

«Das erklärt alles!», murmelte Guerrini.

«Sie können es ja in den Hotels versuchen. Aber ich kann Ihnen jetzt schon sagen, dass zwei geschlossen sind, und die andern sind so teuer, dass es eine Schande ist. Da zahlen sie hundertfünfzig bis zweihundert Euro pro Nacht. Mindestens. Wegen Wellness. Das hier kostet fünfundvierzig, und das Bad ist nagelneu.»

«Mir gefällt's!» Laura öffnete eins der beiden Fenster und lehnte sich hinaus. Links konnte sie den Kirchturm sehen, gegenüber lag ein Lebensmittelgeschäft mit einer Zapfsäule für Benzin. Sie konnte sogar einen kleinen Ausschnitt der Piazza sehen, über die gerade ein braun-weiß gefleckter Hund lief.

«Auf der Piazza haben sie mit neuen Ausgrabungen begonnen», sagte die Frau in der Kittelschürze. «Zwei Minuten von hier.» Plötzlich lachte sie. «Mir ist es manchmal ganz unheimlich, wenn ich mir vorstelle, was unter unseren Füßen liegt. Wir leben alle auf einem Berg von Knochen und Scherben und Mauern. Vielen Schichten von Knochen und Steinen. Irgendwann werden wir selbst zu so einer Schicht, dann kann uns jemand ausgraben.»

«Vermutlich, Signora.» Guerrini sah die Frau erstaunt an. Sie zog die Schultern hoch und vergrub die Hände in den Taschen ihrer Schürze, als friere sie.

«War nur so ein Gedanke», sagte sie ein bisschen verlegen. «Übrigens, wenn Sie in den heißen Quellen baden wollen, gehen Sie am besten nach Einbruch der Dunkelheit hin. Um die Zeit sind die meisten Leute weg, das ist angenehmer. Sie wissen doch, wo es ist? Am Gorello-Wasserfall unten bei der alten Mühle. Da kostet es nichts, und es gibt diese schönen runden Becken. Im Sommer ist es auch nachts voll, jetzt ist es besser!»

«Und wo kann man gut essen?»

«Nächste Parallelstraße von der Piazza aus. Dann hundert Meter weiter. Auf der linken Seite sehen Sie eine Osteria. Da gehen wir Einheimischen hin. Ich meine, wenn Sie gut und nicht teuer essen wollen. Wenn Sie gut und sehr teuer essen wollen, dann gehen Sie in das Restaurant an der Piazza.»

«Grazie für diese klare Auskunft, Signora.»

«Per piacere. Nehmen Sie jetzt das Zimmer oder nicht?»

«Wir nehmen es.»

«Benissimo. Ich lege Ihnen die Anmeldeformulare auf die Kommode im ersten Stock. Das ist der Schlüssel für die Haustür, und der hier ist fürs Zimmer. Frühstück gibt es nicht, aber der Bäcker an der Piazza hat Kaffee und alles, was man braucht. Ciao!»

Als die Signora die Tür hinter sich geschlossen hatte, strich Laura über die schwere weiße Spitzendecke, die das überdimensionale Ehebett bedeckte.

«Handgeklöppelt!», stellte sie fest. «Ich wette, dass die Großeltern der Signora in diesem Zimmer geschlafen haben.»

«Vielleicht sind sie auch hier gestorben», knurrte Guerrini. «Deshalb die Plastikblumen und all die Heiligen und Päpste.»

«Du magst es nicht, was?»

«Nein, nicht wirklich! Es erinnert mich zu sehr an bestimmte Wohnungen aus meiner Kindheit. Meine Großeltern hatten auch so ein Zimmer, sogar das Schlafzimmer meiner Eltern sah lange Zeit ganz ähnlich aus.»

«Dann passt es ja schon wieder. Vergangenheitsbewältigung: zweiter Akt!»

«Warte nur, bis wir bei dir anfangen, Laura. Da gibt es zum Beispiel diese unangenehme Geschichte mit dem Frosch, die du mir vor ein paar Monaten erzählt hast. Und ich bin sicher, dass wir noch ein paar andere Leichen in deinem Keller finden werden!»

«Gern! Aber jetzt sind wir mit dir beschäftigt, Angelo! Davon abgesehen gefällt es mir wirklich. Das ist für mich Italien. Nicht dieses abgefahrene Designerzeug. So sah es zum Beispiel in den Schlafzimmern meiner Tanten in Florenz aus. Allerdings mit Einzelbetten, denn sie waren nie verheiratet. Einzelbetten, Spitzendecken, Maria an der Wand und dieser kaum wahrnehmbare Geruch nach Mottenkugeln. Ich liebe es!»

«Bene. Ich werde es aushalten! Aber vorher muss ich noch mal telefonieren. Würde es dir was ausmachen, inzwischen die Anmeldung auszufüllen?»

Laura zuckte die Achseln, fragte nicht nach und ließ ihn allein im Schlafzimmer aller italienischer Großeltern zurück. Guerrini wählte die Nummer der Kulturschützer und ließ sich zu seinem Kollegen Tuttoverde durchstellen. Die Verbindung war wesentlich besser als in Portotrusco.

«Pronto!» Guerrini erkannte die helle Stimme des ehemaligen Kollegen sofort, und Tuttoverde freute sich sehr über den Anruf.

«Bist du in Rom? Lass uns essen gehen, wie früher! Warum haben wir uns so lange nicht gesehen, Angelo? Es ist eine Schande!»

«Ja, es ist eine Schande! Leider bin ich nicht in Rom, sondern in Saturnia. Urlaub. Ich habe an dich gedacht, weil ich einer heiklen Sache auf die Spur gekommen bin und weil ich dir vertraue. Es ... es ist beinahe etwas Persönliches. Ich kann darüber nicht am Telefon sprechen.»

«Steckst du in Schwierigkeiten?»

«Nein, nicht direkt. Aber ich hätte ein paar Fragen an dich, die mir sehr wichtig sind.»

«Dann komm nach Rom. Aber warte mal. Ich muss morgen in die Gegend von Portotrusco. Eine ganz komplizierte Sache. Wir könnten uns zum Mittagessen in Sovana treffen. Das ist einer meiner Lieblingsorte und nur ein kleiner Umweg für mich. Hast du einen Tipp für mich, worum es geht?»

«Schau mal unter Colalto nach.»

«Was?»

«Colalto. Eine alte Geschichte. Ermittlungen eingestellt.»

«Ach.»

«Hast du gesagt, dass du nach Portotrusco fährst? Da mache ich eigentlich gerade Urlaub mit meiner Freundin.»

«Interessant.»

«Hast du einen Tipp für mich, worum es in Portotrusco geht?»

«Nein.»

«Bene.»

«Seit wann hast du eine Freundin, Guerrini?»

«Schon eine ganze Weile.»

«Bringst du sie morgen mit nach Sovana?»

«Ja, natürlich.»

«Können wir dann reden?»

«Wir können. Sie ist eine Kollegin.»

«Aus der Questura in Siena? Kenne ich sie?»

«Nein, du kennst sie nicht. Sie ist Deutsche.»

«Oho! Bin gespannt! Dann sehen wir uns morgen um halb zwölf vor der Dorfkirche Santa Maria in Sovana. Nicht vor dem Dom. Bene? Ich freu mich!»

«Ich mich auch, Ignazio. Ciao!»

Guerrini legte das Telefonino auf die weiße Spitzendecke des Doppelbetts und öffnete das zweite Fenster. Draußen roch es nach Holzfeuer. Besser als Mottenkugeln, dachte er und schaute sich mit leichtem Schauder im Schlafzimmer um. Der Tod jeglicher Erotik! Er fragte sich, weshalb er zugestimmt hatte, die Nacht in diesem Bett zu verbringen, das unter der Last eines sehr langen, frommen Ehelebens begraben schien. Noch konnten sie es sich anders überlegen, das Gepäck war im Wagen. Viel hatten sie ohnehin nicht mitgenommen. Er lief zur Tür und ins Treppenhaus, wollte nach Laura rufen. Sie saß auf den Stufen, die Anmeldungen auf den Knien. Langsam hob sie den Kopf, eine Locke fiel ihr ins Gesicht.

«Die Signora kocht gerade Brombeergelee», sagte sie und lächelte ihm zu. «Sie hat uns ein Glas versprochen und auch eins von ihrer Feigenmarmelade. Was ist? Schlechte Nachrichten?»

«Nein, nein. Ich wollte nur unsere Taschen aus dem Wagen holen. Morgen treffen wir übrigens einen Freund und Kollegen. Er ist zufällig in der Nähe. Wir treffen uns in Sovana, nur ein paar Kilometer von hier. Du wirst ihn mögen. Er arbeitet in Rom.»

«Ja, gut. War noch was anderes?»

«Ich wollte ein anderes Zimmer suchen.»

«Ja?»

«Jetzt nicht mehr.»

«Warum nicht?»

«Wegen des Brombeergelees und der Feigenmarmelade und der Art, wie du auf den Stufen sitzt.»

«Ach.»

«Es wäre eine Beleidigung für die Signora.»

«Ja, das wäre es.»

Er setzte sich neben sie, stützte die Ellenbogen auf seine Knie, verschränkte die Hände und legte sein Kinn darauf.

«Um ehrlich zu sein: Ich fürchte mich vor diesem Bett.»

«Weshalb?»

«Es ist für mich das Bett der begrabenen Liebe.»

«Ich werde dir so lange aus dem *Gastmahl bei Trimalchio* vorlesen, bis du einschläfst.»

«Ich weiß nicht, ob das helfen wird, Laura.»

«Da wäre ich nicht so sicher, Angelo. Lass es doch einfach auf dich zukommen, dieses Bett!»

Er versetzte ihr einen leichten Stoß.

«Du bist ein Biest, Laura.»

«Wer ist gerade auf dem Weg durch seine Vergangenheit? Du oder ich? Kneifen gilt nicht, Commissario! Außerdem ist mir kalt, und ich will endlich in die berühmten heißen Quellen!»

Ernesto Orecchio hatte jegliches Gefühl für Zeit verloren, wusste nicht, ob es Tag oder Nacht, ob er seit einer Woche oder erst seit einem Tag in diesem dunklen Zimmer eingesperrt war. Er wusste nur, dass er noch am Leben war. Sie hatten ihn nicht erwürgt. Noch nicht. Er wusste nicht, warum sie es nicht getan hatten.

Sie gaben ihm zu essen. Nicht viel, aber er brachte ohnehin nicht viel runter, weil ihm dauernd schlecht war. Sie leerten auch seinen Eimer.

Ab und zu kam der Vermummte oder ein anderer Vermummter. Sie sahen alle gleich aus. Vielleicht war es auch immer derselbe. Orecchio hatte keine Ahnung. Es war ihm auch egal.

Der Vermummte redete nicht mehr mit ihm. Auch das war klar, machte ihm aber trotzdem Angst. Was sollte der mit einem zum Tode Verurteilten auch reden. Er war nichts mehr wert, es gab ihn eigentlich nicht mehr, weil er so gut wie tot war. Mit Toten redete man nicht.

Einmal brachte der Vermummte ihm eine Zeitung. Aber es stand nichts über den weißen Lieferwagen oder den verschwundenen Fahrer drin. Auch nichts über sein eigenes Verschwinden. Er fragte sich, ob außer seiner Mutter irgendjemand bemerkt hatte, dass er nicht mehr da war. Ob jemand nach ihm suchte.

Die Anderen würden so tun, als hätte es ihn nie gegeben. Auch seine Kollegen, die mit ihm Dienst an der Pforte hatten? Auch Fabrizio? Wahrscheinlich hatten die gar nichts mitbekommen. Die Anderen hatten sich wahrscheinlich was ausgedacht. Auch das kannte Orecchio aus Filmen. Die hatten einfach gesagt, dass er für eine Weile woanders arbeiten müsste. Oder dass er was geklaut hätte und abgehauen sei. Wäre er ja beinahe. Hatte aber nicht geklappt.

Er hatte alles falsch gemacht. Alles. Wie immer.

Plötzlich hasste Orecchio sich selbst mit solcher Intensität, dass er Schmerzen empfand. Abgebrochene Seeigelstachel. Er sah sie in seiner Haut stecken. Warum hatte er nicht auf ihre Anweisungen gewartet? Sie sorgten für ihre Leute. Jedenfalls für die, auf die sie sich hundertprozentig verlassen konnten. Warum hatte er nicht darauf vertraut, dass sie auch für ihn sorgen würden? Warum konnte man sich auf ihn nicht hundertprozentig verlassen? Er wusste es nicht, wäre gern jemand gewesen, auf den man sich hundertprozentig verlassen konnte. Aber das war er noch nie gewesen. Wenigstens das wusste er. Vielleicht lag es daran, dass man sich auf das Leben nicht verlassen konnte. Vielleicht lag es an diesem verfluchten Erdbeben. Kein einziger tröstlicher Spruch eines berühmten Menschen kam ihm in den Sinn. Nur ein Satz der heiligen Katharina von Siena: Nicht der Beginn wird belohnt, sondern einzig und allein das Durchhalten.

Orecchio stöhnte laut und kauerte sich unter seiner Decke zusammen. Er hatte nie durchgehalten. Immer wieder begonnen hatte er. Immer wieder. Vielleicht war es gut, zu sterben. Nur war es nicht gut, so lange darauf warten zu müssen.

«Es könnte das Paradies sein, wenn es nicht so eindeutig nach Hölle stinken würde.» Lauras Nacken ruhte auf einem runden Stein, und sie sah zu den Sternen hinauf. Bis zum Hals lag sie in einem kreisrunden Becken, dessen Boden mit kleinen kreisrunden Kieseln bedeckt war. Dampf stieg in dichten Wolken zum Himmel auf und verschleierte die Sterne. Der Hang unterhalb der alten

Mühle am Fuß von Saturnia bestand aus vielen runden Wasserbecken, die der schweflige, heiße Fluss in den Felsen gegraben hatte. Vermutlich hatten bereits die Römer hier gebadet und manches wilde Fest gefeiert, zu Ehren des Gottes Saturn, dachte Laura. Die berühmten Saturnalien, die man heute Orgien nennen würde. Massenorgien. Lächelnd erinnerte sie sich daran, dass ihr Vater, bei all seiner Begeisterung für die Römer, bestimmte Aspekte der römischen Kultur als ungeeignet für die Ohren seiner jungen Tochter betrachtet hatte.

Laura streckte die Hand nach Guerrini aus, der im Nachbarbecken lag, und berührte seinen Arm.

«Was hast du gesagt?» Er hob leicht den Kopf.

«Ich sagte, dass dies ein Paradies sein könnte, wenn es nicht so nach Hölle stinken würde.»

«Es ist der Fluss der Unterwelt, aus den Tiefen der Erde. Man kann es auch Hölle nennen. Ungeheuer heilsam für Körper und Seele.»

«Die Hölle?»

«Sie weckt alle Lebensgeister.»

«Gefährliche?»

«Durchaus.»

«Tu nicht so verdammt überlegen.»

«Bin ich gar nicht, nur völlig hingegeben dem heißen Höllenstrom.»

«Dann sagen wir besser nichts mehr.»

«D'accordo.»

Am Rand der Erde, knapp über dem dampfenden Fluss, erschien der Mond. Es war wirklich besser, nichts mehr zu sagen.

Viel später näherten sie sich vorsichtig dem riesigen Bett mit der Spitzendecke. Nach dem Bad im Schwefelwasser hatten sie köstlich gespeist. Günstig und gut, wie die Signora versprochen hatte. Wildschwein und Lamm. Keine Nachspeise.

Am Nebentisch hatte ein zehnjähriger Junge eine Riesenportion Spinat verzehrt. Nur Spinat, sonst nichts.

«Man sollte das Schwefelwasser möglichst lang auf der Haut lassen, damit es einwirken kann», sagte Guerrini und betrachtete nachdenklich die steifen Laken und die festgestopften Decken.

«Ehebetten haben in meinem Land etwas beängstigend Endgültiges», murmelte er. «Es ist mir noch nie so extrem aufgefallen. Sieh dir dieses Bett an. Sich einfach hineinzulegen, ist völlig unmöglich. Du musst mit Gewalt diese Laken und Decken herausreißen. Wenn du endlich hineinschlüpfen kannst, dann musst du mit deinem Partner um genügend Decke kämpfen oder sehr nah bei ihm schlafen, auch wenn dir nicht danach ist.»

«Ich sollte deine philosophischen Betrachtungen über italienische Ehebetten mitschreiben», erwiderte Laura und zerrte am Laken. «Wahrscheinlich gehört auch das zu deiner Aufarbeitung der Vergangenheit. Ich jedenfalls bevorzuge getrennte Decken. Zumindest bei länger dauernden Beziehungen. Mit dir halte ich es derzeit noch unter einer Decke aus. Aber nicht, wenn sie festgestopft ist!»

«Ah, du bist schon wieder so sachlich.» Mit einem letzten Ruck befreite er das Bett von der Umklammerung durch Laken und Decke, warf sich hinein und musterte stirnrunzelnd die Päpste und Padre Pio an den Wänden. Ein bisschen lag es sicher am Wein, ein bisschen am Bad im Fluss der Unterwelt, dass Laura beim Anblick von Commissario Guerrini in Boxershorts und Unterhemd auf blütenweißem, gestärktem Laken und dem Gesichtsausdruck eines Verfolgten einen Lachanfall erlitt.

«Bene», murmelte er, «ich sagte ja, es ist das Grab der Liebe.»

Es dauerte eine Weile, ehe Laura in der Lage war zu antworten. «Nein!», brachte sie schließlich hervor. «Es liegt an dir! Du siehst aus, als würdest du über dem Laken schweben, um es nur nicht zu berühren.»

«Es ist hart und kalt!» Heldenhaft kämpfte Guerrini gegen das Gelächter, das auch in ihm aufstieg, aber nach kurzer Zeit gab er auf und stimmte in Lauras Lachen ein. Erschöpft ließ sie sich neben ihn fallen und spürte selbst die kalte Glätte der Laken. Als sie ein Bein über Guerrinis Hüften legte, schob er sie weg.

«Nicht! Die schauen alle zu!» Er wies auf die Bilder an den Wänden.

«Gut, dann *Trimalchio*!» Sie griff nach dem Büchlein, knipste die Nachttischlampe an, schlug es irgendwo auf und begann laut zu lesen:

«‹Aber wir wollen ans Leben denken. Seid so gut, liebe Freunde, macht es euch gemütlich! Auch ich bin ja so dran gewesen, wie ihr es seid, aber mit meiner Tüchtigkeit habe ich es bis hierher gebracht. Das Oberstübchen ist es, was den Menschen ausmacht, alles Übrige sind Kinkerlitzchen. ‚Gut eingekauft, gut abgesetzt': Da kann euch einer sagen, was er will. Ich floriere zum Platzen. Aber du Schnarchliese heulst immer noch? Ich will es noch dahin bringen, dass du über deine Fee heulen sollst.› Damit meint er seine Frau», sagte Laura. «‹Aber was ich sagen wollte: Zu diesem Wohlstand hat mir meine Anspruchslosigkeit verholfen. Als ich aus Kleinasien kam, war ich nicht größer, als wie dieses Kandelaber ist. Kurz und gut, alle Tage habe ich mich immer an ihm gemessen und mir, um schneller einen Bart am Schnabel zu haben, die Lippen aus der Öllampe eingerieben. Trotzdem habe ich vierzehn Jahre lang den Schatz vom Prinzipal gemacht. Es ist ja keine Schande, was der Herr befiehlt. Ich stellte trotzdem auch die Prinzipalin zufrieden. Ihr wisst, was ich meine: Ich schweige, weil ich keiner von den Protzen bin. Im Übrigen, wie es der Himmel so will, bin ich Herr im Hause geworden und habe, stellt euch vor, meinem Prinzipal den Kopf verdreht. Wozu viel reden? Als Miterben hat er mich neben dem Kaiser eingesetzt, und ich habe ein Vermögen wie ein Fürst gekriegt. Aber keiner hat nie genug. Ich habe zu Handelsgeschäften Lust bekommen. Um euch nicht lange aufzuhalten: Fünf Schiffe habe ich gebaut, Wein geladen – und damals wog er Gold auf –, nach Rom geschickt. Es war, als hätt ich's bestellt: Alle Schiffe sind gekentert, Tatsache, kein Theater. An einem Tag hat Neptun dreißig Millionen geschluckt. Denkt ihr, ich hätte schlappgemacht? Weiß Gott, mir ist dieser Schaden egal gewesen, so wie gar nicht geschehen. Ich habe andere machen lassen: größer, besser und einträglicher, sodass keiner da war, der mich nicht einen Leistungsmenschen nannte. Ihr wisst, ein großes Schiff kann Großes leisten. Ich habe wieder Wein geladen, Speck, Bohnen, Parfüm, Sklavenware. An diesem Punkt hat Fortunata ein gutes Werk getan; nämlich ihren ganzen Schmuck, die ganze Garderobe hat sie verkauft und mir hundert Goldstücke in die Hand gedrückt. Das war die Hefe zu meinem Vermögen. Schnell kommt, was der Himmel will. Mit einer einzigen Fahrt habe ich zehn Millionen zusammengehamstert. Sofort habe ich alle Grundstücke eingelöst, die meinem früheren Herrn gehört hatten. Ich baue ein Haus, kaufe Knechte ein, Packtiere; was ich anfasste, setzte alles an wie eine Wabe. Nachdem ich so weit war, dass ich mehr hatte, als meine ganze Gemeinde hat – Strich darunter! Ich bin aus dem Handelsgeschäft ausgestiegen und habe angefangen, unter Freigelassenen Bank zu halten …›»

«Hör auf!»

«Warum?»

«Es klingt wie die Geschichte eines antiken Mafiabosses. Entsetzlich.»

«Es ist eine Satire von ewiger Gültigkeit.»

«Deshalb ist es ja so entsetzlich. Die Liebesgedichte von Petronius gefallen mir besser.»

«Darf ich eins hören?»

«Nein, es passt nicht in dieses Bett.»

«Bist du schwieriger geworden, oder habe ich das bisher nur übersehen?»

Vorsichtig schob Laura eine Hand unter sein Hemd.

«Mach das Licht aus, sonst sehen die an den Wänden, was du vorhast.»

Laura knipste die Nachttischlampe aus, und er zog sie an sich.

«Vielleicht geht es doch», flüsterte er.

IGNAZIO TUTTOVERDE wartete bereits vor der Kirche Santa Maria in Sovana. Die Piazza del Pretorio war menschenleer, nur vor der kleinen Bar unter den Arkaden der Loggia del Capitano lag ein großer schwarzer Hund und hob den Kopf, als Guerrini und Laura aus einer Seitenstraße kamen. Fünf Tauben flogen vom Dach der Kirche auf, kreisten zweimal um den Turm und ließen sich wieder nieder.

«Es würde mich nicht wundern, wenn dein Kollege in mittelalterliche Gewänder gekleidet wäre.» Laura sah sich um. «Das ist wie eine Zeitreise in die Vergangenheit. Fast ein bisschen unheimlich.»

«Ach», erwiderte Guerrini grimmig, «wenn die Carabinieri ihre Festtagsuniformen anziehen, dann sehen sie alle aus, als wären sie auf einer Zeitreise. Dieses Land ist eine einzige Zeitreise!»

«Du magst es zurzeit nicht besonders, oder?»

«Nein, nicht besonders. Was aber nichts mit diesen alten Gemäuern zu tun hat, die ich sehr liebe. Da drüben ist Ignazio.»

Tuttoverde trat aus dem Schatten der Kirche und kam ihnen entgegen. Er war nicht besonders groß, dafür stämmig, mit kräftigem Hals und rundem Kopf. Sein Haar trug er sorgfältig zurückgekämmt. Über der Stirn war es bereits ziemlich dünn, doch seine Augenbrauen waren umso dichter und seine kleinen, beinahe schwarzen Augen von großer Intensität. Blitzschnell huschten sie über Lauras Gestalt hinweg, dann zu Guerrini.

«Wie schön, euch zu sehen!», rief er, schüttelte kräftig Lauras Hand und umarmte seinen alten Kollegen. «Ich habe nicht viel Zeit! Diese verdammten Telefonini! Gerade kam ein dringender Anruf, und eigentlich müsste ich sofort weiter. Es wird nur für einen Caffè reichen. Tut mir leid. Aber eines muss ich Ihnen zeigen, Laura. Ich darf doch Laura sagen? Bene! Kommen Sie mit mir in die Kirche. Du natürlich auch, Angelo! Ihr müsst euch das ansehen: Es ist das einzige vorromanische Ziborium dieses Landes. Es ist einmalig. Von einmaliger Schönheit! Über zwölfhundert Jahre alt. Steht da wie gewachsen, Kunst verschmolzen mit Zeit. Es ist dann etwas ganz Eigenes daraus geworden, so etwas wie Ewigkeit. Etwas ewig Gültiges, Laura. Entschuldigen Sie, wenn ich so über Sie herfalle mit meiner Begeisterung!»

«Machen Sie nur weiter! Ich folge gern!»

Tuttoverde lachte und hielt die Kirchentür auf. Santa Maria war eine ganz schlichte romanische Kirche, das Ziborium ein Tempelchen aus weißem Marmor mit vier Säulen, korinthischen Kapitellen und zarten Ornamenten. Es stand wirklich da wie gewachsen, wie etruskische Tempel, die aus Sandstein herausgemeißelt wurden und so immer Teil der Felsen und der Erde geblieben waren.

«Bene», seufzte Tuttoverde nach einer Weile. «Trinken wir einen Cappuccino. Ich würde wirklich gern mehr Zeit in dieser Gegend verbringen. Sie ist immer noch voller Geheimnisse, und überall findet man die erstaunlichsten Kunstwerke. Leider wissen das auch die

Leute, hinter denen ich her bin. Raubgrabungen und Kunstraub sind überall an der Tagesordnung.»

Er eilte ein, zwei Schritte voraus und redete, halb zu ihnen umgewandt, ununterbrochen. «Sie sind also eine Kollegin aus Deutschland. Angelo hat es mir am Telefon verraten. Im Allgemeinen ist es ja eine Freude, mit der deutschen Polizei zusammenzuarbeiten, aber in meinem Fall weniger. Wir haben in unserem Comando ungefähr achthundert auf Kunstraub spezialisierte Carabinieri. Bei euch gibt es so gut wie niemanden, und schon gar kein Sonderdezernat. Außerdem hat Deutschland noch immer nicht die Unesco-Konventionen zum Schutz von Kulturgut unterzeichnet. Deshalb ist es der ideale Umschlagplatz für antike Kunstwerke. Es tut mir leid, aber das ist Tatsache!» Ohne sein Tempo zu verringern, ging er um den großen schwarzen Hund herum, der noch immer vor der Bar lag und wieder träge seinen Kopf hob. Ungeduldig stürmte er an die Theke und rief «C'è servizio?», als er niemanden entdecken konnte.

«Ich habe noch nie mit Kunstraub zu tun gehabt», erwiderte Laura und stellte sich neben ihn.

«Macht nichts, macht nichts. Ist ja nicht Ihre Schuld! Ah, es lebt ja doch jemand hier! Drei Cappuccini, bitte. Ihr trinkt doch auch Cappuccini, oder?»

Ein graugesichtiger älterer Mann mit langer grüner Schürze tauchte zwischen den Plastikbändern eines Fliegenvorhangs auf, nickte ihnen zu und hob fragend drei Finger.

«Ja, drei», bestätigte Guerrini. Während der Mann seine Kaffeemaschine in Gang setzte, rückten sie draußen eines der Tischchen in die Sonne und setzten sich.

«Es ist eine Schande, dass ich nicht mehr Zeit habe, wirklich. Es gibt hier noch das alte Waschhaus, in dem sich die Frauen immer getroffen haben, und der Dom ist unglaublich. Wenn Sie den Kopf in den Nacken legen, dann sehen Sie genau die Wappen der Medici über sich, und unten im Tal ist alles voll von Tempeln und Gräbern. Und diese phantastischen Hohlwege! Angelo wird Ihnen alles zeigen, Laura. Vero, Angelo?»

«Natürlich werde ich! Aber, wenn ich deine Begeisterung über die Maremma kurz unterbrechen darf, hast du etwas über Colalto herausgefunden?»

Der Graugesichtige brachte drei große Tassen Cappuccino, stellte sie umständlich auf den kleinen Tisch und sah sich dann auf der Piazza um, als erwarte er, dass etwas geschehe. Tuttoverde klopfte ungeduldig mit den Fingern auf die Tischkante, sprach erst, als der Mann wieder in seiner Bar verschwunden war.

«Eine schwierige Geschichte», murmelte er. «Da ist etwas, aber es ist nicht zu greifen. Manchmal bin ich nicht einmal sicher, dass ich mich nicht irre. Ich habe vor ein paar Monaten einen Tipp von einem alten Bekannten bekommen. Er meinte, dass in einem dieser Reichenghettos an der Küste seltsame Dinge vor sich gehen.»

«Ach!» Guerrini setzte die Tasse ab, aus der er gerade trinken wollte. «Doch nicht etwa in *Il Bosco*?»

«Doch! Jetzt erstaunst du mich aber, Angelo!»

«Wir machen da seit fast einer Woche Urlaub, und es sind uns außerordentlich merkwürdige Dinge zugestoßen. Allerdings haben wir versucht, keine Schlüsse zu ziehen, weil wir im Urlaub sind und nicht ermitteln wollen.»

Ignazio Tuttoverde hob beide Hände auf Höhe seiner Ohren und zog den Kopf ein. «Das funktioniert nie, Angelo! Ich nehme mir auch jedes Mal vor, taub und blind in den Urlaub zu fahren. Aber sobald ich in ein Museum gehe, überprüfe ich im Geiste die Ausstellungsstücke, und du wirst es nicht glauben: Ich habe fast jedes Mal irgendwas gefunden, das da nicht hingehört!»

Lauras Handy brummte in ihrem Lederrucksack. Sie kramte es hervor, winkte den beiden Männern zu und ging ein paar Meter in eine kleine Nebengasse hinein. Es war Baumann, das sah sie auf dem Display.

«Buon giorno, Commissaria! Come stai?»

«Übertreib es nicht, Peter! Hast du die drei Worte auswendig gelernt?»

«Ich dachte, es würde dich beeindrucken, wenn ich dich in deiner Muttersprache anrede. Was machen deine illegalen Ermittlungen?»

«Gar nichts.»

«Dann interessiert dich wahrscheinlich auch nicht, was ich von den Schweizer Kollegen über deine reichen Nachbarn erfahren habe?»

«Doch, es interessiert mich.»

«Die beiden Herren sind ebenfalls kräftig an der Vermarktung von Kunstwerken beteiligt. Angeblich besteht eine große Nachfrage vor allem nach antiken Stücken. Interessante Dinge erfährt man, wenn du im Urlaub bist. Die Kollegen haben mir auch gesagt, dass in der Schweiz die Stadt Genf ein Zentrum für den Handel mit Kunstwerken ist, die nicht ganz legal beschafft werden. Bei uns in Deutschland soll es Frankfurt sein. Man tarnt die Kunstwerke als Stücke aus Privatsammlungen. Die Kollegen haben auch gesagt, dass da mafiotische Strukturen am Werk seien. Sie beobachten die Angelegenheit, mehr können sie zurzeit wohl nicht tun. Auch deine beiden Nachbarn werden beobachtet. Jetzt sogar von dir!»

«Ach, verdammt! Ich beobachte sie ja gar nicht wirklich. Ich kann sie nicht leiden und diesen Ruben auch nicht. Außerdem haben die Schweizer sich an uns herangemacht und nicht wir uns an sie.»

«Dann beobachte sie nicht. Überlass es den Schweizer Kollegen und mach Urlaub! Sonst kommst du zurück und hast schlechte Laune, und wir müssen alle darunter leiden!»

«Am liebsten würde ich gar nicht zurückkommen, sondern Meeresforscherin werden!»

«Wieso denn das?»

«Weil ich dann Wattwürmer beobachten könnte! Die sind weniger anstrengend als Menschen.»

«Ist alles in Ordnung mit dir?»

«Alles bestens. Ich danke dir, grüß alle schön!»

«He, Laura …»

Sie beendete das Gespräch mit einem Knopfdruck und sah einer jungen Katze zu, die sich wie wild im Kreis drehte, um ihren Schwanz zu fangen. Die Tuffsteinmauer, an der Laura lehnte, strahlte angenehme Wärme ab, die kleine Katze kugelte übermütig über den Boden, blieb plötzlich liegen und starrte Laura aus wilden gelben Augen an. Am liebsten hätte Laura sich neben die Katze gelegt, um ebenfalls völlig entspannt herumzurollen. Wenn sie jetzt zu den beiden Männern zurückkehrte und von diesem Anruf erzählte, dann wären sie mittendrin. Aber waren sie das nicht schon längst? Eigentlich von Anfang an, trotz Angelos Wutanfall angesichts der Leiche am Strand? Na ja, bisher hatten sie immerhin auch viele Momente der Entspannung erlebt.

Die kleine Katze hangelte sich mit ihren Krallen an Lauras Jeans hoch.

«He!», rief sie und stampfte mit dem freien Fuß auf. Da raste die Katze mit steil aufgestelltem Schwanz davon und versteckte sich unter einer geparkten Vespa. Gerade als Laura zu Guerrini und Tuttoverde zurückkehren wollte, brummte erneut ihr Telefon.

Vater, dachte Laura nach einem Blick auf das Display. Er ist ein richtiger Held, weil er es so lange ohne ein Gespräch mit mir ausgehalten hat.

«Ciao, babbo», sagte sie leise.

«Ciao, mia figlia. Ich hatte plötzlich ein Gefühl, als ginge es dir nicht so gut. Hoffentlich irre ich mich.»

«Ich liebe dich, babbo. Es geht mir wirklich gut. Wir sind gerade in Sovana, ein wunderbarer Ort, ganz aus unserer Zeit gefallen. Kennst du Sovana?»

«Natürlich. Die ganze Gegend ist aus der Zeit gefallen, wie du es nennst. Pitigliano, Sorano, die Tuffsteinhöhlen, die heißen Quellen und überall die Spuren der Etrusker. Weißt du, dass sie die Einzigen waren, die beinahe exakt den Untergang ihrer Gesellschaft vorausgesagt haben? Sie gaben sich achthundert Jahre, und die hatten sie auch. Danach ging ihre Kultur in die römische ein, und sie verschmolzen oder wurden verschmolzen, bis es sie nicht mehr gab.»

«Nein, das habe ich nicht gewusst, aber ich glaube es sofort, bei all den Stilen, die hier verschmelzen.»

«Wie steht es mit deinen eigenen Verschmelzungen? Geht es dir gut? Ich meine, mit Angelo?»

«Danke, babbo. Es geht gut.»

«Aber da ist etwas. Ich höre es in deiner Stimme.»

«Nein, es ist nichts. Ich habe Angelo übrigens aus dem *Gastmahl bei Trimalchio* vorgelesen. Erinnerst du dich daran, dass du es mir immer neben das Bett gelegt hast, und ich mochte es nie lesen?»

«Ah, natürlich! Und was sagst du jetzt dazu?»

«Angelo mochte nicht, was ich ihm vorgelesen habe. Er sagte, dass es ihn an die Lebensgeschichte eines Mafiabosses erinnert.»

«Na, da liegt er nicht so falsch. Deshalb wollte ich ja, dass du es liest. Es ist eine ewig gültige Geschichte. Wie sagte schon Marc Aurel in seinen Selbstbetrachtungen: Wer die Gegenwart gesehen hat, der hat alle Dinge gesehen, jene, die in der unauslotbaren Vergangenheit geschahen, jene, die in der Zukunft geschehen werden! So ungefähr hat er es jedenfalls gesagt und dabei eine tiefe Weisheit hinsichtlich der menschlichen Natur bewiesen.»

«Du bist unglaublich, babbo! Geht es dir gut?»

«Danke der Nachfrage. Nachdem ich diesen entsetzlich heißen Sommer überlebt habe, bin ich zuversichtlich, dass ich Weihnachten mit Fernando Guerrini in Siena verbringen werde. Vielleicht kommt ihr ja auch dazu. Du, die Kinder und Angelo.»

«Ah, ihr kuppelt schon wieder!»

«Natürlich, was sollen wir Alten denn sonst tun. Ich finde, wenn die Väter sich gut verstehen, dann ist das eine echte Basis für eine gute Verbindung der Kinder!»

«So, meinst du.»

«Allerdings meine ich das, und Fernando sieht es ganz ähnlich.»

«Na, wunderbar.»

«Bist du jetzt ärgerlich?»

«Nein, ich bin nur der Meinung, dass ihr beide das uns überlassen solltet.»

«Tun wir ja auch. Es ist nur als Anregung gedacht.»

«Du meinst als Wink mit dem Zaunpfahl.»

«Meine Güte, Laura. Weder Fernando noch ich sind Dummköpfe. Aber wir haben den verständlichen Wunsch, dass unsere Kinder versorgt sind, wenn wir einmal nicht mehr leben.»

«Und du meinst, dass man versorgt ist, wenn man ...»

«Ja, das meine ich. Ich jedenfalls fühlte mich sehr versorgt, solange deine Mutter noch lebte. Und glücklich!»

«Und Fernando?»

«Bei ihm war es ganz ähnlich, auch wenn er es manchmal anders darstellt und seine verstorbene Frau eine Hexe nennt. Das ist nicht so ernst gemeint.»

«Wirklich nicht?»

«Nein, wirklich nicht.»

«Hast du Luca und Sofia in den letzten Tagen gesehen?»

«Ah, du wechselst das Thema. Nun gut. Ja, ich habe sie gesehen, und es geht ihnen gut. Sofia redet ununterbrochen von diesem irischen Herzensbrecher Patrick, und Luca wird allmählich wirklich erwachsen. Wir hatten ein langes Gespräch über den Sinn des Lebens.»

«Habt ihr ihn gefunden?»

«Sagen wir: eingekreist. Ja, das haben wir.»

«Machen wir das auch, wenn ich zurückkomme?»

«Hast du es nötig?»

«Das war ein Scherz, babbo.»

«Na, deinen Scherzen traue ich nicht. Stimmt etwas nicht?»

«Es ist wirklich alles in Ordnung. Wir wandeln nur gerade auf den Spuren von Angelos Kindheit, und da tun sich hin und wieder Abgründe auf.»

«Das ist mit allen Kindheiten so, Laura. Wie sollte es auch anders sein. Deshalb ist es manchmal besser, nach vorn zu schauen und nicht so sehr zurück!»

«Ach, du bist schon wieder so weise, babbo.»

«Wäre schlimm, wenn ich's noch immer nicht wäre.» Der alte Gottberg kicherte vergnügt.

«Gut drauf bist du auch.»

«Durchaus.»

«Dann lass ich dich jetzt wieder allein. Grüß die Kinder, wenn du sie siehst, und pass auf dich auf. Wir brauchen wenigstens einen Weisen in der Familie!»

«Grüß den Commissario und genieß deine Freiheit, Laura. Servus.»

«Servus, babbo.»

Laura liebte diesen römisch-bayerischen Gruß. Sie schickte einen symbolischen Kuss in Richtung Norden und kniete dann nieder, um die kleine Katze mit einem Grashalm zu locken. Zur Hölle mit der Mafia!

Als Laura endlich zu Guerrini und Tuttoverde zurückkehrte, fand sie beide in ein ernstes Gespräch vertieft.

«Störe ich?»

«Aber nein!» Tuttoverde sprang auf und rückte ihr den Stuhl zurecht.

«Grazie. Ich habe gerade erfahren, dass die beiden Schweizer – unsere Nachbarn in *Il Bosco* – von der Polizei beobachtet werden, weil sie möglicherweise in illegalen Kunsthandel verwickelt sind.»

«Wanner und Stamm, nicht wahr? Wir haben die beiden auch schon länger im Auge.» Tuttoverde rief nach einem zweiten Caffè.

«Dann kennen Sie auch Ruben?»

«Nein, dieser Ruben ist neu. Angelo hat gerade von ihm erzählt. Gibt es da noch etwas, das ihr beide wisst?»

«Nur, dass dieser Wärter Orecchio verschwunden ist», erwiderte Guerrini schnell.

Er will den toten Araber verschweigen, dachte Laura. Na gut, verschweigen wir ihn.

«Eine merkwürdige Geschichte», murmelte Tuttoverde. «Entweder haben ihn die eigenen Leute kassiert, oder er ist einfach abgehauen und hat die letzte Lieferung mitgenommen.»

«Welche Lieferung?», fragte Laura.

«Ach so, Sie waren ja nicht da, Laura. Angelo habe ich es schon erzählt. *Il Bosco* ist in unregelmäßigen Abständen spätnachts oder am frühen Morgen, wie man es halten will, von verschiedenen Lieferwagen angefahren worden. Allerdings konnten wir nicht nachweisen, dass sie zum Haus von Wanner und Stamm fuhren.»

«Woher wissen Sie das mit den Lieferwagen?»

«Das wiederum würde ich ungern verraten, denn es geht hier um Zeugen, die sich möglicherweise in Lebensgefahr befinden. Und nach allem, was ich von Angelo gehört habe, würde ich euch beiden empfehlen, sehr vorsichtig zu sein. Die haben offensichtlich bemerkt, dass ihr euch Gedanken macht. Und diese Art von Leuten mag es nicht, wenn sich jemand Gedanken macht.» Er stürzte den zweiten Cappuccino hinunter, den der Graugesichtige vor ihn gestellt hatte. «Tut mir leid, wenn ich euch jetzt allein lassen muss. Aber meine Verabredung ist sehr wichtig. Ich werde es gerade noch schaffen, wenn ich schnell fahre!» Er sprang auf, verbeugte sich, winkte mit hocherhobenem Arm und verschwand in einer schmalen Lücke zwischen den Häusern.

«Du hast ihm nichts von dem toten Araber erzählt?»

Guerrini schüttelte den Kopf und lehnte sich zurück.

«Warum nicht?»

«Weil er seinen sogenannten Zeugen nicht genannt hat. Er hat auch nicht verraten, dass da irgendwo ein verdeckter Ermittler herumläuft. Ich bin sicher, dass er sich mit genau dem heute trifft.»

«Und was soll das Versteckspiel?»

«Entweder will er uns schützen, oder er traut uns nicht. Könnte daran liegen, dass mein Vater Geschäfte mit Colalto macht. Ach, ich weiß nicht. Vielleicht will er auch einfach nicht mit uns zusammenarbeiten.»

«Was hat das mit dem toten Araber zu tun?»

«Ich wollte es ihm einfach nicht sagen.»

«Weil wir es nicht gemeldet haben?»

«Ja, auch deshalb.»

«Glaubst du nicht, dass er längst von dem Toten weiß?»

«Könnte sein, aber ich bin mir nicht sicher.»

«Traust du ihm nicht?»

«Ich hatte eher den Eindruck, dass er mir nicht traut.»

«War das schon früher so?»

«Nein, wir haben früher hervorragend zusammengearbeitet.»

«Woran liegt es dann?»

«Ich sagte doch schon, dass es an meinem Vater liegen könnte. Außerdem riecht das hier nach Mafia. Da traut man niemandem.»

«Glaubst du wirklich, dass es so einfach ist? Liegt es nicht einfach daran, dass Tuttoverde etwas von uns weiß und wir uns bedeckt halten? Falls es so ist, dann hat er doch völlig recht, wenn er vorsichtig ist.»

«Natürlich, die ganz normale Paranoia von Polizisten.»

«Was machen wir jetzt?»

«Wir bezahlen vier Cappuccini und warten ab. Später können wir ja diesem Tibero einen Besuch abstatten. Den hat Tuttoverde nicht erwähnt. Aber vorher möchte ich dir noch den schönsten etruskischen Hohlweg dieser Gegend zeigen.»

«Auf Empfehlung von Tuttoverde?»

«Nein, auf meine Empfehlung. Vergiss Tuttoverde!»

Sie kletterten durch dichtes Unterholz, das von Schlingpflanzen überwuchert war. Den Wagen hatten sie am Straßenrand unten in der Schlucht zurückgelassen. Keuchend erreichten sie endlich eine hohe Felswand aus ockerfarbenem Sandstein und folgten einem schmalen Pfad, der unvermutet die Felsen teilte. Dunkle Wände erhoben sich links und rechts, zwanzig, dreißig Meter hoch, dämmriges grünes Licht füllte diesen höhlenartigen Weg, zarte Pflanzengespinste überzogen die Felswände, Moose und Flechten. Über ihnen schien ein schmaler Spalt Himmel auf, kaum sichtbar hinter Wurzeln und Ästen, die sich über den Hohlweg beugten. Die Luft war kalt und modrig, und doch war dieser unwirkliche Pfad, der steil nach oben führte, von so geheimnisvoller Schönheit, dass Guerrini und Laura schweigend und staunend hinaufwanderten, bis sie unvermutet wieder im Sonnenlicht ankamen.

«Es ist wie der Aufstieg aus der Unterwelt», sagte Laura leise. «Wie haben die Etrusker das gemacht? Ich meine, wie haben sie diese Wege in den Stein gehauen?»

«Sie haben es sich nur ausgedacht und dann machen lassen», gab Guerrini zurück. «Für die Ausführung hatten sie Sklaven. Aber bis heute weiß man nicht genau, warum sie diese enormen Hohlwege aus den Felsen schlagen ließen. Vermutlich waren es kultische Wege, so, wie du es eben empfunden hast. Aufstieg aus der Unterwelt und Abstieg in die Unterwelt. In der Schlucht gibt es viele Gräber. Vielleicht brachte man die Toten hinunter in ihr eigenes Reich, und die Lebenden stiegen durch die Hohlwege wieder ins Licht. Die Christen nannten diesen Weg später Straße des Teufels und haben Kreuze in den Sandstein gemeißelt, um die heidnischen Götter zu vertreiben.»

«Sie haben es nicht geschafft.»

«Wie meinst du das?»

«Die Götter sind noch da. Man kann es ganz deutlich spüren. Ich glaube, dass nichts auf dieser Erde jemals verloren geht. Auch nicht der Geist alter Götter oder Kulturen.»

«Eine ganz neue Erweiterung des Entropiegesetzes?»

«Ja, meine ganz persönliche Erweiterung!»

Eine Weile wanderten sie durch Weinberge und lichte Esskastanienwälder oberhalb der Schlucht, dann stiegen sie wieder durch die Straße des Teufels in die Unterwelt und waren erleichtert, den Lancia genau da zu finden, wo sie ihn abgestellt hatten: ein leicht zerbeultes Zeichen der Realität.

CARLO TIBERO warf den Möwen gerade die letzten Fischreste zu, als Laura und Guerrini den Hafen von Portotrusco erreichten. Der Kühlwagen der Fischfabrik war bereits fort.

«Geh du zuerst! Dir hat er letztes Mal zugezwinkert. Ich komme dann rein zufällig dazu.» Guerrini machte eine auffordernde Geste mit seinem Kinn. Langsam schlenderte Laura zur *Medusa* hinüber, steckte die Hände in die Taschen ihrer Lederjacke und schaute den Möwen zu, wie sie wild kreischend um Brocken rauften, die Tibero in die Luft warf.

«Gieriger Haufen, was?», grinste der Fischer und wischte seine Finger an der Hose ab. Diesmal zwinkerte er nicht.

«Hatten Sie einen guten Fang?» Laura sah zu ihm hinauf.

«Così, così. Wie immer.» Er stapelte ein paar fleckige Styroporkisten übereinander, rollte den Wasserschlauch auf und schien nicht an einem Gespräch interessiert. Dann verschwand er unter Deck, tauchte erst nach ein paar Minuten wieder auf und hob erstaunt die buschigen Augenbrauen, als Laura noch immer vor der *Medusa* am Kai stand.

«Urlaub, was?»

Laura nickte.

«Langweilig hier im Oktober. Im Sommer müssen Sie kommen, Signora.»

Laura zuckte die Achseln.

«Ich mag den Herbst. Waren Sie schon mal auf Montecristo?»

«Ich fahr beinah jeden Tag dran vorbei. Das ist alles.»

«Sind Sie noch nie an Land gegangen?»

Tibero lehnte sich an die Reling des Kutters, zog die Wollmütze vom Kopf und strich sein dichtes krauses Haar zurück.

«Warum sollte ich dort an Land gehen, Signora? Ich fange Fische! Mit Steinen und schwarzen Springvipern kann ich nichts anfangen.»

«Schwarze Springvipern?»

«Ja, von denen gibt's da jede Menge.» Jetzt zwinkerte er doch.

Aus den Augenwinkeln nahm Laura wahr, dass Guerrini herangekommen war.

«Buona sera», sagte er sofort. «Darf ich auch etwas fragen? Wie weit müssen Sie im Schnitt rausfahren, um einen guten Fang zu machen?»

«He, was ist das hier? Bin ich ein Auskunftsbüro? Wir fahren circa hundert Seemeilen weit, manchmal mehr, manchmal weniger.»

«Ist es gefährlich?»

Tibero spuckte ins Wasser.

«Seefahrt ist immer gefährlich!» Er kletterte über die Reling, sprang neben Laura und Guerrini an Land und begann die Leinen der *Medusa* loszumachen.

«Gibt es da draußen eigentlich auch Flüchtlingsschiffe? Ich meine, solche wie vor Sizilien und Lampedusa.»

Tibero richtete sich auf und warf Guerrini einen

scharfen Blick zu. «Und wo sollen die herkommen, eh? Aus Korsika etwa?» Er lachte laut.

Guerrini kniff leicht die Augen zusammen und schaute in Richtung des Leuchtturms am Eingang des Hafens. «Ich habe gehört, dass kürzlich weiter im Norden ein toter Araber am Strand gefunden wurde. Und das sei nicht das erste Mal gewesen. Vielleicht ist es ja nur ein Gerücht. Die Leute reden viel.»

Tibero verharrte ein paar Sekunden lang reglos, ehe er weiter die Knoten der Taue löste und wieder an Bord kletterte.

«Wo soll das gewesen sein?» Er tat nur halb interessiert, während er seine Taue aufwickelte.

«Irgendwo weiter nördlich in der Bucht. Da ist übrigens auch einer der Wärter von *Il Bosco* verschwunden. Komische Sache, nicht?» Guerrini spielte den naiven Neugierigen und machte seine Sache nicht schlecht, fand Laura.

«Und was haben Sie damit zu tun?» Tibero stützte beide Hände auf die Reling und starrte düster auf Guerrini herab.

«Nichts, eigentlich. Ich mache hier nur Urlaub.»

«Dann machen Sie Urlaub und kümmern sich um Ihre eigenen Angelegenheiten. Verstanden? Wir haben hier genügend Schwätzer. Da schauen Sie, da kommen schon welche!» Tibero wies auf eine Gruppe von alten Männern, die auf die *Medusa* zusteuerte. Er rannte zum Heck des Kutters, drehte den Motor auf und legte ab, ohne Laura und Guerrini noch eines Blickes zu würdigen.

«Ich denke, es wird Zeit, die Sache etwas ernsthafter anzugehen», murmelte Laura, als sie dem Kutter nachschaute, dessen Schiffsschrauben das braune Hafenwasser aufwirbelten. Guerrini nickte. «Er wird auf der anderen Seite nahe der Brücke anlegen. Da ist der Liegeplatz der *Medusa*. Wir sollten ihn dort erwarten.»

«Warum hast du den toten Araber erwähnt?»

«Weil ich Tibero ein bisschen in Fahrt bringen will.»

«Interessant: Du hast den Toten bisher nie wirklich in Zusammenhang mit den anderen Geschichten gebracht.»

«Hab ich das nicht?»

«Verdammt noch mal! Was spielen wir hier eigentlich, Angelo?»

«Urlaub. Wir spielen Urlaub.»

Ehe Laura antworten konnte, lief er zum Lancia zurück, winkte heftig und schrie: «Beeil dich, sonst ist er weg, der schöne Tibero!»

Aber Laura lächelte den alten Männern entgegen, wünschte ihnen einen schönen Abend und fragte, in welcher Bar sie später zu finden wären, weil sie sich gern mit ihnen über den Fischfang unterhalten würde. Sie lachten verlegen, drucksten ein bisschen herum, wiesen dann aber über den Hafen nach Süden.

«Auf der anderen Seite der Brücke ist unsere Kneipe. Links an der Hauptstraße, gegenüber der Tankstelle. Da trinken wir später einen. Jedenfalls die meisten hier.» Es war der große hagere Alte, der vor ein paar Tagen mit Tibero gestritten hatte. Laura erinnerte sich genau an ihn. «Was wollen Sie denn von uns, Signora?»

«Einfach nur reden. Über das Meer und wie es sich verändert hat. Ihr werdet das am besten wissen.»

«Sind Sie Journalistin oder Forscherin?»

«So was Ähnliches! Danke, wir sehen uns später!» Laura verbeugte sich vor den Alten und rannte hinter dem Lancia her, der bereits langsam rollte. Kaum saß sie auf dem Beifahrersitz, gab Guerrini Gas.

«Er wird nicht auf uns warten! Der weiß genau, dass wir mit seinen Antworten nicht zufrieden sind.»

Kurz vor der Brücke standen die Autos. Es war kein großer Stau, hielt sie nur ein paar Minuten lang auf, trotzdem machte er Guerrini nervös. Über das Wasser hinweg konnten sie die *Medusa* und Tibero sehen. Der Fischer war gerade dabei, den Kutter wieder zu vertäuen, und schien es eilig zu haben.

«Fährt der eigentlich allein raus?» Guerrini bremste knapp hinter einem Ape-Dreirad, das mühsam die Steigung zur Brücke nahm. «Das kann der doch gar nicht. Netze auswerfen, einholen und das Boot lenken.»

«Ich hab keine Ahnung, Angelo. Ich war noch nie Fischer. Aber ich glaube, es ist eine Arbeit für mindestens zwei. Obwohl ... wenn ich an manche Bücher denke, die ich als junges Mädchen gelesen habe ... da gab es durchaus Kutter, die ein Mann alleine fuhr.»

Guerrini überquerte mit zwanzig Stundenkilometern die Brücke, der winzige Lieferwagen vor ihnen stank wie die Pest. Endlich konnten sie zum Kai abbiegen und hielten kurz darauf neben Tibero, der gerade auf sein Motorrad steigen wollte.

«Eh, ich hab noch eine Frage!» Guerrini sprang aus dem Wagen, und Tibero ließ den Motor seiner schweren Maschine aufheulen.

«Was?», brüllte er und hielt eine Hand hinter sein rechtes Ohr.

«Ich hab noch eine Frage!», brüllte Guerrini zurück.

«Wieso sollte ich Ihre Fragen beantworten, verdammt noch mal! Ich hab jetzt Feierabend!»

«Weil ich ein Verwandter von Orecchio bin und verdammt noch mal wissen will, wo er ist oder was mit ihm passiert ist!»

«Woher soll ich denn das wissen? Er arbeitet seit über einem Jahr nicht mehr bei mir!»

«Wieso hast du ihn entlassen?»

Tibero ließ den Motor weiterlaufen, er zuckte die Achseln. «Keine Fische, kein Geld, keine Angestellten! Ganz einfach! Und jetzt verpisst euch, ehe ich sauer werde!» Carlo Tibero schwang sich auf sein Motorrad und donnerte davon.

«Starker Abgang! Ich hatte schon damit gerechnet, dass du ihm deinen Polizeiausweis unter die Nase halten würdest.» Laura stieg ebenfalls aus dem Wagen.

«Beinah hätt ich's getan!»

«Glaubst du, es hätte ihn beeindruckt?»

«Nein, ich glaube nicht, dass den irgendwas beeindruckt.»

Auf der Reling und dem Steuerhaus der *Medusa* ließ sich ein Schwarm Möwen nieder, deren Schreie sich anhörten wie Gelächter.

Es war eine unangenehme Bar. Die Decke zu hoch, der Boden zu glatt, graubraun gefliest, Spielautomaten an den Wänden, Plastiktische, Plastikstühle mit dünnen Metallbeinen. Jeder Laut multiplizierte sich, hallte und mischte sich mit anderen Lauten zu undefinierbarem Lärm. Männer hingen in Grüppchen herum, nur Männer. Von vierzig bis achtzig. Die einzige Frau stand hinter dem Tresen. Sie war jung, ein bisschen zu dick. Der Ausschnitt an ihrem Pullover zeigte viel von ihren

Brüsten. Es roch nach Rauch, obwohl Rauchen verboten war, wie in allen italienischen Kneipen. Der Zigarettengeruch schien aus gelben Fingern, gebeizten Lungen, ungewaschenen Kleidern zu strömen.

Die alten Männer vom Hafen waren noch nicht da, deshalb setzten Laura und Guerrini sich auf unbequeme Hocker an der Theke und warteten. Die junge Frau las in einer Zeitschrift und wandte den neuen Gästen unwillig den Kopf zu, während ihre Augen noch auf einem der Klatschberichte hafteten.

«Einen Tee, schwarz», sagte Laura.

«Ich auch.» Guerrini schob den großen Zuckerbehälter zur Seite und stützte einen Arm auf den Tresen.

«Engländer?» Die junge Frau grinste und rieb an dem goldenen Knopf in ihrem rechten Nasenflügel.

«Klar!», gab Laura zurück.

«Mit Zitrone?»

«Mit Milch.»

«Brrrrr! Wirklich Engländer!» Sie steckte eine Haarsträhne hinters Ohr und lachte.

«Lieber doch mit Zitrone!», grinste Guerrini.

«Also doch keine Engländer! Wieso trinkt ihr dann Tee? Hier trinken alle Kaffee, ganz egal, wie spät es ist. Ich hab euch hier noch nie gesehen!»

«Wir sind Touristen.»

Die junge Frau füllte siedendes Wasser aus der Kaffeemaschine in zwei große Tassen und hängte Teebeutel hinein. Dann schnitt sie Scheibchen von einer halben Zitrone und klemmte sie an den Tassenrand.

«Vorsicht, heiß!»

«Wir haben uns vorhin am Hafen mit dem Fischer Tibero unterhalten. Er sagte, dass er manchmal hierher kommt. Stimmt das? Wir würden ihn gern wiedersehen.» Guerrini streute einen halben Löffel Zucker in seinen Tee.

Sie hatte sich bereits wieder in ihre Zeitschrift vertieft und richtete sich jetzt langsam auf, dehnte die Schultern nach hinten und streckte den Busen heraus. «Ach der. Mal kommt er, mal nicht. Dann streitet er mit den anderen und spielt ein bisschen an den Maschinen.»

«Streitet?»

«Klar, wenn die hier zu diskutieren anfangen, dann ist die Hölle los. Ich hab zum Chef gesagt, dass ich Ohrenschützer brauche, wenn ich hier arbeiten soll. Manchmal ist es so laut, dass ich rausrenne. Trotzdem kommen die alle fast jeden Abend her. Wahrscheinlich sind sie taub.»

Guerrini zog den Teebeutel aus seiner Tasse und schaute sich suchend um.

«Hier!» Die junge Frau schob ihm einen kleinen Teller hin.

«Kennen Sie auch einen Ernesto Orecchio?»

Sie stemmte beide Hände in ihre Hüften und musterte Guerrini prüfend. «Bist du'n Bulle oder was?»

«Quatsch, seh ich so aus? Ich hab ihn nur zufällig kennengelernt, weil wir in *Il Bosco* ein Haus gemietet haben. Scheint ein netter Kerl zu sein.»

Sie war mit seiner Antwort offensichtlich nicht zufrieden, blätterte zerstreut und ohne hinzusehen in der Zeitschrift. «Er kommt nicht mehr oft. Früher, als er noch für Tibero gearbeitet hat, war er dauernd hier. Mit Tibero.»

«Eh, Nicolina! Zwei Caffè und einen Ramazotti!» Ein alter Mann, dem beide Schneidezähne fehlten, wedelte mit den Händen.

«Jaja, ich komm ja schon!» Die junge Frau zuckte die Achseln und klopfte den Filter der Kaffeemaschine aus.

In diesem Augenblick wurde die Tür aufgestoßen, die Alten vom Hafen drängten herein und wurden von den Anwesenden mit lauten Rufen begrüßt. Für einige Zeit stieg der Lärmpegel so gewaltig, dass Laura sich beide Ohren zuhielt.

«Jetzt hören Sie, was ich meine!», brüllte Nicolina.

Inzwischen hatte der hagere Alte, den Laura vom Hafen kannte, sie entdeckt und arbeitete sich durch seine Bekannten zu ihr vor.

«Luciano! Luciano Tremonti!», stellte er sich vor. «Es liegt an diesen bescheuerten hohen Decken, dass man sich hier nicht vernünftig unterhalten kann. Wir sind verrückt, dass wir uns immer noch hier treffen. Das ist die Macht der Gewohnheit, Signora. So sind wir Menschen. Wir werden immer hierher kommen, auch wenn wir alle unser Gehör verlieren.»

«Laura Montedio. Sie können mich Laura nennen. Das ist einfacher.»

Er berührte sie leicht an der Schulter und lächelte. «Luciano!»

«Laura!»

«Bella Laura.» Er zwinkerte ihr zu, sah schuldbewusst zu Guerrini hinüber und bestellte bei Nicolina einen Brandy.

«Was wollt ihr denn von Tibero? Wir haben euch drüben bei der *Medusa* gesehen.»

«Nichts Bestimmtes. Wir haben uns mit ihm über Fischfang unterhalten. Ich bin nämlich Meeresbiologin.»

Jetzt hatten auch die anderen Alten die Bar erreicht.

«Endlich mal andere Gesichter!», rief einer.

«Endlich mal eine Frau!»

«Hehe!», brüllte Nicolina.

«Eh, Luciano, du bist natürlich wieder ganz vorn dran, wenn es um Frauen geht. Passen Sie auf, Signora, er war früher mal der Herzensbrecher von Portotrusco!» Gelächter schlug über Laura und Guerrini zusammen wie eine Flutwelle und schien von allen Seiten widerzuhallen. Nicolina trommelte mit beiden Fäusten auf die Theke und schrie: «Silenzio! Wisst ihr, wie ihr seid? Wie Schweine, wenn's was zu fressen gibt. Die kreischen auch so laut, dass man nichts mehr versteht. So seid ihr! Wie hungrige Schweine!»

Erstaunlicherweise wurde es tatsächlich beinahe still. Luciano schlürfte einen Schluck Brandy, die andern bestellten gesittet bei Nicolina.

«Ein gutaussehender Mann, dieser Tibero, nicht wahr?» Luciano zwinkerte wieder.

Nur zu, dachte Laura. Dann gehen wir die Geschichte eben von dieser Seite an.

«Ja, sehr gut aussehend. Glauben Sie, Luciano, dass er auch Gäste auf der *Medusa* mitnimmt? Ich würde gern sehen, was er so alles fängt in seinen Netzen.»

Luciano lachte verschmitzt. «Dich würde er wahrscheinlich mitnehmen, bella Laura. Bei deinem Freund wäre ich mir da nicht so sicher. Nein, im Ernst: Er hat noch nie Touristen mitgenommen.»

«Schade. Er muss ein leidenschaftlicher Fischer sein, wenn er immer noch rausfährt. Der Fang lohnt sich doch kaum noch. Das haben Sie selbst vor ein paar Tagen gesagt, Luciano. Ich hab es gehört, und Tibero wurde richtig böse.»

«Der wird leicht böse.»

Ein zweiter Alter mischte sich ein, ein kleiner mit lustigen hellen Augen und einem grauen Haarschopf, der ihm tief ins Gesicht fiel. «Das kannst du laut sagen, dass der böse wird! Und noch eins: Der lebt gar nicht vom Fischfang. Alles Tarnung! Das sag ich schon lange. Von den paar Fischen kann man sich doch keinen nagelneuen BMW leisten und so ein Motorrad!»

Laura tauschte einen Blick mit Guerrini, der ihr bedeutete weiterzumachen.

«Passt sicher gut zu ihm, der BMW», sagte sie und schlug die Beine übereinander. «Schöner Mann, schönes Auto.»

«Gibt schönere!», brummte der kleine Alte.

«Pass auf, was du sagst!» Luciano klopfte dem Alten auf die Schulter. «Tibero kann sehr böse werden, wenn man schlecht über ihn spricht.»

«Ah, das ist mir doch egal! Ich hab gehört, dass er sich sogar eine Eigentumswohnung gekauft hat. In den neuen Häusern oberhalb der Altstadt. Mit Dachterrasse. Der muss goldene Fische gefangen haben! Ha!»

Plötzlich erklang scharfes metallisches Klopfen, und wieder wurde es still. Rechts von Guerrini lehnte ein schlanker Mann im dunklen Anzug und schlug mit einem dicken Siegelring gegen den Tresen. Er war höchstens vierzig, irgendwie unauffällig, mit einem Gesicht, das man sich nicht merken konnte, weil viele solche Gesichter hatten.

«Nun beruhigt euch mal», sagte er freundlich. «Es geht ja hier zu wie bei den Waschweibern oder wie im Schweinestall. Nicolina hat ganz recht. Ihr wisst außerdem genau, dass Tibero geerbt hat. Irgendeine Tante hat ihm ein Vermögen hinterlassen. So einfach ist das!

Zur See fährt er trotzdem, weil es ihm Spaß macht und weil er außerdem die Subventionen vom Staat kassieren kann. Er ist schließlich nicht blöd!» Aus schmalen Augen blickte er in die Runde. «Noch was, Freunde?»

Alle schienen die Köpfe einzuziehen, drehten sich zu den Spielautomaten um und bewegten sich weg von der Bar. Der Mann im dunklen Anzug aber wandte sich lächelnd an Guerrini und Laura. «Ich nehme an, dass damit auch eure Fragen beantwortet sind.»

«Nein», erwiderte Laura. «Aber ich wollte auch gar nicht wissen, ob er einen BMW fährt oder woher er sein Geld hat. Ich wollte mit ihm aufs Meer.»

Der Unbekannte sah ihr mit einem Gesichtsausdruck in die Augen, der Laura an George Clooney erinnerte. Der schlanke Mann musste lange dafür geübt haben.

«Das müssen Sie ihn schon selbst fragen, Signora. Vielleicht macht er bei Ihnen eine Ausnahme.»

Als Laura ihren Blick von dem Ersatz-Clooney löste, sah sie, wie Luciano dem Ausgang zustrebte. Sie winkte ihm zu, doch er drehte sich nicht mehr um.

Auch der kleine Alte hatte sich zwischen die anderen Männer verzogen und vermied erkennbar den Blickkontakt mit Laura.

«Lass uns gehen!» Guerrini schob ein paar Euro zu Nicolina hinüber.

«Zu laut, was?» Sie lächelte nicht.

«Das auch», erwiderte er. «Ciao!»

Laura folgte ihm zur Tür, doch ehe sie die Bar verließ, schaute sie zum Tresen zurück. Der schlanke Mann stand noch immer dort und sah ihnen nach. Inzwischen hatte er jede Ähnlichkeit mit George Clooney verloren.

«SO STELL ICH MIR eine Mafia-Kneipe in Palermo oder in Neapel vor.» Laura holte tief Luft.

«Das war die harmlose Variante. Vielleicht sollten wir mal zusammen hinfahren, damit du die Originalausgabe bewundern kannst. Ich glaube inzwischen, dass die deutsche Polizei keine Vorstellung davon hat, was Mafia bedeutet.»

«Ah, das hast du wahrscheinlich in der Zeitung gelesen, weil deine Kollegen von der Antimafia das in jedem Interview verbreiten.»

«Aber sie haben recht!»

«Was also bedeutet Mafia?»

«Es ist ein totalitäres System, in dem alle funktionieren müssen. Es basiert auf falsch verstandener Solidarität, Einschüchterung, Angst, Gefälligkeiten, Gier, Bestechung, archaischen Familienbanden und einem pseudosozialen Versorgungsangebot. Ich könnte dir noch mindestens zehn andere Faktoren nennen, zum Beispiel: Machthunger, mangelnde Tötungshemmung, seelische Verwahrlosung. Es ist ein Wahnsystem, an das alle glauben. Ich gehe sogar noch weiter: Ich halte es für eine Urform des Faschismus! Die sind sogar der festen Überzeugung, dass Gott und die Kirche auf ihrer Seite stehen. Das gilt von der Uroma bis zur Oma, zu den Ehefrauen, Geschwistern, Kindern, Cousinen und

Cousins, Freunden, Geschäftspartnern. Deshalb ist es so gefährlich!»

Guerrini ging so schnell, während er dies sagte, dass Laura Mühe hatte, ihm zu folgen. Erst als sie den Lancia erreichten, hielt er inne und schlug mit der flachen Hand auf das Dach.

«Diesen Vortrag solltest du vor den Münchner Kollegen halten», keuchte sie.

«Glaubst du, dass die begreifen würden, worüber ich rede? Das begreifen ja nicht mal die Leute in diesem Land. Einfach weil es unbegreiflich ist.»

«Machtergreifung der Unterprivilegierten?»

«Ach, Mist! Da gibt es nichts zu beschönigen!»

«Ich beschönige ja gar nichts. Aber große Armut geht fast immer mit hoher Kriminalität einher – die Reichen betrügen eleganter.»

«Im Allgemeinen ist die Mafia inzwischen auch nicht mehr unelegant. Geld wird nicht in Blut gewaschen, es wird investiert! Außerdem hat es schon lange nichts mehr mit Armut und Unterprivilegierten zu tun. Die Mafia, das ist eine neue Klasse von Reichen, die mit allen Mitteln ihren Besitzstand und ihre Macht verteidigt! Ich möchte übrigens diesen Luciano nicht aus den Augen verlieren. Vielleicht kann er uns noch ein bisschen mehr erzählen.» Guerrini öffnete die Türen des Lancia und stieg schnell ein. «Ich hab gesehen, dass er Richtung Hafen gegangen ist. Los, komm schon!»

Laura ließ sich auf den Beifahrersitz fallen.

«Darf ich dich etwas fragen, ehe du losfährst? Du hast angedeutet, dass dein Vater in eine unklare Geschichte verstrickt ist, die mit Colalto und dem Keramikhandel zusammenhängt. Willst du wirklich weitermachen? Wir sind dabei zu ermitteln, Angelo! Ist dir das eigentlich bewusst?»

Guerrini hielt mit beiden Händen das Steuer fest, legte kurz den Kopf in den Nacken und atmete tief ein.

«Ich will, und ich will nicht. Ich habe das völlig irrationale Gefühl, dass es nicht so schlimm wird, wenn ich herausfinde, was da läuft.»

«Nicht so schlimm für ihn oder für dich?»

«Beides.»

«Und wenn du ihn einfach fragst?»

«Er wird mir nicht antworten.»

«Bist du sicher?»

«Natürlich! Sonst hätte er mir schon längst erzählt, dass er seine verflixten Madonnen über Neapel nach Amerika bringen lässt. Er war sowieso dagegen, dass ich Polizist geworden bin. Keramikhändler hätte ich werden sollen und Geschäfte mit Colalto machen. Das wär's gewesen!»

«Mein Vater war auch nicht begeistert, dass ich zur Polizei gegangen bin und mein Studium abgebrochen habe.»

«Lass uns später darüber reden, Laura. Ich will unbedingt diesen Luciano erwischen!»

Langsam rollte der Lancia auf die Hafenbrücke zu. Von Luciano war nichts zu sehen, doch als sie über verwinkelte Einbahnstraßen den Marktplatz von Portotrusco erreichten, bog der hagere alte Mann gerade in den Fußweg zur Oberstadt ein. Sie ließen den Wagen einfach stehen und folgten Luciano in einigem Abstand.

Zwischen Hinterhöfen und Gärten wand sich der Weg steil am Felsen unterhalb der Burg entlang und eröffnete bald einen weiten Blick über das nachtschwarze Meer und den Hafen. Das Klingeln von Bootsmasten, die im Wind schwankten, klang bis zu ihnen herauf. Vertrocknete Blütenstände riesiger Agaven ragten wie Telefonmasten in den Himmel. Nur jede zweite Neonlampe am Weg funktionierte oder verbreitete wenigstens ein mattes Flackern.

Nach wenigen Metern sahen Laura und Guerrini den alten Mann vor sich. Beide Arme auf die Mauer gestützt, lehnte er in einer der scharfen Kehren und schaute auf die Unterstadt. Als er ihre Schritte hörte, wandte er sich um. Er stand sehr aufrecht, mit dem Rücken zur Mauer, als erwarte er einen Angriff.

«Hallo, Luciano. Ich bin es … Laura. Bella Laura. Das hier ist mein Freund Angelo.»

Lauras Stimme schien ihn nicht zu beruhigen. Mit seiner rechten Hand umklammerte er einen losen Stein.

«Was wollt ihr?»

«Tut mir leid, Luciano. Wir hätten nicht so hinter Ihnen herjagen dürfen. Aber Sie sind so schnell aus der Bar verschwunden … wir wollten uns einfach noch länger mit Ihnen unterhalten.» Guerrini blieb in respektvoller Entfernung zu dem Alten stehen.

«Was sollten wir miteinander reden, eh? Wir kennen uns nicht. Man macht ein Späßchen miteinander, und das reicht. Ihr könnt alles Mögliche sein! Spioniert hinter Tibero her, das hab ich schon kapiert. Und jetzt hinter mir. Am Ende gehört ihr zu dem mit dem Siegelring. Nein, nein! Ich rede nicht mit euch.»

«Der mit dem Ring hat mir nicht gefallen.» Guerrini lehnte sich ebenfalls an die Mauer.

«Du willst mich reinlegen, was? Jetzt soll ich sagen,

dass er mir auch nicht gefällt, wie? Und dass er niemandem gefällt, vielleicht auch noch? Sag ich aber nicht! Selbst wenn du ein Poliziotto wärst, würd ich es nicht sagen.» Luciano nickte heftig.

«Warum regst du dich eigentlich so auf?»

«Ich reg mich nicht auf! Ich will nur nicht, dass ihr hinter mir herlauft, und ich will nicht mit euch reden! Basta!» Luciano schaute an Laura und Guerrini vorbei den Weg hinab, als hoffte er, dass ein anderer Fußgänger ihm zu Hilfe kommen würde.

«Angst?»

«Vor was denn, eh?»

«Na, als der mit dem Ring auftauchte, war plötzlich Stille, alle sind herumgeschlichen wie Hunde, die einen Tritt bekommen haben.»

«Dem gehört die Bar, und es ist ganz gut, wenn er manchmal für Ruhe sorgt. Da wird viel Mist verzapft!»

«Kann ich mir vorstellen.»

«Außerdem ist er ein Freund von Tibero. Ach, was red ich denn!»

«Hat Tibero wirklich geerbt?»

«Was weiß ich. Jedenfalls sagen das alle. Keine Ahnung, von wem das Gerücht stammt. Wahrscheinlich stimmt es. Ich geh jetzt!»

Luciano tappte weiter den steilen Weg hinauf und verschwand durch einen Torbogen. Den losen Stein hatte er mitgenommen.

«Porca miseria!», fluchte Guerrini leise. «War ja zu erwarten. Wir führen uns auf wie Kriminalbeamte im ersten Berufsjahr! Klar hat er Angst. Wir brauchen ihn gar nicht zu fragen. Es war in der Bar schon klar. Jetzt hat er außerdem noch Angst vor uns. Bravo!»

Als Lauras Handy in diesem Augenblick brummte, trat er gegen die Mauer. Ein Stein löste sich und kollerte den Hang hinunter.

«Ja?» Sie ging ein paar Meter den Weg hinauf.

«Warum flüsterst du denn? Ich versteh dich nicht! Bist du das, Laura?»

«Ich kann gerade nicht laut reden, Vater.»

«Schläft jemand?»

«Nein, aber es geht nicht! Was gibt's denn so spät?»

«Spät ... von wegen! Es ist kurz vor zehn. Seid ihr etwa schon im Bett?»

«Nein, Vater.»

«Was dann? Ach, es geht mich ja nichts an. Ich wollte dir nur sagen, dass Fernando mich angerufen hat. Angelos Vater! Hast du mich verstanden?»

«Ja.»

«Er hat sich bei mir über Angelo beschwert, weil der angeblich hinter ihm herspioniert und ihn über seine Geschäfte ausfragt. Er hat sich richtig aufgeregt, Laura. Was ist denn da los? Ich dachte, ihr macht Urlaub!»

«Ja.»

«Was, ja?»

«Wir machen Urlaub.»

«Aber nicht nur, oder?»

«Nein, nicht nur.»

«Wieso? Ich frage dich, wieso? Könnt ihr es nicht miteinander aushalten ohne irgendwelche Ermittlungen? Ist euch das zu langweilig? Deiner Mutter und mir war nie langweilig, wenn wir Urlaub machten!»

«Du hast nur jedes Mal irgendwelche Gerichtsakten mit in den Urlaub genommen.»

«Die hab ich gelesen, während deine Mutter in ihre Romane oder Zeitungen vertieft war.»

«Gut, uns ist auch nicht langweilig!»

«Warum lasst ihr dann Fernando nicht in Ruhe?»

«Ich habe keine Ahnung, was Angelo und sein Vater miteinander geredet haben.»

«Vielleicht solltest du ihn fragen!»

«Warum bist du eigentlich so ärgerlich, babbo?»

«Weil ich unklare Konflikte hasse. Weil ich Fernando mag und weil ich mir wünsche, dass es euch gutgeht!»

«Okay.»

«Was soll das heißen?»

«Es soll heißen, dass ich dich verstehe.»

«Na gut. Weißt du eigentlich, dass die Hälfte deines Urlaubs schon vorbei ist? Vergeudet die Zeit nicht, Laura! Carpe diem!»

«Nein, babbo. Wir vergeuden sie nicht.»

«Na gut, dann schlaf gut!»

«Du auch, babbo.»

«Ist wirklich alles in Ordnung, Laura?»

«Wirklich.»

«Dann gute Nacht.»

«Gute Nacht.»

Laura steckte das Telefon in ihre Lederjacke und schaute zu Guerrini hinüber, der noch immer an der Mauer lehnte und aufs Meer schaute.

Vergeuden wir unsere Zeit? Vielleicht. Aber vielleicht leben wir einfach so, wie es für uns richtig ist. Langsam kehrte sie zu Guerrini zurück, stellte sich neben ihn und legte einen Arm um seine Hüfte. Kühler salziger Wind wehte vom Meer und ließ sie frösteln.

«Und?»

«Mein Vater wollte wissen, ob wir unsere Zeit vergeuden.»

«Vero?»

«Vero.»

«Was hast du geantwortet?»

«Dass wir sie nicht vergeuden.»

«Nein, wir vergeuden sie nicht», murmelte er, zog sie an sich und drängte ein Bein zwischen ihre Schenkel. «Ich begehre dich so sehr, dass ich sogar in diesem Horrorbett Lust bekommen habe.»

Er presste sie gegen die Mauer, öffnete den Gürtel ihrer Jeans. Heiße Wellen liefen durch Lauras Körper, und sie schrie leise auf, als er in sie eindrang.

Später standen sie nebeneinander und schauten aufgelöst und zerzaust aufs Meer hinaus. Sie folgten mit den Augen dem Lichtstrahl des Leuchtturms, bis er kurz ihre Gesichter streifte, und versuchten in diesen Sekunden die Gefühle des anderen zu erkennen. Plötzlich fuhren sie auf, denn von der Unterstadt her kamen zwei Frauen den Weg herauf.

«Glück gehabt», flüsterte Guerrini in Lauras Ohr. «Stell dir vor, die hätten uns beobachtet und die Polizei gerufen. Kannst du dir die Gesichter der Kollegen vorstellen? Zwei Kommissare bei unzüchtigen Handlungen in der Öffentlichkeit überrascht. Wie, um Himmels willen, sollen wir das handhaben, Capitano?»

Die beiden Frauen gingen an ihnen vorüber und

grüßten freundlich. Sie waren um die sechzig, und eine hatte die andere untergehakt. «Una bellissima notte», sagten sie gleichzeitig und mussten lachen.

«Sì, bellissima!», stimmten Laura und Guerrini zu.

Die Frauen gingen weiter, drehten sich noch zweimal um, als ahnten sie plötzlich etwas. Doch wie Luciano verschwanden sie schließlich unter dem alten Torbogen.

Kaum zwei, drei Minuten später gellten Schreie durch die Oberstadt. Guerrini und Laura rannten hinauf zum Tor, überquerten einen dunklen leeren Platz und entdeckten die aufgeregten Frauen in der Gasse, die entlang der Stadtmauer verlief. Sie winkten, riefen, beugten sich über etwas. Als Laura und Guerrini die beiden erreichten, wussten sie bereits, was dieses Etwas war.

Luciano Tremonti lag auf den Treppenstufen zu einem der Häuser, sein Gesicht war blutverschmiert.

«Grazie alla madonna, dass ihr uns gehört habt. Hier kommt ja keiner mehr, wenn man schreit. Es ist ja wie in einer Geisterstadt hier oben!»

Laura beugte sich über Luciano und sah die klaffende Platzwunde auf seiner Stirn, seine erschrockenen Augen.

«Er wollte sich aufsetzen, aber wir haben gesagt, dass er liegen bleiben soll. Man weiß ja nicht, welche Verletzungen er hat!»

Laura öffnete ihren Lederrucksack und zog den kleinen Verbandskasten heraus, den sie immer bei sich trug. Sie bedeckte die große Wunde mit einer Kompresse und legte mit Guerrinis Hilfe einen Verband an. Luciano sagte die ganze Zeit kein Wort und hielt die Augen geschlossen.

«Euch schickt wirklich der Himmel!», seufzte eine

der Frauen und rang die Hände. «Man sollte immer Verbandszeug bei sich haben, nicht wahr, Clara? Wie ist denn das nur passiert, Signore?»

«Ich bin gefallen», sagte Luciano leise. «Könnt ihr mich nach Hause bringen? Ich wohne nur ein paar Meter weiter.»

Mit Guerrinis Hilfe setzte er sich auf und brachte sogar ein Lächeln zustande.

«Grazie, grazie tanto. Es ist wirklich schlimm, wenn ein alter Trottel wie ich über seine eigenen Beine fällt.»

Laura betrachtete sein Gesicht, sah den roten Striemen auf der linken Seite seines Schädels und dass die Platzwunde rechts war. Sie dachte: nicht gefallen, zusammengeschlagen. Unsere Schuld. Wir nehmen die Sache noch immer nicht ernst genug.

«Sollen wir nicht doch einen Krankenwagen rufen? Man kann ihn doch nicht so einfach nach Hause bringen. Vielleicht lebt er allein!» Die beiden besorgten Frauen flatterten noch immer aufgeregt herum.

«Wir werden uns um ihn kümmern. Euch hat der Himmel geschickt, Signore. Vielleicht wäre sonst niemand hier vorbeigekommen. Wir wollten nämlich gerade wieder nach unten.»

«Danken wir lieber der Madonna. Sie wird uns hier alle zusammengebracht haben.»

«Sì, grazie alla madonna!», wiederholte die Frau namens Clara und bekreuzigte sich.

Sie halfen Luciano auf die Beine, stützten ihn von beiden Seiten und gingen langsam an der Stadtmauer entlang. Hier funktionierte die Straßenbeleuchtung, die alles in gelbes Licht tauchte und ihren Gesichtern ein kränkliches Aussehen verlieh, als litten sie an Hepatitis. Es war wirklich nicht weit zu seinem Haus. Umständlich kramte er den Schlüssel aus seiner Jackentasche.

«Meine Tochter ist wahrscheinlich schon im Bett. Ich wohne bei ihr und den Enkeln. Sie ist Witwe. Besser, wenn wir leise sind. Sie muss sehr früh aufstehen.»

Er hatte Mühe, die Haustür aufzuschließen, schaffte es erst nach zwei, drei Versuchen.

«Ihr könnt jetzt gehen. Bin ja zu Hause.»

Im Flur wurde das Licht angeknipst.

«Babbo? Bist du das?»

«Ihr könnt wirklich gehen. Meine Tochter wird sich um meinen Schädel kümmern. Grazie, grazie tanto!»

«Sie sind nicht gestürzt, Luciano. Hab ich recht?» Laura stand nur eine Treppenstufe unter ihm, und er sah ein paar Sekunden lang ernst auf sie herab, drehte sich dann um und schloss die Tür hinter sich. Sie hörten noch den erschrockenen Ausruf der Tochter, dann wurde es still.

«Wir haben sie also tatsächlich aufgeschreckt.» Guerrini wusch sich die Hände an einem Brunnen, der nur wenige Meter von Lucianos Wohnung entfernt am Rand der Gasse stand. «Wieso hat hier eigentlich kein einziger Mensch aus einem Fenster geschaut, eine Tür aufgemacht oder sonst was?»

«Schau dich doch um, Angelo. Hier wohnt keiner. Alle Fensterläden sind verschlossen, nirgendwo ein Lichtschimmer. Das sind Ferienwohnungen. Es ist wirklich eine Geisterstadt.»

Auch Laura tauchte ihre Hände in das kalte Wasser des Brunnens.

«Was machen wir jetzt? Fahren wir nach Rom?»

«Vielleicht sollten wir uns lieber die *Medusa* genauer ansehen.»

«Nein, Angelo. Das sollten wir Tuttoverde überlassen und ihm vielleicht den entsprechenden Tipp geben, falls er ihn nicht schon hat. Außerdem bin ich sicher, dass wir beobachtet werden. Vielleicht hat uns sogar einer von denen bei unseren unzüchtigen Handlungen zugesehen. Ich denke, wir sollten nach Hause fahren und gründlich abschließen.»

«Du willst dich also einschüchtern lassen. Das ist doch genau das, was sie die ganze Zeit versuchen! Ein Einbruch, dunkle Andeutungen, der Pflug und jetzt der Überfall auf den alten Mann. Das sind die Methoden, die ich dir vorhin geschildert habe!»

«Ja, das sehe ich inzwischen genauso. Aber vielleicht sollten wir vermeiden, ihnen ins Messer zu laufen. Ich wette mit dir, dass sie die *Medusa* nicht aus den Augen lassen, weil sie davon ausgehen, dass wir dort auftauchen. Deshalb müssen wir nach Hause fahren. Wenn wir sie schlagen wollen, dann müssen wir genau das Gegenteil von dem machen, was sie erwarten! Außerdem bin ich todmüde und habe Urlaub!»

«Du bist unglaublich, Laura. Erst analysierst du die Lage, dann erklärst du, dass du müde bist. Fehlt nur noch, dass du sagst: Scheißmafia!»

«Dann sag ich es jetzt: Scheißmafia! Hast du Tuttoverdes Handy-Nummer? Vielleicht solltest du ihn anrufen und ein paar Dinge erklären.»

«Ich denke darüber nach.»

Wachsam kehrten sie auf dem schlechtbeleuchteten Weg entlang der Burgmauer zur Unterstadt zurück. Der

Lancia war noch da, doch irgendwer hatte rote Farbe über ihn gekippt. Er wirkte wie ein Schwerverletzter. Guerrini fluchte nicht. Zweimal umrundete er seinen Wagen, dann öffnete er wortlos den Kofferraum, holte einen Lappen heraus und begann die Windschutzscheibe zu säubern.

«Vielleicht sollten wir doch nach Rom fahren», murmelte er. «Irgendwie erinnert mich diese Farbe an Domenica.»

Portotrusco lag da wie ausgestorben. Kein Mensch war zu sehen, nicht einmal eine Katze. Der einzige Laut war noch immer das Klingeln der Schiffsmasten, das vom Hafen herüberklang. Alles konnte hier geschehen, und niemand würde etwas sehen oder hören.

Später, als sie nebeneinanderlagen, sagte Laura, dass es wahrscheinlich ein Fehler gewesen sei, den Toten am Strand nicht der Polizei zu melden.

Guerrini antwortete nicht, starrte an die Decke.

«Vielleicht auch nicht. Unser Urlaub wäre völlig anders verlaufen als bisher. Eigentlich habe ich es genossen. Nur jetzt wird es ein bisschen ungemütlich.»

«Es war ein Fehler», murmelte er. «Und es wird noch wesentlich ungemütlicher werden!»

Trotzdem schlief er kurz danach ein, während Laura noch lange wach lag und sich wieder einmal fragte, wie Männer es schafften, selbst in schwierigsten Situationen zu schlafen. Auch Ronald, ihr Ex, hatte diese Fähigkeit besessen und sogar ihr Vater Emilio Gottberg. Ronald hatte es mehrmals fertiggebracht, sogar vor dem Start im Flugzeug in Tiefschlaf zu versinken, während alle anderen verstohlen die Armstützen umklammerten und die Luft anhielten.

Manchmal hatte sie ihn um diese Fähigkeit beneidet. Ihr selbst fiel es schwer, einfach abzuschalten, die Umwelt auszublenden, sich auszuklinken. Eigentlich hatte sie es in diesen Ferien üben wollen. Ein bisschen war es gelungen, unter der zerfledderten Pinie, im Bad mit Rosmarinzweigen. Aber nicht in dieser Nacht, obwohl sie sich erschöpft fühlte. Wieder lauschte sie auf die Geräusche wie ein Wachhund, wachte über Angelos Schlaf. Und sie dachte an ihre heftige Umarmung, wünschte sich, dass es immer wieder solche Begegnungen zwischen ihnen geben würde. Für alle Ewigkeit.

KRIMINALTECHNIKER, Gerichtsmediziner und die behandelnden Ärzte des Krankenhauses von Grosseto identifizierten den Toten vom Monte Argentario als Fahrer des weißen Lieferwagens, der aus der Klinik verschwunden oder geflohen war. Außerdem bestand kein Zweifel daran, dass der Mann ermordet worden war. Allerdings hatten die Carabinieri noch immer keinerlei Anhaltspunkte, um wen es sich handelte, da man im Wagen selbst weder Papiere noch Ausweise gefunden hatte. Fest stand nur, dass der Mann mitsamt einem Fahrzeug von den Klippen am Monte Argentario gestürzt worden war. Und wenn sein Körper im Fahrzeug geblieben wäre, dann hätte man ihn möglicherweise nie gefunden oder bergen können. Da er aber beim Aufprall offensichtlich herausgeschleudert worden war, hatte der Angler die Leiche entdeckt.

Man gab deshalb eine Fahndungsmeldung nach Ernesto Orecchio heraus und ließ die Hände des Toten scannen, in der Hoffnung, seine Abdrücke irgendwo in der umfangreichen Kartei kleiner und großer Krimineller zu finden. Außerdem wurde von dem Sondereinsatzkommando, das der Maresciallo jetzt zusammenrief, eine genaue Untersuchung der Zustände in *Il Bosco* beschlossen. Allerdings, und das betonte der Maresciallo nachdrücklich, sollten die Polizisten sehr umsichtig vorgehen, da es sich bei einigen der Villenbesitzer um wichtige Persönlichkeiten der Wirtschaft und des öffentlichen Lebens handelte. Deshalb wurde auch eine Nachrichtensperre verhängt.

Als ein junger Soldat den Mut besaß zu fragen, ob es nicht möglich wäre, dass der weiße Lieferwagen in der Einfahrt von *Il Bosco* nur wenden wollte oder Schutz vor dem Sturm suchte, zog der Maresciallo beide Augenbrauen so weit nach oben, dass seine Stirn wie gefaltet aussah. Dann lächelte er und sagte: «Das würde mich sehr wundern. Der Wärter Orecchio wurde nämlich von seiner Mutter als vermisst gemeldet, und deshalb halte ich einen Zusammenhang zwischen diesen beiden Ereignissen für sehr wahrscheinlich! Oder sind Sie anderer Meinung?»

Der junge Carabiniere lief rot an, als die anderen zu lachen begannen.

Am nächsten Tag brach bereits kurz nach acht genau das über *Il Bosco* herein, was Guerrini so plastisch beschrieben hatte. Mehrere Wagenladungen voller Carabinieri und Polizisten in Zivil samt Suchhunden wurden an der Pforte zum Resort abgeladen und begannen, das Gebiet zu durchforsten und die Wärter zu befragen. Zwei Verwalter von *Il Bosco* waren inzwischen aus Mailand angereist und protestierten heftig gegen dieses Vorgehen der Polizei, doch der Maresciallo hatte einen richterlichen Beschluss erwirkt, und so mussten sie sich fügen.

Fabrizio war den Tränen nahe, als er mit seiner Vespa vor der Streitmacht der Gesetzeshüter herraste, um die wenigen Bewohner des Resorts zu warnen. Auf unerklärliche Weise hatten auch einige Journalisten Wind von der Sache bekommen, unter anderem die Reporterin vom Regionalfernsehen. Ihr und ihren Kollegen wurde der Zutritt zu *Il Bosco* mit derartigem Nachdruck verweigert, dass sie ihre Belagerung aufgaben und beschlossen, sich gemeinsam vom Strand her anzuschleichen. Doch der Maresciallo hatte vorgesorgt und auch dort ein paar seiner Leute postiert. All diese Maßnahmen machten die Reporter natürlich umso neugieriger, deshalb versuchten sie per Handy mit ihrem Informanten Kontakt aufzunehmen und ihm ein wesentlich höheres Honorar anzubieten, falls er ihnen noch ein bisschen mehr erzählte. Doch der Informant war nicht zu erreichen, und so hörten die zerzausten Pinien am Strand und auch die jungen Carabinieri ein paar ziemlich kräftige Flüche.

Als Nächstes hatten die Reporter die Idee, an einer unbewachten Stelle über den hohen Drahtzaun zu klettern. Aber auch daran hatte der Maresciallo gedacht, weshalb zwei Carabinieri die Journalisten zur Hauptstraße zurückbegleiteten. Dort blieben sie dann, parkten ihre Autos gegenüber der Einfahrt zu *Il Bosco*, rauchten, fluchten und warteten.

Laura und Guerrini entstiegen gerade ziemlich unterkühlt dem Meer, als Fabrizio atemlos durch die Macchia brach. Es dauerte einen Moment, ehe er sich in verständlichen Sätzen ausdrücken konnte.

«Sie kommen, Dottore, Signora! Die Carabinieri! Sie haben auch Hunde! Ich wollte Sie nur warnen, Dottore!

Weil sie gleich hier sein werden! Sie suchen Orecchio und ich weiß nicht was!» Schwer atmend rang Fabrizio die Hände.

«Warum denn? Was ist denn passiert?» Guerrini wickelte das große Badelaken um seine Hüften.

«Ah, was weiß ich, Dottore! Die sagen ja nichts! Nur, dass sie alles dürfen. Weil der Richter es erlaubt hat. So was hat es noch nie gegeben hier, Dottore. Noch nie ist *Il Bosco* von der Polizei durchsucht worden.»

«Dann wurde es vielleicht Zeit, Fabrizio.»

«Was, Dottore?» Fabrizio starrte Guerrini mit aufgerissenen Augen an.

«Ich meine, dann wurde es vielleicht Zeit, Fabrizio.»

Der alte Wärter wusste keine Antwort darauf, murmelte nur, dass er auch die anderen warnen müsse, drehte sich um und stapfte durch den Sand davon. Langsam diesmal, mit gesenktem Kopf.

«Ich glaube nicht, dass er dich verstanden hat», sagte Laura und wickelte sich ebenfalls in ihr Badetuch.

«Natürlich hat er mich nicht verstanden. Wie sollte er auch. Für Fabrizio ist das hier so etwas wie ein Heiligtum. Er gehört zur Generation der ergebenen Bediensteten. Für ihn ist die Invasion der Carabinieri eine brutale Entweihung seines Heiligtums. Wahrscheinlich ist er der Einzige der Wachmannschaft, der keine Ahnung davon hat, dass hier etwas Illegales gelaufen sein könnte!»

«Gelaufen sein könnte», wiederholte Laura und betrachtete die Gänsehaut auf ihren Armen.

«Natürlich! Noch ist nichts bewiesen. Noch ist alles eine der berühmten Verschwörungstheorien unseres wunderbaren Landes.»

«Du bist doch ein Zyniker!»

«Beh, Laura! Ich bin Seneser! Die italienische Geschichte ist eine einzige Verschwörung, und im Augenblick ist es besonders schlimm.»

«An welcher bist du beteiligt? Ich meine im Augenblick!»

Guerrini lachte trocken auf, löste das Badetuch von seinen Hüften und rubbelte sein Haar damit.

«Also an welcher?» Laura ließ nicht locker.

«Wer ist hier Zyniker, du oder ich?»

«Das ist keine Antwort!»

«Ah, ich weiß es nicht. Ich habe keine Theorie, höchstens Befürchtungen, Ahnungen. Gehen wir zurück zum Haus, sonst erfrieren wir noch. Ich brauche jetzt eine heiße Dusche!»

Laura antwortete nicht, schlug vor ihm den schmalen Pfad durch die Büsche ein und sah deshalb als Erste die Polizisten vor dem Haus.

«Wir werden erwartet, Angelo. Wappne dich!»

Sie waren sehr höflich und hatten nichts dagegen, dass Laura und Angelo sich anzogen, bevor sie ihre Fragen beantworteten.

«Ich würde ja nie im Oktober schwimmen gehen», lächelte der Anführer der kleinen Truppe, ein Carabiniere im Rang eines Offiziers.

«Es ist sehr erfrischend», gab Laura zurück, aber er schüttelte zweifelnd den Kopf.

Während sie schnell in ihre Kleider schlüpfte, bestand Guerrini auf seiner heißen Dusche und verschwand im Badezimmer. Das zog nach sich, dass Laura allein die ersten Fragen beantworten musste. Ob sie zum ersten Mal oder schon öfter hier gewesen sei, ob sie Orecchio kenne, wann sie angekommen sei und warum sie überhaupt hier sei, wann sie wieder abreisen wolle und ob man den Ausweis sehen könne. Laura hätte sich all die Fragen selbst stellen können, es war reine Routine. Irgendwann dachte sie, dass sie vielleicht doch ihren Polizeiausweis zeigen sollte, aber sie ließ es bleiben. Ihr war so, als verteidigte sie mit dem Verschweigen ihres Berufs ein Stück Freiheit.

Der Carabiniere war nicht unsympathisch, ein Mann um die vierzig mit erstaunlich grauen Haaren, die er sehr kurz trug, und einem sehr gepflegten, schmalen Schnurrbart. Mit längeren Haaren würde er besser aussehen, dachte Laura.

«Sie haben dieses Haus gemietet?»

«Ja.»

«Von wem?»

«Von Conte Enrico di Colalto.»

«Was kostet es?»

«Weshalb wollen Sie das wissen?»

«Weil es mich interessiert.»

«Ich weiß es nicht. Mein Partner hat es gemietet.»

«Was haben Sie für einen Beruf?»

Beinahe hätte Laura Meeresbiologin gesagt, entschloss sich stattdessen zu einer Gegenfrage.

«Muss ich das wirklich beantworten?»

«Nein, eigentlich nicht. Sie müssen das erst beantworten, wenn ein konkreter Verdacht besteht.»

«Danke für diese Rechtsbelehrung. Welcher Verdacht?»

«Darüber kann ich keine Auskunft geben, Signora.»

Laura zuckte die Achseln.

«Kennen Sie den Wärter Orecchio?»

«Ich habe ihn einmal gesehen.»

«Wissen Sie, dass er vermisst wird?»

«Ja, der Wärter Fabrizio hat es uns erzählt.»

«Könnte es sein, dass Sie und Ihr Partner Orecchios Mutter besucht haben und sich als Privatdetektive des Resorts ausgegeben haben?»

«Un' attimo!» Guerrini kam langsam die Wendeltreppe herab. «Was war denn das für eine Frage?»

«Soll ich sie wiederholen?»

«Per favore, collega!» Guerrini hielt dem Carabiniere seinen Dienstausweis hin. Der nahm ihn entgegen, betrachtete ihn lange und dachte so sichtbar nach, dass Laura ein Lächeln nicht unterdrücken konnte. Endlich reichte er Guerrini die Plastikkarte zurück und seufzte.

«Es wird immer komplizierter. Was machen Sie denn hier, Commissario?»

«Urlaub.»

«Aber warum passieren so seltsame Dinge hier, wenn Sie Urlaub machen? Ich meine, es gab hier noch nie Schwierigkeiten.»

«Tja, es tut mir leid. Wir können ja abreisen. Vielleicht wird es dann wieder ruhiger.»

Der Carabiniere strich mit einer nervösen Bewegung über sein Haar, zog dabei ein bisschen die Schultern hoch und drehte den Nacken, als wollte er eine Verspannung lösen, deshalb setzte Guerrini nach.

«Was ist denn der tiefere Sinn dieser Aktion? Sucht ihr Orecchio, oder gibt es noch einen anderen Grund?»

«Natürlich suchen wir Orecchio. Aber wir haben Nachrichtensperre. Ich darf auch Ihnen nichts sagen, Commissario. Das könnte höchstens der Maresciallo.»

«Bene, das seh ich ein. Gibt's noch was?»

«Waren Sie bei der Signora Orecchio oder nicht?», fragte er schließlich.

«Ja, wir waren dort. Ganz einfach, weil der Wärter Fabrizio uns darum gebeten hatte. Er machte sich Sorgen um Orecchio, und ich kenne den Alten schon seit meiner Jugendzeit. Leider hat die Befragung nichts erbracht. Die alte Dame hat keine Ahnung, was mit ihrem Sohn geschehen ist.» Guerrini sprach ernsthaft und gleichzeitig auf bewundernswerte Weise leichthin. Laura war beeindruckt, der Carabiniere offensichtlich auch. Trotzdem blieb er hartnäckig.

«Warum haben Sie der Signora Orecchio nicht Ihren Dienstausweis gezeigt?»

«Weil ich im Urlaub bin.»

Wieder bewegte der Offizier seinen Nacken hin und her, offenbar fühlte er sich unbehaglich.

«Sonst ist Ihnen nichts aufgefallen, Commissario?»

«Nein, nicht viel jedenfalls. Manchmal taucht hier ein Schwarzer auf, den ich nicht einordnen kann. Aber sonst …» Guerrini zuckte die Achseln.

«Was ist eigentlich mit Ihrem Wagen passiert, Commissario?»

«Ach, Sie meinen die rote Farbe? Das war der Racheakt eines Kriminellen, ehe ich in den Urlaub aufbrach. Passiert so was bei Ihnen nie?»

Der Carabiniere zuckte die Achseln.

«Und der Unfall?»

«Welcher Unfall?»

«Na, Sie haben eine Menge Kratzer und Beulen an Ihrem Lancia!»

«Ach so. Das war ein Zusammenstoß mit einem

Pflug, der unbeleuchtet auf einer Landstraße abgestellt war. Nicht wahr, cara. Das war ein ziemlicher Schreck für uns beide.» Guerrini legte den Arm um Lauras Schultern. «Ich hoffe, dass Sie nun zufrieden sind, Kollege. Wir haben nämlich Hunger nach unserem kühlen Bad im Meer.»

Der Carabiniere nickte und machte einen Schritt zur Terrassentür, zögerte dann aber.

«Ich denke, dass auch der Maresciallo mit Ihnen reden wird, Commissario Guerrini. Buon giorno.»

«Er ist mir willkommen. Buon giorno!»

Der Offizier tippte zwei Finger an seine Mütze und verschwand gemeinsam mit den anderen Polizisten durch den Garten.

«Nicht gut!», sagte Laura. «Der hat uns kein Wort geglaubt.»

«Nein, das hat er sicher nicht. Aber mich würde allmählich interessieren, ob die mit Tuttoverde zusammenarbeiten oder ob hier jeder macht, wozu er gerade Lust hat.»

«So wie wir?»

«Ja, so kommt es mir vor», grinste Guerrini.

«Rom?»

«Tee! Heißer Tee, amore!»

«Nach dem Tee Rom?», murmelte Laura, als sie hintereinander die Wendeltreppe zur Küche hinaufstiegen. «Irgendwie erscheint mir das sicherer!»

«Vielleicht sollten wir wirklich fahren.» Guerrini füllte den Wasserkocher, während Laura Teeblätter in die Kanne streute. «Auf dem Weg nach Rom könnten wir Tarquinia und Tuscania besuchen, den Bolsenasee. Es ist wahrscheinlich klüger, wenn wir den eifrigen

Kollegen das Feld überlassen. Tuttoverde ist ein guter Mann. Die brauchen uns nicht.»

«Es wird einen seltsamen Eindruck machen, wenn wir plötzlich das Feld räumen, obwohl wir das Haus länger gemietet haben.»

«Glaubst du nicht, dass die Verständnis dafür haben werden? Commissario flieht vor Polizeiaktionen, weil er seinen Urlaub genießen will! Das sollte jeder Kollege verstehen, Laura! Noch dazu, wenn der Commissario mit einer attraktiven Meeresbiologin unterwegs ist.» Guerrini goss das siedende Wasser über die Teeblätter.

«Ich hab nicht verraten, dass ich derzeit Meeresbiologin bin, Angelo. Mir erscheinen unsere Ausweichmanöver inzwischen ziemlich riskant. Mich würde nicht wundern, wenn die uns inzwischen für verdächtig halten.»

«Also doch Rom?»

«Ich weiß nicht. Inzwischen bin ich neugierig. Zum Beispiel würde ich gern wissen, wo dieser alte Schriftsteller steckt, der hier angeblich wohnt. Und ich würde gern noch mal mit Luciano reden und mit Tibero oder einem anderen Fischer. Außerdem wüsste ich gern, was mit Orecchio passiert ist, und ich möchte herausfinden, welche Verbindung zwischen Ruben und Domenica di Colalto besteht. Und warum taucht dieser schwarze Händler immer wieder auf? Was ist außerdem mit dem toten Araber passiert? Wer hat den Pflug für uns aufgestellt, und wer hat deinen Wagen mit roter Farbe übergossen, wer unser Haus durchwühlt? Und die wichtigste Frage: Was hat das alles mit dir und deinem Vater zu tun?»

Guerrini stellte langsam den Wasserkocher ab, umfasste mit einer Hand seinen Nacken und senkte den Kopf. Als er wieder aufsah, zuckte ein unsicheres Lächeln um seine Mundwinkel.

«Es tut mir leid, Laura. Ich wollte wirklich Urlaub mit dir machen. Ich hatte keine Ahnung, was hier auf uns warten würde. Nichts als ein Stück meiner Vergangenheit wollte ich dir zeigen, einfach davon erzählen und dir die Schauplätze zeigen. Aber das ...» Guerrini schüttelte den Kopf. «Das hatte ich nicht erwartet.»

Laura sah zu, wie goldbraune Schlieren von den Teeblättern aufstiegen und allmählich das Wasser färbten.

«Dann machen wir weiter, nicht wahr? Ich wollte sowieso nicht nach Rom!»

Wir hätten jetzt in Gelächter ausbrechen können, dachte Laura, aber irgendwie geht es nicht. Sie nahm Guerrinis Gesicht in beide Hände und küsste ihn sanft, fürchtete plötzlich, etwas zuzudecken mit ihren Berührungen.

«Ja, lass uns weitermachen», murmelte er, drehte sich weg und füllte Tee in ihre Tassen.

Guerrini wollte mit Tuttoverde telefonieren, und Laura hatte keine Lust auf ein großes Frühstück. Sie nahm sich einen Apfel und lief zum Kanal hinunter, vorüber am befleckten Lancia. Ihren Reisepass hatte sie mitgenommen, denn sie rechnete damit, erneut von irgendwelchen Polizisten kontrolliert zu werden, die überall im Resort unterwegs waren. Es duftete nach Pinien, Eukalyptus und bitteren Kräutern. Der sandige Weg war feucht, vielleicht hatte es in den Morgenstunden geregnet, vielleicht war es aber nur Tau. Laura hatte ein Ziel.

Obwohl sie ohne eine bestimmte Vorstellung das Haus verlassen hatte, wusste sie bereits nach ein paar Metern, wohin sie gehen wollte. Nicht zu Ruben oder den beiden Schweizern. Nein, sie wollte endlich wissen, wer dieser Alberto Ferruccio war und ob er eine Verbindung mit dem afrikanischen Händler hatte. Auf der anderen Seite des kleinen Flusses parkten zwei Einsatzwagen der Carabinieri. Zwei junge Soldaten wachten bei den Fahrzeugen, schauten zu ihr herüber und bedeuteten ihr zu warten. Als sie über die kleine Brücke zu ihr kamen, streckte sie ihnen den Pass entgegen.

«Euer Einsatzleiter hatte bereits ein langes Gespräch mit mir. Ist es erlaubt, einen Spaziergang zu machen, oder müssen wir Bewohner von *Il Bosco* in den Häusern bleiben?»

«Keine Ahnung, Signora. Da gibt es keine besonderen Anweisungen. Machen Sie ruhig Ihren Spaziergang. Kann aber sein, dass Sie noch ein paarmal kontrolliert werden.»

Laura hatte Glück und erreichte Ferruccios Haus ohne weitere Begegnung mit Polizisten. Aber sie konnte sehen, dass bei den Schweizern eine Gruppe von Carabinieri herumstand. Als sie sich der Eingangstür zu dem niedrigen Natursteinbau näherte, schlug drinnen ein Hund an, hoch, mit langgezogenem Heulen. Es gab eine Klingel und einen Türklopfer. Doch ehe Laura sich für eins von beiden entschieden hatte, wurde die Tür geöffnet.

«Kann ich etwas für Sie tun, Signora?» Ferruccios Stimme war ein bisschen brüchig, er räusperte sich und rief den heulenden Hund zur Ordnung. Er hielt ihn am Halsband fest und stand gebückt vor Laura, klein, mit eingefallenen Wangen, scharfer Nase und freundlichen aufmerksamen Augen. Sein Haar war dünn und weiß, seine Hände schmal, mit ausgeprägten Adern auf dem Rücken.

«Ah, Bruno! Benimm dich! Kommen Sie herein, Signora. Solange Sie vor der Tür stehen, wird er sich nicht beruhigen.»

Ferruccio gab die Tür frei, Laura trat ein, und tatsächlich hörte Bruno auf zu heulen. Er wedelte beinahe entschuldigend und beschnupperte Lauras Schuhe. Er war klein, grau, mit spitzer Schauze und passte zu Ferruccio wie ein Bruder. Als Laura sich umsah, fiel ihr Blick auf einen gerahmten Spruch gegenüber der Haustür:

> Alles stößt einem
> früher oder später zu,
> wenn genügend Zeit
> vorhanden ist.
>
> George Bernard Shaw

Alberto Ferruccio hatte sie beobachtet und lächelte. «Das ist eine der witzigsten Weisheiten, die es gibt. Ich liebe Shaw. Kennen Sie ihn, Signora? Seine Theaterstücke sind nicht unbedingt alle genial, aber seine Briefe und seine Aphorismen haben es in sich.»

«Allerdings! Zum Beispiel: In irgendeiner Gefahr schwebt man immer. Glauben Sie, dass es sich lohnt, sich darum zu kümmern?»

Ferruccio lächelte und neigte den Kopf ein wenig zur Seite. «Kommen Sie ins Wohnzimmer, Signora, und erzählen Sie mir, woher Sie Shaw kennen. In diesem

Land gibt es nicht viele Menschen, die ihn zitieren können. Und dann würde mich interessieren, warum Sie ausgerechnet dieses Zitat gewählt haben.»

Orientalische Teppiche auf sienabraunen Bodenfliesen, Bücherregale, antike Schränke und drei Sofas mit Leselampen. Gemälde von Ölbäumen an den Wänden und zum Garten hin nur Glas, üppige Pflanzen drinnen wie draußen.

«Setzen Sie sich, Signora, und sagen Sie mir ganz offen, ob Ihr Zitat von Shaw etwas mit mir zu tun hat. Eine Warnung vielleicht?»

Laura schüttelte den Kopf, streckte dem alten Dichter die Hand hin und stellte sich vor. «Ich habe einige Ihrer Geschichten über die Toskana gelesen und war einfach neugierig.»

«Das ehrt mich. Aber wie kommen Sie dazu, Shaw zu zitieren?»

«Diesen Spruch habe ich vor ein paar Wochen über meinen Schreibtisch gehängt, Signor Ferruccio. Er schien mir sehr gut zum Leben zu passen.»

«Haben Sie einen gefährlichen Beruf?»

«Hin und wieder ist er gefährlich. Aber für mich gilt das Zitat von Shaw eher für das Leben im Allgemeinen.»

Alberto Ferruccio antwortete nicht, beobachtete Laura mit wachsamen Augen. Sein kleiner Hund lief steifbeinig zur Fensterwand und lauschte mit aufgestellten Ohren nach draußen.

«Waren die Carabinieri schon bei Ihnen?», fragte Laura.

«Nein, aber ich erwarte sie. Fabrizio hat mich vorgewarnt.»

«Bei uns waren sie schon. Ich nehme an, dass diese Aktion dem verschwundenen Wärter gilt.»

«Möglich.»

«Wussten Sie, dass er verschwunden ist?»

«Natürlich. Fabrizio erzählt mir alles, was im Resort geschieht.»

«Hat er Ihnen auch von dem afrikanischen Händler berichtet, der sich offensichtlich hier aufhält?»

«Ein Afrikaner?» Ferruccio wirkte interessiert.

«Ja, ich habe ihm eine Sonnenbrille abgekauft. Er war am Strand langgelaufen, wie alle Händler es machen. Aber am Tag danach schlich er um unser Haus, dann beobachtete er mich beim Telefonieren, und ich folgte ihm bis in die Nähe Ihrer Villa. Plötzlich war er verschwunden. Deshalb wollte ich Sie fragen, ob Sie ihn gesehen haben. Mir ist die Sache inzwischen unheimlich.»

Ferruccio lächelte, faltete seine blassen Hände, besah sie, legte sie in den Schoß und schaute dann genau in Lauras Augen.

«Der einzige Afrikaner, den ich in dieser Gegend kenne, heißt Teo und ist seit ein paar Wochen mein Butler, mein Betreuer, mein Helfer. Warum haben Sie Fabrizio nicht nach ihm gefragt? Er hätte es Ihnen erzählen können.»

Nein, dachte Laura. So einfach kann sich diese Geschichte nicht auflösen. Ein paar Sekunden lang fühlte sie sich völlig verwirrt, dann wurde sie zornig. Als sie gerade zu einer neuen Frage ansetzen wollte, kam ihr der Dichter zuvor.

«Es gibt noch einen Spruch von Shaw, der jetzt genau passt. Wollen Sie ihn hören?»

Laura zuckte die Achseln.

«Das Gefühl ist es, das den Menschen zum Denken anregt, und nicht das Denken, das ihn zum Fühlen anregt.»

«Ach, und was fühle ich gerade?»

«Sie sind wütend. Warum, Signora?»

«Weil ich Ihnen nur bedingt glaube, Signor Ferruccio. Weil ich vielen Menschen in meiner Umgebung zurzeit nur bedingt glauben kann. Also jetzt die Frage: Betreibt Ihr Butler Teo nebenher noch einen Handel mit Sonnenbrillen und Modeschmuck?»

«Ich weiß es nicht. In seiner Freizeit kann Teo machen, was er will.»

«Auch andere Leute beobachten? Vielleicht sogar in Häuser eindringen, um etwas zu suchen?»

«Ich glaube nicht, dass er das macht, Signora.»

«Ist bei Ihnen vor ein paar Tagen eingebrochen worden?»

Ferruccio schüttelte den Kopf.

«Aber bei uns und bei den Schweizern.»

«Und wie kommen Sie darauf, Teo zu verdächtigen?»

«Weil er uns beobachtet hat.»

«Soll ich ihn rufen?»

«Das wäre nicht schlecht.»

«Also werde ich ihn rufen.»

Alberto Ferruccio stand auf, ging zu einer Tür, die offensichtlich zu den anderen Zimmern des Hauses führte, öffnete sie und rief erstaunlich laut: «Teo!»

Irgendwoher kam eine Antwort, die Laura nicht verstand.

«Er wird gleich hier sein.» Ferruccio ließ sich Laura gegenüber auf einem der Sofas nieder, lächelte freundlich und ein wenig abwesend.

«Darf ich raten, welchen Beruf Sie haben, Signora?»

«Bitte.»

«Meeresbiologin.»

Laura brach in Gelächter aus.

«Das hat Fabrizio ausgeplaudert, oder?»

«Ja, aber ich glaube ihm nicht.»

«Glaubt hier eigentlich irgendwer irgendwem irgendwas?»

«Nein, ich glaube nicht.» Auch Ferruccio lachte. «Was also sind Sie wirklich, Signora?»

«Vor allem ein Mensch, der Urlaub macht.»

«Im Haus von Colalto? Sie müssen reich sein, Signora.»

«Mein Freund bezahlt.»

«Dann muss er reich sein.»

«Ich glaube nicht.»

«Nur Reiche können sich diese Häuser hier leisten, Signora. Reiche oder Freunde der Besitzer. Ist er ein Freund des Conte?»

«Ein Jugendfreund.»

«Da haben Sie es.»

«Kennen Sie den Conte und seine Schwester?»

«Flüchtig. Immerhin wohne ich schon seit beinahe zwanzig Jahren hier. Ah, da kommt Teo!»

Es war unverkennbar der wandernde Händler, dem Laura eine Sonnenbrille und Ohrringe abgekauft hatte. Er lächelte auf ähnlich sanfte Weise wie bei ihrer ersten Begegnung und blieb neben Ferruccio stehen.

«Brauchen Sie etwas, Signore?»

Teo sah nicht aus wie ein Butler. Er trug Jeans und ein Sweatshirt mit langen Ärmeln. Seine Füße steckten in Turnschuhen.

«Nein, ich brauche nichts, Teo. Aber diese Dame hier möchte dich kennenlernen, und ich denke, dass Sie auch ein paar Fragen an dich hat.»

Erst jetzt richtete Teo seinen Blick auf Laura, doch seine Augen blieben gleichgültig.

«Ja, Signora?»

«Ich wollte Sie fragen, warum Sie mich kürzlich beim Telefonieren beobachtet haben. Oben auf der Düne. Sie saßen in der Macchia. Dann haben Sie sich weggeschlichen, und ich bin Ihnen gefolgt.»

«Ach das …» Er machte eine vage Handbewegung, lächelte. «Ich bin gern am Strand und in der Macchia. Ich wollte Sie nicht beobachten, Signora. Ich gehe eben so herum, wenn ich freihabe. Es ist hier sehr schön. Tut mir leid, wenn ich sie gestört habe.»

«Aber Sie haben auch meinen Partner beobachtet. Das kann kein Zufall sein!»

«Doch, doch. Ich laufe immer am Strand entlang und durch die Gärten. Um diese Jahreszeit ist ja niemand da.»

«Wenn Sie so häufig unterwegs sind … haben Sie vielleicht gesehen, wer bei unserem Haus die Tür eingeschlagen hat?»

Teo zog die Schultern hoch und drehte die hellen Handflächen nach außen. «Nein, Signora. Davon habe ich nichts mitbekommen. Nur gehört habe ich davon. Von Fabrizio.»

«Dann sind Sie also gar kein Wanderhändler, Teo.»

Er verzog ein bisschen das Gesicht.

«Doch, Signora. Aber Signor Ferruccio hat mir einen Job gegeben, und ich hab ihn angenommen. Der Winter kommt, Signora.»

«Ja, ich weiß.»

«Brauchen Sie mich noch, Signora? Ich bin nämlich gerade dabei, das Mittagessen zu machen.»

«Nein, gehen Sie nur, Teo.»

Er lächelte mit seinen vollen dunklen Lippen und den sehr weißen Zähnen, verbeugte sich leicht und schloss leise die Tür hinter sich.

«Sie müssen ein sehr guter Mensch sein, wenn Sie einem afrikanischen Händler ein Dach über dem Kopf geben. Und sehr vertrauensvoll.»

«Sehr egoistisch würde es besser treffen. Die Frau aus Portotrusco, die sonst jeden Tag zu mir kommt, hat nur noch dreimal in der Woche Zeit. Und Teo wohnt hier. Dann ist es nicht so einsam. Ich meine, nicht dass mir das Alleinsein etwas ausmachen würde. Ich bekomme eine Menge Besuch, und ich bin außerdem gern allein. Für meinen Beruf braucht man das Alleinsein. Aber das Leben mit Teo ist angenehmer. Ich hoffe, dass er länger bleiben wird. Nicht nur in den Wintermonaten. Aber davon abgesehen: Ich weiß noch immer nicht, wie Sie auf George Bernard Shaw gekommen sind.»

«Ich lese gern, und ich liebe gute Aphorismen.»

«Das verbindet uns, Signora. Darf ich jetzt noch einmal raten, welchen Beruf Sie haben?»

«Nein, ich glaube nicht.»

«Weshalb nicht?»

«Weil Sie ein sehr guter Menschenkenner sind, Signor Ferruccio.»

«Ach, Sie fürchten die Wahrheit?»

«Nein, aber man muss sie ja nicht unbedingt aussprechen.»

Der alte Dichter lehnte sich zurück und lachte herzlich.

«Ich glaube, ich gehe jetzt besser», murmelte Laura und stand auf.

«Schade. Es macht Spaß, sich mit Ihnen zu unterhalten. Ein richtiges Ratespiel.»

«Vielleicht können wir unsere Unterhaltung fortsetzen, wenn dieses Ratespiel zu Ende ist.»

«Noch ein Rätsel?»

«Kein größeres als Ihres.»

Gemeinsam mit Bruno, dem Hund, begleitete er sie zur Tür.

«Mir ist gerade noch ein Spruch von Shaw eingefallen, den ich Ihnen mit auf den Weg geben möchte, Signora.»

«Ja?»

«Es wird immer etwas geben, wofür es der Mühe wert sein wird zu leben.»

«Lebenslängliche Glückseligkeit? Kein Sterblicher kann das ertragen! Es wäre die Hölle auf Erden!», gab Laura zurück.

Ferruccio kicherte. «Wir müssen uns unbedingt wiedersehen, Signora. Bis dahin frische ich meinen Aphorismenschatz auf, dann können wir uns mit den Worten der großen Denker unterhalten. Es wäre mir ein Vergnügen. Ich schreibe übrigens zurzeit Haikus. Das ist nicht einfach. Mein neuester ist mir kurz vor dem Sturm eingefallen. Wollen Sie ihn hören?»

«Ich bitte darum.»

«Sieh! Die Zikaden ziehen
ihre Flügel an.
Bald wird es Regen geben.»

«Schön. Ich danke Ihnen. Arrivederci!»

«Arrivederci, Signora.»

Die Carabinieri waren verschwunden. Sie hatten nicht am Haus des alten Dichters geklopft.

DAS GESPRÄCH mit Tuttoverde hatte Guerrini in einem Zustand zurückgelassen, der ihm wie kaum wahrnehmbarer Zahnschmerz erschien, ein inneres Ziehen. Er überlegte, wo dieses Ziehen seinen Ursprung haben könnte oder ob es vielleicht eine Täuschung war, ein Phantomschmerz. Ganz entgegen seinen sonstigen Gewohnheiten schenkte Guerrini sich ein Glas Grappa ein, um diesen Schmerz zu betäuben. Bei Zahnschmerzen half das Spülen mit Grappa. Diesmal half es nicht.

Er hatte Tuttoverde von dem Toten am Strand erzählt, von den Ahnungen, Befürchtungen, die ihn seit Tagen beschäftigten. Er kannte das Risiko und nahm es in Kauf. Der Kollege hatte zugehört und nach langem Schweigen gesagt, dass er den Mund halten und die Sache vergessen solle.

«Und warum?», hatte Guerrini gefragt.

«Weil wir kurz davor stehen, die Ermittlungen in dieser Angelegenheit einzustellen. Und frag verdammt noch mal nicht, warum, Guerrini!»

«Ach, es läuft bei euch genauso wie bei uns? Mir wurde neulich ganz diplomatisch beigebracht, dass ich mich nicht länger um die China-Mafia kümmern soll, die offensichtlich unsere Modebranche in der Hand hat. Dabei hatte ein deutscher Schriftsteller uns die ganze Ermittlungsarbeit abgenommen, und wir mussten nur noch weitermachen. Noch dazu starb dieser Schriftsteller unter höchst verdächtigen Umständen. Aber auf einmal hieß es: Da ist nichts dran. Ermittlungen einstellen!»

«Und warum?»

«Du fragst, obwohl ich nicht fragen darf? Soll ich dir sagen, warum? Aus genau dem Grund, den du mir nicht nennen kannst, Ignazio!»

«Scheiße!»

«Ja, Scheiße! Da helfen auch deine achthundert Mann Spezialeinheit nichts, was?»

«Hör auf!»

«Wenn du willst. Gibt's irgendwas, das ich unbedingt wissen sollte?»

«Wir haben einen verdeckten Ermittler in der Gegend.»

«Dachte ich mir. Wen?»

«Ich kann es dir nicht sagen, Angelo. Aus zwei Gründen: um weder ihn noch dich zu gefährden! Wir wussten übrigens längst von dem Toten am Strand. Ich habe sogar Fotos von deiner Freundin, wie sie die Leiche untersucht. Außerdem habe ich Fotos von den Leuten, die ihn weggeschafft haben. Sie haben ihn mit einem Motorboot wieder raus aufs Meer gezogen und dann vermutlich versenkt. Diesmal gründlicher.»

«Wer war's? Die Schweizer?»

«Ich will nicht, dass du dich da einmischst!»

«Was also soll ich tun?»

«Gar nichts! Und halt deine deutsche Freundin zurück. Sie scheint sich sehr für die Sache zu interessieren. Fahrt weg! Nach Rom oder sonst wohin!»

«Sie will nicht nach Rom.» Es sollte ein Scherz sein,

doch er kam nicht an. Wie sollte er auch. Tuttoverde wusste ja nichts von ihren ständigen Diskussionen um Rom.

«Dann fahrt nach Florenz, Venedig, zum Mond, verdammt noch mal!» Tuttoverde hatte das Gespräch beendet. Dann kam das Zahnschmerzziehen wieder.

Kurz darauf, Guerrini hatte sich inzwischen auf die Dachterrasse gesetzt, um nachzudenken, meldete Fabrizio, dass die Carabinieri wieder abgezogen seien. Dem Himmel sei Dank! Aber verstehen könne er es nicht. Erst so ein Aufwand und dann, nach zwei Stunden: Abzug! Orecchio hätten sie auch nicht gefunden! Außerdem könne man in zwei Stunden unmöglich das ganze Resort gründlich durchsuchen!

«Was hast du gedacht, als sie abzogen, Fabrizio?»

«Was ich gedacht habe, Dottore? Ich habe gedacht, dass die nicht weitersuchen dürfen. Das hab ich gedacht!»

«Kluger Fabrizio!»

«Aber wieso, Dottore? Wieso dürfen die nicht weitersuchen?»

«Keine Ahnung, Fabrizio. Irgendwer wird den Maresciallo angerufen haben.»

Fabrizio starrte düster auf den Boden.

«Irgendwer», murmelte er. «Irgendwer, so läuft das immer bei uns, nicht wahr? Sie haben völlig recht, Dottore.» Er schien in seinen Überlegungen zu versinken, stand eine Weile stumm da und fuhr dann plötzlich auf.

«Sie auch, Dottore? Machen Sie auch nicht weiter?»

«Doch, Fabrizio. Ich mache weiter. Mich hat ja keiner angerufen.»

Es stimmt nicht, dachte Guerrini. Natürlich hat mir jemand am Telefon gesagt, dass ich die Sache vergessen solle. Es ist noch nicht mal zehn Minuten her. Das Zahnschmerzziehen wurde stärker.

«Wenn Sie Hilfe brauchen, Dottore, ich bin da! Ich hab Ihnen die Nummer von meinem Telefonino aufgeschrieben. Es ist immer eingeschaltet, immer!» Er streckte Guerrini einen Zettel hin.

«Danke, Fabrizio. Hast du eigentlich nie gemerkt, dass Orecchio irgendwelche Nebengeschäfte machte?»

«Nie, Dottore, nie!»

«Es sieht so aus, als wäre der weiße Lieferwagen auf dem Weg zum Resort gewesen. Wahrscheinlich, weil er etwas liefern wollte. Das liegt doch sehr nahe, nicht wahr? Falls du irgendwas weißt, dann sag es mir!»

«Nichts, Dottore, ich weiß absolut nichts! Es ist eine Verschwörung, das sag ich Ihnen. Eine Verschwörung gegen mich, gegen uns alle, Dottore!»

Noch einer mit Paranoia, dachte Guerrini, und wieder spürte er seine Phantomschmerzen. Unter anderen Voraussetzungen hätte er sicher gelacht. Fabrizio sah aus, als litte er ebenfalls Schmerzen. Endlich stieß er einen Satz hervor, der ihm offensichtlich Mühe machte: «Da ist ein Schwarzer in *Il Bosco*, Dottore. Angeblich wohnt er bei Signor Ferruccio. Seit der hier ist, wird dauernd eingebrochen, obwohl keiner was meldet. Aber ich weiß es! Der Glaser war bei Ihnen, Dottore, und bei den Schweizern. Außerdem wurden in anderen Häusern die Türen eingetreten oder die Schlösser ausgebaut. Ich hab nichts gegen Schwarze, aber der gefällt mir nicht! Er läuft überall rum! Ein paarmal hab ich ihn in Privatgärten erwischt. Dann hat er gelacht und gesagt, dass er einen Spaziergang macht. Aber es ist verboten, in Privatgärten spazieren zu gehen. Ich hab versucht, mit Signor Ferruccio darüber zu reden, aber der hat mich nur angesehen und gelächelt. ‹Lass das, Fabrizio!›, hat er gesagt. Was soll man da machen, Dottore?»

Wer sagt, er habe nichts gegen Schwarze, hat was gegen sie, dachte Guerrini. Schade, dass Laura nicht da ist. Vielleicht würde sie mir glauben, dass in diesem Land immer Schwarze, Rumänen, Zigeuner oder Albaner an allem schuld sind. Laut sagte er: «Warum wohnt der Schwarze bei Ferruccio?»

«Er ist angeblich sein neuer Hausdiener. Macht alles.»

«Ist doch nichts gegen zu sagen, oder?»

Fabrizio zuckte die Achseln und verzog den Mund. «Gibt genügend Italiener, die Arbeit suchen.»

«Vielleicht ist der Schwarze Italiener!»

«Ah!» Fabrizio machte eine heftige wegwerfende Bewegung mit seinem rechten Arm. «Reden wir nicht drüber. Ist besser! Macht mich wütend! Was ist mit Ihrem Auto passiert, Dottore?»

«Dummer Streich! Ich wusste gar nicht, dass es auch in Portotrusco Jugendliche gibt, die solche Sachen machen.»

Fabrizio starrte Guerrini an. «Die gibt's auch nicht, Dottore! So was ist hier noch nie passiert!»

«Jetzt ist es passiert! Letzte Nacht, mitten auf dem Marktplatz von Portotrusco!»

«Cazzo!»

«Sì, cazzo!»

Zögernd drehte Fabrizio sich um, murmelte noch

einen Gruß und ging langsam zu seiner Vespa. Ehe er davonfuhr, umrundete er noch zweimal kopfschüttelnd den Lancia des Commissario.

In Gedanken versuchte Guerrini alle Bruchstücke zusammenzusetzen, die er in den letzten Tagen aufgelesen hatte. Wie Laura war er inzwischen der Überzeugung, dass auch der tote Araber etwas mit den Vorkommnissen seit ihrer Ankunft zu tun hatte. Man hatte ihm die Hand abgehackt, vermutlich weil er etwas gestohlen hatte. Falls es hier tatsächlich einen Ring von Kunsträubern gab, dann hatte er wahrscheinlich irgendwas Wertvolles an sich genommen, um selbst ein bisschen Geld nebenbei zu machen.

Auch der weiße Lieferwagen hatte wahrscheinlich Kunstwerke geladen. Das würde erklären, warum der Fahrer aus dem Krankenhaus verschwunden war. Vielleicht hatte Orecchio die Kunstwerke aus dem Lieferwagen geholt, ehe die Feuerwehr eintraf, und jetzt war er mit ihnen abgehauen. Vielleicht steckte er mit dem Fahrer unter einer Decke, und der Sturm war ihnen ganz gelegen gekommen.

Aber wieso brachten die Kunsträuber ihre Ware mit einem Lieferwagen nach *Il Bosco*, wieso nicht mit einem Boot? Gut, das Entladen eines Bootes am Strand würde leicht auffallen. Strandwanderer waren häufig auch nachts unterwegs.

Aber woher kamen die Kunstwerke ursprünglich? Aus Griechenland, dem Nahen Osten, aus dem Irak? Übers Meer wahrscheinlich. Auf einer Luxusyacht? Oder wurden sie von einem Boot auf ein anderes umgeladen? Auf das Boot eines Fischers zum Beispiel, der einen BMW fuhr und eine Eigentumswohnung besaß, obwohl er nur ein paar lächerliche Fische fing. Einer, der eine Machtstellung in Portotrusco innehatte. Vielleicht stammte der weiße Lieferwagen von der Fischfabrik ... nein, es wurde zu kompliziert. Jedenfalls brachte ein weißer Lieferwagen die Kunstwerke nach *Il Bosco.* Warum und wohin? In die graue Villa, in der Guerrini als Jugendlicher den entführten Ministerpräsidenten Aldo Moro vermutet hatte? In eine der Villen von Colalto? Zu den Schweizern oder zu Ferruccio? Das schmerzhafte Ziehen wurde stärker. Er war genau in den verrückten Phantasien seiner Jugend angekommen. Mittendrin.

Versucht, einen zweiten Grappa zu trinken, griff Guerrini nach der Flasche, stellte sie wieder weg und ging auf die Dachterrasse hinaus. Er atmete tief ein, sah auf seine Uhr. Laura war schon seit beinahe zwei Stunden fort. Vielleicht sollte er zu Ferruccio gehen und nachsehen. Aber er konnte sich nicht vorstellen, dass von Ferruccio eine Gefahr für sie ausging, von einem berühmten Dichter und Kämpfer gegen die Neofaschisten und gegen Umweltzerstörung. Er hatte einen schwarzen Hausangestellten. Was war daran so ungewöhnlich? Ferruccio hatte einem armen Kerl einen Job gegeben. Das passte zu ihm. Trotzdem war Guerrini beunruhigt. Warum, verdammt noch mal, waren sie nicht nach Griechenland oder Spanien geflogen?

Als der schmucke Maresciallo vom Parkplatz zu ihm heraufschritt, dachte Guerrini, dieses Haus hatte allmählich Ähnlichkeit mit einer Theaterbühne. Ein Auftritt folgte dem andern. Es fehlte nur der Vorhang.

«Ich dachte, Sie rücken ab, Maresciallo.»

Er war oben angekommen und stand vor Guerrini – Goldtressen am Kragen, aber ohne Mütze, nicht viel jünger als er selbst, mit melancholischen dunklen Augen, die ihn genau musterten.

«Wir sind gerade dabei, Commissario. Ich bin nur noch einmal zurückgekommen, weil ich mit Ihnen sprechen wollte. Tenente Gaspari hat es doch angekündigt, oder?»

«Nicht alles, was in diesem Land angekündigt wird, findet auch statt», erwiderte Guerrini.

Der Maresciallo lächelte nicht.

«Ich wollte Ihnen nur eine Frage stellen, Commissario. Ihr Dienstgrad ist höher als meiner, ihre Abteilung eine andere. Trotzdem wüsste ich gern, ob Sie in diese Geschichte verwickelt sind. Ermitteln Sie hier?»

Guerrini schüttelte den Kopf.

«Was machen Sie dann hier?»

«Ich versuche vergeblich den Leuten zu erklären, dass ich mich im Urlaub befinde, aber niemand scheint mir zu glauben.»

Der Maresciallo nickte, lächelte noch immer nicht. «Ich auch nicht, wenn Sie an meiner Meinung interessiert sein sollten. Wir wurden zurückgepfiffen, Commissario, und das schmeckt mir nicht. Ich habe eine geheime Information bekommen, dass hier im Resort ein verdeckter Ermittler eingesetzt wurde. Ich halte Sie für diesen Ermittler, Commissario. Falls unsere Aktion Ihre Arbeit gestört haben sollte, dann möchte ich mich dafür entschuldigen. Aber nachdem man den Toten, der am Monte Argentario aus dem Meer gefischt wurde, als Fahrer des weißen Lieferwagens identifiziert hat, hielt ich es für richtig, genauer nachzusehen, was hier los ist.»

Danke, dachte Guerrini. Das ist die Information, die mir gefehlt und die mir Tuttoverde vorenthalten hat. Sie haben also den Fahrer umgebracht und möglicherweise auch Orecchio, falls er nicht mit der Lieferung abgehauen ist.

«Es tut mir leid, dass Ihre Aktion abgebrochen wurde, Maresciallo. Ich hab es nicht getan, und ich kann zu der ganzen Angelegenheit nichts sagen. Das werden Sie verstehen.»

«Soll ich es verstehen? Was soll ich verstehen? Wenn es einen anderen Job gäbe, würde ich mich darum bewerben!»

«Diesen Impuls hatte ich auch schon einige Male.»

«Cazzo!»

«Sie sagen es.»

Der Maresciallo wandte sich um und ging von Guerrinis Bühne ab, ohne sich noch einmal umzusehen. In diesem Augenblick summte Guerrinis Handy. Als er nicht Laura, sondern die Stimme seines Vaters hörte, hatte er Mühe, halbwegs freundlich zu antworten.

«Es ist ein schlechter Zeitpunkt.»

«Wieso schlechter Zeitpunkt? Wir telefonieren so gut wie nie, also nimm dir gefälligst Zeit! Außerdem dauert es nicht lang. Ich wollte dir nur sagen, dass du die Finger von Colalto lassen sollst! Kapiert?»

«Warum?»

«Weil ich dich darum bitte!»

«Du bittest mich? Du hast mich noch nie um etwas gebeten. Es muss sich um eine verdammt ernste Angelegenheit handeln.»

Fernando Guerrini ging nicht auf seinen Sohn ein, er schwieg nur kurz und räusperte sich dann ausgiebig.

«Es war meine letzte Lieferung von Madonnen an Colalto. Bist du damit zufrieden?»

«Was haben deine Madonnen mit mir zu tun?»

«Red nicht so einen Blödsinn. Du weißt genau, was ich meine, Angelo. Also: Ich lasse die Geschäfte mit Colalto, und du lässt die Finger davon!»

«Auch ein Geschäft, was?»

«Natürlich. Das ganze Leben besteht aus Geschäften.»

«Und was ist, wenn er die Finger nicht von uns lässt?»

«Wieso, was macht er denn?»

«Er stellt einen unbeleuchteten Pflug hinter eine Kurve, auf dass wir hineindonnern, er verwüstet unser Haus, er lässt Farbe über meinen Wagen schütten.»

«Das kann auch jemand anderes getan haben! Ich habe dich davor gewarnt, nach Portotrusco zu fahren!»

«Hast du nicht!»

«Hab ich doch! Ich habe gesagt, dass um diese Jahreszeit Sizilien besser wäre!»

«Ah, und das soll eine Warnung gewesen sein?»

«Natürlich! Aber du verstehst ja so was nicht, obwohl du Commissario bist. Hast du mich jetzt verstanden?»

«Ja, ich habe dich verstanden.»

«Wirst du es lassen?»

«Ich weiß es noch nicht. Manche Dinge schreien nach einer Klärung.»

«Wer schreit?»

«Ich zum Beispiel! Weißt du, dass man die offiziellen Ermittlungen eingestellt hat, obwohl der Fahrer des weißen Lieferwagens tot im Meer gefunden wurde?»

«Was hast du mit diesem Fahrer zu tun? Du machst Urlaub! Hast du das vergessen? Überlass diese Dinge deinen Kollegen, verdammt noch mal! Wieso nimmst du eigentlich Laura mit ans Meer, wenn du dann mit verdammten Ermittlungen gegen Freunde der Familie anfängst? Klappt es nicht mit euch beiden? Kriegst du keinen hoch?»

Guerrini versuchte ruhig zu atmen und nicht spontan zu reagieren. Überhaupt nicht zu reagieren. Er hatte es nicht gehört. Fernando verlor immer jedes Maß, wenn er mit dem Rücken zur Wand stand. Offensichtlich stand er mit dem Rücken zur Wand! Nicht reagieren!

«Was ist? Bist du noch da? Falls ich dir zu nahe getreten sein sollte, dann tut es mir leid. Aber es ist doch wahr …»

«Nein!», sagte Guerrini ruhig.

«Bene.»

«Dann bis zum nächsten Mal.»

Guerrini drückte auf den Knopf, legte das kleine Telefon auf den Küchentisch und sah sich irritiert um – er hatte gar nicht bemerkt, dass er in die Küche gegangen war und Empfang hatte. Er hätte gern gegen etwas getreten, aber es gab nichts Geeignetes. Also fegte er eine kitschige Seneser Keramikvase von der Anrichte und sah zu, wie sie auf den Fliesen zerschellte. Lieber allerdings hätte er eine der Madonnenkopien von della Robbia in Scherben fallen sehen. Ein Geräusch ließ ihn herumfahren. Er dachte, dass Laura genau im passenden Moment zurückgekommen war, um Zeugin seiner

Unbeherrschtheit zu werden. Doch eine andere Frau stand in der schmalen Tür zur Terrasse.

«Gefiel dir die Vase nicht?», fragte Domenica di Colalto.

Sie trug einen langen dunkelblauen Leinenmantel, das graue Haar fiel offen über ihre Schultern. Die Hände hatte sie in den Manteltaschen vergraben, und sie war sehr blass. Der knallrote Lippenstift verlieh ihr ein unwirklich maskenhaftes Aussehen. All das nahm Guerrini in Bruchteilen von Sekunden wahr. Auch dass Domenica mit einer eleganten Geste eine Pistole aus ihrer Manteltasche zog.

«Setz dich und leg die Hände flach auf den Tisch.» Sie sagte es in ruhigem, verächtlichem Tonfall. «Falls es dich interessiert: Ich habe einen Waffenschein, Commissario Guerrini.»

Sie dehnte seinen Namen und Rang auf groteske Weise.

Guerrini blieb nichts anderes übrig, als zu tun, was sie von ihm verlangte. Also setzte er sich und sah sie an.

«Und jetzt?»

«Jetzt unterhalten wir uns.»

«Geht das nicht ohne Waffe?»

«Theoretisch. Aber ich bin sicher, dass du mir genauer zuhörst, wenn ich meine Waffe auf dich richte.»

«Hast du Angst, dass ich dir wieder weglaufe?»

«Ach, du hast es nicht vergessen? Dann muss dich dieses kleine Erlebnis sehr beeindruckt haben, du Feigling.» Domenica verzog den Mund, und Guerrini sah, dass ihre Zähne gelblich waren und der Lippenstift in die feinen Fältchen um ihren Mund gekrochen war. Auch die schwarze Schminke um ihre Augen war ein bisschen verlaufen, und wieder fühlte Guerrini sich an eine Vampirin erinnert.

Domenica blieb stehen, lehnte sich an den Herd und stützte die Hand, in der sie die Pistole hielt, mit der andern. Es wirkte ziemlich professionell, und Guerrini stellte sich vor, wie sie in einem der leeren Zimmer ihres Landsitzes Schießübungen machte. Vielleicht sogar oben in den Speicherräumen, mit einer der alten kopflosen Uniformen als Dummy. Das undefinierbare Zahnschmerzziehen war wieder da. Ein paar Minuten lang hatte er es nicht wahrgenommen, doch jetzt pochte es geradezu.

«Was, zum Teufel, willst du von mir, Domenica?»

«Die Fragen stelle ich, Guerrini, und du gibst die Antworten! Was willst du von mir und meinem Bruder? Wieso kommst du hierher und schnüffelst herum wie ein Trüffelschwein?»

Nicht schlecht, dachte Guerrini. Langsam wird es doch noch so etwas wie ein Theaterstück. Trüffelschwein. Er versuchte ganz ruhig zu bleiben. Diese Taktik kannte er zu gut. Domenica beherrschte sie mindestens so perfekt wie ihr Bruder. Die Fähigkeit, andere zu demütigen, schien den Colaltos angeboren zu sein. Er würde sich nur lächerlich machen, wenn er ihr die Geschichte vom Urlaub auftischte. Was also? Die Wahrheit vielleicht?

«Ich will herausfinden, warum ich mich damals häufig so beschissen gefühlt habe.»

Sie runzelte die Stirn.

«Was ist denn das für eine Geschichte?»

«Eine traurige!»

«Mir kommen gleich die Tränen! Was hat diese traurige Geschichte mit Tibero zu tun? Wieso gibst du dich mitsamt deiner Meeresbiologin als Privatdetektiv des Resorts aus? Was hast du mit dem Wärter Orecchio zu tun, eh?»

«Wieso wird dieses Haus durchsucht und verwüstet, wieso steht ein unbeleuchteter Pflug auf eurer Zufahrt, der noch nicht da war, als wir hinauffuhren, wieso wird mein Wagen mit roter Farbe übergossen, und wieso stehst du mit einer Knarre in der Hand in meiner Küche, eh?»

Domenica machte einen Schritt nach vorn, und Guerrini hoffte inbrünstig, dass ihre Inszenierung wirklich nur Theater war, Drohgebärdentheater, dass die Waffe nicht geladen oder wenigstens nicht entsichert war.

«Ich stelle hier die Fragen», zischte sie. «Wie kannst du es wagen, mir gegenüber so einen Ton anzuschlagen! Los jetzt! Was machst du hier?»

«Nichts, Domenica! Mich interessieren eure dreckigen Geschäfte nicht, die du offensichtlich mit der Waffe in der Hand verteidigst. Oder ist es etwa die Familienehre?» Das war ihm herausgerutscht, und er bereute es sofort, denn ihre Augen veränderten sich auf erschreckende Weise, wurden völlig kalt und ausdruckslos. Guerrini hatte schon einige Male in solche Augen gesehen. Meistens hatten die Besitzer dieser Augen kurz danach geschossen.

Als Domenica wieder sprach, war ihre Stimme leise und überdeutlich.

«Ich habe eine Information bekommen, und die besagt, dass ein verdeckter Ermittler auf uns angesetzt wurde. Enrico und ich nehmen an, dass du dieser verdeckte Ermittler bist. Der unverschämte miese kleine

Sohn eines lächerlichen Keramikhändlers, der sich einbildet, der Freund unseres Vaters gewesen zu sein. Also los, Guerrini, ich will es von dir persönlich hören. Ich will, dass du sagst: Ich bin ein verdeckter Ermittler, ich bin ein dreckiger Verräter! Los, sag es!» Die Hand mit der Pistole unterstrich durch ein kurzes Zucken, dass Domenica es sehr ernst meinte.

Ein kalter Tropfen rann über Guerrinis Nacken und fand seinen Weg in den Ausschnitt seines Pullovers und seinen Rücken hinab. Er flehte innerlich darum, dass Laura jetzt nicht zurückkommen möge, flehte, dass der alte Dichter sie in stundenlange Gespräche über Literatur verwickelte, und sagte endlich langsam: «Ein Commissario kann kein verdeckter Ermittler sein, Domenica. Sein Rang in der Hierarchie ist zu hoch, als dass er so mühselige Arbeiten verrichten müsste. Es wird ein anderer sein, Domenica. Tut mir leid.»

Nur für einen winzigen Moment erschien sie unsicher, dann presste sie die Lippen zusammen und atmete tief ein.

«Ich glaube dir nicht, Guerrini. Aber ich kann dir eines sagen. Wenn diese Aktivitäten nicht sofort eingestellt werden, dann lasse ich deinen Vater hochgehen.»

Guerrini schaute nicht mehr auf Domenica, sondern auf seine Hände, die flach auf dem weißen runden Tisch lagen, spreizte die Finger und zog sie wieder zusammen. Deshalb hat mein Vater also angerufen. Sie haben auch ihn bedroht. Ein zweiter kalter Tropfen lief über seine Schläfe und an seiner Wange entlang, tropfte auf seinen Oberschenkel und formte einen winzigen dunklen Fleck auf seiner Jeans.

«Ich habe nichts mit diesen Aktivitäten zu tun, Domenica. Auch wenn du es nicht glaubst. Ich weiß nicht einmal, wer dieser verdeckte Ermittler sein könnte.»

«Du kannst so ernsthaft und vertrauenerweckend schauen, dass es mir den Magen umdreht! Das konntest du immer schon. Bist du deshalb zur Polizei gegangen? Weil du so ehrenhaft und gut bist?»

Sie hasst mich mindestens so, wie ich ihren Bruder hasse, dachte Guerrini und fragte sich, warum.

«Wie willst du ihn hochgehen lassen? Mit einer Bombe?» Seine Antwort kam ihm flau und billig vor, aber es fiel ihm nichts anderes ein.

«Du wirst es herausfinden. Aber ich warne dich, Guerrini, wenn ich ihn hochgehen lasse, wird es auch dich vernichten. Ich bin nicht mein Bruder, der zu nichts anderem als lächerlichen Aktionen fähig ist. Es liegt an dir, Guerrini. Ich gebe dir vierundzwanzig Stunden.»

«Was stellst du dir vor, Domenica? Ich weiß nichts von verdeckten Ermittlern.»

«Ich sage dir genau, was du jetzt tust, Guerrini. Du sorgst dafür, dass Orecchio zurückgibt, was ihm nicht gehört. Dann reist du ab und kommst nie mehr wieder.»

«Noch mehr Rätsel?»

«Mach dich nicht über mich lustig, es könnte dir leidtun.» Domenica bewegte sich rückwärts zur Terrassentür und schlüpfte hinaus. Er hörte ihre Absätze auf den Steinplatten und wenig später den Motor ihres Wagens. Er stellte sich vor, dass der vierschrötige Butler mit den großen Händen in weißen Handschuhen am Steuer saß.

Fünf Minuten später betrachtete Guerrini noch immer seine Hände, die flach auf der kühlen weißen Platte des Küchentischs lagen. Er fühlte sich wie eingefroren, dachte immer wieder im Kreis – an den Helden des italienischen Widerstands, den großen Partisanen Fernando Guerrini, daran, dass er immer die Kommunisten gewählt hatte, und seit es sie nicht mehr gab, überhaupt nicht mehr. Und doch hatte er Geschäfte mit windigen Adeligen gemacht, deren Verachtung auch er gespürt haben musste. Hatte sich auf eine Sache eingelassen, die mehr als dubios war. Welcher Weg führte da heraus? Guerrini wusste keinen. Sein Vater kannte keine einflussreiche Persönlichkeit, die Domenica so erschrecken könnte, dass sie ihre Drohung nicht ausführte. Er selbst auch nicht. Und er fragte sich, wer die schützende Hand über Enrico und Domenica hielt. Sie hatte nichts von dem versenkten Pflug gesagt. Mit solchen Lächerlichkeiten gab sie sich nicht ab. Guerrini fand interessant, dass er selbst das als eine Art Demütigung empfand.

Endlich raffte er sich auf und ging auf die Dachterrasse. Er versuchte wieder tief durchzuatmen, aber diesmal fiel es ihm schwer. Das Meer sah bleiern aus. Vor der Sonne hingen Schleierwolken. Trotzdem war es warm. Auf dem Parkplatz stand nur sein besudelter Lancia. All das registrierte er, eins nach dem andern.

Wir standen die ganze Zeit unter Beobachtung, dachte er. Meine Paranoia war ganz berechtigt. Ich könnte Tuttoverde anrufen und ihm die ganze Scheiße erzählen. Nein, auch keine gute Idee. Tuttoverde hatte sich verändert. Die Ermittlungen waren abgebrochen worden. Deshalb konnte Domenica sich so sicher fühlen. Sie wusste das. Irgendwo im Polizeiapparat gab es eine undichte Stelle. Deshalb wusste sie auch von dem verdeckten Ermittler.

Selten hatte Guerrini sich so unsicher gefühlt und gleichzeitig so wütend.

Grazie, papà, dachte er. Das hast du richtig gut gemacht. Eigentlich sollte ich dich hochgehen lassen, und ich bin nicht einmal sicher, ob ich es verhindern kann.

Er kehrte in die Küche zurück, kickte eine große Scherbe der zerschmetterten Keramikvase zur Seite und griff nach seinem Handy. Als er Lauras Nummer eingab und auf die Verbindung wartete, summte ihr Telefon im Schlafzimmer. Natürlich. Das musste ja sein. Sie stolperte einfach so herum, als wären sie im Urlaub. Warum, verflucht noch mal, hatte sie ihr Handy nicht dabei?

EHE LAURA sich auf den Rückweg machte, schlenderte sie zum Haus der Schweizer. Der weiße Hund lief im Garten herum, und durch eines der riesigen Fenster sah sie Wanner, der ein Handy ans Ohr presste, während er auf und ab ging. Sie winkte ihm zu, er hob kurz den Arm, drehte sich aber weg und machte deutlich, dass er Wichtigeres zu tun hatte.

Gut, dachte Laura, dann ist ein unerwünschter Besuch sicher nützlich. Sie betrat den Garten und rief nach dem Hund, Gino. Er rannte auf sie zu und sprang freudig an ihr hoch. Laura suchte nach einem Stock, warf ihn, und Gino raste aufjaulend hinterher. Unterdessen erschien Wanner auf der Terrasse, rief: «Moment noch! Ein dringendes Gespräch!»

Natürlich, dachte Laura. Alle haben ständig wichtige Telefongespräche. Jetzt muss er seinen Rücken freihalten. Der Besuch der Carabinieri hat ihn endgültig aus seiner Ruhe aufgeschreckt. Mal sehen, was er mir erzählen wird.

Der Hund brachte den Stock zurück, ließ ihn fallen, nahm ihn knurrend wieder auf und legte ihn Laura vor die Füße, schnappte ihn aber sofort wieder, als sie sich bückte. Erwartungsvoll wedelnd tänzelte er vor ihr herum, bei jedem Schritt, den sie auf ihn zu machte, die Flucht ergreifend. Kaum blieb sie stehen, kehrte er zurück, mit breitgezogenem Maul, begeistert von diesem Spiel.

Netter Hund, dachte Laura. Passt nicht zu seinen Besitzern. Er wäre genau der Hund, den meine Kinder sich immer gewünscht haben und den sie nicht bekommen konnten, weil es in ihrem Leben nie genügend Zeit für ein Tier gegeben hatte. Schade, dachte sie, das hatte sie schon immer gedacht. Es könnte so viel Leben sein, wenn es nicht diese verdammte Notwendigkeit zum Geldverdienen gäbe.

Plötzlich wünschte sie heftig, dass ihre Kinder irgendwann die Möglichkeit fänden, einen Hund zu halten. Und sie selbst? Hatte sie jemals einen gewollt? Natürlich: einen Hund, eine Katze, ein Pferd. Lange her. Und jetzt?

Wieder legte der Hund wedelnd den Stock vor ihre Füße. Blitzschnell griff Laura danach, war schneller als er, und er jaulte vor Aufregung schrill auf. Ein paarmal täuschte sie ihn, schleuderte dann den Stock weit in den Garten hinaus. Und heute? Was wünschte sie sich heute? Angelos Berührungen, sein Lachen. Den Anblick der Insel Montecristo, über den Wassern schwebend, ein Bad im Meer. Vielleicht tanzen. Sie hatte viel zu lange nicht mehr getanzt.

«Waren die auch bei Ihnen?» Wanner hatte sein Telefongespräch beendet.

«Klar. Die waren überall.»

«Eine Zumutung!»

«Die machen nur ihre Arbeit. Schließlich ist einer der Wärter verschwunden.»

«Und was hat das mit uns zu tun? Nichts, absolut nichts! Wahrscheinlich handeln die Wärter heimlich mit Haschisch oder so was, oder sie verhökern das Silber der Villenbesitzer und tarnen es als Einbruch.»

«Wahrscheinlich.»

Wanner starrte Laura kurz an, senkte dann den Blick und stieß mit seinem Fuß den Stock an, den der Hund zurückgebracht hatte.

«Wir werden unseren Aufenthalt verkürzen und ein paar Tage nach Florenz fahren.»

«Dann ist Herr Ruben ja ganz allein.»

«Er reist wahrscheinlich auch ab.»

«Dann sind wir allein.»

«Fahren Sie doch auch, dann haben die Carabinieri freie Hand und können alle Häuser durchsuchen.»

«Aber dann ist der alte Signor Ferruccio allein. Das wäre in dieser Situation nicht fair.»

«Der ist nicht allein. Der hat doch seinen Schwarzen.»

«Ach, hat er das?»

«Er hat! Es ist wieder Mode, schwarze Diener zu haben. Wer sie sich nicht leisten kann, stellt welche aus Keramik auf!» Wanner lachte auf unangenehme Weise.

Wie traurig, dachte Laura. Wie traurig, dass er so was Blödes sagen muss.

«Sie sollten sich auch einen zulegen!», antwortete sie in schärferem Ton als beabsichtigt. «Er würde gut zu Ihrem weißen Hund und dem roten Design passen.»

«Oh, eine Liberale!», grinste er. Es klang seltsam, weil er plötzlich sehr schweizerisch sprach.

«Nein, keine Liberale! Ich wünsche gute Reise.» Laura hatte keine Lust, weiter mit ihm zu reden. Es würde eh nichts dabei herauskommen.

«Wollen Sie nicht doch einen Kaffee?»

«Nein, danke.» Laura strich über das Fell des Hundes und ging.

«Warten Sie doch! Hab ich was Falsches gesagt?»

Laura ließ ihn stehen und schlug den Weg zum Strand ein. Sie zog die Schuhe aus, trödelte barfuß am Wasser herum und dachte über Ferruccio nach. Sie hatte nicht viel von ihm gelesen, mehr über ihn. An ein Interview im Radio erinnerte sie sich. Er hatte über die Bedeutung von Wörtern gesprochen und gesagt, dass in unserer Zeit achtlos mit der Sprache umgegangen würde, dass sie genauso zum Konsumgut würde wie alles andere auch. Der Begriff Freiheit zum Beispiel würde total pervertiert. Niemand wüsste mehr, was Freiheit sei. Wenn man Wörter zerstört oder für Falsches benutzt, dann veränderte sich die Gesellschaft, das ganze Leben. So ungefähr hatte er es ausgedrückt. Die Menschen sollten einmal bewusst darauf achten, wo überall der Begriff Freiheit missbraucht würde.

Natürlich hatte er das auf die italienische Politik bezogen, aber es traf auf alle Bereiche des Lebens zu. Alberto Ferruccio gefiel Laura, er erinnerte sie ein bisschen an ihren Vater Emilio. Sie musste lächeln, als sie an ihre Sammlung interessanter alter Männer dachte. Guerrinis Vater gehörte auch dazu.

Trotzdem oder gerade weil Ferruccio ihre Zuneigung sehr schnell gewonnen hatte, traute sie ihm nicht. Es wäre sehr ungewöhnlich, wenn er irgendeinen Straßenhändler bei sich aufnehmen würde. Irgendeinen, den er am Strand aufgelesen hatte oder bei einem Spaziergang in Portotrusco. Einen, der vielleicht einer Schlepperbande angehörte, mit Drogen handelte und eine Gefahr für einen alleinstehenden alten Mann bedeutete, der durchaus vermögend zu sein schien. Das Leben als Illegaler machte einen Menschen nicht unbedingt zu einem Engel.

Hausdiener war eine gute Tarnung, als Hausdiener wirkte man völlig harmlos. Selbst Mafiabosse arbeiteten als Stallmeister oder Hausverwalter bei Persönlichkeiten des öffentlichen Lebens, um ihre wahre Tätigkeit zu tarnen und die jeweiligen Persönlichkeiten gleichzeitig zu kontrollieren. Für Laura gab es zwei Möglichkeiten: Entweder gehörte der vermeintliche Straßenhändler und Hausdiener zu den Kunsträubern, hinter denen Tuttoverde her war, oder er war Polizist.

Macht es mir Spaß, das alles zu denken? Oder läuft das automatisch ab? Bin ich eine automatische Kommissarin? Ein bisschen zwanghaft? Die mit ungelösten Fällen kämpft, weil es inzwischen meine zweite Natur geworden ist? Und was ist die erste? Oder liegt es daran, dass ich mich zu sehr mit Angelo und seiner Suche nach den Ängsten seiner Jugend verbunden fühle? Nicht *zu* sehr verbunden, einfach verbunden, auf ganz natürliche Weise verbunden. Ich kann verstehen, dass er wissen will, was ihn damals beunruhigt hat. Ich will es auch wissen, weil ich ihn dann besser verstehen kann.

Laura ließ sich in den Sand fallen und streckte sich aus. Als sie nach einer Weile den Kopf zur Seite wandte, sah sie zwei lange dünne Beine in Jeans. Die Beine knickten ein, und Teo setzte sich neben sie, nahm eine Handvoll Sand auf und ließ ihn durch seine Finger rieseln.

Laura empfand seine Gegenwart nicht als bedrohlich, wartete einfach ab. Der Sand war an der Oberfläche warm und weich, darunter verbarg sich feuchte Kühle.

«Was wollten Sie von Signor Ferruccio?» Seine Stimme klang sanft und kehlig. Er sah Laura nicht an, betrachtete nachdenklich den Sand und grub darin herum, bis er auf eine dunklere Schicht stieß.

«Ich wollte einen berühmten Dichter kennenlernen.»

«Nein, das wollten Sie nicht.»

«Was wollte ich dann?»

«Sie wollten wissen, wer ich bin und warum ich bei Ferruccio wohne und arbeite.»

Sein Italienisch war hervorragend, diesmal akzentfrei. Bereits bei ihrer ersten Begegnung war es nicht schlecht gewesen, aber damals hatte er Akzente eingemischt, die ihn als wandernden Händler glaubwürdig machten.

«Weshalb sollte ich mich dafür interessieren, wer Sie sind?»

«Weil Sie eine gute Polizistin sind.»

Laura widerstand dem Impuls, sich aufzusetzen, blieb einfach liegen, antwortete nicht, nahm aber aus den Augenwinkeln wahr, dass er lächelte.

«Tuttoverde hat mir gesagt, dass Sie eine deutsche Polizistin sind und Ihr Freund ein Commissario. Ich hatte mich schon damals am Strand über Ihre Fragen gewundert.»

Laura antwortete noch immer nicht. Die Lösung dieses Rätsels erschien ihr zu einfach.

«Die Ermittlungen werden eingestellt», murmelte er. «Das wollte ich Ihnen sagen. Deshalb wollte ich Sie fragen, ob Sie die Sache in Deutschland weiterverfolgen könnten? Sie kennen diese Situation vielleicht?»

Langsam setzte Laura sich auf und streifte den Sand von den Ärmeln ihres Pullovers.

«Ich weiß nicht, wovon Sie reden.»

Wieder lächelte er.

«Auch das beweist, dass Sie eine gute Polizistin sind.»

«Falls Sie irgendeine Antwort von mir hören wollen, müssen Sie mir erst Ihren Dienstausweis zeigen.»

«Beh, Sie wissen doch genau, dass verdeckte Ermittler keine Ausweise mit sich herumtragen! Es wird Ihnen nichts anderes übrig bleiben, als mir zu vertrauen. Auch wenn ich schwarz bin.»

Ja, dachte Laura. Da ist es wieder. Es ist wahr, und sein Schwarzsein ist gleichzeitig ein Instrument, auf dem er spielen kann.

«Weshalb hat man Sie als Ermittler eingesetzt? Sie sind ziemlich auffällig.»

«Genau deshalb. Niemand rechnet mit einem schwarzen verdeckten Ermittler. Nicht einmal Sie, hab ich recht? Schwarze gehen ohne Probleme durch. Als Straßenkehrer, Hausdiener, Händler, Küchenhilfen. Gefallen Ihnen die Ohrringe, die Sie von mir gekauft haben?»

«Sind Sie Zyniker?»

«Nein, Realist.»

«Okay.»

«Nehmen Sie das Risiko auf sich?»

«Vielleicht.»

«Warum? Weil Sie keine Rassistin sein wollen?»

«Noch so ein Satz, und ich werde das Risiko nicht eingehen! Klar?»

Teo nickte, warf eine Handvoll Sand ins Wasser.

«Ich wollte nur testen, wie echt Sie sind.»

«Wissen Sie's jetzt?»

Er zuckte die Achseln.

«Ich nehme es an. Also zur Sache! Ich hab was dagegen, mitten in der Arbeit aufhören zu müssen. Es kommt verdammt zu häufig vor! Dass Sie hier sind, könnte hilfreich sein. Ist es wirklich Zufall, oder ermitteln die Deutschen auch?»

«Nein.» Laura entfuhr ein so tiefer Seufzer, dass er sie erstaunt ansah. «Die Deutschen ermitteln nicht. Die Deutschen haben auch keine Spezialeinheit zur Bekämpfung von Kunstraub. Die Schweizer beobachten Wanner und Stamm. Das ist alles.»

«Ah, und woher wissen Sie das, wenn Sie nicht ermitteln?»

«Weil mir einiges aufgefallen ist und ich ein neugieriger Mensch bin. Zufrieden?»

«Nein.»

«Dann eben nicht.»

Teo zog seine Unterlippe nach innen, stand mit einer geschmeidigen Bewegung auf und wusch im seichten Wasser den Sand von seinen Händen.

«Ich finde, Sie sind schwierig!» Er schien zum Meer zu sprechen, nicht zu Laura. Dann drehte er sich um und sah auf sie herab. «Was haben Sie eigentlich kürzlich bei Colalto gemacht?»

«Beschatten Sie uns, oder was?»

«Nicht direkt. Ich habe nur ein Ortungsgerät an Ihrem Lancia angebracht. Deshalb weiß ich, dass Sie zu Colaltos Landsitz gefahren sind und spätnachts längere Zeit auf einem Baugelände nördlich von Portotrusco verbracht haben.»

«Warum haben Sie das gemacht?»

«Weil ich Sie für verdächtig gehalten habe.»

«Und wieso?»

«Nun, Sie wohnen in einem Haus von Colalto, Sie kümmern sich nicht um den Toten am Strand, Sie treffen sich mit Wanner, Wanner besucht Sie, Colalto besucht Sie. Sie besuchen Colalto und Wanner. Sie besuchen Ruben.»

«Kennen Sie noch mehr Einzelheiten unseres Urlaubs?»

«Die Sache mit dem Pflug. Die verstehe ich nicht, aber ich finde sie interessant. Warum haben Sie den Pflug in der Baugrube versenkt? Das waren Sie doch, oder? Ich bin am nächsten Morgen vorbeigefahren und habe es gesehen.»

«Es war ein sehr persönlicher Racheakt, wenn Sie damit zufrieden sind.»

«Gegen Colalto?»

Laura nickte.

«Von Ihnen? Nein, vom Commissario. Hab ich recht?»

«Das müssen Sie mit ihm besprechen. Aber jetzt bin ich dran! Ich nehme an, Sie wissen, was mit Orecchio passiert ist?»

Teo zog seine Schuhe aus, rollte die Jeans hoch und watete ein Stück ins Wasser.

«Wie kommen Sie auf die Idee?»

«Durch Nachdenken, Kollege!»

«Bene. Denken Sie weiter. Ich bin dafür, etwas zu unternehmen. Ich würde den Kunstfreunden gern eine Falle stellen. Und zwar nicht in Italien, sondern in der Schweiz und in Deutschland. Wenn Sie mitmachen, könnten wir Erfolg haben.»

«Weiß Tuttoverde von Ihren Ideen?»

Teo schüttelte den Kopf.

«Wieso macht Tuttoverde eigentlich so einen Rückzieher? Ich dachte, er wäre ein sehr erfolgreicher Ermittler, ein scharfer Hund.»

«Das ist er auch. Ich arbeite wirklich gern mit ihm. Aber es gibt viele Mächtige, und einige davon sind viel mächtiger als jemand wie Tuttoverde oder wir, nicht wahr?»

Plötzlich horchte Teo zur Macchia hinauf, griff nach seinen Schuhen und verschwand mit großen Sätzen zwischen den Büschen. Gleich darauf raste Wanners weißer Hund auf Laura zu, wedelte, bellte und stürzte sich in die Wellen. Dann kam auch Wanner. Laura wühlte mit ihren Füßen die Stelle auf, an der Teo gesessen hatte, stand schnell auf und lief in seinen Fußspuren zum Wasser, als wollte sie mit dem Hund spielen.

«Sie sind ja immer noch da.» Die Sonnenbrille auf der Nase, stand er breitbeinig mit verschränkten Armen am Rand der Büsche.

«Der Strand ist schön hier. Vielleicht sollten Sie doch nicht abreisen. Florenz ist laut und stinkt.»

«Aber Hotels sind sicherer als einsame Häuser. Ich finde, Sie sind ganz schön mutig, allein in *Il Bosco* zu bleiben.»

Ach, plötzlich, dachte Laura. Ist das nicht schon wieder die Warnung, von der Angelo gesprochen hatte? Dieses: «Sie sind mutig»?

«Danke für diese Warnung. Wirklich sehr aufmerksam von Ihnen. Und grüßen Sie Ihren Freund. Noch mal gute Reise!»

Laura ging. Bewusst langsam, obwohl sie am liebsten gerannt wäre. Es war lange her, dass sie einen richtigen Panikanfall erlitten hatte. Jetzt hatte sie einen. Mit Herzrasen und allem, was dazugehörte. Sie wusste nicht mal genau, warum. Völlig irrational. Immerhin ist Teo in der Nähe, dachte sie. Aber Angelo ist allein.

Wanner hatte nicht mehr geantwortet, oder sie hatte ihn nicht mehr gehört. Ihre Aufmerksamkeit war nur noch nach vorn gerichtet, auf diesen Strand, der länger war, als sie ihn in Erinnerung hatte, und sie lief immer schneller, obwohl sie langsam gehen wollte, Gelassenheit vortäuschen.

Sie schaute sich um. Wanner und der Hund waren verschwunden. Teo tauchte zwischen den Büschen auf und winkte sie zu sich.

«Hat er Sie erschreckt?»

«Allerdings.»

«Was hat er gesagt?»

«Nichts Besonderes. Aber ich fühle mich bedroht, weil er gesagt hat, wir hätten Mut, hierzubleiben. Und ich habe das dringende Bedürfnis, schnell zu unserem Haus zu gehen.»

«Sie sorgen sich um Ihren Freund?»

«Ja, ich sorge mich! Deshalb habe ich auch keine Lust, über irgendwelche anderen Dinge zu reden. Später vielleicht.»

«Aber ich muss Ihnen noch etwas sagen.»

«Was denn?»

«Ich habe die Sachen, die in dem weißen Lieferwagen waren.»

«Was?»

«Es ist kein Witz. Ich hab sie wirklich. Wenn Sie die sehen, dann machen Sie garantiert mit, Laura.»

«Woher kennen Sie meinen Vornamen? Ach, Tuttoverde ... kommen Sie mit, wir müssen das mit Angelo besprechen.»

Teo zögerte.

«Los!» Sie begann zu rennen. Er folgte ihr und holte sie ein. Er lief mühelos, während sie keuchend stehen blieb, als sie endlich den Garten ihres Ferienhauses erreicht hatten.

«Warte, ich muss noch etwas fragen, Teo!» Sie beugte sich nach vorn, um besser Luft zu holen, und er lachte.

«Bah, es geht schon wieder. Deine Kondition ist phantastisch. Lass uns du sagen, das ist einfacher. Einverstanden?»

Er nickte.

«Ich wollte dich fragen, ob Tuttoverde weiß, dass du die Kunstwerke sichergestellt hast.»

«Nein, er weiß es nicht.»

«Warum nicht?»

«Weil ich den Eindruck hatte, dass da irgendwas falschläuft. Es passiert ja nicht zum ersten Mal.»

«Und dann machst du einfach was auf eigene Karte?»

Er zuckte die Achseln.

«Daran bin ich gewöhnt. Wachsamkeit hat auch was mit der Hautfarbe zu tun, Commissaria.»

«Wieso sagst du Commissaria?»

«Weil du eine bist.»

«Woher weißt du das?»

«Internet, europäische Ermittlungshilfe. Ich habe nachgefragt.»

«Weißt du eigentlich, dass ich im Urlaub bin? Dass ich diese Zeit mit meinem Freund genießen wollte?»

«Das tut mir leid. Ich kann verstehen, dass du nicht

begeistert bist. Aber es ist eine echte Chance, denen gründlich ins Handwerk zu pfuschen.»

Laura schaute zur Insel Montecristo hinüber. Sie schwebte nicht, sie ragte graublau und nackt aus dem Meer.

«Warum nimmst du dein Telefonino nicht mit?» Wie ein Racheengel schaute Commissario Guerrini von der Küchenbrüstung auf Laura herab, als sie das Haus betrat.

Sie wandte sich nach Teo um, der diskret draußen wartete, legte dann den Kopf in den Nacken.

«Aspetti, Angelo! Da ist jemand, der mit dir reden möchte. Vergiss das Telefonino!»

«Ich habe heute schon mit so vielen Leuten geredet, dass ich angefangen habe, die Koffer zu packen, Laura!»

«Du kannst das Packen ja kurz unterbrechen!»

«Ich will es aber nicht unterbrechen!»

«Ich bin froh, dass du da oben stehst und dich aufregst.»

«Was?»

«Ich hatte Angst um dich.»

Sie sah, wie er mit beiden Händen durch sein Haar fuhr und plötzlich lächelte.

«Ich hatte auch Angst um dich.»

Laura brachte ebenfalls ein Lächeln zustande. Jetzt erst löste sich ihre Anspannung. Sie war so erleichtert, ihn da oben zu sehen, dass sie weiche Knie hatte.

«Kann ich Teo hereinrufen?»

«Wer ist Teo?»

«Das wirst du gleich sehen.»

«Nein, sag es mir! Ich habe keine Nerven mehr für Überraschungen.»

«Komm lieber runter. Wir sollten uns unten am Strand unterhalten. Der Gedanke kam mir gerade eben. Für den Fall, dass irgendwer eine Wanze in unserem Haus hinterlassen hat.»

Ergeben breitete Guerrini die Arme aus, verschloss die Tür zur Dachterrasse und kam langsam die Wendeltreppe herab. Wortlos schloss er Laura in die Arme und schnupperte an ihrem Haar.

«Du riechst immer noch ein bisschen nach Hölle», flüsterte er. «Wer zum Teufel ist dieser Teo?»

«Komm mit raus. Es ist eine spannende Geschichte.»

«Ich hab auch eine für dich.»

«Warte, erst meine!» Laura zog ihn zur Terrassentür. Als Guerrini den vermeintlichen schwarzen Straßenhändler unter einer Tamariske stehen sah, hielt er Laura zurück.

«Was soll das?»

«Du wirst es nicht glauben, aber er ist Tuttoverdes verdeckter Ermittler. Allerdings hat er sich von seinem Boss ziemlich entfernt.» Sie flüsterte in sein Ohr.

«Bist du sicher?»

«Na ja, halbwegs sicher.»

Guerrini atmete tief ein. «Kannst du dir vorstellen, dass ich allmählich den Überblick verliere?»

«Ja, das kann ich mir vorstellen. Unter anderem deshalb, weil ich ihn schon lange verloren habe.»

Guerrini versuchte zu lachen, doch es klang nicht überzeugend.

TEO WAR DAGEGEN, zum Strand zu gehen. Die Macchia erschien ihm für ihre Unterredung sicherer. Abwartend und distanziert hatten er und Guerrini sich begrüßt, und schweigend suchten sie sich einen geschützten Platz zwischen den ausladenden Zweigen der Nadelbüsche, deren Früchte zu groß geratenen Wacholderbeeren ähnelten.

Teo erzählte Guerrini, was er zuvor Laura berichtet hatte, und holte nach kurzem Zögern weiter aus, sprach von Raubgrabungen aus dem Irak und anderen Ländern des Nahen Ostens, phantastischen Stücken, die auf dem Kunstmarkt unschätzbaren Wert hätten. Man deklariere sie als Stücke im Besitz privater Sammler, schmuggle sie in die Schweiz oder nach Deutschland und verkaufe sie entweder privat oder auf Auktionen.

«Mich würde jetzt interessieren, wie du an die Stücke gekommen bist.» Guerrinis Vorsicht war noch immer deutlich spürbar.

«Sie müssen in dem weißen Lieferwagen gewesen sein. Der Wärter Orecchio hat sie offensichtlich herausgeholt und versteckt. Ich habe ihn beobachtet und ein Ortungsgerät in seinem Fiat versteckt. Es war wirklich ganz einfach. Ich hab ihn dabei überrascht, wie er die Kunstwerke aus dem Versteck im Wald geholt hat. Vermutlich wollte er mit ihnen abhauen. Jedenfalls macht er sich in die Hosen, weil er noch immer glaubt, dass diese spezielle Organisation ihn erwischt hat.»

«Wo ist Orecchio?»

Teo lächelte auf seine sanfte Weise.

«Ich habe ihn in Ferruccios Keller gesperrt. Ich nehme an, er wartet auf seine Hinrichtung. Jedenfalls benimmt er sich so.»

«In Ferruccios Keller?» Guerrini starrte ihn ungläubig an.

«Ja!» Teo lachte. «Ihr werdet es nicht glauben, aber Ferruccio steht voll und ganz hinter dieser Sache.»

«Hast du mit Ferruccio gesprochen?» Guerrini wandte sich an Laura.

«Ja, aber ich habe nichts davon gemerkt. Nicht mal eine Unsicherheit, eine Andeutung von schlechtem Gewissen, absolut nichts. Er war vollkommen souverän, stellte mir Teo als seinen Hausdiener vor, als handle es sich um die natürlichste Sache der Welt, zitierte Shaw und sein jüngstes japanisches Gedicht über Zikaden.»

«Zikaden?»

«Ja, Zikaden. Pass auf, ich hab es mir gemerkt:

Sieh, die Zikaden ziehen
ihre Flügel an.
Bald wird es Regen geben.»

«Erstaunlich», murmelte Guerrini. Konnte das sein? Dieses Haiku passte auf geradezu unheimliche Weise zu seiner Geschichte. Er musste mit Ferruccio reden. Vielleicht hatte es sogar eine Bedeutung, denn wenn die Zikaden ihre Flügel anziehen, flogen sie für gewöhnlich fort. Erst Lauras Stimme holte ihn wieder auf den Sand zwischen den Macchiazweigen zurück.

«Teo hat übrigens auch in deinen Lancia ein Ortungsgerät gesteckt.»

«Ich hatte es befürchtet. Warst du immer in unserer Nähe, Teo? Der Gedanke daran ist mir nicht unbedingt angenehm.»

Teo grinste und ließ sich Zeit mit seiner Antwort. Er machte Guerrini nervös.

«Nein, nicht immer», sagte er endlich. «Meistens habe ich euch nur virtuell begleitet. Zu Colaltos Landsitz und wieder herunter, dann bis zur Baugrube ...»

«Cazzo!»

«Kein Problem, Commissario. Ich hätte es genauso gemacht.»

«Grazie. Wo also sind die Kunstwerke?»

«Auch im Keller von Ferruccio.»

«Cazzo. Und was macht Tuttoverde?»

«Er weiß nichts von Orecchio und auch nichts von den Kunstwerken. Ich habe gewusst, dass die Sache abgeblasen wird.»

«Woher?»

«Erfahrung.»

«Und jetzt? Was soll das hier werden? Eine Verschwörung?»

Teo zuckte die Achseln.

«Ich habe eine Idee, Commissario. Sie könnte funktionieren. Aber nur, wenn wir schnell sind und wenn wir zusammenarbeiten.»

Guerrini nickte, pflückte eine der Riesenwacholderbeeren ab und zerdrückte sie zwischen seinen Fingern, dann sah er Teo an.

«Ich will diese Idee erst hören, wenn ich mit Laura unter vier Augen gesprochen habe. Warte hier, wir sind in fünf Minuten zurück.»

Laura folgte Guerrini zum Parkplatz und ging neben ihm am Kanal entlang, während er in knappen Worten von seinen Gesprächen mit Tuttoverde und dem Maresciallo berichtete.

«Wenn das alles wäre, dann könnten wir jetzt wegfahren. Aber es ist nicht alles. Domenica war hier. Sie hat mir eine Pistole unter die Nase gehalten und damit gedroht, meinen Vater hochgehen zu lassen, wenn nicht sämtliche Ermittlungen sofort gestoppt werden.»

«Was hat er gemacht? Ich meine, dein Vater. Die Sache mit Neapel weiß ich schon. Ist da noch was anderes?»

«Ich weiß es nicht, Laura. Tommasini hat herausgefunden, dass er irgendwann Steuern hinterzogen hat. Aber das ist wohl schon lange erledigt. Die Finanzpolizei hat ihn angeblich ein paarmal gefilzt, aber nie etwas gefunden. In diesem Zusammenhang wurden schon mal die Ermittlungen eingestellt. Dabei ging es angeblich um Beteiligung an organisierter Kriminalität. Tuttoverde wollte sich darum kümmern, weil ich wissen will, was das genau war. Aber daran glaube ich inzwischen nicht mehr.»

«An was?»

«Dass Tuttoverde sich darum kümmern wird.»

«Warum?»

«Er hat gesagt, dass ich mich raushalten soll, dass wir wegfahren sollen. Basta. Übrigens wusste er die ganze Zeit von dem Araber am Strand. Teo hat offensichtlich

Fotos gemacht ... auch von dir. Wahrscheinlich auch von mir.»

«Wie schön. Wieso haben die nicht die Carabinieri gerufen?»

«Weil sie verdeckt ermitteln wollten und deshalb keine öffentliche Aufmerksamkeit gebrauchen konnten.»

«Leuchtet mir ein.»

«Der Fahrer des weißen Lieferwagens wurde inzwischen tot aus dem Meer gefischt, deshalb die Durchsuchungsaktion. Aber die Carabinieri wurden blitzschnell zurückgepfiffen. War wohl eine eigenmächtige Entscheidung des Maresciallo. Ach ja, was ich vergessen habe: Domenica will die Ware zurück, die im Lieferwagen war und die jetzt, ihrer Meinung nach, Orecchio hat, von dem sie wiederum annimmt, dass er in Verbindung zu mir steht. Ich sagte dir ja bereits, dass wir Italiener Weltmeister in Verschwörungstheorien sind.»

«Warte mal, ich hätte auch eine anzubieten: Dein Freund Tuttoverde setzt das Gerücht in die Welt, dass die Ermittlungen abgeblasen werden, weil er herausgefunden hat, dass die Colaltos und ihre Mitarbeiter Wind von der Existenz eines verdeckten Ermittlers in ihrer unmittelbaren Umgebung bekommen haben. Tuttoverde weiß auch, dass du durch deinen Vater in die Sache verstrickt bist. Deshalb geht er davon aus, dass du auf eigene Faust weitermachst, um deinen Vater zu schützen. Teo will auch weitermachen, oder er weiß von Tuttoverdes Plänen. Teo nimmt mit uns Kontakt auf, und wir drei lassen die Organisation hochgehen, ehe wirklich eine mächtige Person ihre schützende Hand über die Colaltos und ihre Kleinmafia halten kann.»

«Was wird in deiner Theorie aus meinem Vater?»

«Den Colaltos werden mildernde Umstände angeboten, wenn sie ihn aus dem Spiel lassen.»

«Du könntest sofort bei der italienischen Polizei anfangen, Laura.»

«Glaubst du vielleicht, bei uns gibt es keine Geschäfte mit Kriminellen? Was machen wir jetzt?»

Guerrini schob seine Hände flach unter den Gürtel seiner Jeans und zog die Schultern hoch.

«Lass uns zu Teo zurückgehen. Wir haben nicht viel Zeit. Domenica hat mir vierundzwanzig Stunden gegeben. Wir brauchen einen funktionierenden Plan. Deine Verschwörungstheorie finde ich übrigens sehr überzeugend, Laura. Ich könnte mir vorstellen, dass Teo grinst, wenn du sie ihm vorträgst. Aber lass es lieber.»

Laura fand, dass ihre Beratungen inmitten der Macchia sehr gut zu Angelos Reise in die Vergangenheit passten. Wie sie da so auf dem sandigen Boden saßen, verborgen von dichtem Buschwerk, und leise miteinander redeten, hätten sie auch Jugendliche sein können, die einen Streich aushecken.

Schnell fanden sie den entscheidenden Punkt für ihre weiteren Schritte: Domenica di Colalto wollte ihre Lieferung zurück, und die konnte sie haben. Guerrini sollte mit ihr in Kontakt treten und eine Übergabe vereinbaren. Teo war absolut sicher, dass die Schweizer und Ruben die Kunstwerke anschließend außer Landes bringen würden, trotz eines nicht unerheblichen Risikos. Sie fühlten sich relativ sicher, weil sie Guerrinis Vater als eine Art Geisel hatten. Genau da musste Laura ins

Spiel kommen und die deutschen und Schweizer Kollegen alarmieren. Nichts sollte über italienische Kanäle laufen, weil es mit Sicherheit eine undichte Stelle gab.

«Wir müssen uns beeilen», sagte sie. «Wanner, Stamm und Ruben wollen abreisen!»

«Die werden nicht abreisen, ehe Domenica es ihnen erlaubt», erwiderte Teo. «Die werden bereit sein, ein hohes Risiko für ihre Waren einzugehen. Es geht dabei nicht nur um wertvolle Kunstwerke, in einigen Figuren ist auch noch ein interessantes weißes Pulver versteckt. So was überlässt man nicht einfach einem Orecchio oder der Polizei. An so was hält man fest, auch wenn es gefährlich werden kann.»

«Die Sache hat nur einen Haken», murmelte Guerrini. «Nein, sogar zwei, wenn ich genau bin.»

«Io sento!» Teo sah den Commissario aufmerksam an.

«Der erste Haken ist mein Vater. Der zweite heißt Ernesto Orecchio. Mein Vater ist zwar nicht in Lebensgefahr, aber ich würde es nicht gern erleben, wenn er ‹hochgehen› würde, wie Domenica es ausdrückte. Orecchio dagegen ist meiner Einschätzung nach in Lebensgefahr. Selbst wenn das hier nur eine Möchtegernmafia ist, werden sie ihn nicht davonkommen lassen. Wir müssen also genau überlegen, wie er geschützt werden kann.»

«Im Moment kann ihm nichts passieren. Er sitzt in Ferruccios Keller. Außer uns und Ferruccio weiß niemand davon.»

«Nicht mal Tuttoverde?»

«Nicht mal Tuttoverde.»

«Aber er kann nicht in Ferruccios Keller bleiben.

Du hast ihn ja mehr oder weniger entführt. Das weckt ziemlich unangenehme Erinnerungen in mir. Was hast du mit ihm vor, Teo?»

«Es wird für ihn gesorgt werden.»

«Von wem? Und wie? Ist das schon wieder ein neues Rätsel? Mir reicht's allmählich!»

«Beruhigen Sie sich, Commissario. Es gibt wirklich einen Plan für Orecchio.» Teo war plötzlich wieder zum Sie übergegangen.

«Was für einen Plan? Und wer hat ihn gemacht?»

«Darüber kann ich noch nicht sprechen. Hier geht es um gegenseitiges Vertrauen, Commissario.»

«Soso, Vertrauen. Ich kann nur feststellen, dass wir alle bisher keinerlei Vertrauen hatten. Es war ja bisher das reinste Räuber-und-Gendarm-Spiel. Wieso sollten wir auf einmal Vertrauen zueinander haben?» Guerrini schlug mit der Faust in den Sand und betrachtete scheinbar interessiert den Abdruck, den er hinterlassen hatte.

«Wartet mal, ehe ihr zu streiten anfangt!» Laura legte eine Hand auf Guerrinis Arm. «Natürlich geht es um Vertrauen. Ich nehme an, dass Teo viel mehr weiß, als er uns sagen will. Vermutlich sind auch noch viel mehr Leute an dieser Geschichte beteiligt als wir drei. Wenn die der Meinung sind, dass sie besser unsichtbar im Hintergrund bleiben, dann ist das vielleicht sinnvoll. Vielleicht sind die Ermittlungen ja gar nicht eingestellt worden. Vielleicht ist das alles nur ein Trick, um an die Organisation heranzukommen. Vielleicht. Deshalb geht es tatsächlich um Vertrauen.»

Guerrini und Teo starrten schweigend vor sich hin.

«Ich möchte von dir nur ein Wort hören, Teo. Als

Kommentar oder Antwort auf meine vielen Vielleichts. Könntest du auch ‹vielleicht› sagen? Sozusagen als vertrauensbildende Maßnahme?»

Teo nickte.

«Vielleicht! Habt ihr es beide gehört? Ich sag es lieber noch mal: Vielleicht! Was du sagst, klingt ziemlich überzeugend, Laura.»

«Okay, dann lasst uns lieber mal anfangen, sonst wird aus unseren tollen Plänen nichts.»

Sie tauschten Handy-Nummern, und Teo verschwand zwischen den Büschen, während Laura und Guerrini zum Haus zurückkehrten.

«Hast du Domenica eine Vase nachgeworfen?», fragte sie angesichts der Scherben auf dem Küchenboden.

Angelo schüttelte den Kopf.

«Leuten mit Pistolen in den Händen wirft man keine Vasen nach. Es war die Verzweiflungstat eines Sohnes nach einem Telefongespräch mit seinem eigenwilligen Vater.»

«So schlimm?»

«Ja, ziemlich. Er hat rumgepöbelt und mir sogar ein Geschäft angeboten: Ich lasse die Finger von Colalto, und er beendet seinen Handel mit Madonnen. Er ist nicht aufrichtig, verdammt noch mal!»

«Wahrscheinlich schämt er sich und hat Angst.»

«Er hat allen Grund, sich zu schämen. Aber was macht er? Er beleidigt mich!»

«Du solltest ihn anrufen.»

«Ich? Er sollte mich anrufen und sich entschuldigen!»

«Trotzdem solltest du ihn anrufen, Angelo.»

«Ah, Laura. Findest du nicht, dass unser Leben irgendwie aus dem Gleis gelaufen ist? Ich wollte das nicht. Ich wollte eine ganz andere Zeit mit dir verbringen. Ich muss mich entschuldigen.»

«Du musst gar nichts, Angelo. Ich finde, was hier geschieht, passt zu uns. Hättest du etwas dagegen, wenn ich dich kurz umarme?»

Guerrini schüttelte den Kopf und drückte Laura an sich. Sie steckte ihre Nase in die kleine Vertiefung neben seinem Schlüsselbein und atmete seinen Duft ein, den sie so sehr liebte. Noch immer war da ein winziger Hauch der Schwefelquellen von Saturnia.

«Du riechst auch ein bisschen nach Hölle», murmelte sie. «Ruf deinen Vater an, ehe du mit Domenica Kontakt aufnimmst. Sag ihm, was los ist.»

Er presste sie so heftig, dass sie kaum Luft bekam, und ließ sie dann behutsam los.

«Ich werde ihn anrufen. Du hast völlig recht. Keine Spielchen mehr! Mit beinahe achtzig kann er wirklich anfangen, erwachsen zu werden.» Als er Lauras Lächeln sah, fügte er hinzu: «Und ich mit beinahe fünfzig.»

Laura verzog sich ins Bad, und Guerrini griff zögernd nach seinem Telefonino.

Es wurde kein einfaches Gespräch. Fernando schwieg, Guerrini versuchte zu erklären, worum es ihm ging. Ungeschickt. So hatten sie noch nie miteinander geredet. Nicht über Vergangenes, nicht über Eigentliches. Über Tagesereignisse, ja, darüber schon. Über die Fernsehnachrichten, übers Essen, über Fernandos angebliche Heldentaten als Partisan. Wenig über Guerrinis

Mutter. Wenig über die Geschäfte. Die gab es eben, und das war's.

«Domenica will dich hochgehen lassen, papà.»

«Was? Was hast du gesagt? Ich habe nicht verstanden, die Verbindung ist sehr schlecht.»

«Bei mir ist sie gut, obwohl ich im Haus bin.»

«Also, was war das?»

«Domenica will dich hochgehen lassen.»

Husten. Räuspern.

«Was soll denn der Quatsch.»

«Es ist kein Quatsch, Vater. Das weißt du genau. Du hast mir ein Geschäft angeboten. Erinnerst du dich? Nun, Domenica hat mir auch eins angeboten. Ich finde, es ist langsam Zeit, dass du mir erzählst, um was es hier eigentlich geht.»

«Ich hab keine Ahnung, wovon du redest.»

«Schade, ich möchte dich nämlich nicht hochgehen lassen, aber wenn du mir nicht sagst, um was es hier geht, dann kann ich es nicht verhindern.»

Der alte Guerrini antwortete nicht.

«Eh, papà, bist du noch da?»

«Kannst du nicht nach Siena zurückkommen? Am Telefon geht das nicht, Angelo.»

«Nein, ich kann jetzt nicht zurückkommen. So viel Zeit hat mir Domenica nicht gegeben.»

«Das sind verdammte hundert Kilometer. Das wirst du doch in einer Stunde schaffen!»

«Ich muss hier etwas erledigen, und das erfordert Zeit, Vater. Ich kann nicht kommen.»

«Soll ich kommen?»

«Bleib, wo du bist! Das ist zu gefährlich.»

«Gefährlich? Wovon redest du, eh? Warst du im

Krieg? Du nicht, aber ich! Ich komme. Ich lass mich von deiner Cousine fahren!»

«Papà! Ich muss es jetzt wissen. In diesen Minuten, verstehst du? Ich muss mit Domenica verhandeln. Es geht nicht anders!»

Schweigen. Dann ein Seufzen.

«Papà?»

«Ich weiß es nicht.»

«Was weißt du nicht?»

«Ich weiß nicht, womit sie mich hochgehen lassen will.»

«Dann denk mal ganz ruhig nach. Als du und Mama plötzlich nicht mehr nach Portotrusco gefahren seid, was ist da passiert? In den Akten steht etwas von Verdacht auf organisierte Kriminalität. Das betraf dich!»

«Woher weißt du das?»

«Es steht in den Akten.»

«Welchen Akten? Schnüffelst du hinter mir her? Was fällt dir eigentlich ein?»

«Stopp! Was war damals los?»

«So kannst du mit deinen Verbrechern reden, aber nicht mit deinem Vater!»

«Du lässt mir keine andere Wahl. Es tut mir weh, wenn du dich ständig hinter Nebelwerfern versteckst.»

«Was hast du gesagt? Nebelwerfer?» Fernando Guerrini hustete.

«Da siehst du's! Du hustest ja schon!»

«Woher nimmst du deinen Humor, Angelo?»

«Den hab ich von dir!»

«Deine Mutter hatte auch Humor.»

«Zum Glück, sonst hätte sie es mit dir auch nicht ausgehalten. Also, was ist los?»

«Ah, wir hatten damals gute Geschäfte mit den Keramiken und mit … na ja, es wurde viel gegraben in der südlichen Toskana. Etruskische und römische Sachen. Die waren in Amerika sehr beliebt. Die hatten ja nichts außer Indianern. Aber das war nicht mein Ding. Ich konnte ja nichts dafür, dass Colalto seine antiken Sachen unter meinen Madonnen und den anderen Keramiken versteckte. Die Sache wurde nicht weiter verfolgt und ist längst verjährt. Was also willst du, Angelo?»

«Bist du sicher, dass der junge Colalto nicht dasselbe macht? Dass in deinem Container voller Madonnen jede Menge andere Dinge auf dem Weg nach Amerika sind?»

«Santa Caterina!»

«Ja, Santa Caterina! Die brauchen wir jetzt wirklich, babbo. Steuerhinterziehung ist übrigens auch kein anständiger Charakterzug.»

«Ah, hast du noch mehr auf Lager? Ich bereue gar nichts, wenn ich sehe, was die alles mit unserem Geld machen! Diese Banker und Politiker!»

«Jaja, ist schon gut. Ich danke dir für deine Auskunft. Falls dir noch was einfällt, ruf mich an.»

«Angelo … ist alles in Ordnung?»

«Ich weiß nicht.»

«Ich meine, zwischen uns.»

«Das klären wir später, ja?»

«Wenn du meinst.»

«Ja, meine ich, papà. Mach's gut.»

«Du auch, Angelo. Pass auf dich auf. Diese Colaltos sind gefährliche Leute.»

Wie klein seine Stimme geworden ist, dachte Guerrini, brüchig, beinahe greisenhaft. Ist es meine Schuld, weil ich in diesem Misthaufen gestochert habe? Wieder spürte er dieses merkwürdige schmerzhafte Ziehen irgendwo in seinem Körper. Diesmal eher in der Magengegend, vielleicht auch zwischen den Rippen. Er trank einen Schluck kalten Kaffee. Ihm grauste davor, Domenica anzurufen.

Als Laura aus dem Badezimmer kam, wich er ihrem Blick aus. Er wusste, dass sie ihn ansah und auf ein Wort von ihm wartete. Er konnte nichts sagen, fühlte sich unfähig, feige. Ihm kam es vor, als zählte er sich selbst aus: neun, acht, sieben, sechs, fünf... Laura war ins Schlafzimmer gegangen und hatte leise die Tür hinter sich geschlossen. Er wusste nicht, ob das ihre Art war, ihm Raum zu geben, oder ob sie damit ihre Enttäuschung über sein Schweigen ausdrücken wollte. Er konnte zu ihr gehen und sie fragen. Aber er wollte sie gar nicht fragen. Er wollte nur das Gespräch mit Domenica hinter sich bringen.

Laura öffnete die Türflügel des Schlafzimmers, setzte sich auf die Brüstung des kleinen Balkons und ließ ihre Beine baumeln. Zwei Uhr nachmittags, die Sonne war angenehm warm. Zwei einsame Möwen flogen von links nach rechts, die Insel Montecristo hatte sich in Dunst gehüllt und war verschwunden.

Augenblicke der Ruhe, dachte sie. Ich hoffe, dass Angelos Gespräch mit seinem Vater nicht zu heftig war. Sie überlegte, wie es wäre, wenn sie ihrem geliebten Vater unangenehme Fragen über seine Vergangenheit stellen müsste, und hoffte, dass es nie dazu kommen möge.

Wieder zwei Möwen. Diesmal von rechts nach links.

Ferruccio lebte seit beinahe zwanzig Jahren hier am Meer, ständig umgeben vom Duft der Macchia, den Schirmpinien und dem Gesang von Nachtigallen. Offensichtlich allein und zufrieden. Angelo hatte ihr von den Nachtigallen erzählt, die hier im Frühling und Sommer sangen. Die ganze Nacht hindurch. Keine schlechte Alternative zum Straßenlärm in München-Haidhausen. Nachtigallen. Könnte sie sich vorstellen, anders zu leben als bisher? Mit Nachtigallen und der Insel Montecristo? Mit all den Unwägbarkeiten ihrer italienischen Vorfahren? Mit Angelo?

Wie hatte es George Bernard Shaw ausgedrückt? *Fortgeschrittene Leute gehen entzückende Freundschaften ein. Alltägliche heiraten.* Oder so ähnlich. Es war gemein. Und gleichzeitig nicht ganz falsch. Man müsste das Kunststück vollbringen, die entzückende Freundschaft so zu erhalten, wie sie war: entzückend. Kunststücke, die bedeuteten, dass man sich nicht voneinander abhängig machte. Was völliger Quatsch war, denn wenn man von einem anderen Menschen entzückt war, dann machte allein das schon abhängig. Sie, Laura, war eindeutig noch immer von Angelo entzückt. Und sie hoffte für ihn, dass er seinen Konflikt mit dem alten Guerrini auf eine Weise lösen konnte, die ihn nicht zu sehr verletzte.

Guerrini musste raus, um dieses Gespräch zu führen. Am besten ganz nach oben, aufs Dach. Oben zu sein verstärkte zumindest die Illusion, eine gewisse Kontrolle über die Entwicklungen des Lebens zu haben. Er wusste, dass es lächerlich war, und fand es trotzdem akzeptabel. Hier oben ging es ihm zumindest ein bisschen besser.

Er starrte auf den Zettel mit der Nummer, den sie ihm in die Hand gedrückt hatte. Sie würde glauben, dass er vor ihr kapituliert hatte. Endgültig kapituliert. Das war es, was ihm schwerfiel. Obwohl es nur eine scheinbare Kapitulation war. Es war die alte Wunde.

«Domenica? Hier spricht Guerrini.»

«Sì.»

«Du kannst deine Lieferung haben.»

«Ah.»

«Wo sollen wir uns treffen?»

«Ich werde darüber nachdenken.»

«Mach das.»

Er wusste nicht, was er noch sagen sollte, und drückte auf den roten Knopf. Eine halbe Stunde lang blieb er auf dem Dach und schaute einfach aufs Meer. Irgendwann fragte er sich, ob Laura nach ihm suchte, doch er hörte nichts.

Domenica rief genau in dem Augenblick zurück, als Guerrini und Laura in der kleinen Küche zusammentrafen, um Kaffee zu machen, und beinahe gleichzeitig zu reden begannen, um beim Summen des Telefons sofort wieder zu verstummen.

«Pronto.»

«Guerrini?»

«Sì.»

«Ich habe es mir überlegt. Du bringst die Sachen ganz einfach zu mir nach Hause. Warum sollten wir irgendwelche lächerlichen Treffpunkte ausmachen? Unsere Abmachung ist sehr klar. Auf diese Weise hat niemand etwas zu befürchten. Wir haben uns sozusagen gegenseitig in der Hand.»

«Wann?»

«Acht Uhr. Ach, was mir noch einfällt ... wo ist Orecchio?»

«Abgehauen.»

«Welch durchsichtige Lüge.»

«Wie du meinst.»

«Wir werden ihn finden, Guerrini.»

«Möglich.»

«Acht Uhr.»

«Acht Uhr, Domenica.»

«Komm allein.»

«Natürlich.»

Sie hatte das Gespräch beendet.

«Ich frage mich nur, wie wir die Kunstwerke unbemerkt in deinen Wagen laden. Ich meine, ohne Ruben, Stamm und Wanner zu alarmieren», sagte Laura und reichte Guerrini einen Espresso.

«Das ist Teos Aufgabe. Er wird die Sachen aus dem Resort rausbringen müssen. Wir müssen uns irgendwo treffen und umladen. Anders geht es nicht.»

«Bei diesen gegenseitigen Beschattungen, die hier in der letzten Zeit gelaufen sind, bin ich nicht so sicher, dass es klappen wird. Ich mache hiermit einen Vorschlag: Ich beobachte unsere netten Nachbarn, und du erledigst die Sache mit Teo. Das Blöde ist nur, dass ich keinen Wagen habe.»

«Vielleicht kann Ferruccio einspringen. Er hat einen alten Mercedes. Jedenfalls stand so was bisher in seinem Innenhof.»

«Und was hat Teo?»

«Das werden wir herausfinden. Ich bin sicher, dass Teo sich was einfallen lassen wird. Jetzt ist es beinahe drei. Er hat also noch ein bisschen Zeit.»

Laura kippte ihren Espresso ins Spülbecken.

«Was ist denn los?»

«Ich hab Hunger. Wenn ich diesen Espresso auf leeren Magen trinke, wird mir schlecht.»

«Bist du sauer auf mich?»

«Weshalb denn?»

«Ich dachte, weil ich dir nichts von dem Gespräch mit meinem Vater erzählt habe und du so schnell im Schlafzimmer verschwunden bist.»

Laura schüttelte den Kopf.

«Ruf Teo an. Es ist ganz gut, dass wir uns immer noch nicht kennen, Angelo.»

«Was soll das heißen?»

«Es soll heißen, dass alles immer noch neu und spannend ist.»

«Noch mehr Rätsel?»

«Nein, eigentlich ist es ganz einfach. Du rufst jetzt Teo an, und ich fange an zu kochen.»

Teo organisierte einen Lieferwagen. Rot, auffällig. Einen, der ganz offiziell leere Gasflaschen gegen volle austauschte. Natürlich. Alle kochten mit diesen Bombole. Auch Ferruccio. Der Fahrer sah aus wie ein ganz normaler Bursche und spielte im Innenhof lange mit Ferruccios Hund. Später fuhr er unter mehrmaligem Hupen ab, und der alte Dichter winkte ihm nach.

Weder die Schweizer noch Ruben hatten dem roten Lieferwagen besondere Aufmerksamkeit geschenkt. Das konnte Laura von ihrem Beobachtungsposten hinter dichten Lorbeerbüschen sehen. Sie hatten wohl hinübergeschaut, aber nichts wies darauf hin, dass sie beunruhigt waren. Ferruccio befand sich offensichtlich außerhalb ihrer Sensoren.

Aber jetzt geschah etwas Verblüffendes. Der rote Lieferwagen hielt vor dem Haus der Schweizer. Offensichtlich fragte der Fahrer, ob auch hier eine Gasflasche ausgetauscht werden müsste. Wo er nun schon mal da war. Wanner erschien, schüttelte den Kopf und hob verneinend beide Arme. Dasselbe wiederholte sich auf dem Grundstück von Ruben. Hier hupte der Fahrer sogar mehrmals, bis der Kunsthändler sich endlich zeigte.

Clever, dachte Laura. Ein Glück, dass heute nicht Sonntag ist, sonst wäre es nicht überzeugend. Sonntags werden keine Bombole geliefert. Aber plötzlich war sie nicht mehr sicher und zählte die Tage nach … es musste Dienstag sein, zweite Urlaubswoche. Grauenvolle Vorstellung. Beinahe schon vorbei. Nicht daran denken! Erst fünf Uhr.

Es sah nicht so aus, als wollten die Schweizer oder Ruben abreisen. Teo hatte also recht gehabt. Sie warteten auf Domenicas Anweisungen. Der weiße Hund lief herum, hielt ein paarmal die Nase in ihre Richtung, kam aber zum Glück nicht näher.

Noch immer spielten sie Räuber und Gendarm.

Erst als die Dämmerung hereinbrach, schlich sie zu Ferruccios Anwesen hinüber, kletterte von hinten über die Mauer und klopfte an die Tür. Dreimal mit drei Schlägen, wie ausgemacht. Räuber und Gendarm eben.

«Da sind Sie ja endlich», sagte Ferruccio. «Ich hatte

schon befürchtet, Sie kommen nicht und irgendwas ist schiefgegangen. Wissen Sie, ich bin so aufregende Geschichten nicht gewöhnt. Aber sie sind nicht ohne Reiz. Kommen Sie herein, Commissaria!»

Er ging ein bisschen gebeugter als am Morgen, oder hatte sie nur nicht richtig hingesehen?

«Kommen Sie, kommen Sie! Teo! Könntest du uns einen Drink machen. Ich brauche jetzt einen. Wäre ein Campari recht, Signora?»

«Nein, bitte nicht. Ich muss einen klaren Kopf behalten. Wieso ist Teo hier? Ich dachte, er würde die Ware wegbringen?»

«Es hat sich eine andere Möglichkeit ergeben. Ich denke, dass Ihr Freund informiert ist. Vertrauen Sie ruhig auf Teo, er hat erstaunliche Einfälle.»

«Wer ist der Fahrer des roten Lieferwagens?»

«Das muss Ihnen Teo selbst erklären. Ich bin hier nur ein staunender Zuschauer, der wunderbares Material für ein neues Buch bekommen hat. Titel: Enigma! Das Rätsel!»

Bruno bellte erst, als sie das Wohnzimmer betraten, und hörte auch gleich wieder auf, als er Laura erkannte. Teo stand am Fenster und sah zu den Nachbarhäusern hinüber.

«Es scheint zu funktionieren», sagte er langsam. «Ich hatte befürchtet, dass einer von ihnen dem roten Lieferwagen folgen könnte. Aber unsere Inszenierung hat sie wohl überzeugt.»

«Wohin fährt der Lieferwagen jetzt?» Laura stellte sich neben Teo und sah wie er zum Haus der Schweizer hinüber.

«Er fährt zu Guerrini und liefert ebenfalls zwei Gasflaschen. Gleichzeitig erklärt der Fahrer dem Commissario, wo die Ware in den Lancia umgeladen wird.»

«Und wenn die Gegenseite das ganze Manöver beobachtet? Es ist doch ganz leicht, dem Lancia zu folgen. Ein Wagen, der mit roter Farbe übergossen ist, fällt schließlich auf.»

«Ich habe verschiedene Sicherheitsmaßnahmen ergriffen.» Teo, plötzlich wieder ganz Butler, ging zur kleinen Bar hinüber und mixte den Campari für Ferruccio.

«Welche Sicherheitsmaßnahmen, und wer ist der Fahrer des Lieferwagens?»

«Ein Freund. Und ein paar andere Freunde passen auf, dass niemand dem Commissario folgt.»

«Und wo kommen diese Freunde so plötzlich her?»

Teo reichte Ferruccio den Drink, und der alte Herr nickte erfreut. «Es macht richtig Spaß, euch zuzuhören. Niemand hier weiß wirklich, was der andere macht, nicht wahr? Läuft das bei der Polizei immer so?»

Laura und Teo sahen sich schweigend an.

«Das ist zwar durchaus eine Antwort, aber ich wäre dankbar, wenn ihr mir noch eine verbale geben würdet.»

«Nun», erwiderte Laura. «Bei der deutschen Polizei kommt es ab und zu vor, dass man nicht genau weiß, was die Kollegen machen.»

«Ich enthalte mich eines Kommentars», murmelte Teo.

«Warum denn?»

«Vielleicht später. Ich werde mich jetzt in meine kleine Funkzentrale zurückziehen und sehen, ob alles nach Plan läuft.»

«Ist klar, dass ich später Guerrini mit dem Wagen

von Signor Ferruccio folgen werde? Ich bestehe übrigens darauf, Teo!»

«Ich nehme es zumindest an.»

«Was ist das für eine Antwort?»

«Eine ehrliche, die beinhaltet, dass es auch anders kommen kann.»

«Ich will aber nicht, dass es anders kommt.»

«Wir werden sehen. Lass die Nachbarn nicht aus den Augen, Laura.» Teo nickte und verschwand.

Ich bin mir nicht mehr sicher, dachte Laura. Ich weiß nicht mehr, ob ich Teo trauen kann. Vielleicht arbeitet er für beide Seiten.

Sie neigte nicht zu Panikreaktionen, doch an diesem Tag fühlte sie zum zweiten Mal einen Ansatz von Herzrasen und Schweißausbrüchen. Vielleicht interessierten sich die Schweizer und Ruben deshalb so wenig für den roten Lieferwagen.

«Könnten Sie mir den Schlüssel Ihres Wagens schon jetzt geben?», fragte sie Ferruccio, der sich mit seinem Campari in einem Sessel niedergelassen hatte. Er antwortete nicht sofort, sah sie nachdenklich an.

«Wovor haben Sie Angst, Signora?», fragte er endlich.

«Ich habe keine Angst, das heißt, ich weiß es nicht genau. Haben Sie Teos Polizeiausweis gesehen?»

«Nein. Verdeckte Ermittler tragen doch keine Ausweise mit sich herum. Das müssten Sie als Kommissarin eigentlich wissen, oder?»

«Sie haben ihm also einfach so geglaubt?»

«Nein. Ehe er zu mir kam, hatte ich Kontakt mit einem anderen Mann. Der hat mir seinen Ausweis gezeigt, und der war echt.»

«Erinnern Sie sich an seinen Namen?»

«Nein, ich kann mir Namen sehr schlecht merken. Darunter leide ich schon seit meiner Jugend. Aber ich habe es mir irgendwo aufgeschrieben. Soll ich mein Notizbuch holen?»

«Hieß er Tuttoverde?»

«Nein, nein. Es muss ein anderer Name gewesen sein.»

«Vielleicht könnten Sie das Notizbuch doch holen, Signor Ferruccio.»

«Aber natürlich.» Ferruccio stellte sein Campariglas auf einen kleinen Tisch und stand langsam auf.

«Warten Sie, hatten Sie Kontakt zu dem Wärter Orecchio?»

«Jaja, er sitzt in meinem Keller und sagt nichts. Der hat Angst, riesige schwarze Angst. Ich nehme an, dass die wunderbaren Dinge, die ihm so unerwartet in den Schoß gefallen sind, ihn in Versuchung geführt haben. Und er ist der Versuchung erlegen. Deshalb die Angst. Organisiertes Verbrechen hat etwas von der Inquisition, finden Sie nicht? Es kann Menschen vor lauter Angst in den Wahnsinn treiben. Wehe dem, der gegen seine Gebote sündigt!»

«Wir sündigen auch gerade gegen diese Gebote, Signor Ferruccio.»

«Finden Sie? Ja, in gewisser Weise haben Sie recht. Allerdings sind wir im Gegensatz zu Orecchio nicht Teil des Systems. Wir sind nur Störenfriede, er ist ein Sünder.»

«Könnten Sie mir jetzt den Schlüssel geben?»

«Es macht Ihnen Angst, nicht wahr? Ihnen passiert genau das, was dieses System am Laufen hält.»

«Warum antworten Sie mir nicht auf meine Frage?»

«Oh, entschuldigen Sie. Natürlich, der Schlüssel. Natürlich können Sie den Schlüssel haben, Signora.»

Ferruccio ging in die Eingangshalle und kehrte gleich darauf mit dem Schlüssel und einem schwarzen Notizbuch zurück. Eine Weile blätterte er, nah an den Lichtkegel der Stehlampe gebeugt, darin herum.

«Er hieß Campobasso. Hier steht es. Der Polizist hieß Campobasso. Ein Comandante oder so was. Kennen Sie ihn?»

«Nein. Geben Sie mir bitte den Schlüssel, ich fahre besser gleich los.»

«Wollen Sie nicht lieber mit Teo darüber sprechen?»

«Nein, das möchte ich nicht.»

Laura drückte Ferruccios Hand, nahm den Schlüssel und schlich hinaus.

Alles hatte genau nach Teos Anweisungen funktioniert. Der Fahrer des roten Lieferwagens hatte die Gasflaschen hinter dem Ferienhaus ausgetauscht und Guerrini gesagt, wo er die Ware umladen konnte. Nach zwanzig Minuten war Guerrini losgefahren und hatte an der Pforte kurz angehalten, als er Fabrizio sah.

«Der rote Lieferwagen, Fabrizio. Bringt der immer die Gasflaschen nach *Il Bosco*?»

«Nein, Dottore. Es war heute das erste Mal. Vielleicht hat jemand das Gas in Follonica bestellt, weil es billiger ist. Stimmt was nicht?»

«Ist schon in Ordnung. Hast du heute Nachtdienst?»

«Nein, Dottore. Um acht werde ich abgelöst.»

«Dann gute Nacht, und passt gut auf, wer rausfährt, ja?»

«Natürlich, Dottore. Stimmt doch was nicht?»

«Nein, nein. Ciao, Fabrizio.»

Trotz des reibungslosen Ablaufs hatte Guerrini ein mulmiges Gefühl und war extrem auf der Hut, als er in das kleine Gewerbegebiet von Portotrusco einbog und nach kurzer Suche die Lagerhalle fand, die der Fahrer des Lieferwagens beschrieben hatte. Er fühlte sich beobachtet, versuchte aber, das auf die Geschichten aus der Vergangenheit zu schieben, auf die Paranoia, die offensichtlich inzwischen alle Beteiligten befallen hatte, selbst Laura. Alles schien geradezu absichtsvoll dazu angetan, diese Paranoia zu verstärken: die schlechterleuchtete Halle, der rote Lieferwagen, der Mann, von dem er erst nur das Aufglühen einer Zigarette sah. Es kostete ihn Überwindung, aus dem Wagen zu steigen.

Der andere sagte nichts, trat die Zigarette aus und öffnete die Türen des Lieferwagens. Bis auf «Verdammt schwer» und «Können Sie mal mit anfassen» kam keine Verständigung zustande. Als sie die Kartons im Lancia verstaut hatten, zündete sich der junge Mann eine neue Zigarette an und hielt Guerrini sein Päckchen hin. Beinahe automatisch nahm er eine, steckte sie zwischen die Lippen und ließ sich Feuer geben.

«Dann los», sagte der Fahrer. «Es ist zwanzig vor acht. Ich seh nach, ob die Luft rein ist.»

Als Guerrini wieder die Hauptstraße erreichte, schwor er seinem Vater Vergeltung für dieses Abenteuer und warf die halbe Zigarette angewidert aus dem Fenster. Inzwischen war auch noch Nebel aufgezogen, der mit Guerrinis Nerven spielte, die Straße verbarg und sie im nächsten Augenblick wieder frei gab. Es war, als hielte ihm jemand die Augen zu und nähme die

Hände dann unvermutet wieder weg. Auf diese Weise verpasste er die Abzweigung zum Landsitz der Colaltos und musste umkehren.

Bereits fünf vor acht. Wieso ließ er sich auch noch von der Zeit verrückt machen. Sie konnte warten, diese gierige Fleischfresserin. Als er durch die Zypressenallee fuhr, dachte er sich Schimpfnamen aus, ließ es dann aber bleiben, um sich auf die bevorstehende Begegnung zu konzentrieren. Auf all das hatte er sich nur wegen seines Vaters eingelassen, nur seinetwegen hatte er sich in die Hände dieses angeblichen verdeckten Ermittlers begeben.

Die Gebäude tauchten aus dem Nebel auf, unscharf, mit Lichtern, die einen milchigen Hof hatten, wie der Mond, bevor es regnet. Die perfekte Kulisse für einen Horrorfilm, dachte er, für Domenica, die Vampirin. Guerrini hielt vor der Freitreppe an, als der vierschrötige Butler aus der Dunkelheit auftauchte und ihm bedeutete, durch das geöffnete Tor in den Innenhof zu fahren. Immerhin trug er keine weißen Handschuhe.

Nein, dachte Guerrini. Den Rest der Veranstaltung werden wir nach meinen Vorstellungen durchführen.

Jetzt erschien Domenica auf der Treppe, diesmal nicht in wallenden Gewändern, sondern in Hosen und Pullover.

«Fahr in den Hof!» Diese raue, kalte Stimme.

«Nein. Ich bleibe genau hier stehen, und ich bestehe darauf, dass ihr den Mist hier in fünf Minuten ausladet.»

«Fahr in den Hof!»

«Ich fahre nicht in den Hof, auch wenn du einen Waffenschein hast, Domenica!» Guerrini saß noch immer im Wagen und hatte auch nicht die Absicht auszusteigen. Langsam kam sie die Treppe herunter. Als er die Waffe in ihrer Hand sah, wusste er, dass er wieder verlieren würde.

«Raus!»

Noch eine halbe Minute lang leistete Guerrini so etwas wie symbolischen Widerstand, dann stieg er aus.

«Wir brauchen dich hier nicht mehr», sagte Domenica. «Du kannst zu Fuß zurückgehen. Gib mir dein Handy und verpiss dich!»

Noch ehe die Fortsetzung des Films vor ihm ablief, wusste Guerrini, was geschehen würde. Der Butler ohne Handschuhe stieg in seinen Lancia und fuhr ihn in den Innenhof. Domenica folgte ihm, rückwärts gehend, die Pistole auf Guerrini gerichtet. Dann schloss sich das Tor. War das Enrico am Fenster? Es fehlte nur noch der Ruf einer Eule, um die Szene perfekt zu machen, doch es blieb still.

ZWEIMAL verfehlte Laura die Abzweigung zum Landsitz der Colaltos, fand die schmale Straße erst, als sie Schritttempo fuhr. Sie dankte der Madonna dafür, dass sie mit diesem alten Mercedes so vertraut war wie mit ihrem eigenen in München. Angelo war vermutlich bereits oben, deshalb würde sie den Wagen irgendwo stehen lassen und zu Fuß weitergehen. Sie hatte keine Ahnung, was da oben geschah, wollte nur in seiner Nähe sein, falls es gefährlich würde.

Als an der steilsten Strecke des Weges etwas gegen ihr Seitenfenster schlug, zuckte sie zusammen. Eine dunkle Gestalt rannte neben dem Wagen her, sie musste zwischen den Zypressen auf sie gewartet haben. Dieser verdammte Nebel. Jetzt tauchte ein Gesicht neben ihr auf. Laura bremste scharf.

Guerrini ließ sich auf den Beifahrersitz fallen und lehnte sich zurück. «Kehr um, Laura. Jemand ist hinter mir her.»

Sie ließ den Wagen rückwärts in einen Feldweg rollen, wendete, gab Gas. Es knallte, Projektile trafen das Heck des Mercedes.

«Runter!», schrie Guerrini.

Sie duckten sich tief in die Sitze, und Laura raste zwischen den schwarzen Zypressenwänden durch die Nebelbänke wie in einer Geisterbahn.

«Fehlt nur noch ein Pflug!», sagte Guerrini.

Auf der Hauptstraße fuhren sie langsamer, sie brauchten ein bisschen, um wieder ruhig zu werden.

«Das kam nicht in Teos Drehbuch vor, oder?» Laura warf Angelo einen kurzen Blick zu.

«Sie werden sagen, dass Jagdsaison ist und dass einer ihrer Jäger auf Wildschweine geschossen hat. Das funktioniert in diesem Land immer. Weißt du eigentlich, dass du ganz wunderbar bist, Laura? Du erscheinst nicht im falschen, sondern im richtigen Augenblick. Wie kommt das?»

«Das liegt daran, dass ich das Drehbuch geändert habe. Ferruccio hat mir den Wagenschlüssel gegeben, und ich bin losgefahren, ohne auf Teos Startsignal zu warten. Ich hatte so ein Gefühl …»

«Ich danke dir für dieses Gefühl.»

«Was ist mit deinem Wagen passiert?»

«Sie haben ihn kassiert. Wahrscheinlich als Ausgleich für den Pflug. Meinst du, wir sollten Teo anrufen? Ich kann leider nicht. Das Telefon hat Domenica mir auch abgenommen.»

«Bravo!» Laura reichte Guerrini ihr Handy. «Ruf du ihn an, ich fahre lieber weiter.»

«Wohin?»

«Keine Ahnung. Jedenfalls weg von dieser schrecklichen Frau. Ich habe versucht, dich anzurufen, aber du hattest dein Telefon ausgeschaltet.»

«Ich konnte doch nicht riskieren, dass es bei einer der Übergaben plötzlich klingelt.»

«Sollen wir riskieren, zu Ferruccio und Teo zurückzufahren? Ich hatte plötzlich den Eindruck, dass Teo vielleicht für beide Seiten arbeitet.»

«Ich ruf ihn an, dann sehen wir weiter.»

Teo war begeistert, dass sein Plan funktioniert hatte. Das mit dem Lancia tat ihm leid. Guerrini ging nicht darauf ein. Sie bekamen die Anweisung, den Mercedes irgendwo vor dem Resort in einem Feldweg abzustellen und am Strand entlang zu Ferruccio zu gehen. Sie sollten den Hintereingang benutzen. Ruben sei derzeit bei den Schweizern zu Besuch. Man wartete.

Sie krochen am Zaun von *Il Bosco* entlang. Alles war nass vom feinen Nieselregen, der ihre Gesichter besprühte und von den Büschen tropfte. Es roch nach Salz und Moos, nach Holz und Pilzen. Als sie endlich den Strand erreichten, waren sie bis auf die Haut durchnässt. Vom Meer konnten sie nur weißwogende Gischt erkennen, als breite sich in der Dunkelheit eine rätselhaft brodelnde Ebene vor ihnen aus, kaltes und doch flüssiges Magma, das kühle, feuchte Dämpfe ausstieß.

«Aspetti un momento.» Guerrini fasste nach Lauras Schulter und drehte sie zu sich. «Ehe dieser ganze professionelle Quatsch wieder anfängt, wollte ich dir noch etwas sagen.»

«Cosa?»

«Ti amo.» Sanft küsste Guerrini die Tropfen von Lauras Gesicht. Als sie etwas sagen wollte, verschloss er ihren Mund mit seiner Hand. «Es besteht keine Verpflichtung, Liebesgeständnisse sofort zu erwidern, amore. Komm, lass uns gehen, sonst erkälten wir uns.»

Wenig später saßen sie in trockenen Kleidern, einer Leihgabe von Teo, in Ferruccios Wohnzimmer und tranken heißen Tee. Laura hatte Kommissar Baumann angewiesen, den heißen Tipp in Bezug auf Ruben und die Schweizer an alle zuständigen Kollegen weiterzugeben. Zum Glück hatte sie ihn erreicht, obwohl es schon beinahe Mitternacht war.

«Du musst dich gar nicht wundern», beschwerte er sich. «Schließlich bist du im Urlaub, und wir sind wie immer unterbesetzt. Ich bin sozusagen im Dauereinsatz. Und was machst du? Verschaffst mir zusätzliche Arbeit. Grazie!»

«Ach, du Armer», erwiderte Laura. «Der letzte Mordfall liegt genau vier Wochen zurück, und er wurde innerhalb von drei Tagen aufgeklärt. Was also würdest du tun, wenn ich nicht wäre? Sudokus lösen?»

Immerhin versprach er, sich sofort um die Sache zu kümmern, und sagte, er finde es eigentlich ganz spannend, da er «noch nie im Bereich OK» gearbeitet hätte.

Nach dem Tee tranken sie Kaffee, um wach zu bleiben. Guerrini fragte den alten Dichter nach dem Haiku über die Zikaden und musste zu seiner Enttäuschung feststellen, dass der alte Herr diese Tiere ohne besondere Hintergedanken ausgewählt hatte. Einfach weil sie wunderschöne durchsichtige Flügel hätten, die man nur selten zu sehen bekäme. Gegen zwei nickte Ferruccio in seinem Sessel ein, und Teo servierte Pizza. Um halb drei fuhren die Schweizer ab, zwanzig Minuten später Ruben.

Teo lächelte sein geheimnisvolles Lächeln und begab sich mit Laura und Guerrini in sein «Labor», wie er es nannte. Dort zeigte er ihnen auf einem Bildschirm den

Weg, den die beiden Fahrzeuge nahmen. Nach Portotrusco und dann zum Landsitz der Conti Colalto, als hätte er sie ferngesteuert.

«Eigentlich wundert es mich», sagte er. «Sie müssen sich sehr sicher fühlen und wirklich daran glauben, dass die Ermittlungen eingestellt wurden. Ich nehme an, dass eine sehr einflussreiche Persönlichkeit die Hand über sie zu halten gedenkt … nur war diese Hand nicht schnell genug.»

«Ich versteh gar nichts mehr», murmelte Guerrini. «Die Ermittlungen waren also nicht eingestellt, oder wie soll ich dich verstehen?»

«Nein, natürlich nicht, Commissario. Es war alles nur Theater. Mit normalen Polizeiaktionen wären wir doch keinen Schritt weitergekommen. Orecchio hatte keine Ahnung, er hat nur ab und zu nachts den Schlagbaum an der Pforte aufgemacht, um einen Lieferwagen durchzulassen. Er wusste offensichtlich gar nicht, wie ihm geschah, als er plötzlich diese sensationelle Ladung vor sich hatte. Er jedenfalls konnte uns nicht weiterhelfen. Jedes Mal, wenn wir bei Tibero eine Stichprobe machten, hatte er nur Fisch an Bord. Allen anderen konnten wir nichts wirklich Substanzielles nachweisen. Sie waren ungreifbar, irgendwie unsichtbar. Die Lösung waren Sie, Commissario. Sie und Ihr Vater! Tuttoverde war ganz begeistert davon. Er hat diesen genialen Plan innerhalb von wenigen Stunden mit mir entwickelt, kurz nachdem Sie ihn in Sovana getroffen hatten.»

«Santa Caterina», stöhnte Guerrini. «Könntest du vielleicht eine Flasche Wein aufmachen? Die Pizza liegt mir ein bisschen schwer im Magen.»

Die blinkenden Punkte auf dem Bildschirm waren inzwischen bei den Colaltos angekommen und bewegten sich nicht mehr. Allerdings blinkte dort noch ein dritter Punkt.

«Mein Lancia!»

Teo grinste. «Jetzt können wir genau zusehen, was sie mit ihm machen.»

«Ich will ihn wiederhaben!»

«Das kann ich leider nicht garantieren.»

«Ich soll also mein Auto eurem genialen Plan opfern. Kommt überhaupt nicht in Frage. Und was ist mit meinem Vater?»

«Er hat nichts zu befürchten. Dafür wird Tuttoverde sorgen. Aber vielleicht haben ihm die schlaflosen Nächte ganz gutgetan.»

«Ich hoffe, er hat noch ein paar mehr.»

«Und was passiert mit Orecchio?», fragte Laura.

«Er wird am Morgen aus dem Keller geholt und in Sicherheit gebracht werden. Tuttoverde wird ihn ins Zeugenschutzprogramm aufnehmen. Er bekommt einen neuen Namen, einen neuen Wohnort und einen Job. Ich hole sogar den roten Fiat für ihn aus dem Wald.»

«Sicher?»

«Assolutamente, Laura.»

«Und warum wurde der Fahrer des weißen Lieferwagens umgebracht?»

«Weil sie dachten, dass er mit Orecchio unter einer Decke steckt. Sie waren überzeugt, dass die beiden die Lieferung unter sich aufteilen wollten. Hätte sich ja auch gelohnt. So was verzeiht man in diesen Kreisen nicht.»

Teo entkorkte einen alten Merlot aus Sizilien und

füllte drei Gläser. Sie stießen auf den Erfolg ihrer Aktion an, aber Laura war noch immer nicht ganz überzeugt.

«Dann sind wir jetzt in Gefahr, oder? Wenn die Schweizer und Ruben an der Grenze abgefangen werden, dann wird man es Guerrini anlasten. Ist es nicht so, Teo?»

«Theoretisch, aber ich denke, eher nicht.»

«Warum nicht?»

«Wegen Guerrinis Vater. Selbst jemand wie Domenica di Colalto wird nicht davon ausgehen, dass Guerrini seinen Vater bewusst in Gefahr bringen will.»

«Und was ist mit dem toten Araber?»

«Wir nahmen an, dass er von dem Schiff stammt, das die Ware zu Tiberos Kutter brachte. Vermutlich hat er irgendwas geklaut. Aber das können wir natürlich nicht nachweisen. Übrigens habe ich ihn wieder ins Wasser gezogen, weil wir im Resort keine Unruhe gebrauchen konnten. Ich war sehr beunruhigt, weil ich fürchtete, dass ihr beide die Carabinieri rufen würdet.»

«Ich glaube, jetzt hören wir besser auf.» Laura trank einen großen Schluck Merlot. «Wie heißt das Buch, das Ferruccio schreiben will? Enigma. Das große Rätsel. Nur noch eine Frage: Was wird eigentlich aus unseren großartigen Adeligen?»

«Das muss sich Tuttoverde noch ausdenken.»

«Und Tibero?»

«Dem werden wir vergammelte Fische unterjubeln, wenn wir ihn anders nicht zu fassen bekommen.»

«Würdest du jetzt bitte aufhören zu fragen, Laura!», flehte Guerrini und schenkte sich noch ein Glas ein.

«Da, jetzt fahren sie ab. Sie wollen also so schnell wie möglich zur Grenze. Ich hoffe, die Kollegen in Deutschland und der Schweiz sind schnell genug!» Gespannt beobachtete Teo die Punkte, die sich schnell auf die Via Aurelia zu bewegten.

«Ihr werdet die Nacht hier verbringen müssen. Laura kann den Kollegen die Grenzübergänge melden. Ich liebe diese neuen Techniken!» Teo reckte die Arme und räkelte sich.

«Dafür bin ich sehr dankbar. Die Vorstellung, in dem einsamen dunklen Haus zu schlafen, finde ich nicht besonders verlockend», erwiderte Laura.

Ich auch nicht, dachte Guerrini, behielt es aber für sich.

Am folgenden Abend bezogen Laura und Guerrini ein luxuriöses Zimmer im besten Hotel von Saturnia. Weder Päpste noch Padre Pio hingen an den Wänden, die Bettwäsche glänzte seidig, und die Teppiche waren weich. Noch drei Tage, dachte Laura, als sie vom Fenster aus über die weiche erdige Landschaft schaute, aus deren Falten und Mulden wieder Nebel aufstieg. Der Abschied vom Haus am Meer war ihr nicht leichtgefallen. Kein Abschied fiel ihr leicht. Selbst nach den wenigen Tagen in *Il Bosco* fühlte sie sich den Gerüchen, dem Rauschen der Brandung und den grotesken Büschen und Bäumen verhaftet, die dem Meer zu entkommen suchten. Es war aber noch viel mehr als diese mächtige Natur, was sie mit sich nahm. Sie hatte etwas über Guerrinis Leben erfahren, etwas ganz Wichtiges, und das wog all die Katastrophen dieses Urlaubs auf. Ruben, Wanner und Stamm waren tatsächlich an der Grenze festgenommen worden, nachdem man die Kunstwerke in ihren Fahrzeugen gefunden hatte. Das Kokain allerdings war weg. Aber das war Laura irgendwie egal.

An diesem Abend lud sie Guerrini zum Essen ein, in das teure Restaurant an der Piazza. Zu Tagliatelle mit frischen Trüffeln, was Guerrini daran erinnerte, dass Domenica ihn ein Trüffelschwein genannt hatte, und er konnte mit Laura darüber lachen. Und zu Lammlende vom Rost mit grünen Bohnen, gefolgt von einem winzigen Stück Schokoladenkuchen. Später wanderten sie durch das menschenleere Saturnia, standen lange unter der Porta Romana und liefen ein Stück die Via Clodia hinab, bis die bizarren Äste der Olivenbäume im Nebel sie das Gruseln lehrten.

Sie liebten sich lange in dieser Nacht, frei, zärtlich und mit einer ganz neuen Innigkeit. Als sie sich endlich voneinander lösten und erschöpft nebeneinanderlagen, sagte Guerrini: «Du wolltest doch das Gedicht von Petronius hören, nicht wahr? Jetzt passt es! Aber ich kann es immer noch nicht auswendig.»

Er knipste die Nachttischlampe an, nahm das Buch, das er offensichtlich schon bereitgelegt hatte, räusperte sich und begann zu lesen:

Welch eine Nacht! Ihr Götter und Göttinnen!
Wie Rosen war das Bett! Da hingen wir
Zusammen im Feuer und wollten in Wonnen zerrinnen.
Und aus den Lippen flossen dort und hier,
Verirrend sich, unsre Seelen in unsre Seelen –
Lebt wohl, ihr Sorgen! Wollt ihr mich noch quälen?
Ich hab in diesen entzückenden Sekunden,
Wie man mit Wonne sterben kann, empfunden.

«Santa Caterina!», flüsterte Laura und starrte ihn an. «Und das hast du für mich herausgesucht? Ti amo, Angelo!»

FINE

Danken möchte ich Emanuela Mazzuchetti, deren Erinnerungen an die Zeit der Entführungen in Italien mir eine große Hilfe waren. Dank auch vielen Menschen in Portotrusco, das es nicht gibt, die jedoch sehr lebendig sind, wenn auch anderswo. Und besonderen Dank meiner Lektorin Nicole Seifert für die gute Zusammenarbeit.

QUELLEN

Das Gedicht von Solon auf Seite 7 ist ein Auszug aus den Elegien, übersetzt von Chr. zu Stolberg, aus: *Lyrik des Abendlands.* Gemeinsam mit Hans Hennecke, Curt Hohoff und Karl Vossler ausgewählt von Georg Britting, Carl Hanser Verlag, München 1953.

Ebendort erschienen auch die in diesem Buch auf den Seiten 170/171 und 396 zitierten Gedichte von Petronius. Das Gedicht «Liebesnacht» wurde übersetzt von Heinrich Heine, «Träume» von v. Bernus.

Der Auszug aus dem *Gastmahl bei Trimalchio,* ebenfalls von Petronius, erschien beim Deutschen Taschenbuch Verlag, München 2008. Lateinisch-deutsche Ausgabe von Konrad Müller und Wilhelm Ehlers, Seite 119. Hier auf den Seiten 265/266.

Für die Abdruckgenehmigungen danken wir dem Carl Hanser Verlag sowie dem Akademie Verlag.